U0112329

国家社科基金青年项目

"日本江户时期公案作品的研究"（16CWW013）结题成果

文明互鉴研究文库　　总主编 ◎ 周　敏

日本江户时代的公案小说与法制文化

周　瑛　著

日本の江戸時代の
裁判物と法文化

ZHEJIANG UNIVERSITY PRESS
浙江大学出版社
·杭州·

图书在版编目（CIP）数据

日本江户时代的公案小说与法制文化 / 周瑛著. —
杭州：浙江大学出版社，2023.10
（文明互鉴研究文库 / 周敏总主编）
ISBN 978-7-308-23860-1

Ⅰ．①日… Ⅱ．①周… Ⅲ．①侠义小说－小说研究－
日本－江户时代 Ⅳ．①I313.074

中国国家版本馆CIP数据核字(2023)第105078号

日本江户时代的公案小说与法制文化

周　瑛　著

策划编辑	黄静芬
责任编辑	黄静芬
责任校对	田　慧
封面设计	周　灵
出版发行	浙江大学出版社
	（杭州市天目山路148号　　邮政编码　310007）
	（网址：http://www.zjupress.com）
排　　版	杭州林智广告有限公司
印　　刷	杭州高腾印务有限公司
开　　本	710mm×1000mm　1/16
印　　张	16.5
字　　数	256千
版 印 次	2023年10月第1版　2023年10月第1次印刷
书　　号	ISBN 978-7-308-23860-1
定　　价	78.00元

1891 年，约瑟夫·R. 吉卜林（Joseph R. Kipling）在《英国旗帜》（"The English Flag"）一诗中写道："只了解英格兰的人，又能对英格兰有何了解呢？"（And what should they know of England who only England know?）[1] 众所周知，吉卜林有着丰富的海外生活经历，他这里所哀叹的是英国人的狭隘，因为他自身的经历告诉他，如果只了解本土的英国，而不了解世界之中的英国，就不能算是真正了解英国。在全球冲突和碰撞不断加剧的当今，我们比吉卜林时代的人们更需要审视不同文明的交流与发展，也更需要了解和团结不同的文明形态，以便更好地理解我们自己的文化和时代。可以毫不夸张地说，放眼世界，呈现在我们面前的是百年未有之大变局。我们必须从人类命运共同体的高度来审视这个新时代的文化状况与审美结构的更新，协调国家之间、文明之间的关系；我们不能只盯着自己的观念，而要以互鉴的胸襟和眼光对人类文明进程中所产生的各种文明形态进行观察和研究。

　　习近平总书记指出："文明因交流而多彩，文明因互鉴而丰富。"[2] 交流互鉴是文明发展的必要条件，其基础在于比较，而比较之所以成为可能，从共时的视角来看，是因为任何文明都对应着时代的精神和现实的语境；从历时的视角来看，任何文明又都是历史发展过程中的文明，都是连续性和阶段性、传统性和创新性的统一。雷蒙·威廉斯（Raymond Williams）在《文化与社会：1780—

---

[1]　Joseph R. Kipling, "The English Flag", accessed February 26, 2023, https://www.kiplingsociety.co.uk/readers-guide/rg_englishflag1.htm.

[2]　习近平：《习近平谈治国理政》（第一卷），北京：外文出版社，2014，第 258 页。

1950》（*Culture and Society: 1780–1950*）一书的前言中指出："我们生活在一个文化迅速膨胀的时代，可是，我们却不仅不去努力理解这种膨胀的性质和状况，反而耗费大量的精力去对文化迅速膨胀这一事实表示遗憾。"[1] 身处目前这个文化冲突不断加剧的时代，我们不该仅仅对这些冲突表示遗憾，更应该努力理解这些冲突的性质和状况，而要理解这一切，比较互鉴的视角自然必不可少。

"明哲之士，必洞达世界之大势，权衡校量，去其偏颇，得其神明，施之国中，翕合无间。外之既不后于世界之思潮，内之仍弗失固有之血脉，取今复古，别立新宗。"[2] 诚哉斯言！正是外部的世界之思潮与内在的固有之血脉，共同构成了决定人类命运的文化的"星丛"。以"星丛"的视角为出发点考察文化，我们秉持的是一种整体性的文化观，其不仅仅是马修·阿诺德（Matthew Arnold）提出的"人类所思所言之精华"[3]，更是威廉斯所谓之"全部的生活方式"[4]。也就是说，我们只有深入了解人类的全部生活方式，才能了解人类文化的全貌，才能锻造出真正的文化自信。这种自信，建立在整体性的基础之上，而不是同一性的基础之上，因为"星丛""并不使相似的东西成为同一，它将各个极端组成整体"，其中，"个体都成了差异的存在，都成了一种总体性"。[5] 这种整体性，就是"星丛"文化观的内在逻辑，其中有非同一性，有差异，有个体。将文化的整体性和差异性在比较中呈现出来，就是这套"文明互鉴研究文库"的初心所在：在比较互鉴中实现古今与中外的对话，别立新宗，达至理解和通融。

现在，我们就将文明的比较互鉴研究呈现给读者。请加入我们，并开启您与本文库以及其中各文化现象的互鉴研究的对话吧。

是所望焉。谨序。

周　敏

2023 年 6 月于杭州

---

① Raymond Williams, *Culture and Society:1780–1950* (New York: Anchor Books, 1960), p. vi.

② 鲁迅：《文化偏至论》，载《鲁迅全集》第 1 卷，北京：人民文学出版社，1956，第 192 页。

③ Matthew Arnold, "Literature and Science", in *Discourses in America* (Lonon: Macmillan, 1912), p. 82.

④ Raymond Williams, *Culture and Society:1780–1950* (New York: Anchor Books, 1960), p. xiv.

⑤ Walter Benjamin, *Origin of German Tragic Drama*, trans. John Osborne (London: Verso, 1977), p. 35.

我第一次见到周瑛是在 2007 年。回想起来，我们已经相识 15 年多了。在这 15 年多的时间里，她一次也没有让我失望过。

当时，周瑛已经在西安外国语大学取得了硕士学位，但她希望到日本来进一步学习，于是在申请到日本国费奖学金资助从而争取到留学名额以后，进入我所在的京都府立大学文学研究科国文学中国文学专业，再次攻读硕士学位。从这件事可以看出，她对待学术研究非常认真。

周瑛研究的是以江户时代为中心的日本近世文学。京都府立大学文学研究科国文学中国文学专业的特色在于日本文学和中国文学并重，并将两者结合起来进行研究。因此，周瑛也上了我的中国文学课，这门课的内容是精读元杂剧。元杂剧在中国文学中是尤为难懂的内容，不论是日本学生还是留学生都不易读懂。周瑛虽然此前没有系统学习过中国古典文学，但是很快便能熟练地进行阅读与深入理解，足见其学习能力之强。此外，她还如饥似渴地学习了此前几乎没有接触过的日本古典文学。在硕士课程学习与研究期间，她在这两方面逐渐储备了深厚的知识。

周瑛选择的硕士论文题材是井原西鹤的浮世草子《本朝樱阴比事》与中国宋代公案笔记《棠阴比事》。这项研究要求研究者对日本文学和中国文学都有深刻的理解。周瑛以她出众的能力，围绕《棠阴比事》和《本朝樱阴比事》的关系，写出了题为《对〈本朝樱阴比事〉和〈棠阴比事〉描写的考察》的硕士论文。此论文获得了很高的评价，被刊登在了 2021 年第 8 期《和汉语文研究》杂志上。

在攻读博士学位期间，周瑛的研究得到进一步的深入。她完成了博士论文《〈棠阴比事〉在日本的传播与影响》，并于 2013 年 9 月获得我校授予的博士（文学）学位。其博士论文是在认真调查中日两国大量文献的基础上完成的，以具有很强的实证性的方法得出了崭新的结论，将该论文称为"该领域最为优秀的研究成果之一"也不为过。该论文因其研究价值而得到出版资助，于 2015 年 3 月由汲古书院以《江户时代的公案说话与〈棠阴比事〉》为题出版发行，引起了热烈的反响。

后来，周瑛回到中国，在杭州师范大学任教，与我的联系也从未中断过。我知道周瑛在中国也一如既往地进行着学术研究。这次，她将研究成果整理成书予以出版，我感到万分欣慰。

周瑛所进行的这种研究，要求研究者对日本文学和中国文学都具有丰富的知识储备和深刻的理解。拥有这种能力的人，无论是在日本还是在中国，甚至在全世界都并不多见。京都府立大学文学研究科国文学中国文学专业是将日本文学和中国文学有机结合的教育平台和研究平台，可以说，培养出一代代拥有这种能力并将其成果结集成书的人才是我们的骄傲。在此，我谨怀着培养出如此优秀的人才的喜悦之情，写下此序。

小松谦
2023 年春于京都

绪 论

本书以日本江户时代文学作品中的公案作品为研究对象，试图探讨此类文学作品如何反映江户时代的社会风貌和法律制度，而当时的社会形态及其变化如何刺激新的法律制度产生，又如何刺激带有法律内容的文学作品诞生。也就是说，本研究是历史的、文学的、社会的、法律的。对古代社会现实的把握，本应是历史学家的事，但是，仅靠史料又无法透彻理解古代法律制度所针对的问题。文学作品则可以将法律制度与具体案例相结合，令读者在具体语境中获得对古代法律制度的更为贴切的理解。博尔赫斯在《论古典》中评价："古典作品是一个民族长期以来决心阅读的图书，仿佛它的全部内容像宇宙一般深邃、不可避免、经过深思熟虑，并且可以作为无穷无尽的解释，它是世世代代的人出于不同理由，以先期的热情和神秘的忠诚所阅读的一部书。"[1] 对吸收了中国古代法学知识的日本古典文学作品进行研究，既可以判明中日两国在法学、公案文学方面的联系，又可以看出日本法制的变迁。本书的关注点主要是日本江户时代公案作品的特征、社会风貌与法律三个方面，以及有关三者关系的问题。这项研究涉及交叉学科的重要领域——法律与文学。

法律与文学是后现代法律运动的重要一支，美国学者首先创设并界定了法律与文学领域的一切主要方面。[2] 早在 1907 年，美国法学家约翰·亨利·魏格默尔就在《伊利诺伊大学法律评论》第 2 辑上发表了论文《法律小说一览》，指出法律人应当从文学中了解人性。1925 年，美国法学家本杰明·N.卡多佐发表了论文《法律与文学》，讨论了司法文件的文学风格、修辞等问题。[3] 1973 年，詹姆斯·怀特出版了著作《法律的想象》，标志着法律与文学运动的正式起步。自 20 世纪 70 年代以来，美国法学院内将法律与文学发展成

---

[1] 博尔赫斯:《论古典》,《博尔赫斯文集》, 文论自述卷, 王永年、陈众议等译, 海口: 海南国际新闻出版中心, 1996, 第 7 页。
[2] 比如苏力:《法律与文学: 以中国传统戏剧为材料》, 北京: 生活·读书·新知三联书店, 2006, 第 6 页。
[3] 转引自苏力:《法律与文学: 以中国传统戏剧为材料》, 2006, 第 8 页。见: Benjamin N. Cardozo, "Law and Literature," in *Selected Writings of Benjamin Nathan Cardozo*, ed. by Margaret E.Hall, New York: Fallon Publications, 1947。

了一个法学运动。中国学者冯象在中国首次系统、概括且全面地介绍了美国的法律与文学运动的一系列问题。① 美国的法律与文学运动大致有四个分支:(1)作为文学的法律(law as literature);(2)文学中的法律(law in literature);(3)关于文学的法律(law of literature);(4)通过文学的法律(law through literature)。美国著名法学家、法官理查德·波斯纳对法律与文学,尤其是文学中的法律展开了一系列研究,凝结成《法律与文学》《超越法律》《正义/司法的经济学》《法理学问题》等专著。他从法律角度对一些西方经典文学作品进行了分析,从平凡的故事中提出了实际的法律和法学理论问题。此外,欧洲大陆在 20 世纪 90 年代也出现了在这方面极为活跃的学术组织,比如意大利法律与文学协会、荷兰鹿特丹伊拉斯姆斯法学院、挪威卑尔根大学法学院。②

在中国,自 1997 年起出现了很多有关西方法律与文学的译著,同时国内学者也对此进行了积极的研究。法学教授苏力分别于 1994 年、2001 年、2002 年翻译出版了波斯纳的《法理学问题》《超越法律》《正义/司法的经济学》;2010 年,丁晓东翻译出版了美国玛莎·努斯鲍姆的《诗性正义:文学想象与公共生活》;2017 年,薛朝凤翻译出版了英国玛丽亚·阿里斯托戴默的《法律与文学:从她走向永恒》;2017 年,刘星与许慧芳翻译出版了英国伊恩·沃德的《法律与文学:可能性及研究视角》等。在这些海外研究成果的影响与浸润下,以苏力为代表的国内学者面对法律与文学这一课题,结合中国实际情况进行了独具特色的思考和研究。2006 年,苏力出版了专著《法律与文学:以中国传统戏剧为材料》,以包含大量公案剧的中国传统戏剧为语料,讨论了中国历史制度的变迁、法律制度的基本架构与细节,明确了中国古代具体制度存在的语境化的合理性与不合理性。这一研究的贡献主要在于其阐释了将文学这一意识形态物化载体在不同类型的社会中与政治法律建立的依存与影响关系。2013 年,陈文琼在《国家政治语境中的"法律与文学"》一书中考察了西方法律与文学的基本理论,阐释了国内学者苏力与冯象的本土化解读,在此基础上将法律与文学和政治的关系进行了讨论。该研究的创新点在于其将法律与文学关系置于新

---

① 冯象:《北大法律评论》,2 卷 2 辑,北京:法律出版社,2000,第 687—711 页。
② 伊恩·沃德:《法律与文学:可能性及研究视角》,刘星、许慧芳译,北京:中国政法大学出版社,2017,第 1 页。

中国成立以来的中国国家政治语境中，讨论法律与文学在政法实践活动中共同发挥的社会控制功能。此外，还有一些研究也集中于中国语境下的法律与文学探讨。如2014年，白慧颖在《法律与文学的融合与冲突》一书中展开了有关法律对文学的保护与规范、文学对法律的注解与诠释、法律化的文学，以及法律与文学的融合创作的相关论述，其中特别讨论了中国文学作品与法律的关系。2019年，刘星的著述《法律与文学：在中国基层司法中展开》将对法律与文学关系的探讨和中国基层司法情况相结合。其价值在于为司法实践提供了新的法学理解，为法律的现代追求和法律的圆润回应之间的协调展示了一种辩证机制。与这些深入研究中国政法实践和文学关系的探讨不同，2014年，刘星显出版了《法律与文学研究：基于关系视角》一书，对法律与文学关联的模式进行了探究。可以说它是对法律与文学关系这一传统课题的回归，提出了新的研究方法，选取四个关系视角，即法律与经济学、法律与社会学、后现代法学、法学教育，对相应的四种法律与文学类型进行了多维度的系统性研究。2014年，许慧芳在专著《文学中的法律：与法理学有关的问题、方法、意义》中，系统梳理了有关"文学中的法律"的研究文献，探讨了其所涉及的法理学问题、研究方法及其对于法学理论研究和法律实践的意义。这项研究将视角聚焦到法理学方面，为法律与文学关系的研究提供了新的思路。除此之外，法学界积极组织有关法律与文学的相关论坛且已凝结成一定的成果，如中国法学会法制文学研究会编著了文集《法治文学与法治中国》，中国政法大学出版了论文集《法治视野下的文学与语言："文学·语言·法治"》，中国知网上可见的相关论文还有150余篇。可以看出，来自不同学科，包括但不限于法学、哲学、文学和历史学的诸多学者从法律史学、法社会学、法哲学等不同角度对"法律与文学是什么"这一问题进行了探索，尤其是结合中国文学作品以及中国司法具体问题进行研究。学者们对法律与文学关系的阐释跳出了单纯的西方相关研究，推动了东方范围内的法律与文学研究。

　　法律与文学是完全不同的领域，然而，法律源自生活，生活又被塑造成文学作品，法律与文学在文学文本中交融。通过文学故事，我们可以思考社会控制能力，并查验法律与文学是否可以为我们提供深入认识社会形态的视角。文学作品叙事中塑造的戏剧性的个体命运及事件极有可能反映了若干群体的生存状态及社会风貌，亦反映出包括古代封建社会在内的社会法制特征，尤其展现了裁判者的法律实践。

东方的法律不同于西方的法律——西方法律是判例法传统；东方，尤其是中国，则注重法条和概念。古代日本，尤其是明治维新以前的日本，一直效仿中国的法制与法治。本研究以江户时代（1603—1867）①的文学文本为立足点，通过对文学文本尤其是公案文学的解读，欣赏文学故事，研究文学作品所展示出来的社会，思考贯穿其中的法学理论及裁判者的裁决方式。研究的重点是讨论文学作品中的社会与法律现实，分析文学作品对当时人们行为和思想的影响。以文学作品为材料，通过文本展现的现实生活情景来观察江户时代的社会与法制情况必定会更直观、更生动、更易理解，且更为深入。本研究采用实证研究的方式，对文学作品的叙事、文学作品的创作和演变进行考察，以比较文学的理论分析日本公案文学对中国公案作品元素的吸收，以此为基础对日本公案文学尤其是公案小说的特征进行探究。此外，发掘文学文本叙事中的法律现象、对日本公案文学作品影射的社会问题与法律问题进行探讨也是本研究的重要任务，笔者将提出对日本江户时代法律制度的思考。

当时的法律不过是统治阶层意志的体现，解决纠纷的裁判者最终是为统治阶级首领幕府将军服务的，而幕府的存在与发展依赖于广大武士，因此法律要维护武士阶层的利益。法律并不是公平的，它对待不同阶层、不同身份的罪犯呈现出不同的刑罚等级。在维护统治者利益的根本前提下，裁判者想要维护社会秩序的稳定和生活共同体的和谐，既要显示法律权威，又要彰显统治者对民众的仁慈和关怀，促使民众形成正义观，这就是"法治"与"德治"的结合。从这个意义上讲，文学作品显示出法律的意义，这正是冯象在法律与文学领域首次提出的"作为法律的文学"②，即文学与社会的政治法律之间的依存关系和基本格局。换言之，文学与法律制度互补，具有道德教化作用。

一、江户时代的法度与行政

江户幕府的建立标志着实施严苛法制的日本战国时代（1467—1568）的彻

---

① 本书中关于日本古代各个时期的年份起止，以《大辞林》（三省堂 2014 年版）中的记录为准。
② 参考冯象：《木腿正义》，广州：中山大学出版社，1999。

底结束，新兴社会在继承以往各地区农村与城市的管理制度及诉讼制度的基础上，进一步实施"兵农分离制"①，通过"检地"②和"刀狩"③的手段，将以往混居在一起的武士和农民剥离开来并固定其身份和阶层，武士自此移居城市，集体居住在"城下町"④。与此同时，城市里涌现出大量町人以及与神社和寺院相关的人员，他们在饮食、穿戴、居住、出行、游玩、娱乐、宗教等各个方面服务于将军、城主与武士，为其提供物资与便利，同时他们的活动也解决了町人自身的生计问题，满足了町人内部的消费需求。可以说，町人对江户初期大城市的形成及正常运转发挥了不可估量的作用。町人势力的壮大与城市的发展进一步推动了商业的发展，随之而来的是太平盛世中武士与町人的矛盾、武士之间的矛盾、町人之间的纷争以及町人与乡下人之间的冲突，可以说江户时代是诉讼急剧增加的一个时代。

　　不同以往的社会风貌与矛盾向案件审理人员提出了挑战，要求执政者制定适应新形势的法律法规。江户初期的几任将军尤其重视改革和建立适应新时代的新秩序。自日本历史上第一个武士政权镰仓幕府成立（1185）起，日本开始了天皇中央朝廷与将军幕府共同治理国家的"公武二元"政治统治形式。江户时代，以德川将军为金字塔顶的幕府组织以及管理地方事务的藩，代表了负责国家政治事务的幕藩权力，而村民和町人则是被幕藩权力统治和榨取的对象，他们分别以农村和城市为据点形成了一般民众社会。幕藩权力与以维持生计和生活安定为第一要义的民众社会既是对立乃至敌对的关系，又是相互依存和填补的关系。在两者维系平衡的过程中，幕藩组织面对其集团内部武士之间、武士与对立面民众之间，以及民众内部的各种纠纷和冲突，采用妥当的法律手段予以解决和惩处，以维持社会秩序的稳定，这是江户时代非常重大的课题。

---

① 由丰臣秀吉构筑的一种社会体制，在明治初年诸制度改革之际被废止。其基本内容是整编身份，特征是令武士独占军事力量，武士集中居住到城下町。江户时代继续实施兵农分离制。它与"石高制"（米谷收获量制度）、"锁国制"共同构成江户幕藩制国家的基础。

② 为了核算年贡和其他杂役而对农民的田地进行丈量和调查。日本战国时代已经开始检地，丰臣秀吉将其推向全国。到了江户幕府时代，幕府与各地大名继续推行检地政策。

③ 禁止武士以外的人持有武器，并将他们现有的武器予以没收。这是丰臣秀吉政权开始推行的政策。"刀狩""检地""身份统制"皆为兵农分离制的重要组成部分。

④ 相当于"城关镇"。

法律必须借助语言形成可辨识的文化符号来传递含义，从而转化为阅读者的规范意识来源。江户时代出台了多部法典与法律文书：《群书治要》《公事方御定书》《享保撰要类从》《宽保御触书集成》《寺社方御侍置例书》《享保业法律类寄》《御法度书》等。这些法律文书的诞生受到了《明律》《清律》等中国法典的影响，然而，包括法典在内的法律文书语言生硬，条款意思所指也会由于表述问题而让人产生不同见解。出于这些原因，日本江户时代的执政者和政治家在引入古代中国法典的同时，亦关注含有简要叙事的案例记录。此类记录文本通过具体的案件，简明、清晰地反映了诉讼、审理、侦破和量刑的过程，这比法典更容易令各级裁判者理解，更有利于法律含义和法律经验的传递，更容易起到触类旁通的作用。换言之，这种案例的记录文本是一种发挥"普法"作用的存在。中国五代和凝父子编著的《疑狱集》、南宋郑克编著的《折狱龟鉴》以及南宋桂万荣编著的《棠阴比事》等皆为此类。其中，《棠阴比事》在江户时代颇受日本人喜爱，甚至引起了各阶层的追捧热潮。

二、《棠阴比事》的属性定位：从法律实用图书转向文学作品

南宋桂万荣编著的《棠阴比事》通常被称为"中国古代案例汇编"或者"古代法医学著作"。《四库全书》将其列入"子部"的"法家类"。子部是我国古代图书四部分类法（经、史、子、集）中的第三大类，专列诸子百家及释道宗教等著作，下分十四类：儒家、兵家、法家、农家、医家、天文算法、术数、艺术、谱录、杂家、类书、小说家、释家、道家。《四库全书》总目提要子部总序指出，"儒家尚矣。有文事者有武备，故次之以兵家，兵，刑类也。唐虞无皋陶，则寇贼奸宄无所禁，必不能风动时雍，故次以法家"，这显示出法家在子部处于第三要位及其原因，亦彰显了法家伦理、社会发展、政治和法治思想对国家治理的重要性。《棠阴比事》作者桂万荣以减轻人民的诉讼之苦和避免冤案为己任，以加强国家法治和维护封建统治为目的，将南宋以前折狱方面的典型案例编辑成册。他在文中记述诉讼活动，介绍法医鉴定内容，尤其注重审案人员的侦破和审判智慧，从多方面传递了历代决疑断狱和司法检验的经验，以供处于断案之位的人员参考。因此，这部记录案例的文本称得上是一部提供了刑法和民法案例的法律专业用书，也是一部具有参考价值的实用书。桂万荣

原编本元代刻本传至朝鲜便产生了朝鲜本，朝鲜本又于镰仓末期传入日本，在东瀛开始了它的传播之路。

在东瀛，江户时代的儒官林罗山（1583—1657）成为传播《棠阴比事》的第一人。出于个人兴趣，他收集了不少中国法律方面的图书。作为德川幕府的御用文人，无论是出于奉承统治者的需要还是身为政治家的自觉，他已有意识地关注且开始比较中日两国的司法情况，可以说在一定程度上开始为解决日本当时法治凋敝的状况而谋篇布局。他手抄《棠阴比事》，对《棠阴比事》进行注疏，将《棠阴比事》相关图书馈赠友人，向政治家讲解有关法律的问题。其手抄本《棠阴比事》卷末识语"吾邦吏曹之职陵废久矣，余于是乎不能无感钦恤之诚"更是直接显示出《棠阴比事》在日本传播之初的性质——仍然以维护封建统治为根本目的。

继林罗山手抄本《棠阴比事》之后，先后出现了《棠阴比事谚解》《棠阴比事加钞》等注释图书，以及各种版本的《棠阴比事》和刻本（日本刻本），这些图书除了被汉学和法学方面的人才用于学习以外，还受到了德川幕府最高统治者德川家康（1542—1616）等历代将军以及其他政治家的关注。《棠阴比事谚解》的诞生源自纪州藩主德川赖宣（1602—1671）的请求，"应赖宣卿之求作《棠阴比事谚解》，且屡屡问法律之事"。《棠阴比事谚解》中的注释语言准确、通俗、易于理解，加之林罗山在注释中还将中日类似案件进行了对比，更易于读者加深对犯罪与司法审理的理解，进而有利于他们形成决狱新思路。换言之，不论在中国还是在日本，《棠阴比事》都是一部提供决狱经验的法律实用书。

日本的政治家并未停留在单纯理解书中侦破案件以及定刑量罪的方式上，而是将它们实际运用于日本的案件中，形成了带有《棠阴比事》风格，或者说带有中国风格的日本决狱实践，《板仓政要》中案例汇编的内容即为其反映之一。值得关注的是，《棠阴比事》的能量远非如此，它还在传播过程中对日本文学产生了深远影响。

《棠阴比事》被翻译成《棠阴比事物语》。该翻译作品中出现的少量改写，尚停留在中日官职名称等专有名词的简单置换上，因此，即使《棠阴比事物语》在日本被归类为"假名草子"，即江户初期用假名书写的拟古文体的短篇小说，也不能说明《棠阴比事》已从法律实用图书的属性过渡为文学属性。随着《棠阴比事物语》的诞生及其被庶民追捧，一系列以"比事"命名的小说作品诞生，为日本文学带来了一股"比事"风，比如《本朝樱阴比事》《镰仓比事》《日本桃阴比事》《本朝藤阴比事》。它们在日本文学分类上被划归为"浮世草子"这一小说种类，这就不难理解为什么日本文学界在提及《棠阴比事》时显示出的往往是对待文学作品的态度，而非法律图书。其背后的原因应该是学界以"棠阴比事"四个字兼指具有法律图书属性的《棠阴比事》和具有文学图书属性的《棠阴比事物语》。尽管案例与公案小说的界限并不是泾渭分明的，但是学界的这种态度实际上称不上严谨，尤其是在探讨"棠阴比事"对"比事"系列小说的影响及二者的关系时，学界只是用"棠阴比事"四个字来概括，几乎没有讨论给予日本文学作品直接影响的到底是《棠阴比事》本身还是《棠阴比事物语》，抑或其他相关图书。

鉴于汉文典籍在江户时代的珍贵情况，加之阅读起来的难度，日本当时的通俗作家基本上不可能直接参考《棠阴比事》汉文典籍本身，而且，"比事"系列小说中的模仿痕迹又再三显示出它们有可能不是来源于汉文典籍《棠阴比事》，而是来源于其注释图书。从这个层面来讲，在探讨日本文学作品受中国作品影响的研究中，考察日本作品引入中国元素时具体参照的文本与版本，亦是重要课题。本研究考证了日本"比事"系列小说与《棠阴比事》的关系，在此基础上进一步指出，这些小说的作者参考的范本很有可能是注释书《棠阴比事谚解》。

《棠阴比事谚解》又是一部什么样的图书？其流布情况如何？在《棠阴比事》的传播过程中发挥了怎样的作用？如何影响了日本江户时代的公案文学作品？笔者通过考察和研究发现：《棠阴比事谚解》对《棠阴比事》所进行的训译和意译相较于其他注释书而言，更为准确、通俗。现有资料显示，《棠阴比事谚解》应该有三种抄本。它们不断被誊抄，通过大儒林罗山的学术圈与政界关系及其他相关人脉得到了广泛的流布，这亦为《棠阴比事谚解》对其他文学作品产生的影响准备了客观条件。

三、江户时代的公案文学作品与法律

"公案小说"是中国对本国古代小说中书写犯罪、侦查破案、冤狱讼案作品的常见称呼。唐代传奇中已有折狱断案的题材，宋代"说话"中更有"说公案"一类的故事，宋元话本与明清小说中亦出现了大批此类故事，有的记述封建统治阶级对下层人民的迫害，有的颂扬清官。黄岩柏在《中国公案小说史》开篇之初，在梳理"公案小说"历史的基础上对其进行了界定，强调公案小说是"并列描写或侧重描写作案、断案的小说"①。孟犁野在《中国公案小说艺术发展史》中则指出："公案小说这个概念的外延应该更宽泛一些。我认为，凡以广义性的散文形式，形象地叙写政治、刑事、民事案件和官吏折狱断案的故事，其中人物、情节、结构较为完整的作品，均应划入公案小说之列，不管它的文体是文言还是白话，是话本体还是笔记小品，理所当然应划入公案小说之列。"②笔者赞成将公案小说的概念外延放得更宽泛一些，将描写犯罪、断案、定罪的文学作品都称为"公案小说"，不过，像《疑狱集》《折狱龟鉴》《棠阴比事》等法学方面的案例选编，由于缺乏文学性，并不适合被划归"公案小说"之列。

与"公案小说"类似的描写罪与罚的西方文学作品在西方被称作"侦探小说"。西方侦探小说的源头可以追溯到古希腊和古罗马的神话与《圣经》，而公认的真正意义上的第一部侦探小说诞生于 1841 年，是侦探小说鼻祖、美国作家爱伦·坡创作的《莫格街谋杀案》。此后出现了侦探小说创作热，且形成了古典派、惊险派、硬汉派、心理悬念派、幽默派等侦探小说派别。在梁启超倡导新小说时，西方侦探小说作为一种改造国人思想的利器而首先被引入。西方侦探小说娱乐性强，具有商业性。翻译家林纾也表示，侦探小说的推广可培养侦探方面的人才，对老百姓规避判官③与讼师的祸害大有裨益。④近代中国的侦探小说创作则正式开始于 20 世纪 20 年代，以程晓青为代表的作家在西方侦探小说模式的影响下，创作了《灯光人影》《霍桑探案》等侦探小说。

---

① 黄岩柏：《中国公案小说史》，沈阳：辽宁人民出版社，1991，第 1—15 页。
② 孟犁野：《中国公案小说艺术发展史》，北京：警官教育出版社，1996，第 6 页。
③ 在一些故事中，判官也被称为裁判者。
④ 参考苗怀明：《中国古代公案小说史论》，南京：南京大学出版社，2005，第 1—2 页。原文出自梁启超《论小说与群治之关系》与林纾《神枢鬼藏录》序。

在日本明治维新以后，西方侦探小说传入日本，对日本文学形成了一定影响。在日本，人们一开始以"探侦小说"之名来称呼西方的侦探小说，以及描写杀人、盗窃、诱拐、欺诈等犯罪活动及其侦破过程的所有其他小说。后来，由于日本政府对日常所用汉字限制的规定，"侦"字一度成为不能使用的汉字之一，故"探侦小说"这一称呼曾被弃之不用。20世纪40年代，在木木高太郎监修广义上的"Mystery丛书"之际，江户川乱步与水谷准提议将此类小说称作"推理小说"。在当今的日本文坛，谈到主要描写罪与罚的小说时，"探侦小说""推理小说""mystery小说""suspense小说"四种称呼皆可使用。

在西方侦探小说概念传入日本之前，日本古代文学中一直都存在与犯罪、侦破案件以及定罪有关的故事。日本人将其称为"裁判物"或者"比事物"，而非"探侦小说""推理小说""mystery小说""suspense小说"。"裁判"二字概括了这一类作品的主要特征，即讴歌裁判者巧妙侦破并裁决案件的智慧。"比事"，则源于日本大多数公案小说题目中包含"比事"二字这一现象。日本作家之所以以"比事"来命名公案小说，是因为日本公案作品的出现和发展受中国公案笔记《棠阴比事》的影响。

《醒睡笑》被视作日本"裁判物"（公案作品）之嚆矢[1]，但是，该作品中仅有卷四《听到的批判》记录了与京都父母官板仓胜重父子有关的公案内容，而且其中板仓父子的判案故事也显示出《棠阴比事》的趣味。不能否认，在"《棠阴比事》热"的背景下，日本的公案故事多多少少都带有中国决狱故事的趣味。在中国决狱故事与日本决狱故事的双重影响下，日本江户时代终于形成了整册内容均为公案故事的系列公案文学作品，具体为《本朝樱阴比事》《镰仓比事》《日本桃阴比事》《本朝藤阴比事》《镰仓比事青砥钱》《青砥藤纲摸棱案》《板仓政要》《大冈政谈》等。此外，《昼夜用心记》和《傥偶用心记》两篇作品虽描写了罪犯行骗的故事，但基本没有判官的裁决，这往往被看作江户公案作品中的亚流。在本研究中，笔者将日本江户时代的这一系列与犯罪和刑罚相关的作品，统一以中国"公案小说"之名来称呼。

《本朝樱阴比事》《板仓政要》与《大冈政谈》直接以江户时代的京都所司

---

[1] 安楽庵策伝著、鈴木棠三校注『醒睡笑』東京：岩波文庫、2009。本研究使用的日文资料译文皆为笔者所译。

代板仓胜重父子和江户町奉行大冈忠相为裁判者原型，描写了江户时代的犯罪与裁判故事。而《镰仓比事》《镰仓比事青砥钱》《青砥藤纲摸棱案》与《日本桃阴比事》（《本朝藤阴比事》与《日本桃阴比事》内容几乎一致）则是以镰仓时期的北条泰时（1183—1242）、北条时赖与虚构的判官青砥藤纲①为裁判者构思了罪与罚的故事。江户时代有不少文学作品因忌惮官府的势力而不正面描写江户的事务，尤其是戏曲小说往往将江户时代的事情假托于镰仓时代与室町时代。部分公案小说正是模仿了戏曲小说的这一做法，将江户时代的裁判故事置于镰仓时代的判官名下。

　　江户幕府的建立和发展，为日本及其民众带来了太平盛世，继而促进了农业、小手工业和商业的发展，刺激了京都与大坂②等老牌城市的进一步繁荣，带来了江户等新兴城市和城下町的壮大。大坂町人的经济力量随之增强，城市的职业分类进一步细化。在规定的町人居住区中，拥有独自住宅的町人与租住在出租屋中的底层町人，形成了一个以町为单位的生活共同体。在这样的社会背景下，形形色色的人员为生计、欲望或做出隐忍的努力，或违背人伦道德践踏他人利益，继而引发争端或犯罪，而偷盗、抢劫、杀人、行骗、偷奸等犯罪活动是当时的主要犯罪类型。江户初期的纷争和冲突与江户中期和晚期不尽相同。从全国范围来看，城市与町人的发展在这一阶段尤为引人注目。武士进驻城市，带来了城市建设和发展的机遇；城市的町人增加，也为满足城市的消费与娱乐带来了有力的保障。与此同时，幕藩制尤其是兵农分离制解除了武士对土地的支配权，知行制③由此变成藏米制④，由此产生了一批失去往日风采的武上，改易、改封、减封又产生了一批浪人，底层浪人甚至流离失所，衣不蔽体，食不果腹。这些都成为不稳定因素，威胁着社会的安定。他们或直接或间接地引发了纷争与犯罪，诉讼随之增多，人们渴望了解应该如何裁断扰乱共同体秩序的行为。

---

① 关于青砥藤纲是虚构判官的论断参考了瀧川政次郎『日本法律史話』の七十二「架空の名判官青砥藤綱」東京：講談社、1986、289—297 頁。
② 明治四年（1871），大阪府将地名"大坂"中的"坂"改为"阪"。由于日本中世和近世将这一地名记作"大坂"，因此，为了再现当时的时代风貌，本书统一采用"大坂"这一写法。
③ 武家社会赋予家臣一定的土地支配权。
④ 江户时代以大米作为幕府官员与藩士俸禄的一种制度，以此替代给予土地支配权的知行制。很多藩国从 17 世纪开始由地方知行制改为藏米制。

与此同时，以商业利益为目的的文学创作与出版活动逐渐增多，《棠阴比事》的翻译改写本《棠阴比事物语》亦出现了多种刊本，而且还在此基础上加入插图，形成了易于阅读的《棠阴比事物语》"绘入本"，即绣像本。这绝不是书坊单方面的行为，它还是社会状态和读者市场的倒逼，亦是印刷技术进一步发展催生的结果。可以说，《棠阴比事物语》的出版为百姓增添了茶余饭后消遣型阅读的乐趣，在一定程度上满足了他们对司法判案的好奇心，是书坊与通俗作家审时度势的反映。一系列模仿《棠阴比事》决狱风格的公案作品正是产生于这种时代背景下。

四、富裕町人跃入阅读阶层

在中国古代，读书阶层主要固定为士大夫阶层，或者为了通过科举考试而跃入士大夫阶层的读书人。在日本古代，读书曾经是贵族的专有行为，随着时代与社会情势的变化，到了江户时代，读书不再只是贵族阶层的行为，富裕町人与富裕农民也成为阅读图书的重要群体。北岛正元在《江户时代》中指出，"浮世草子的主要读者是城市中等阶层以上的町人和近郊富农"[①]。随着这些变化的产生，文学作品的创作主体与对象亦呈现出变化。我们不妨借用加藤周一的论说，将与文学作品的创作或欣赏活动有关的阶层统称为"文学阶层"[②]。

在奈良时代（710—784），日本的文学阶层尚未完全固定为某一个阶层，《万叶集》主要收录了七八世纪的和歌，其作者除了贵族，还包括僧侣、农民和士兵，甚至是名不见经传的民众。但是，平安时代（794—1185）形成的文学阶层主要以底层贵族、僧侣和贵族出身的女性居多，他们创作了很多代表时代的抒情诗和物语等作品。加藤周一认为，这是因为底层贵族位于贵族权力的周边地带，既能近距离地观察宫廷，又能与宫廷保持一定的距离，而被称为"女房"的宫廷女性作家既没有经济方面的担忧，又没有政治上的野心，还在半官方语言汉语方面具有很高的素养。[③] 可以说，底层贵族、僧侣和女性作家既是平安时代文学的创作者，又是文学的享有者，当然更高级别的贵族亦是文

---

① 北岛正元：《江户时代》，米彦军译，北京：新星出版社，2020，第157页。
② 加藤周一『日本文学史序説 上』東京：ちくま学芸文庫、2009、24頁。
③ 加藤周一『日本文学史序説 上』東京：ちくま学芸文庫、2009、25—26頁。

学的享有者。

镰仓时代（1185—1333），武士在镰仓建立了幕府政权，其政治地位与贵族统治阶级并列，但是他们并没有直接成为文学阶层。"上层武士屡屡成为文学艺术的保护者，武士的生活往往会为文学提供新的素材。但是，作者出身于武士的情况很少。"① 贵族和僧侣虽然仍是镰仓时代的主要文学阶层，但是随着武士阶层的发展，他们中的部分人员结庵或退居寺院，创作了隐者文学，也有部分人员开始赞美武士政权以及武士阶层的行动和伦理，《平家物语》即为代表作之一。换言之，贵族和僧侣在镰仓时代依然是主要的文学阶层。

到了江户时代，武士和町人终于跃入文学阶层。不论从创作的主体还是从阅读的主体来看，江户前期主要是武士，后期除了武士，还有町人。出身武士阶层的作家呈现出两种类型的创作风格：一种为武士阶层创作武士特有的文学，即儒家汉诗文；另一种为虽出身于武士之家却脱离武家而从事俳谐创作、戏曲创作等。町人经济力量的增强刺激了都市文化领域的消费，越来越多的富裕町人成为文学作品的阅读者以及各种文艺活动的观众和听众。反过来，越来越多的作家以町人为对象进行创作，比如出身于大坂町人之家的井原西鹤（1642—1693），其作品中的一个类别即为"町人物"，再如近松门左卫门专门以町人为对象，书写了谣曲和歌舞伎剧本。井原西鹤创作的《本朝樱阴比事》正是日本公案作品系列中的重要作品，它吸收了中国公案笔记的元素，对日本江户时代公案作品的形成发挥了重要的作用，可以说它是连接中日公案作品的一座桥梁。

---

① 加藤周一『日本文学史序説　上』東京：ちくま学芸文庫、2009、26 頁。

第一章

《棠阴比事》的日本流布与日本公案文学

中国古代典籍文献远赴东瀛，作为文化的主要载体传播中华文明，形成了中日之间乃至东亚地区的图书之路①，这亦成为两国源远流长的交流史的重要组成部分。日本将源于中国的典籍文献统称为"汉籍"，在浩如烟海的汉籍中，南宋浙江慈溪人桂万荣所编著的公案笔记《棠阴比事》在日本江户时代广为传播，最终促使通俗小说作家争先模仿创作，从而形成了日本近世的公案文学作品。因此，要讨论公案文学作品必先考证《棠阴比事》的东传，以及江户时代作家对《棠阴比事》的关注情况。

第一节 《棠阴比事》的日本流布

《棠阴比事》元代刻本传至朝鲜，以朝鲜活字本为载体于日本镰仓末期传至日本，在江户时代被多次誊抄、注释、翻译和刊行，受到了学者、执政者、普通民众和通俗小说作家等不同读者层的关注和喜爱。该作品作为汉学图书和法律图书，在学者圈传播，成为学者涉猎汉学知识和法律知识的一个手段。它也受到以德川将军为首的日本政治家的重视，为执政者解决当时的法律问题、构建江户社会的新秩序直接传递了断案与其他法律经验，促使他们对法律进行再思考和再认识。同时，该作品还传播于普通民众之间，成为他们茶余饭后消遣娱乐的读物，也成为民众面对纠纷、欺诈和官司时的指南。在学者、政治家和各地藩校注目以及民间读者追捧的浪潮中，日本通俗小说作家吸收了《棠阴比事》的元素，创作出具有日本风格的公案小说作品系列。这些公案作品中融入了日本近世乃至中世的社会实相，尤其是诉讼、断案、刑侦、量刑的相关内容。

---

① 王勇以"图书之路"为关键词考察了古代中国文献在日本乃至东亚地区发挥的文化载体作用。其相关的主要著作如下：王勇：《图书之路与文化交流》，上海：上海辞书出版社，2009；王勇：《东亚坐标中的图书之路研究》，北京：中国图书出版社，2013。

一、《棠阴比事》的形成

南宋浙江慈溪人桂万荣开禧三年（1207）在饶之余干尉任上期满，与纠曹孙起予话别之际听及冤案。番阳尉胥被人所杀，证据确凿，三个嫌疑人认罪且供词统一，只有桂万荣认为还有疑点，于是亲自到台府要求延缓处理，最终缉拿到真犯人。[①] 嘉定四年（1211），桂万荣在建康任典狱官之际对此冤案仍耿耿于怀，认识到"凡典狱之官，实生民司命，天心向背，国祚修短系焉"，故下决心编纂决狱案例集，以供判案人员参考。

桂万荣的生平资料比较匮乏，结合浙江省《慈溪县志》《大明一统志》以及决狱案例集《棠阴比事》中桂万荣本人的序和张虑识语，可看出他的生平情况基本如下。桂万荣，浙江慈溪人，字梦协，庆元二年（1196）进士及第，开禧三年（1207）任余干县县尉，嘉定元年（1208）任建康司理，嘉定八年（1215）主管户部架阁，嘉定九年（1216）被授予武学博士，之后任平江通判、南康太守、直秘阁尚书右郎。

桂万荣从五代和凝父子编纂的《疑狱集》中选取一部分事例，参照郑克编纂的《折狱龟鉴》，按照案件内容的相似性或断案方法的类似性，将一百四十四则案例编成七十二组。这部案例汇编取名《棠阴比事》。"棠阴"二字应该源自周朝召公奭棠梨树下听讼判案的故事，《史记》卷三十四《燕召公世家》记载道：

> 召公之治西方，甚得兆民和。召公巡行乡邑，有棠树，决狱政事其下，自侯伯至庶人各得其所，无失职者。召公卒，而民人思召公之政，怀棠树不敢伐，哥咏之，作甘棠之诗。[②]

召公奭治理陕地以西地区，走访民间，体恤民情，政通人和，百姓感念其经常在棠梨树下断案理政，因此以歌咏之。《诗经·召南·甘棠》即表达了百姓对召公奭的赞美和敬重。

---

① 鉴于本研究讨论的重点是传至日本的《棠阴比事》对日本公案文学的影响，故引文除特殊情况以外皆采用《棠阴比事》日本常磐松文库本。

② 司马迁：《史记》，北京：中华书局，1997，第 1549—1550 页。

蔽芾甘棠，勿剪勿伐，召伯所茇。

蔽芾甘棠，勿剪勿败，召伯所憩。

蔽芾甘棠，勿剪勿拜，召伯所说。

召公奭棠梨树下决狱，贵族和百姓拍手称赞，说明其断案达到了人情之调和，维护了和谐的统治秩序，亦反映出其断案有方，既不失公允，又兼顾人情予以变通。桂万荣以此命名，正是希冀"著明教，棘林无夜哭"[①]。

书名中的"比事"可理解为"决事比"。已行故事曰比[②]，颜师古曰："比，以例相比况也，他比，谓引他类以比附之，稍增律条也。"[③]《周礼秋官大司寇》注云："疏云，若今律其有断事，皆依旧事断之，其无条，取比类以决之，故云决事比。"[④]可见，"比事"即参照旧案或近似的旧案来解决诉讼之意。中国自春秋起决狱参照旧事，桂万荣在书名中采用"比事"二字阐明图书的功能，即供断案人员决狱参考。

《棠阴比事》在宋、元、明、清时期相继形成了两大系统和很多不同版本。两大系统是桂万荣原编本和明代吴讷删补本。吴讷对于原编本"惜其徒拘声韵对偶，而叙次无义"，于是删掉重复出现的同一类别，仅存八十篇"别为次序，以刑狱轻重为先后"。吴讷删补本没有单行本行世，目之所及皆被收录于其他丛书，如《祥刑要览》《四库全书》《学海类编》《丛书集成初编》。日本佐立治人考证发现，推测为吴讷所编的《祥刑要览》除了收录吴讷删补本《棠阴比事》内容以外，还收录了《善恶法戒》以及陈察（1482—1539）增补的《祥刑要览》部分，这三部分内容被后人改为《棠阴比事原编》《棠阴比事续编》《棠阴比事补编》，收录在《学海类编》中。[⑤] 其中，《棠阴比事续编》讲述了汉代至宋代十三位清官和十位恶官的故事，《棠阴比事补编》收录了汉代至明代案例。

---

① 出自《棠阴比事》桂万荣序。
② 王锷：《礼记郑注汇校》，北京：中华书局，2020，第199页。
③ 程树德：《九朝律考》，北京：商务印书馆，2010，第39页。
④ 阮元：《十三经注疏（二）》，北京：中华书局，2009，第1881页。
⑤ 佐立治人「『棠陰比事原編』『棠陰比事続編』『棠陰比事補編』と呼ばれる裁判逸話集について」『法史学研究会会報』、2008（12）、88—95頁。

二、《棠阴比事》东传日本

　　《棠阴比事》桂万荣原编本元代刻本经朝鲜传入日本，收录了吴讷删补本《棠阴比事》的《祥刑要览》亦东传至日本，对日本的汉学、法学、政治体制以及文学等诸多领域产生了深远影响。在日本产生的《棠阴比事》系列图书主要为：以桂万荣朝鲜活字本为底本的《棠阴比事》手抄本、《棠阴比事》刻本、《棠阴比事》的注解书《棠阴比事谚解》和《棠阴比事加钞》、《棠阴比事》的翻译改写本《棠阴比事物语》、加入绘画的"绘入本"《棠阴比事物语》，以及收录了吴讷删补本《棠阴比事》的《祥刑要览》。其中，《祥刑要览》由三卷构成，上卷为经典大训，记录了从汉朝至宋朝的公案案例，中卷和下卷收录的案例则几乎都来源于《棠阴比事》。据美浓国（今岐阜县）岩村藩儒者若山拯（1802—1867）的记录，以及下文列出的江户时代书坊出版目录，《祥刑要览》在江户时代出现过和刻本，以及冈山藩学者熊泽蕃山（1619—1691）的假名翻译本。然而，日本现存《祥刑要览》只有一本日本国立国会图书馆藏的上卷，故很难考证其中、下卷资料。可以推测，以桂万荣原编本朝鲜本为底本而形成的《棠阴比事》系列在当时更为流行，因此，本研究认为，在日本产生的《棠阴比事》系列大多数为桂万荣原编本系统元代刻本的分支。

　　《棠阴比事》日本常磐松文库本被认为是翻印了元代田泽校订本的朝鲜活字本，亦有可能是日本《棠阴比事》诸本之祖[1]，其载有至大元年（1308）沣州总管府推官田泽序。序文中介绍了修订和刊行《棠阴比事》的经纬，"取开封郑氏评语列之各条之下，且复揭其纲要，梳其音义，而标题于上，命工绣梓"[2]，即在桂万荣所编《棠阴比事》各案件后添加郑克《折狱龟鉴》评语，再次列出案件纲要，梳理其音义并标注在对应内容之上。

　　关于日本版《棠阴比事》，王晓平在讨论中国故事的编译问题时指出，《棠阴比事》的日本注释书《棠阴比事谚解》大体完整保留原著故事并逐句译出，《棠阴比事物语》则采用摘译的方式。[3] 施晔和孙健在研究有关荷兰汉学家高罗

---

① 長島弘明「調査報告八：常磐松文庫藏『棠陰比事』（朝鮮版）三卷一冊」『実践女子大学文芸資料研究所年報』、1983（2）、43頁。

② 長島弘明「調査報告八：常磐松文庫藏『棠陰比事』（朝鮮版）三卷一冊」『実践女子大学文芸資料研究所年報』、1983（2）、61頁。

③ 王晓平：《中日文学经典的传播与翻译》，北京：中华书局，2014，第258—260页。

佩的论文时亦提及日本版《棠阴比事》。① 日本学界对《棠阴比事》的研究主要
集中在书志介绍②、注释书比较③、与日本公案作品关系的考察④方面，几乎没有
对《棠阴比事》受众面进行讨论。事实上，在探讨《棠阴比事》为东瀛带去的重
要价值时，很有必要将受众面按类分析。该作品在日本一方面成为学者和政治
家学习法律知识的专业图书，另一方面成为丰富市井百姓生活的通俗小说，同
时开启了通俗文学作家创作公案小说的浪潮。因此，《棠阴比事》既是古代中
日司法方面独具史料价值的古文献，亦是中日比较文学研究方面的天然文本。
为探讨日本江户时代公案文学作品的特色，极有必要在考证《棠阴比事》在日
本的传播和演变轨迹的基础上，讨论《棠阴比事》对不同受众面的影响所在，
阐明它在古代日本司法与文学领域的重要意义。

三、大儒林罗山与《棠阴比事》

林罗山，号道春，江户初期儒学家，日本传播《棠阴比事》第一人。他效
忠于德川幕府前三代将军，很早就洞悉了幕府凋敝的司法局面，并悄然展开了
一系列积极而有意义的工作：（1）借阅明律；（2）收集一系列法律方面的汉籍，
包括《律令》《大明律》《大明律讲解》《律解辩疑》《洗冤录》《无冤录》《折狱
明珠》《祥刑要览》《棠阴比事》《廉明公案》《古今律》等。⑤ 元和⑥五年（1619），
林罗山誊写朝鲜版《棠阴比事》，并与朝鲜其他版本进行比较，又应四位友人
请求进行读解，并令侍从标注训点，这成为《棠阴比事》在日本正式传播的
开端。

> 右《棠阴比事》上中下以朝鲜板本而写焉。因依寿昌玄琢、生白玄
> 东、金祇景、贞顺子元之求之而口诵之，使侍侧者点朱墨矣。吾邦吏曹

---

① 施晔:《高罗佩〈棠阴比事〉译注——宋代决狱文学的跨时空传播》,《文学遗产》, 2017(2), 第
120—134 页; 孙健:《高罗佩与〈棠阴比事〉》,《国际汉学》, 2017(3), 第 60—69 页。
② 滝川政次郎『法律史話』東京: 巖松堂書店、1932、32 頁。
③ 大久保順子「『棠陰比事』系列裁判話小考——「諺解」「加鈔」「物語」の翻訳と変容」『香椎潟』
福岡女子大学国文学会、1999（44）、79—92 頁。
④ 麻生磯次『江戸文学と中国文学』東京: 三省堂、1962、257—306 頁。
⑤ 林羅山「梅村載筆」『日本随筆大成〈第一期〉1』東京: 吉川弘文館、1975、37 頁。
⑥ 本书中除特殊说明外，"元和"指日本年号。

之职陵废久矣，余于是乎不能无感钦恤之诚，且又以朝鲜别板处处一校焉，虽然他日宜再订正，以笔削而可也。此点本即传写于四人之家云。

云和己未十一月二十七日　罗浮散人志[①]

林罗山曾受德川幕府御三家之一的纪州藩主德川赖宣之命，为《棠阴比事》作注，即《棠阴比事谚解》（下文多简称《谚解》）。

先生六十八岁　今夏五月尾阳义直卿逝于江户邸，先生哀慕作挽词奉悼之。初先生在骏府时，既谒义直卿、赖宣卿、赖房卿，故三卿共善遇之。曾应义直卿之求作《神社考详节》《宇多天皇纪略》等，常谈本朝故事。应赖宣卿之求作《棠阴比事谚解》，且屡屡问法律之事。应赖房卿之求抄出《神道要语》。赖房卿嫡子羽林光圀卿好作诗文，屡屡有赠答。凡在府三十余年，其间侯伯达官士林济济，或开讲席，或设雅筵，其交际亲疏有差。[②]

除此之外，林罗山曾在京都祇园观看神会，其间为书生解答有关《棠阴比事》的疑惑。

另外，曾有人邀请林罗山一起观看祇园神会，恰巧一书生袖中装《棠阴比事》前来请教，罗山一一解说，活动因此错过，遂未观神会。[③]

京都书坊老板木村市郎兵卫在《倭版图书考》“棠阴秘事”条目中的相关记载亦反映了林罗山是公认的《棠阴比事》专家。

有上中下三卷，宋末桂万荣所作。该书集古来贤人调查犯罪之人与

① 参见日本国立公文书馆内阁文库写本《棠阴比事》。文中句读为笔者添加，原文为繁体，现统一为简体，下同。第一个“之”疑为衍字，故笔者删除。
② 京都府立京都学歴彩館蔵『羅山林先生集』「附録　卷第二年譜下」版元不明、1662。
③ 原念齋著、塚本哲三編『先哲叢談　卷一「林忠」』筑波：有朋堂書店、1920、17 頁。

判断诉讼之内容，为一部好书。采用《蒙求》之体，罗山为之点训点。①

综上所述，林罗山誊抄《棠阴比事》，标注训点，著注释书，为周围好学之人讲解，还研究了包括《棠阴比事》在内的不少中国古代法学图书，必须承认他已经成为执政者、知识分子阶层乃至出版机构所公认的精通《棠阴比事》之人。可以说，言《棠阴比事》则必提林罗山，林罗山为《棠阴比事》在东瀛的传播做出了巨大贡献。

四、执政者与《棠阴比事》

林罗山在其手抄本《棠阴比事》中指出，"吾邦吏曹之职陵废久矣。余于是乎不能无感钦恤之诚"②，显示出日本司法涣散局面的同时，也指出了其成书目的是服务于执政者，这与桂万荣序"上体历代钦恤之意"不谋而合。可以说《棠阴比事》在日本传播之初就被寄予了整备日本司法、服务于执政者的厚望。

近世初期，德川家康建立了德川幕府，然而战国时代杀气腾腾的遗风并没有消失，因此，整备治安、建立幕府新秩序是当务之急。近世中期，政治安定，然而包括司法在内的幕府政治呈现出松懈局面，同时，町人势力的抬头亦导致了一系列社会问题的产生。前所未有的危机与各类矛盾使幕府将军以及地方藩主积极搜集中国法律图书，以求治理良策。

家康藏书中有两本《大明律》和《大明会典》③；从德川幕府御三家之一尾张义直（1601—1650）的《御图书目录》中可看到"《棠阴比事》写本"，该目录有关宽永年的记载中有"《棠阴比事假名本》五册"和"《棠阴比事》五册版本"；纪州藩主赖宣更是与《棠阴比事》有着紧密关系，在其清除藩内旧秩序建立新秩序之际，请林罗山为《棠阴比事》作注解"且屡屡问法律之事"④，该藩历任藩主都重视法学方面的研究，汇聚了多位法学和汉学人才，令纪州藩以明

---

① 幸島宗意『日本書目大成 第三巻』東京：汲古書院、1979、46 頁。文中"棠阴秘事"中的"秘"应为"比"。
② 林羅山『棠陰比事』国立公文書館内閣文庫写本。
③ 奥野彦六『德川幕府と中国法』東京：創文社、1979、49—51 頁。
④ 京都史蹟会『羅山林先生文集』京都：平安考古学会、1918。

律等法学研究闻名。① 此外，宽永十二年（1635），林罗山还奉旨编著《倭汉法制》。② 这些不仅表明德川幕府关注法制文化，亦表明《棠阴比事》一书在安邦治国方面，尤其是在治理司法方面具有一定的影响力。

当时，汉文图书珍贵，不易获得且不易理解，有可能接触到《棠阴比事》和《谚解》的人物主要是以幕府将军为核心的政治圈和以林罗山为核心的学者圈，具体可分为将军家、藩主、谋臣、学者等。这部分位于统治阶层的人物（谋臣和学者效忠于执政者，这里权且把他们归为统治阶层），在接触《棠阴比事》《谚解》及其他相关图书以后，必然会有以下几方面的收获：（1）丰富汉文知识；（2）丰富司法知识；（3）打开实际应对案件的视角；（4）获得司法方面的启迪。

《谚解》是林罗山专门为纪州藩主赖宣所著的《棠阴比事》注解书。正如铃木健一所述，它是林罗山为执政者和上流阶层编著的启蒙图书之一③，因此，《谚解》应该是为执政者提供大量可参考内容的易于理解的图书，还应该在一定程度上对执政者在法学方面有所启迪。

《谚解》由上、中、下三卷构成，除了用书面体进行伴有训译的翻译以外，还显示出以下特色：（1）考察了中国的类似案件；（2）考察了日本的类似案件；（3）穿插了林罗山的评语。下面以《棠阴比事》之二十一《宗元守辜》一文为例，来说明《谚解》的特征及其对执政者的意义。④

（1）《谚解》：马麟被抓。守辜。所谓守辜指如果对方死亡，加害一方也必须以死谢罪。犯罪该死即为辜。所谓保辜亦守辜之义。因为殴打受伤之人死亡，所以要对马麟执行死刑。

宗元有所虑，推算其父打人时间，在限外四刻啊。将此信息诉诸郡官。宽恕其父之罪得以实现。宗元因此扬名。

---

① 松下忠「大明律研究における紀伊藩と護園学派」『和歌山大学学芸学部紀要　人文科学』、1953（3）、68—85 頁。

② 『羅山先生詩集　巻四』、「羅山林先生集附録　巻第一」、23 頁。

③ 鈴木健一「林羅山の文学活動」『国文学：解釈と鑑賞』、2008（73—10）、37—45 頁。

④ 本书所引用《谚解》文本均出自东京大学综合图书馆南葵文库藏本，所引用《棠阴比事》文本均出自长岛弘明所翻刻的藤原惺窝旧藏本。后文在对《谚解》与文学作品进行比较的时候，亦以南葵文库藏本为底本。

这一段是议罪。守辜之限以日子计数。一日以百刻计算。对方死亡如果在限外时间，就不会给打人者判处打人致死罪，而是打伤罪（中略）。

《疑狱集》云、《大明律》、凡保辜者、责令犯人医治、辜限内、皆须因伤死者。

以斗殴杀人论、其在辜限外死者、各从本殴伤法、若折伤以上、辜内、医治平复者、各减二等、辜限满日不平复者、各依律全科、又按唐律云保辜限内死者、依杀人论、限外死者、依本殴伤法、又按《元史刑法志》云、保辜限内死者、依杀人论、辜限外死者、杖一百、阁元氏未尝定律及圣朝未定律之先、皆以《唐律》比拟、故我朝律文、多宗唐律、而此条亦本之也（中略）无怨录云、保辜限次（保辜、即保其罪名也、保辜有定限日次也）、如拳手殴人例、限十日、计累千刻（言一日百刻、十日、则计之积累而为千刻）以定辜限之内外。

（2）《棠阴比事》: 父麟殴人。被系。守辜。而伤者死。将抵法。宗元推所殴时在限外四刻。因诉于郡得原父罪。由是知名。

对比《谚解》《宗元守辜》与《棠阴比事》，可发现《谚解》先进行简要的整体翻译和关键词注解，然后在文末进行深层次的考证和分析点评，进一步深化读者对司法术语"守辜"的认识。林罗山在《谚解》中除了对《宗元守辜》案例本身，还对案例之后中国先贤的点评进行了详细介绍。仅"守辜"一词，通过《谚解》一书就可以了解《大明律》《唐律》《元史刑法志》《无怨录》对此采用的不同处置措施。对执政者而言，案例本身向其提供了应对同样或类似案件的方法，更为重要的是，不同法典对同一犯罪行为的不同惩处方式，有利于强化执政者对犯罪以及刑罚种类的认知，启迪执政者对法典的不同标准进行深入思考，开阔执政者的断案视角，为执政者制定司法制度带来多重参考。

在开阔断案视角方面，林罗山在《谚解》中引入日本类似案件，将其与《棠阴比事》中的案件进行对比并分析二者异同的做法值得关注。比如:《棠阴比事》之三十五《季珪鸡豆》的故事大意是判官面对两个争夺鸡的所有权的人，先询问他们各自喂鸡的食物，再杀鸡确认。林罗山在《谚解》对应的故事后面介绍了一个日本故事，有两个人争夺三岁儿童，判官询问双方喂养的食物后，通过催吐验证呕吐物的方法判明真相。在注解中加入此种对比，更容易打开阅读者的思路，而注解文最后的总结"辨明是非曲折之事也需动用各种方法，否则实难判断"再次提醒判官注意，要根据案件的具体情况采取不同的判案方式。这些注释内容从侧面显示出林罗山向执政者进言献策的用心，他不但向执政者提供了大量案例，而且启发执政者在实际应对案件时要充分考虑各种条件与细节。

综上所述，《棠阴比事》的注释书《谚解》对执政者的价值在于其既能直接提供大量判例，又能提供形式多样的断案方法和法典标准，还能间接给予司法启迪，为执政者整顿司法系统与制定新的司法制度奠定基础。应当说，《棠阴比事》在中日两国特定的历史时期都为安邦治国发挥了无可替代的作用。

与执政者重视《棠阴比事》的法律政治功能不同，市井百姓更关注《棠阴比事》案件的趣味性及其对实际生活的指导意义。

五、市井百姓与《棠阴比事》

井原西鹤写于元禄元年（1688）的作品《新可笑记》里刻画了一个将工作丢在一边而沉迷于替人写诉状打官司的木匠形象，"那个木匠不再把养家糊口的直角曲尺和水平尺当回事，反而不分早晚地思量官司，把《棠阴比事》等书枕在头下，连梦里也不曾忘记"①。这说明江户时代的普通大众已经开始关注《棠阴比事》，并且将其作为解决法律问题的指导性图书，也说明作家西鹤对《棠阴比事》的关注度很高。尽管原文中没有表明木匠所阅读的《棠阴比事》的类别，但是不难推测这里的《棠阴比事》应该是被翻译改写的、易于大众阅读的《棠阴比事物语》（下文多简称《物语》）中的某个版本。

《物语》由拟古文体的浅显假名文写成，在翻译的基础上将部分信息日本化，以便日本大众读者能够理解。比如：《物语》将中国官职处理成近似的日本官职。以《宗元守辜》为例，原文中宗元申诉的对象是"郡"，在《物语》中则被处理成"奉行"。"奉行"原来是接受幕府命令并执行的意思，其执行者也被称为"奉行"。德川时代有数十种各级"奉行"，有居幕府高层的"寺社奉

---

① 井原西鹤著、麻生磯次、冨山昭雄对译『对訳西鹤全集 新可笑記』東京：明治書院、1989、38 頁。

行""町奉行"，也有职位卑微的下级"奉行"。鉴于"町奉行"一般掌管行政、司法、警察等方面的事务 ①，可以推测文中的"奉行"是地方上听民诉讼的官员。而同一词语在《谚解》中被处理成"郡官"，在《棠阴比事》的另一部注释书《棠阴比事加钞》中被处理成"郡主"。与这两处中国式称谓相比，显然日本的普通读者更容易接受日本社会的"奉行"一词。

当有些复杂信息不易被日本化时，《物语》往往会灵活规避。比如：在《宗元守辜》里，《物语》巧妙地避开原文中的"守辜"一词，直接将相关部分处理成"马麟被抓，其间被打之人死亡"。故事内容清晰流畅，便于大众理解。与《谚解》相比，《物语》一般不对中国特有事物进行解释，甚至没有提及"守辜"这一对案件发展具有关键性作用却极不易理解的法律术语，这反而更有利于大众读者层的阅读。其通俗易懂、价位低廉的特征使之深受大众欢迎，从《物语》的多次出版可见一斑。

日本各大图书馆收藏以及图书目录提及的《物语》刊本主要有以下几类：宽永刊本（江户前期，1624—1644）、庆安刊本（江户前期，1648—1652）、宽文刊本（江户前期，1661—1673）、元禄刊本（江户中期，1688—1704）、正德五年（1715）刊本。庆安刊本有庆安二年版和庆安四年版。

宽文十三年（1673），松会印刷了"绘入本"《物语》，后来出现了刊记部分没有注明出版年份的刊本。"绘入本"《物语》除了加入插图以外，每篇作品的题目已经由原著的四个汉字改为直接表达故事主旨或重要线索的日语短句，更容易吸引日本大众读者的眼球。之后出现了无"松会"二字的刊本，书名也由先前的"绘入棠阴比事"变成了"新版绘入棠阴比事"。另外一部"绘入本"《物语》，外题为《异国公事物语》，内题为《棠阴比事》。② 元禄刊本有元禄五年（1692）丁子屋版和元禄九年（1696）刊本。元禄五年丁子屋版的外题采用汉字与假名混合的『新板 ③／たういんひし』字样，区别以往用汉字书写的书名《棠阴比事》，最终目的是突出其"新版"特色，以此来招徕顾客。

如上，《物语》不但被多次雕版印刷，而且被加入了大量插图，使《棠阴

---

① 川口谦二、池田孝、池田政弘『江戸時代役職事典』東京：東京美術、1992、46 頁、80 頁。
② 朝倉治彦『未刊仮名草子集と研究（二）』豊橋：未刊国文資料刊行会、1960、254—255 頁。
③ 原文写作"板"。

比事》从一部不易理解的汉文图书发展到可供大众消遣娱乐的通俗小说。市井百姓关注《物语》且广泛阅读的原因，笔者认为有四个：（1）江户时代大众对判官断案等司法内容了解的迫切性是其根本原因；（2）江户时代识字率的提高以及出版业的进一步发展为大众阅读奠定了基础条件；（3）中国公案故事本身所具有的趣味性是《物语》的魅力所在；（4）《物语》的低廉价格在百姓可支付的能力范围内。

近世社会经济的进一步发展引起的旧制度与新状况之间的矛盾、武士与町人之间的矛盾，以及其他一系列连锁危机导致具有时代特色的诉讼增加，令幕府不得不整治风纪、整备司法。具体来说，犯罪集中发生在以下人物关系中：主仆关系、亲人关系、夫妇关系、男女关系等。犯罪种类主要有：欺诈、卖淫、赌博、纵火、倒卖女人为妓等。

为了整治风纪，幕府推出以下措施：禁止打扮奢华、杀人试刀、聚众自杀、男女殉情、私自卖淫、赌博等；奖励揭发犯罪的行为。为了整备司法，幕府采取了很多举措，例如：（1）出台细则，整治松松垮垮的处理诉讼情况。要求审案细致、裁决合乎情理、慎用有犯罪前科的人为捕吏、审案合议过程不能人云亦云、处理诉讼不得拖延、不得收受贿赂。（2）改革过去过于残酷的刑罚。放宽连坐制度、取消放逐刑、改善牢狱环境。（3）编纂法律文书。①

由此可知，在近世社会产生的新冲突以及德川统治者在司法方面进行的诸多改革的背景下，市井百姓难免惹上官司，法律知识对其进行预防或者不得已面对官司时大有裨益。因此，通俗易懂、趣味性强、价位低廉的《物语》等公案作品在历史的潮流中必然受到关注，这亦成为通俗小说作家模仿《棠阴比事》创作日本公案作品的动力。

六、通俗小说作家与《棠阴比事》

市井阶层掀起的《棠阴比事》热引起了通俗小说作家的关注，并形成了创作日本式公案故事的潮流。《板仓政要》是受《棠阴比事》影响而形成的早期图书，成书于 17 世纪后期，记录了 17 世纪前期掌管京都市政的京都所司代（京

---

① 樋口秀雄『続・江戸の犯科帳』東京：人物往来社、1963、15—22 頁。

都父母官）的法令和经手案件。① 该书第六卷到第十卷是关于京都父母官板仓伊贺守胜重和周防守重宗父子审理案件的汇总，记录简明扼要。但是，这五卷并非全部是原始案件的纪实，其中包含模仿《棠阴比事》审理侦破技巧而编写的公案故事。

有关板仓父子审理案件的故事亦出现在笑话集《醒睡笑》中。其作者安乐庵策传是日本佛教净土宗的讲经僧人，经常讲解经典，教导众人。在讲经布道的过程中，他将深奥的道理融入通俗易懂的故事。《醒睡笑》成书于元和九年（1623），其内阁文库抄本为八卷八本，收录了一千零三十九个故事，宽永年雕版本从抄本中选取了三百一十一个故事。该作品的形成与京都所司代板仓父子有着深厚的渊源。元和元年（1615），策传在京都所司代重宗面前讲述奇闻逸事，后受重宗之命将这些故事编辑成册，宽永五年（1628）将其献给了重宗。该作品第四卷中的《听到的批判》这一节中包含了板仓父子断案的九个故事②，而从这些断案故事中又能看到《棠阴比事》中断案的影子。

《醒睡笑》的内容是策传根据自己听闻或阅读过的内容整理而成的，多是日本各地逸话、僧界内部情况、战国武将活动、民间故事和风俗，除此以外，还多见汉文典籍中的故事。而且，元和年间（1615—1624）是林罗山抄写和讲解《棠阴比事》的重要时期。加之策传不仅是僧侣，还是文人与茶人，这些注定了他与京都所司代等上流阶层有着千丝万缕的联系。综合这些因素，不难推测他很可能在编纂《醒睡笑》以前就已经了解了《棠阴比事》的内容。那么，作品中板仓大人断案的故事中融入《棠阴比事》断案元素也就不足为奇了。

在板仓大人破案故事盛行、《物语》大量印刷传播的背景下，西鹤接连创作多部公案小说作品。1689 年，西鹤先出版了一部与断案有关的文学著作《新可笑记》。该著作包含二十六篇作品，其中三分之一的内容与惩罚犯人或者审理案件有关。如卷一之五《遵照先例祈求赦免犯人》中塑造了一个沉迷于为别人写讼状打官司的木匠形象，他将《棠阴比事》带在身边，整日捉摸如何打赢官司，对自己的木匠本职工作却不管不顾。《新可笑记》出版两个月后，西鹤

---

① 《板仓政要》，写本，有京都大学藏十卷本。
② 这一节标题的日语名称是『聞こえた批判』，包含了板仓大人的九个断案故事："板倉政談其一"～"板倉政談其九"。参考安楽庵策伝著、鈴木棠三校注『醒睡笑』東京：岩波文庫、2009。

又出版了一部公案著作《本朝樱阴比事》。该作品被称为真正意义上的公案小说，作品开篇即写道，"夫，大唐之花，当属甘棠，周朝召伯避暑甘棠树荫下，听民诉讼。东瀛之花，当推樱花，繁茂的樱树树荫之下，自古人们纵情吟唱和歌"①，意即《本朝樱阴比事》是仿照中国《棠阴比事》创作的日本公案故事。全书五章四十四篇，讲述京城判官如何破解京城及其周边地区离奇案件、解决邻里纠纷以及量刑的故事。

不论是将《棠阴比事》之名纳入小说作品中，还是西鹤接连创作公案作品的举动，都直接反映出《棠阴比事》在当时的盛行与民众关注公案的社会现实。当然，以西鹤为代表的作家亦敏锐地察觉到了这些现象，且迅速地进行了模仿。

《本朝樱阴比事》问世以后，其他通俗小说作家相继创作了以"比事"命名的小说作品。宝永五年（1708），北京散人月寻堂创作《镰仓比事》，将北条义时和北条泰时（把持镰仓幕府的父子）设定成判官。宝永六年（1709）成书的《日本桃阴比事》，作者不详，将"地头"视作判官，各篇内容均以诉状的形式展开，"小人向大人报案，诚惶诚恐。小人名叫……，发生了……，请大人明察，小人感激不尽。恳请您以您的慈悲之心判处……"。②同年，《本朝藤阴比事》问世，由四十八篇作品构成，其中四十七篇都与《日本桃阴比事》相同，江本裕评价《本朝藤阴比事》是《日本桃阴比事》的改题窜改本。③

这三部"比事"作品的序文以及故事构成都显示了它们与《棠阴比事》的关系。序文（《本朝藤阴比事》没有序，就取开篇内容）中，关键句分别是"棠阴、樱阴是日本和中国的两部比事……模仿并整理成小说。记录北条家之政道。称为镰仓比事"④，"有棠阴比事。有樱阴比事。近来，又，有镰仓比事。……整理庶民故事编集成册，共七卷，模仿中国图书取名《桃阴比事》"⑤，

---

① 井原西鶴著、麻生磯次、冨山昭雄对訳『対訳西鶴全集　本朝桜陰比事』東京：明治書院、1989、4頁。

② 参考底本：杉本好伸、劉穎「〈資料翻刻〉宝永六年刊『日本桃陰比事』」『安田文芸論叢研究と資料』、2001（1）、424—527頁。

③ 大曾根章介等編『日本古典文学大事典』東京：明治書院、1998、1164頁。

④ 川口師孝「月尋堂『鎌倉比事』翻刻　巻一—卷三、卷四—卷六」『文学研究』、2001（89）、89頁。

⑤ 杉本好伸、劉穎「〈資料翻刻〉宝永六年刊『日本桃陰比事』」『安田文芸論叢研究と資料』、2001（1）、429頁。

"为不亚于中国书名以倭国樱花之名列诸事……"①。从这些内容可以看出，三部作品都是在《棠阴比事》和《本朝樱阴比事》的影响下形成的，创作意图往往是对先前作品缺陷的弥补，即"棠阴记录中国之事，难以打动日本人。樱阴、镰仓两比事，又无创新之意"②。从三部作品的具体案件来看，大多数案件并非直接受《棠阴比事》影响，而是取材或模仿《板仓政要》以及《本朝樱阴比事》，也就是说它们在间接融入《棠阴比事》元素的同时，侧重于显示日本社会的特色。

《板仓政要》卷八之十三《熟睡中被抹脖一事》与《镰仓比事》卷二之六《嫁接于石区别之重》两篇皆是围绕孩子被同伴杀害后身为武士的父亲如何面对而展开的。《板仓政要》中罪犯的父亲尽管舍不得将孩子送官，但是又不得不考虑不交出孩子整个家族会被连累的命运，最终将逃逸在外的孩子交给板仓大人，孩子被判剖腹自杀。而《镰仓比事》中的父亲为了给自己被杀害的孩子复仇，找出并杀死了凶手。两位父亲立场不同举动亦不同，然而爱子之心是一样的，正如《嫁接于石区别之重》副标题所云，"敌人如黑夜里的乌鸦／没有不疼爱孩子的父亲"。应该说，作者月寻堂在作品中照搬了《板仓政要》的素材，将《板仓政要》的一个故事分两条线来谱写，开篇用北条泰时营救弟弟的故事表达"人活在世上需惦念亲人"的观点，之后是父亲为子报仇的故事。可以说，这两个故事中惦念亲人的泰时形象和爱子心切的父亲形象结合起来即为《板仓政要》中将孩子交给官府的父亲形象。这是月寻堂在《镰仓比事》中对《板仓政要》进行的一种对照式呼应设置，然而文中的两个故事联系不够紧密，不免令人产生牵强附会之感。

还有一些作品，虽然题目中没有"比事"二字，但是可以将它们纳入"比事"作品的范畴。《大冈政谈》是江户后期受《棠阴比事》影响的公案作品，是一部纪实体小说，由十六篇公案作品构成，作者以及出版年代不明，流行于幕末到明治期间。文中的判官被设定成江户町奉行大冈越前守忠相（1677—1751，江户中期幕臣，一开始任伊势山田奉行，后升为江户南町奉行）。其中，大部分案例并非大冈忠相经手的裁决，而是融合了其他文学作品以及逸话的元

---

① 国書刊行会『近世文藝叢書 第五 小説三「本朝藤陰比事」』東京：第一書房、1976、79 頁。
② 杉本好伸、劉穎「〈資料翻刻〉宝永六年刊『日本桃陰比事』」『安田文芸論叢研究と資料』、2001（1）、429 頁。

素。比如：讲述两个人争夺孩子的《争子》之文就与《棠阴比事》中的《黄霸叱姒》有着极为相似的主旨与情节设置，成为大家认为《大冈政谈》受《棠阴比事》影响的有力证据。

《昼夜用心记》和《傥偶用心记》这两篇有关骗术的作品往往被看作公案作品的亚流。《昼夜用心记》，宝永四年（1707）刊行，三十六篇中仅有六篇出现了判官。作者北条团水在作品中刻画的某些行骗伎俩不但取材于其恩师西鹤的《本朝樱阴比事》，而且往往对《本朝樱阴比事》中简单提及的部分和跳跃之处大力进行描写。《傥偶用心记》，宝永六年（1709）刊行，作者月寻堂，与《镰仓比事》是同一作者。月寻堂和北条团水被视作西鹤去世以后继承了町人作品和杂话作品正统的代表性作家，他们窃取西鹤作品的元素，自身作品鲜有创意。然而，尽管《昼夜用心记》和《傥偶用心记》这两篇作品缺乏判官断案情节，但是骗术汇编本身在娱乐江户读者的同时也提醒他们注意各种骗子的花招，从这层含义上来看，这两篇作品当属公案作品范畴。

纵观日本公案作品的发展，中世作品中就零星散落着与公案有关的故事；直到近世，通篇只收录公案故事的《板仓政要》以及其他通俗"比事"作品才得以形成。这些作品都是在中国《棠阴比事》传播的热潮中形成的。其中，《板仓政要》和《本朝樱阴比事》直接模仿《棠阴比事》，其他通俗小说作家紧跟时代步伐，不失时机地模仿这两部日本公案作品进行创作，间接地受到了《棠阴比事》的影响。

综上所述，《棠阴比事》以手抄本、和刻本、注解书、翻译改写本四种形式在日本江户时代传播，对不同读者层产生了重要影响：（1）成为汉学家的学习材料；（2）成为法学家的学习资料；（3）为德川幕府的政治家提供了大量的法学知识，有利于他们完善日本司法系统并最终建立德川幕府新秩序；（4）《棠阴比事》作为一部与法律有关的通俗小说，其翻译改写本被多次大批量印刷，丰富了市井百姓的娱乐活动，也为他们积累了司法方面的基础知识；（5）该作品中的公案趣味、市井百姓阅读《棠阴比事》的风潮，以及时代在法治方面的需要，皆为通俗文学作家提供了创作灵感和刺激，并对"比事"作品系列的诞生产生了影响。江户时代，官方大力发展儒学，汉学热使更多的知识分子加入学习和翻译中国作品的行列，并使其成为传播中国作品以及创作日本相关作品的有生力量。应该说，《棠阴比事》的出版和改编路径为这些汉学家日后传播其他中国作品奠定了一定基础。

《棠阴比事》在日本出现了哪些版本，这些版本之间的联系性如何？细致的实证研究将为构筑全局、讨论《棠阴比事》影响下形成的江户公案文学作品的特色，以及论述江户社会与公案文学的关系打下基础。无论建立怎样的理论体系，都需要在根本上进行缜密的实证研究，否则就是空中楼阁。下面将对在日本产生的《棠阴比事》相关图书进行整理和考证。

第二节 《棠阴比事》的日本版本考论

《棠阴比事》在汉学传播方面发挥了重要作用，在德川幕府整备司法系统方面功不可没，在纪州藩推进法律研究时发挥的作用亦不容小觑，还促进了日本公案文学作品系列的形成，成为日本汉学、司法、藩学和文学等领域的研究的重要文献。《棠阴比事》在日本汉籍中具有重要的地位和价值，是研究日本江户社会与公案文学的基础，加之中国国内《棠阴比事》传本稀少，相关记述亦不翔实，因此，研究《棠阴比事》日本版本极有必要。

张磊已对《棠阴比事》的国内版本进行了相对全面的考证[①]；王晓平在其著作《中日文学经典的传播与翻译》中谈到《谚解》和《物语》的翻译问题[②]；施晔在题为《高罗佩〈棠阴比事〉译注——宋代决狱文学的跨时空传播》的论述中，亦对日本的《谚解》和《物语》有所涉及[③]。然而，关于《棠阴比事》日本版本的系统梳理仍需加强。笔者拟从考证学的角度对其日本版本进行全面的考证与爬梳，分析各版本之间的联系与区别，在此基础上，对其在日本的传播路径进行考察，同时，将《棠阴比事》日本刻本与北京大学藏《棠阴比事》元代刻本进行比较，讨论两个刻本之间的关联。

随着江户时代太平盛世的到来，社会财富的累积大为提高，大众对学问的追求更为普遍。普通百姓日益将读书视作娱乐消遣，因而民间对图书的需求

---

① 张磊：《〈棠阴比事〉版本考》，《图书馆工作与研究》，2001（3），第42—44 页。
② 王晓平：《中日文学经典的传播与翻译》，北京：中华书局，2014，第258—260 页。
③ 施晔：《高罗佩〈棠阴比事〉译注——宋代决狱文学的跨时空传播》，《文学遗产》，2017（2），第120—134 页。

量大为增加。与此同时，印刷技术逐步提高，以商业利益为目的的图书刊刻和销售行为盛行起来。商业出版行为发源于庆长年间（1596—1615）的京都。元和五年（1619）和宽文十一年（1671），商业出版在江户和大坂两地出现且增多。① 江户时代，书坊数量非常多，仅京都就有七十二处。②《棠阴比事》《物语》《加钞》等书被大量刊刻和销售，加上手抄本，产生于日本的《棠阴比事》系列图书主要为：以宋桂万荣原编本元代刻本朝鲜本为底本产生的《棠阴比事》手抄本、《棠阴比事》刻本、《棠阴比事》的注解书《谚解》和《加钞》、《棠阴比事》的翻译改写本《物语》，以及"绘入本"《物语》。除此以外，还有收录了吴讷删补本《棠阴比事》的《祥刑要览》。

台湾政治大学林桂如对这个时代的《棠阴比事》系列图书的出版和销售情况进行了调查，从《江户时代书林出版图书目录集成》所收录的十部图书中摘出了《棠阴比事》相关图书的信息并整理如表 1。③

表 1　江户时代《棠阴比事》系列图书的出版与销售情况

时间	书名（刊行者）	分类	册数	书目（作者说明）	书坊	书价
约宽文六年（1666）	和汉图书目录（不详）	和书并假名类	三	《棠阴比事》	无	无
			五	同《假名》	无	无
			五	《棠阴比事抄》	无	无
宽文十年（1670）	增补图书目录（京都西村又左卫门、江户西村又右卫门）	假名和书	三	《棠阴比事》	无	无
			五	同《假名》	无	无
宽文十一年（1671）	新版增补图书目录（京都山田市郎兵卫）	假名和书	三	《棠阴比事》	无	无
			五	同《假名》	无	无
			八	同《加钞》（都台致政海虞吴讷撰）	无	无
			一	《祥刑要览》（刑法之书也，熊泽了海作）	无	无
延宝三年（1675）	古今图书题林（京都毛利文八）	故事	三	《棠阴比事》（四明桂万荣编）	无	无
			八	同《加抄》（海虞吴讷编）	无	无
		假名和书	五	《平假名棠阴比事》	无	无
			一	《祥刑要览》（蕃山了海作，刑法之书也）	无	无

① 井上敏幸等編『元禄文学を学ぶ人のために』京都：世界思想社、2001、225 頁。
② 羽生紀子『西鶴と出版メディアの研究』大坂：和泉書院、2000、233—236 頁。
③ 林桂如：《汉儒、书贾与作家：论〈棠阴比事〉在江户初期之传播》，《政大中文学报》，2015(24)，第 46—48 页。

续表

时间	书名（刊行者）	分类	册数	书目（作者说明）	书坊	书价
延宝三年（1675）	新增图书目录（江户、刊行者不祥）	假名	五	《棠阴比事》（四明桂万荣编）	无	无
			三	同真（四明桂万荣编）	无	无
			八	同抄	无	无
贞享二年（1685）	改正广益图书目录（京都西村市良右卫门等四名）	假字和书	五	《平假名棠阴比事》	无	无
			一	《祥刑要览》（蕃山了海作，刑法之书也）	无	无
天和元年（1681）	图书目录大全（江户山田喜兵卫）	假名	五	《棠阴比事》（四明桂万荣编）	无	四文五分
			三	同真（四明桂万荣编）	无	四文五分
元禄五年（1692）	广益图书目录（京都永田调兵卫等四名刊）	故事	五	《本朝樱阴比事》	无	无
			三	《棠阴比事》（四明桂万荣编）	无	无
			五	同平假名	无	无
			八	同《加钞》（海虞吴讷编）	无	无
		假名和书	五	《棠阴比事》（平假名）	无	无
			五	《本朝樱阴比事》（西鹤）	无	无
			一	《祥刑要览》（刑法之书也/熊泽了海作）	无	无
元禄九年（1696）、同宝永六年（1709）增修	增益图书目录大全（河内屋利兵卫、京都丸屋源兵卫）	儒书	三	《棠阴比事》（四明桂万荣）	秋田屋	四文四分
			八	同《加钞》（海虞吴讷编）	上村吉田	八文
		假名	五	《棠阴比事》	松坂屋	三文四分
元禄十二年（1699）	新版增补图书目录（永田调兵卫、西村市良右卫门、八尾市兵卫）	故事	三	《棠阴比事》（四明桂万荣编）	无	无
			八	同《加钞》（海虞吴讷编）	无	无
			五	《本朝樱阴比事》	无	无
		假名和书	五	《棠阴比事》（平假名）	无	无
			一	《祥刑要览》（熊泽了海作）	无	无
正德五年（1715）修元禄五年刊本	增补图书目录大全（京都丸屋源兵卫）	儒书	三	《棠阴比事》（四明桂万荣编）	秋田屋	四文四分
			八	同《加钞》（海虞吴讷编）	吉田	十文
		假名	五	《棠阴比事五册》	大野木	四文四分

表 1 中出现的《棠阴比事》系列图书的名称主要是：三册本汉籍《棠阴比事》、真本《棠阴比事》、八册本注释书《棠阴比事加钞》、五册本《棠阴比事物语》，以及收录有《棠阴比事》的《祥刑要览》和模仿《棠阴比事》创作而成的

《本朝樱阴比事》。其中，没有出现《棠阴比事物语》字样。事实上，《棠阴比事物语》多为五卷本，又是以平假名掺杂少量汉字写成的。因此，表1中的五册本《棠阴比事假名》、五册本《棠阴比事平假名》和《平假名棠阴比事》应该是常见的《棠阴比事》翻译改写本《棠阴比事物语》。现有资料中亦很难看到表1中的《棠阴比事真》字样。真名本（或真字本）《伊势物语》的正文用汉字书写，汉字旁则附上假名内容。鉴于此，《棠阴比事真》很有可能是指针对假名本的真名本《棠阴比事》。① 另外，表1中有关《棠阴比事加钞》的一条信息需要注意，即《加钞》字样后所备注的"海虞吴讷编"应为《祥刑要览》的备注信息。吴讷原本并不是《棠阴比事加钞》的作者，而是《祥刑要览》的作者。目录集成中，第一次出现的《棠阴比事加钞》与《祥刑要览》（京都山田市郎兵卫刊行）在记录中互为前后，很有可能是记录空间不足引起的备注信息位置就近调整。

一、日藏《棠阴比事》抄本

《棠阴比事》引入日本的最早时间可以追溯到镰仓末期②，其最早的手抄本历来被认为出自江户时代大儒林罗山之手。林罗山手抄本《棠阴比事》现藏于日本内阁文库，分上、中、下三卷，共一册，纵27.2厘米×横18.7厘米，半页10行，一行18字，先是目录，后依次为田泽序、桂万荣序。其卷末识语点明了林罗山誊写和解读了经纬。

> 右棠阴比事上、中、下以朝鲜版本而写焉。因依寿昌玄琢、生白玄东、金祗景、贞顺子元之求之而口诵之，使侍侧者点朱墨矣。吾邦吏曹之职陵废久矣，余于是乎不能无感钦恼之诚，且又以朝鲜别版处处一校焉，虽然他日宜再订正，以笔削而可也。此点本即传写于四人之家云。
>
> 云和己未十一月二十七日　罗浮散人志③

---

① 林桂如：《汉儒、书贾与作家：论〈棠阴比事〉在江户初期之传播》，《政大中文学报》，2015(24)，第49页。
② 滝川政次郎『法律史話』東京：巌松堂書店、1932、32頁。
③ 参考日本国立公文书馆内阁文库写本《棠阴比事》。文中句读为笔者添加，原文为繁体，现统一为简体，下同。

通过上文可看出，林罗山感慨日本司法荒废的局面而誊写了《棠阴比事》，又以朝鲜本为底本与朝鲜其他版本进行比较与校对，应四位友人所求解读《棠阴比事》并令侍从添加训点，传于四人之家。此文既指出了林罗山对国家命运与司法的关注，又显示了《棠阴比事》在日本传播的部分途径。同时，还显示出罗山的誊写与解读行为应发生在元和五年以前。

林罗山早期接触的《棠阴比事》是从其老师儒学家藤原惺窝（1561—1619）处所借，其誊写时所用底本"朝鲜版本"很可能是惺窝旧藏本。而惺窝旧藏本是朝鲜古活字版，是日本目前最古老的《棠阴比事》，现由实践女子大学常磐松文库收藏并被长岛弘明翻刻。① 其编排体例如下：版本一册三卷，朝鲜古活字版，纵 36.3 厘米 × 横 21.9 厘米，线装，五针眼订法，花口鱼尾，有界，半页 10 行，一行 18 字。先是至大元年田泽序，后是桂万荣序、"棠阴比事目录"字样、"四明桂／万荣编辑"、"居延田／泽／校正"、"卷上"、题目、"卷中"、题目、"卷下"、题目、"棠阴比事目录终"、正文。无刊记，有惺窝的印记。

调查惺窝旧藏朝鲜本（以长岛弘明翻刻本为底本）发现，此本比宋刻朱本② 多了郑克评语、纲要、音义、标题；正文上方有关键词"释冤""察奸""辩诬""摘奸""鞫情""迹贼""谲盗""严明""议罪""迹盗""惩恶""钩慝""察盗""察慝""宥过"；文中间或整理音义，很多故事末尾标注出典。日本版本与该版本的主要特征一致，详见后文。

据目前研究，基本可以将上文中的四位人物寿昌玄琢、生白玄东、金祇景、贞顺子元认定为野间玄琢、菅得庵、金子祇景和角仓素庵。进一步考证发现，他们尽管身份不尽相同，但都是当时的社会名流，且具有一定的汉学修养。野间玄琢（1590—1645），号寿昌院，跟随日本医学中兴之祖曲直濑玄朔（1507—1594）学医，后成为德川幕府医官，曾为德川秀忠、德川家光、德川和子诊治。玄琢还是一位藏书家，创办了白云书库。菅得庵（1581—1628），江户前期儒者，姓菅原，名玄同，别号生白。起先跟随玄朔学医，后来拜惺窝为师学习儒学，藏书丰厚，在京都开设私塾。金子祇景，应为江户初期京都所

---

① 長島弘明「調査報告八：常磐松文庫蔵『棠陰比事』（朝鮮版）三卷一冊」『実践女子大学文芸資料研究年報』、1983（2）、43—99 頁。

② 参考桂万荣：《棠阴比事》宋刻朱本，国家图书馆古籍馆藏本。

司代板仓胜重（1545—1624）的家臣金子八郎兵卫。角仓素庵（1571—1632），富豪角川了以的长子，是土木方面的专家、儒者、书法家、从事贸易的商人；本姓吉田，字子元，出家后法名贞顺；拜惺窝为师学习儒学，跟随本阿弥光悦（1558—1637，艺术家，擅长书法、陶艺、漆器艺术）学习书法并成为近世五大家之一，晚年致力于出版业，出版装帧奢华的古活字本嵯峨本。

上述四位人物皆与林罗山有着一定联系。具体来说，菅得庵和角仓素庵与林罗山同为惺窝弟子。林罗山与菅得庵年纪相仿，他们经常交流学问之事，亦一起游玩。在菅得庵遇害以后，林罗山著菅玄同碑铭。[①]林罗山成为惺窝徒弟得益于角仓素庵的引荐，这为林罗山进一步钻研儒学以及步入仕途发挥了极大作用。日后，林罗山则在家康面前谈及琵琶湖疏通工程一事，助角仓素庵一臂之力[②]，可见三人关系非同一般。野间玄琢与林罗山同为幕府之人，交往自不必赘言。金子祇景经常出入板仓宅第，与林罗山等文人骚客进行文化交流。[③]除此以外，通过《林罗山年谱表》可以看到他与这四位人物吟诗作乐的记载。比如：庆长十二年（1607）三月一日，林罗山回应角仓素庵送别之诗；庆长十七年（1612）秋天，与菅得庵等人去石山寺游玩；元和三年（1617）、元和五年（1619）、元和七年（1621）、宽元三年（1626）岁旦，与金子祇景赠答诗文；元和九年（1623）九月晦日，与玄琢赠答诗文。

综上所述，四位人物皆对舞文弄墨之事感兴趣，且与林罗山交往深厚，有幸得到林罗山对《棠阴比事》的讲解之文，自然成为传播《棠阴比事》的力量，并一起成为缔造江户元和文化和宽永文化的重要人物。

二、《棠阴比事》注释书

除了上述手抄本以外，林罗山还为《棠阴比事》作注，即《棠阴比事谚解》。目力所及，《谚解》皆为三卷三册的抄本，分别是东京大学综合图书馆南葵文库藏本（下文多简称"南葵文库本"），纵28.4厘米 × 横20.8厘米，正文一丁11行，每行28字左右；长崎县岛原图书馆松平文库藏本，纵29.2厘米 ×

---

① 京都史蹟会『羅山林先生文集　第四十三卷』京都：平安考古学会、1918。
② 鈴木健一『林羅山年譜稿』東京：ぺりかん社、1999、18頁。
③ 松村美奈「『棠陰比事』をめぐる人々—金子祇景の人的交流を中心に」『愛知大学国文学』、2007（47）、13—26頁。

横 20.5 厘米，正文一丁 11 行，每行 22 字左右；台湾大学藏本和冈田真旧藏本，笔者尚未亲眼看到；台湾政治大学的林桂如在谈及江户时代汉儒、书贾与作家时，曾谈及《谚解》的台湾大学藏本。① 除此以外，松村美奈在考察《棠阴比事》的注释书时，提到了《谚解》的冈田真旧藏本。② 上述藏本中，南葵文库本和台湾大学藏本皆有印记"旧和歌山德川氏藏""南葵文库"，表明他们都与纪州藩（今和歌山县）有着紧密的关系。《罗山林先生集》中的如下记录亦反映了《谚解》与纪州藩的关系。

今夏五月尾阳义直卿逝于江户邸，先生哀慕作挽词奉悼之。初先生在骏府时，既谒义直卿、赖宣卿、赖房卿，故三卿共善遇之。曾应义直卿之求作《神社考详节》《宇多天皇纪略》等，常谈本朝故事。应赖宣卿之求作《棠阴比事谚解》，且屡屡问法律之事。应赖房卿之求抄出《神道要语》。赖房卿嫡子羽林光圀卿好作诗文，屡屡有赠答。凡在府三十余年，其间侯伯达官士林济济，或开讲席，或设雅筵，其交际亲疏有差。③

上文指出，林罗山应纪州藩德川家第一位藩主德川赖宣之求作《谚解》。之后，《谚解》不仅成为赖宣等纪州藩人士阅读《棠阴比事》的参考书，还为日后纪州藩进行其引以为豪的法律研究奠定了基础。这些既显示了《棠阴比事》以及《谚解》对纪州藩的意义所在，又暗示了其传播途径。

第一，林罗山乃至整个林家的交际圈是其重要的传播途径。林罗山本人及其子孙结交的达官显贵以及学者为数众多，除了赠答诗文以外，林罗山还经常给他们进行学问之书的启蒙性讲解，因此，其交际圈必定成为《棠阴比事》流布的途径。

第二，纪州藩是其传播的重镇：（1）藩主赖宣本人具有广泛的交际圈；（2）藩内学者是推动传播不容忽视的力量。比如：纪州藩明律学者榊原篁洲

① 林桂如：《汉儒、书贾与作家：论〈棠阴比事〉在江户初期之传播》，《政大中文学报》，2015(24)，第 33—64 页。
② 松村美奈「『棠陰比事』の注釈書についての一考察—林羅山との関連を軸に」『文学研究』、2007(95)、51—62 頁。
③ 京都府立京都学歴彩館蔵『羅山林先生集』「附録　巻第二年譜下」版元不明、1662。

（1656—1706）与祇园南海（1676—1751，江户时代中期的儒者、汉诗人）曾多次应老师木下顺庵（1621—1698，儒学家，曾拜师于惺窝的高徒松永尺五）所求而介绍明律方面的相关图书；致力于明律研究的加贺藩第五代藩主前田纲纪（1643—1724）拜托木下寅亮将其父木下顺庵咨询榊原篁洲与祇园南海注释明律参考图书的书信奉上。① 鉴于上述人物之间的关系以及他们对法学的关注，《棠阴比事》和《谚解》理应成为他们的讨论对象，且自然而然地成为其圈内传播的对象。

具体到《谚解》的内容（以南葵文库本为底本），卷首是《棠阴比事纲要》，对提示案件特征的"释冤"等十五个关键词分别进行了解释。《谚解》没有录入《棠阴比事》目录和原文，正文直接用书面体进行训译②，伴有意译、考证和评论。译文主要是汉字和片假名，没有显示书写时间。除了精确而又易于理解的注释文以外，林罗山还通过考证多部法典与多种资料，对案件中的术语进行阐述，并将类似的中日案件与《棠阴比事》案件进行对比。应当说，《谚解》是林罗山为赖宣量体裁衣而著，为其构建纪州藩制提供了宝贵的信息支持和法治启迪，满足了赖宣的期望。

《棠阴比事加钞》是《棠阴比事》的另外一部注释图书，分为无刊记本和有刊记本（"宽文二年壬寅年猛秋堀川通二条下町山形屋七兵卫刊行"）。③《加钞》外题上虽印有"道春"二字，但大久保顺子认为该书是林罗山的门人所著。④ 该作品与《谚解》的相同之处是，都对《棠阴比事》进行了训译，并对相关人物和事件的出处进行了考证。不同之处主要有两个方面：（1）《加钞》印有《棠阴比事》目录和原文。（2）其注释内容与《谚解》不尽相同，尤其表现在注释《棠阴比事》晦涩难懂的地方。

以《周相收掾》中的"又问铃下"为例。对于"铃下"一词，《加钞》中解释为："摇铃铛办事，即把人叫来集合到一起，就像测时仪器土圭之间的看护人一样。"而《谚解》指出："《后汉书》的注里汉官仪曰，铃下、侍阁、辟车此皆

---

① 大庭修『江戸時代における中国文化受容の研究』京都：同朋舎、1984、216—219 頁。
② 日本人通过调整中文语序、添加助词等方式，用日语再现汉籍原意的方法，在一定程度上可视为直译。
③ 本研究以京都大学无刊记本为底本。
④ 大久保順子「『棠陰比事』系列裁判話小考—「諺解」「加鈔」「物語」の翻訳と変容」『香椎潟』福岡女子大学国文学会、1999（44）、79—92 頁。

以名自定者也。看到高官所居之阁挂着铃铛，如此推断铃下不就是指门下之人吗？"诸如此例还有不少，应当说《谚解》更善于考证史料并精确解释生僻词汇。《加钞》则在一定程度上还存在误读，但是在讲解汉文、打开读者断案思路方面，与《谚解》一样做出了贡献。

三、《棠阴比事》翻译改写本

《棠阴比事物语》是《棠阴比事》的翻译改写本。[①] 全文基本是平假名，中间夹杂着汉字，汉字旁标注有振假名（表示汉字念法的日本文字）。《物语》被多次雕版印刷，甚至出现了绣像本。《物语》的主要版本有：宽永（1624—1644）刊本、庆安（1648—1652）刊本、宽文（1661—1673）刊本、元禄（1688—1704）刊本。

纵观《物语》的发展，庆安刊本主要有庆安二年版和四年版，是缩小宽永版本尺寸复刻而成的，重新添加页面边框，刊记为"庆安二年十月吉日安田十兵卫开版"，文中雕刻错误、句号脱落现象增多，同时更多的汉字被标注了振假名。

宽文十三年癸丑七月，松会开版印刷了绣像本《物语》。绣像本除了添加插图以外，还将每篇标题由原著的四字汉字改为概括故事关键性内容的日语短句。之后，相继出现松会刊本，除了"松会"二字的刊本，还有外题添加"新版"二字的"新版绘入棠阴比事"刊本，外题为《异国公事物语》、内题为《棠阴比事》的刊本。

元禄五年的丁子屋版是购买庆安刊本雕版印刷而来的，外题由汉字"新版"加《棠阴比事》的平假名构成。丁子屋版又分"田口仁兵卫开版"和"仁兵卫版行"两种刊本。元禄九年和正德五年应该各有一本刊本。

通过上面的爬梳，我们发现翻译改写本种类要比其注释书丰富得多。究其原因，《物语》价位低廉、通俗易懂，作为小说和官司指南，深受市井百姓喜爱。而注释书则面向具有一定学术修养的读者，昂贵、不易理解，流通基本局限于汉文造诣颇高的学者圈和执政者范畴。

---

① 参考朝仓治彦『未刊仮名草子集と研究（二）』豊橋：未刊国文资料刊行会、1960。

四、《棠阴比事》和刻本

《棠阴比事》在日本传播过程中被雕版印刷成"和刻本"。下面对《棠阴比事》的和刻本进行梳理，并将其与中国元代刻本和宋代刻本进行对比。《棠阴比事》和刻本种类丰富，总体可以分为以下四类：（1）有界古活字版本（比如内阁文库藏"林家旧藏本"）；（2）无界古活字版本（比如东京大学综合图书馆藏本）；（3）校对注释雕版本，再被细分为关吉右卫门版（比如都立中央图书馆加贺文库藏本、神宫文库本）、风月宗智版（比如静嘉堂文库藏本）；（4）青藜阁须原屋伊八刊行的山本北山校订雕版本，再被细分为腾村治右卫门、秋田屋太右卫门以及须原屋伊八的联名版（比如内阁文库藏本）、须原屋伊八单独版和无刊记版。其中，须原屋伊八单独版分为三种，无刊记版又分为两种。

以下将和刻本（以山本北山校订雕版本为底本）、惺窝旧藏朝鲜本、北京大学图书馆藏元代刻本（以国家图书馆再造善本为底本，下文多简称"北京大学藏本"）和宋刻朱本（以国家图书馆古籍馆藏本为底本，下文多简称"国图宋刻朱本"）进行比较（见表2），有如下三点发现：第一，和刻本《棠阴比事》在卷首处比其他三者多了山本北山序；第二，和刻本存在谬误；第三，同属于元本系统的和刻本与北京大学藏本并不完全一致。下面就第二点和第三点举例说明。

《棠阴比事》之四十七《崔黯搜帤》提到一个恶人冒充出家人欺诈百姓的故事。国图宋刻朱本的相关描述为"假托焚修幻惑愚俗"；惺窝旧藏朝鲜本与国图宋刻朱本内容相同；北京大学藏本内容略有不同，原文有笔画缺省处，笔者推断应为"假托焚修幻诱聋俗"。

文中"焚修"是焚香修行之意，三个版本均为"焚"，唯独和刻本是"梵"。佛学相关词典中尚未记录"梵修"一词，然而，《居士传》卷二十七"江公望身居言责，志慕苦空，躬事梵修，心无爱染，动静不违佛法"[1]、《南村草堂文钞》卷八"而先生身际末流，性耽禅悦，梵修清行，风节矫然"[2]等录有"梵修"一词。"梵"，婆罗门教、印度教哲学名词，意为"清净""寂静""离欲"，多冠

---

[1]　彭绍升：《居士传校注》，北京：中华书局，2014，第243页。
[2]　邓显鹤：《南村草堂文钞》，长沙：岳麓书社，2008，第161页。

在与佛教有关的词语前面，比如"梵行""梵钟"等，因此，"梵修"可理解为佛教修行之意。综上所述，和刻本的"梵修"与其他版本相比，尽管在文章大意理解上没有造成悬殊的差异，但终究不同于其他版本的"焚修"。此处的"梵"可能是传播者根据其好恶对底本进行了一定程度的修改，也有可能纯粹是传播中因字形相似而产生的谬误。

《棠阴比事》之一百《虔效邓贤》是韩琚治理冤假案的故事，事件地点"虔"在题目中被点明，然而几种版本的写法却并不统一。国图宋刻朱本是"虔"，是"虔"的褚遂体写法。与其他版本的"虔"相比，和刻本错写成"處"，差异颇大。"虔州"与"處州"是两个地区的名称，皆始名于隋开皇九年（589），前者是今江西赣州①，后者是今浙江缙云②。《棠阴比事》是在《疑狱集》和《折狱龟鉴》的基础上编著的，而这两部作品中亦有《虔效邓贤》，且写法皆为"虔"。因而，判断和刻本"處"为误写。

表2　谬误实例

类别	《崔黯搜帑》	《虔效邓贤》
和刻本	梵修	處俲鄧賢
惺窝旧藏朝鲜本	焚修	虔俲鄧賢
北京大学藏本	焚修	虔俲鄧賢
国图宋刻朱本	焚修	虔俲鄧賢

注：为比较异同，关键词沿用出典的繁体字写法。

《棠阴比事》和刻本除了类似上文指出的偶有文字写成别字的差别以外，对事件的描述也有所不同。下面以《棠阴比事》之二十《许元焚舟》为例进行说明。

（1）北京大学藏本（国图宋刻朱本相同）：待制许元初为发运判官，患官舟多虚破钉鞠之数。元一日命取新造船一只焚之，秤其钉鞠，比所破才十之一，自是立为定额。见魏泰东轩笔录。

（2）惺窝旧藏朝鲜本：待制许元初为发运判官，患官舟多虚破钉鞠之

① 乐史：《太平寰宇记》，北京：中华书局，2007，第2172页。
② 乐史：《太平寰宇记》，北京：中华书局，2007，第1981页。

数。盖以陷于水中，不可称盘，故得为奸。元一日命取新造船一只焚之，秤其钉鞠，比所破，才十分之一，自是立为定额。见魏泰东轩笔录。郑克曰按元不治虚破之罪，而但立为定额可也。然亦，异乎刘晏矣……元定钉鞠额，无乃类吴尧卿乎。虽幸而不至败事，然则严明，乃俗士所夸，君子所鄙，不可为后世法也。

（3）和刻本：待制许元初为发运判官，患官舟多虚破钉鞠之数。盖以陷于水中，不可称盘，故得为奸。元一日命取新造船一只焚之，秤其钉鞠，比所破，才十分之一，自是立为定额。见魏泰东轩笔录。郑克曰按元不治虚破之罪，而佀立为定额可也。然亦，异乎刘晏矣……元定钉鞠额，无乃类吴尧卿乎。虽幸而不至败事，然则严明，乃俗士所夸，君子所鄙，不可为后世法也。

上文明确显示出《许元焚舟》的朝鲜本与和刻本几乎保持一致，除了"但"与"佀"的微小差别。朝鲜本是和刻本的直接底本，本应保持一致。而和刻本比北京大学藏本和国图宋刻朱本多出了一部分内容，即"盖以陷于水中，不可称盘，故得为奸"，这说明和刻本与北京大学藏本尽管同属于元代刻本系统，但分属于元本的不同体系。调查其他案例可发现，内容短小的故事在北京大学藏本与和刻本的表达上基本没有差异，但部分篇幅相对较长的故事在这两个本子的表达上不尽相同，个别案例差别颇大，比如《棠阴比事》之四《裴均释夫》。

（1）北京大学藏本：唐裴均镇襄阳。日里俗妻有外情，乃托骨丞之疾云，医者须得猎犬肉食之则愈，谓其夫曰，东邻有犬每来盗物，君可屠之。夫乃依其言献肉于妻，妻食之，余乃留于篋笥。夫出，命邻告之。遂闻于公，夫到官因述妻之所欲。公曰，斯乃妻有他奸颣夫于祸耳。令劾之，具得其情，并以外情者俱付法，其夫遂释。

（2）和刻本（惺窝旧藏朝鲜本相同）：唐裴均镇襄阳。部民之妻与其邻通，托骨蒸之疾，谓夫曰，医者言食猎犬之肉，即差夫，日吾家无犬奈何。妻曰，东邻犬常来，可系而屠之。夫用其言以肉饷妻，妻食之，余乃留于箧笥。夫出，命邻人遂讼于官。收捕鞠问，立承且云妻所欲也。
均曰，此乃妻有外情跻夫于祸耳。追劾之，果然，妻及奸者皆服罪，而
释其夫冤。

《裴均释夫》的和刻本与北京大学藏本的文字表述存在多处不同。比如：
对于某妻与人有奸情的描述分别是"部民之妻与其邻通""日里俗妻有外情"；
教唆丈夫屠犬的语句分别是"东邻犬常来，可系而屠之""东邻有犬每来盗物，
君可屠之"。诸如此类大意相同而文字表述不同的语句几乎遍及《裴均释夫》。
这个例子再次证明和刻本与北京大学藏本是不同版本，进而推断和刻本的朝鲜
本底本与北京大学藏本应该分属于元本的不同体系。这一结论可用图 1 表示。

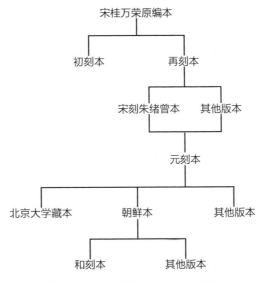

图 1 《棠阴比事》部分版本关系图

《棠阴比事》的朝鲜本，在日本以儒学家林罗山的抄写为开端，正式开始
了日本传播之旅。其注释书《棠阴比事谚解》直接解答了纪州藩土赖宣有关法
律方面的疑问，亦为藩内学者进一步理解《棠阴比事》发挥了重要作用，为纪
州藩学日后的法学研究奠定了坚实的基础。同时，以林罗山为中心形成的幕府
官僚网、学者关系网、林家关系网，以及以纪州藩为中心形成的学问交流圈和
人情往来圈，皆成为《棠阴比事》在日本传播的主要渠道。江户时代的经济发

展和社会内部矛盾导致诉讼增多，加之幕府法制改革的深入，《棠阴比事》得到了进一步传播。《棠阴比事》和刻本、翻译改写本、绣像本，满足了上至幕府将军、官僚、学者，下至市井百姓的各阶层需求。在此背景下，以《棠阴比事》为蓝本，一系列公案文学作品应运而生。

这些既显示了中国古代律法图书对日本的影响之大，亦显示出诸如《棠阴比事》这样的典籍在日本的传播形式和路径。《棠阴比事》在日本产生的各种手抄本、注释书、和刻本、翻译改写本以及相关文学作品是一个庞大的系统，手抄本、注释书、和刻本、翻译改写本四种形式是汉文典籍在东瀛传播过程中往往要经历的四个步骤，每一个步骤皆显示了日本古代学人对中国古典文献的顶礼膜拜，亦是其呕心沥血将中华经典为其所用的见证。本研究通过考证和梳理，追根溯源，发现产生于日本的不同形式的《棠阴比事》皆源于桂万荣原编本《棠阴比事》的朝鲜本，而朝鲜本又源于元代刻本，然而通过考证日本版本与北京大学藏本，却发现两者仍存在差异，说明《棠阴比事》的元代刻本存在不同类别。

《棠阴比事》之于日本，对江户时代司法、藩学、汉学的发展以及市民阶级的消遣娱乐发挥了不可忽视的作用。以儒学家林罗山为中心的交流圈以及以纪州藩为中心的关系网，成为《棠阴比事》在日本传播的主要渠道。通过这一渠道，《棠阴比事》的注释书《棠阴比事谚解》反复被誊抄。该注释书是林罗山文学活动中的重要成果之一，对统治阶级起到了法律启蒙作用，但是，历来研究并未重视这部注释书的法律启蒙意义，下文将对此展开讨论。

第三节　江户时代的公案小说作品与《棠阴比事》的关联

一、《本朝樱阴比事》与《棠阴比事》的关联

元禄二年（1689）出版的浮世草子《本朝樱阴比事》与《棠阴比事》有一定的共同性。关于这一点，尽管学界在多次讨论中指出，《本朝樱阴比事》的典据和构思来源于《棠阴比事》，但从语言的表达方式入手对两者进行比较研究

的却只有泷田贞治。① 为辨明两部作品的关联性，本研究在参考泷田贞治研究成果的基础上，以《棠阴比事》②、《谚解》③、《物语》④、《加钞》⑤ 等《棠阴比事》的相关图书为材料，进一步对《本朝樱阴比事》与《棠阴比事》在语言表达上的相似点展开了探讨。

迄今为止，关于《本朝樱阴比事》⑥ 和《棠阴比事》共通性的先行研究大多认为，《本朝樱阴比事》卷一之二《云放晴的影子》是以《棠阴比事》之六《丙吉验子》为原型创作的。但是，麻生矶次认为，《本朝樱阴比事》基于《棠阴比事》而形成的只有《丙吉验子》和《苻盗并走》两个故事⑦，《本朝樱阴比事》中的其他故事只是受到了《棠阴比事》构思的影响。笔者对后者进行了整理（见表3）。

表 3 《本朝樱阴比事》受《棠阴比事》构思影响的作品

《棠阴比事》中的故事	《本朝樱阴比事》中的故事
《丙吉验子》	《云放晴的影子》
《傅隆议绝》	《耳畔响起相同的话》
《道让诈凶》	《太鼓中藏有因果》
《程颢诘翁》	《等待之中的年龄差》
《程簿旧钱》	《欲望之壶》
《裴均释夫》	《聪明女人的随机应变》
《崔黯搜孥》《张铬行穴》	《京城人参拜逢枯木开花》
《程戡仇门》	《无所犯然隐匿招罪》
《宪之俱解》《黄霸叱姒》	《叠加四个一套木碗之判官意旨》
《赵和赎产》	《小指上高高束起的惩罚》

① 滝田貞治「『本朝桜陰比事』説話系統の研究」『西鶴襍棗』東京：野田書房、1941。

② 本书所引用的《棠阴比事》文本来自长岛岛弘明整理翻刻的「調査報告八：常磐松文庫蔵『棠陰比事』(朝鮮版) 三卷一册」『実践女子大学文藝資料研究所年報』第 2 号、1983 年 3 月。

③ 本书所引用的文本来自东京大学综合图书馆南葵文库本『棠陰比事諺解』（没有记载写作时间）。松村美奈推定『諺解』的成立时期是宽永元年到宽永十一年前后（「『棠陰比事』の注釈書についての一考察—林羅山との関連を軸に」『文学研究』95 号、日本文学研究会、2007 年 4 月）。

④ 本书所引用的文本出自朝倉治彦『未刊仮名草子集と研究（二）』豊橋：未刊国文資料刊行会、1960。

⑤ 本书所引用的文本出自京都大学综合图书馆藏本『棠陰比事加鈔』（无刊记本）。国立国会图书馆藏本有"寬文二壬寅年猛秋京都堀川通二条下ル町山形屋七兵衛刊行"的刊记。

⑥ 本书所引用的文本出自井原西鶴著、麻生磯次、冨士昭雄『対訳西鶴全集　本朝桜陰比事』東京：明治書院、1989。

⑦ 麻生磯次「第四章　裁判物の展開と中国文学の影響」『江戸文学と中国文学』東京：三省堂、1962。

　　泷田贞治在《〈本朝樱阴比事〉说话系统的研究》中指出，《本朝樱阴比事》中的《云放晴的影子》明显参照了《棠阴比事》中的《丙吉验子》。除此之外，泷田贞治还列出了《本朝樱阴比事》从《棠阴比事》事件的审判法以及案例故事中得到的暗示所在。[①] 笔者将其总结如表4。

表4　泷田贞治对《棠阴比事》与《本朝樱阴比事》中有关联作品的指摘

《棠阴比事》中的故事	《本朝樱阴比事》中的故事
《丙吉验子》	《云放晴的影子》
《苻盗并走》	《叠加四个一套木碗之判官意旨》
《宗裔卷绅》	《初春的松叶山》
《张受越诉》《裴命急吐》	《耳畔响起相同的话》
《思彦集儿》	《太鼓中藏有因果》
《沈括颊喉》	《呼唤人名的灵丹妙药》
《彦超虚盗》《柳设榜牒》	《嫁与近邻引前夫恨之入骨》《鲷鱼章鱼鲈鱼费用诉状贴官府》
《赵和赎产》	《借条上的文字消失，老实人胜诉》《小指上高高束起的惩罚》
《崔黯搜孥》	《京城人参拜逢枯木开花》
《齐贤两易》	《双方合力启封印》

　　野间光辰从探索《本朝樱阴比事》原典的角度指出，"《本朝樱阴比事》取材于《棠阴比事》的故事没有想象的多。确实，能够断定取材于《棠阴比事》的，只有《丙吉验子》一个"[②]。

　　除此之外，关于趣向方面的相似之处，宗政五十绪指出《本朝樱阴比事》卷二之一《十夜念佛遇半弓》模仿了《棠阴比事》之一百一十三《孙登比弹》。[③] 富士昭雄指出，《本朝樱阴比事》卷一之六《双生子乃他人之始》与《棠阴比事》之八《黄霸叱姒》、《本朝樱阴比事》卷三之九《朝着妻子鸣叫的树梢上的小杜鹃》与《棠阴比事》之二十七《李杰买棺》极为相似。[④]

　　然而，迄今为止有关原始出典的讨论中，关于《本朝樱阴比事》到底直接

---

① 滝田貞治「『本朝桜陰比事』説話系統の研究」『西鶴襍纂』東京：野田書房、1941。
② 野間光辰『西鶴新新攷』東京：岩波書店、1981。
③ 宗政五十緒「だいうす町とおらんだ西鶴」『文学』36巻5号、東京：岩波書店、1968。
④ 本书所引用的文本出自井原西鶴著、麻生磯次、冨士昭雄『対訳西鶴全集　本朝桜陰比事』東京：明治書院、1989。

参考了哪个版本的《棠阴比事》文本这个问题几乎没有展开。唯有泷田贞治指出，《本朝樱阴比事》卷一之三《耳畔响起相同的话》中插入的系谱并不是模仿《棠阴比事》，而是与其注释书《谚解》卷下之二十五《傅隆议绝》的"语调"相似。[①] 这是迄今为止唯一指出《谚解》这一特定文本有可能是原始出典的说法。本研究拟在此基础上，尝试探讨《本朝樱阴比事》等公案作品所依据的《棠阴比事》的具体情况。

笔者以现有研究成果中指出的相似性作品为基础材料，另外增加了新的事例（新的事例以＊标明），总结如下（见表5）。

表5　《棠阴比事》与《本朝樱阴比事》具有相似点的作品

《棠阴比事》中的故事	《本朝樱阴比事》中的故事
《傅隆议绝》	《耳畔响起相同的话》
《丙吉验子》	《云放晴的影子》
《赵和赎产》	《小指上高高束起的惩罚》
《符盗并走》（＊）	《叠加四个一套木碗之判官意旨》
《程簿旧钱》	《佛之梦五十日》（＊）、《欲望之壶》
《崔黯搜孥》《张辂行穴》	《京城人参拜逢枯木开花》
《李杰买棺》《胡质集邻》《高柔察色》《道让诈囚》	《朝着妻子鸣叫的树梢上的小杜鹃》
《思彦集儿》	《太鼓中藏有因果》
《张受越诉》《裴命急吐》	《耳畔响起相同的话》
《沈括颡喉》	《呼唤人名的灵丹妙药》
《彦超虚盗》	《鲷鱼章鱼鲈鱼费用诉状贴官府》
《柳设榜文》	《嫁与近邻引前夫恨之入骨》
《齐贤两易》	《双方合力启封印》
《程颢诘翁》	《等待之中的年龄差》
《裴均释夫》	《聪明女人的随机应变》
《孙登比弹》	《十夜念佛遇半弓》
《程戡仇门》	《无所犯然隐匿招罪》
《次武各驱》《黄霸叱姒》	《双生子乃他人之始》
《宗裔卷绅》	《初春的松叶山》

[①]　滝田貞治「『本朝桜陰比事』説話系統の研究」『西鶴襍輢』東京：野田書房、1941。

（一）《本朝樱阴比事》卷一之三《耳畔响起相同的话》与《棠阴比事》卷下之二十五《傅隆议绝》

以下对两部作品的相似案例从语言表达上进行对比研究。首先，对泷田贞治指出的《耳畔响起相同的话》和《傅隆议绝》进行再次确认。《耳畔响起相同的话》讲述了京都的一家茶叶铺老板，想拿回拜托亲戚打理的自家父母传下来的田地，却反而被剥夺了田地所有权的故事。审判之时，争论的双方互称"叔叔／舅舅"，这个现象被判官看穿。原来双方具有复杂的血缘关系，即茶叶铺老板的祖父和孙女有不伦关系并生下了孩子，这个孩子与茶叶铺老板之间互称"叔叔／舅舅"。

《傅隆议绝》中，黄初的妻子赵氏打死了儿媳妇王氏，如何对赵氏定罪成了一个难题。特别是王氏的儿子，即赵氏的孙子很难面对杀害母亲的凶手祖母。围绕这一点，祖、父、孙虽然为三代人，却是一个家族，是一个整体。

《耳畔响起相同的话》和《傅隆议绝》两篇作品的主题都是唤起亲人之间的亲情意识。泷田贞治指出，《耳畔响起相同的话》受到的影响不是来自《棠阴比事》，而是《谚解》。对此，我们将《本朝樱阴比事》与《谚解》原文进行了对比。两者相似的内容如下。

（B）傅隆议论说：（A）王氏是赵的儿媳妇，载的妻子。载是赵的儿子。称是载的儿子，赵的孙子。赵氏黄初的妻子，载的母亲，称的祖母。黄初是载的父亲，称的祖父。（C）父子的亲密关系，虽然形体分开但同气连枝。称与载父子之间，与载和赵的母子关系是一样的。虽说是祖、父、孙三代人，但合起来却是一体。

《谚解》之《傅隆议绝》

虽然是女儿，但也是母亲。虽然是妹妹，但也是祖母。既是哥哥又是孙子。因为是母亲的兄弟所以称作伯父。因为祖父的关系，曾孙也是儿子。因为是嫡子，虽然是孙子但也是弟弟。虽然是侄子但也是叔父。

《本朝樱阴比事》之《耳畔响起相同的话》

《本朝樱阴比事》之《耳畔响起相同的话》中"虽然是女儿，但也是母亲。虽然是妹妹，但也是祖母"的表达，与《谚解》之《傅隆议绝》中"王氏是赵的儿媳妇，载的妻子"的表达几乎以相同的语气进行，都介绍了家族内人物的多重关系。

以下对《棠阴比事》原典、《物语》、《加钞》中的《傅隆议绝》的内容进行考证和比较。

（b）司徒左长史傅隆议曰 A（c）父子至亲。分形同气。称之于载。即载之于赵。虽云三代。合之一体。

《棠阴比事》之《傅隆议绝》

一个叫司徒传隆的人，对此事进行了裁判。他说道："父子是至亲，原本就是分割自双亲的身体而出生于世，气自然一样。称和载的关系，与载和赵的关系一样。赵氏是载的母亲，载是称的父亲。虽说是三代，但却是一体。"

《物语》之《傅隆议绝》

因此，为官之人傅隆说道：父子之间是骨肉，是亲密的关系。载为称的父亲，赵为载的母亲。如此案件，三代之间也是一体。

《加钞》之《傅隆议绝》

《谚解》中 A 的部分"王氏是赵的儿媳妇，载的妻子。载是赵的儿子。称是载的儿子，赵的孙子。赵氏黄初的妻子，载的母亲，称的祖母。黄初是载的父亲，程的祖父"在《物语》《加钞》中都没有对应的内容。与《棠阴比事》原文相比，可以看出《谚解》A 的位置是在原文的文脉 b 和 c 之间。

《物语》中"称和载的关系，与载和赵的关系一样。赵氏是载的母亲，载是称的父亲"这一句，与《加钞》中"载为称的父亲，赵为载的母亲"的译文一样对应了原文"称之于载，即载之于赵"。虽然显示了称、载、赵之间的关系，但《物语》和《加钞》只是忠实地翻译了《棠阴比事》，而没有出现《谚解》中 A

的内容。也就是说，A 应当是林罗山在注释《棠阴比事》时补充的内容，它是《谚解》特有的内容。从《耳畔响起相同的话》中详细描述私通者关系的语言表达来看，它与《谚解》这一特有的内容在语气上一致，因此，《耳畔响起相同的话》很有可能是模拟《谚解》之《傅隆议绝》的体现。

但是，野间光辰却认为比起《傅隆议绝》，《耳畔响起相同的话》受《尘塚物语》中《源九郎义经顿智之事》的影响更大。[①]《源九郎义经顿智之事》中的确存在孩子们互相称呼彼此为"叔叔"的现象，以及源九郎关于这是父母与孩子违背伦理生子所致的解释。尽管两篇作品在这一点上类似，但很难证明它们之间的影响关系。《本朝樱阴比事》和《尘塚物语》两部作品的出版日期皆为元禄二年正月，因此很难说《本朝樱阴比事》受到了《尘塚物语》的影响。尽管《尘塚物语》批注的"天文二十一年藤某判"字样显示出，该作品很可能在尚未进入江户时代的天文二十一年（1554）乃至更早的时期已经出现，但如今大家所知的《尘塚物语》抄本是在江户末期诞生的，并不知晓天文年间抄本，亦不清楚元禄二年之前是否出版过其他版本。因此，要证实《尘塚物语》对西鹤有所影响还比较困难。

（二）《棠阴比事》之一百三十四《赵和赎产》与《本朝樱阴比事》卷五之六《小指上高高束起的惩罚》

《赵和赎产》是有关亲密交往的邻居之间借钱的故事。东邻拿房契作抵押，向西邻借了一百万缗钱。之后东邻先返还了八千缗，约定过些日子再还完剩下的钱，以赎回抵押的房契。当时，东邻因信任邻居而没有索要收据。但是，后来债主西邻不承认已经收到了借者东邻的一部分还款——八千缗。这起纠纷由于没有字据而难以裁决。

在《小指上高高束起的惩罚》中，钱庄之间约定，口头招呼之后，一些小额的临时借款可直接记入账簿，没必要写字据。一次，一个钱庄把十两金币借给了另一个钱庄而没有要借条，但后来借款方却谎称已还钱。借款人账面上记录的借款已经划掉，而贷款人账面上的贷款还没有消失。因为两方没有票据之类可以作证，所以无法弄清到底哪一方所说为实。最后只能请官府裁决。

---

① 野间光辰『西鹤新新攷』東京：岩波書店、1981。

这两篇作品都是有关偿还借款的故事。并且,《小指上高高束起的惩罚》和《赵和赎产》一样,皆因为对朋友的信任而没有立（收）字据。《小指上高高束起的惩罚》很有可能是模仿《赵和赎产》的手法,设定了不立字据的情节。

后当收赎。先纳八千缗,期来日以残资赎券,恃契不征领,约明日来贵余镪。至而西邻不认。既无保证又无文籍。

《棠阴比事》之《赵和赎产》

后缴纳赎金时,先还八千贯,约好明天将剩余的钱还清。因为是邻居,没有要收据。明天再去还钱的时候,西邻说不知道昨天钱的事情,说没有收过他的钱。既没有可以作证的证人,也没有可以作为证据的字据。

《谚解》之《赵和赎产》

同行们商议,万事可以自由地处理,面对小额的临时借款,没有必要开凭证,彼此记录在账簿上即可。

《本朝樱阴比事》之《小指上高高束起的惩罚》

《谚解》中的两人"因为是邻居"才未立字据,而在《小指上高高束起的惩罚》中,则是以生意伙伴关系为背景,如果是小额借款只需借贷双方各自记在自家账簿上,而不需要再写凭证。两篇作品中都不要求开具凭证的理由是借贷双方关系亲密,相互信赖。但是,这一信息并不见于《物语》与《加钞》,仅能从《谚解》之《赵和赎产》中读取。《物语》和《加钞》的相关部分如下。

原本就有借据,如果发生其他事,没有必要开具八十贯的凭证等。

《物语》之《赵和赎产》

也没有让他写一个收条。

《加钞》之《赵和赎产》

　　《物语》中对于没有收条的解释是因为只还了部分借款，没有还清所有借款，所以既没有返还借条，也没有开具部分还款的收条。而《加钞》中根本未提及没有收条的理由。除此之外，可以看到《谚解》和《物语》有很大的区别，这或许是因为两本书的作者对《棠阴比事》之《赵和赎产》的原文"恃契不征领"中"契"的理解不同。因为"契"一般被理解为"契约书"，所以在《物语》中，"契"自然而然地被认为是最初借钱时开具的借条。但是，一开始的借条不应该成为不为"八十贯"开具收据的理由。这应当是《物语》的误译。

　　事实上，原文中的"契"是指"关系密切"。在《谚解》中，林罗山正确理解了"契"的含义且做出了妥当的处理，即"恃契不征领"应指凭借亲密的朋友关系而没有收取收据。这或许是林罗山根据其丰富的语言知识翻译的，当然，也很有可能是林罗山参考了《疑狱集》中的《赵和赎产》而做出的判断。

　　　　先纳百千缗，第检还契书，期明日以残资换券，因隔宿且恃通家，因不征纳缗之文籍，明日赍余锭至，遂为西邻不认。

　　　　　　　　　　　　　　　　　　　　　　《疑狱集》之《赵和赎产》

　　《疑狱集》中的"恃通家"是指凭借从父辈开始就建立的亲密关系，加之"隔宿"，也就是"只隔一晚"，因此对于已经返还的部分借款没有索要收据。可以说，《疑狱集》中的这一部分也可能帮助过林罗山加深对《赵和赎产》的理解。综上所述，在《小指上高高束起的惩罚》中，因信赖亲密关系而不求凭证的设定明显是对《谚解》之《赵和赎产》的反映。

　　麻生矶次指出，《赵和赎产》和《本朝樱阴比事》卷三之二《借条上的文字消失，老实人胜诉》也有类似的地方。[1]《借条上的文字消失，老实人胜诉》也是关于借款以及凭证的故事，故事中由于字据上所书写的文字消失，借贷双方之间产生纠纷，情况与《赵和赎产》大体一致。它与《赵和赎产》《小指上高高束起的惩罚》最大的不同之处在于，尽管贷款一方与借款一方具有世代交往的亲密关系，但贷款一方还是照常收了借款字据，具体内容如下。

---

① 麻生磯次「第四章　裁判物の展開と中国文学の影響」『江戸文学と中国文学』東京：三省堂、1962。

即使自父辈起两家关系一直甚好，但是借给他五贯银子时，照常拿了借据。

《本朝樱阴比事》之《借条上的文字消失，老实人胜诉》

可以看出，这同样是以亲密关系为背景的故事，但与《小指上高高束起的惩罚》中关系亲密的生意伙伴相比，"自父辈起两家关系一直甚好"所显示的亲密程度更高。尽管如此，贷款一方还是索要了字据，这倒与《小指上高高束起的惩罚》形成了鲜明的对比。

（三）《棠阴比事》之七十一《程簿旧钱》与《本朝樱阴比事》卷二之三《佛之梦五十日》

在《程簿旧钱》中，一个借住在兄长家的男人在兄长家挖到了钱。兄长的儿子则说那是他父亲当年所埋。裁判者程颢审问其父藏钱多少年，回答二十年。裁判者后让小吏取出一千文钱仔细察看，发现那是他父亲搬来前数十年铸造的旧钱，借此识破了谎言。

在《佛之梦五十日》中，一个租住在都城的手艺人说他连续五十天做了同一个梦。在梦中，长约九寸的金佛埋在了房东卧室下面，希望被挖出来。房东听后大喜，让人试着挖，但没有找到。第二天，那个手艺人又拜托房东挖了一次，梦里的佛像果真出现了。房东想将金佛据为己有，与手艺人产生了纠纷。裁判者为弄明真相，把京城里的佛具师叫来，让其鉴定金佛，得知"是埋在土中五、六、七年的东西"。之后裁判者又把街坊邻居召集起来，咨询房了的建造时间。最终，裁判者根据房子的建造时间（"四十多年前完工"）与金佛埋藏时间的差异，发现了手艺人居心叵测，最后对房东与手艺人都给予了惩罚。

《佛之梦五十日》和《程簿旧钱》在素材和设定方面的共同点主要有两个方面：一个是围绕着发掘出的钱和金佛等贵重物品的所有权而发生的争斗，另一个是把时间分歧作为破案的重要根据。

需要注意的是，《佛之梦五十日》和《程簿旧钱》的相似之处不仅是以上内容，连房屋的房龄以及埋藏钱币的时间也相同。但是，《佛之梦五十日》中的这一部分应该不是直接源于《棠阴比事》之《程簿旧钱》，而是与《谚解》之《程簿旧钱》正文后林罗山的注释[①]有关。林罗山在《谚解》中对相关故事内容进行考证后指出，《宋史》程显本传和《疑狱集》中的《程簿旧钱》的故事略有不同。这两个故事的内容在《谚解》中被介绍如下。

> 颢调鄂上元主簿，鄂民有借兄宅居者，发地得瘗钱。兄之子诉曰，父所藏。颢问几何年。曰，四十年。彼借居几时。曰，二十年矣。遣吏取十千视之，谓诉者曰，今官所铸钱，不五六年，即遍天下。此皆未藏前数十年所铸，何也。其人不能答。
>
> 《谚解》引用的《宋史》

> （前略）颢问兄之子曰，尔父所藏钱几年矣。曰，四十年。彼借宅居何时矣。曰，二十年矣。即遣吏取钱十千视之。谓借宅者曰，今官所铸钱，不五六年间，即遍天下。此钱皆尔未借居前所铸。何也。其人遂服。注云，盖借宅者乃服。
>
> 《谚解》引用的《疑狱集》

《宋史》与《疑狱集》中兄长的儿子皆认为藏钱四十年，有趣的是这与《佛之梦五十日》出现的"四十多年"基本一致。这一现象是否为模仿的结果，根据林罗山在《谚解》相应作品文后的补充注释，我们可以做出明确的判断。

> 《棠阴比事》中，只说道二十年之事。《宋史》中，在问话与答话中则出现了二十年与四十年的情况。尽管这个方面两者不同，然而诉讼者服罪这一点并无二异。
>
> 《谚解》

根据林罗山的以上指摘，程颢裁判旧钱的事件内容在《棠阴比事》和《宋

---

① 『棠陰比事諺解』的构成，基本上是对应《棠阴比事》原文的译文（其中也夹杂着关于难懂词汇等的注释）。正文的训译与翻译之后，还有林罗山对郑克按语的翻译与林罗山的补充注解（对人物的考察和事例的典据等）。

史》中存在差异，具体而言，《棠阴比事》中没有言及"四十年"，但是《宋史》中记录藏钱是四十年前之事，借居是二十年前之事。林罗山在《谚解》中特别指出了《棠阴比事》没有写到的"四十年"，可以说这一点是《谚解》特有的内容，是林罗山考察了各种文献的结果，当然也很可能是林罗山发现《疑狱集》记载有类似内容所致。明朝张景编集的《疑狱集》卷九《程簿旧钱》记录了以下内容。

> 按二十年以下乃桂氏原本，盖借宅者发见所藏钱，其子诉官，取钱视之，借宅者乃服，今反误作兄子冒认钱，因考行状正之于后，其他更定不复再见。①

根据这段材料可知，在《棠阴比事》原著同一事件中撒谎冒认埋藏于地下钱币的人是兄长之子，但在《疑狱集》中则是租住房屋之人。这一部分内容通过《谚解》而对《本朝樱阴比事》产生了影响。在《本朝樱阴比事》之《佛之梦五十日》中，撒谎之人是租住房屋之人。"撒谎""谎言被识破""四十年"等细节的设定是西鹤本人的原始创作还是西鹤通过《谚解》的补充注释，将《疑狱集》中不同的信息吸收在自己作品中的呢？虽然不能简单地断定，但林罗山补充注释的《宋史》和《疑狱集》的内容在《物语》和《加钞》中都看不到丝毫痕迹。基于此，我们更应该注意《本朝樱阴比事》和《谚解》的关系。

（四）《棠阴比事》之六《丙吉验子》与《本朝樱阴比事》卷一之二《云放晴的影子》

在《丙吉验子》中，一个八十多岁的男人在妻子去世后娶了一个新妻子并生下一个男孩，但是，与前妻所生的女儿却诬告男孩并非老人之子。裁判者认为，该男孩与同龄孩子相比身体虚弱，且以正午时分没有影子的结果验明他是老人的亲生儿子。

在《云放晴的影子》中，京都一家大型木材批发店八十多岁的老板不承认年轻女仆生下的男孩是自己的骨肉。裁判者利用老年人所生的孩子没有影子这

---

① 和凝、和㠉：《疑狱集》，载承瑢、纪昀等主编：《四库全书》子部十一·法家类，上海：上海古籍出版社，1987年。

一中国的说法来裁决此事。审判的具体内容如下。

> 裁决者此时说道："唐土也有过先例。八十多岁的老人所生的孩子在日光照射下没有影子。如果没有映出影子的话，就一定是老人的孩子。"话毕，令孩子站在衙门庭院中，朝日迁移，孩子的影子却并未形成。
>
> 《本朝樱阴比事》之《云放晴的影子》

《云放晴的影子》采用《丙吉验子》中证明孩子是否亲生的方法，让八十多岁老人的孩子站在日光下看是否会形成影子，证明了老人与孩子的亲子关系。

> 如果没有映出影子的话[①]，就一定是老人的孩子。
>
> 《本朝樱阴比事》之《云放晴的影子》

根据有无影子来判断是否亲生这个片段，在《棠阴比事》原文、《谚解》、《物语》和《加钞》中分别表达如下。

> 唯老人之子畏寒变色。又令与诸儿立于日中。唯老人之子无影。遂夺财物归后母之男。前女服诬母之罪。
>
> 《本朝棠阴比事》之《丙吉验子》

> 据此[②]，知道他是亲生孩子。
>
> 《谚解》之《丙吉验子》

> 据此，把所有家产都给了后妻所生之子。
>
> 《物语》之《丙吉验子》

[①] 一般认为原文"面影うつらば"（如果映出影子的话）应该是"面影うつらねば"（如果没有映出影子的话）的误记，本书也遵循这种普遍说法。

[②] "此"的内容是指老人的孩子比起同龄的孩子更畏寒，且在正午太阳下没有影子。

因此，这个孩子的确是老人的亲生孩子。

《加钞》之《丙吉验子》

通过以上《谚解》《物语》《加钞》的表述，我们发现《谚解》与《加钞》都直接对孩子是老人亲生的这一事实进行了叙述，即"知道他是亲生孩子""这个孩子的确是老人的亲生孩子"，而《物语》却没有直接表达。这一点在《棠阴比事》原文文本中并没有出现。也就是说，《谚解》和《加钞》明显是添加了内容，即在理解《棠阴比事》的基础上对原文并未直接表述的内容进行了补充注解。《本朝樱阴比事》之《云放晴的影子》中关键性的一句"一定是老人的孩子"，应该与这些补充内容有所关联。

（五）《棠阴比事》之八十六《苻盗并走》与《本朝樱阴比事》卷五之二《叠加四个一套木碗之判官意旨》

在《苻盗并走》中，有一位老妇人在黄昏时遭遇强盗，路人抓住了强盗。但是，盗贼反诬路人是强盗。在随后的审判中裁判者让两个人赛跑，称先跑出奉阳门的不是犯罪之人。

在《叠加四个一套木碗之判官意旨》中，卖碗的商贩在看绘马时被贼偷走了行李。商贩好不容易抓住了小偷，却被小偷反诬偷窃。最后，裁判者让两个人比赛，根据两人将散落的茶碗按价格分类的速度，弄清了真正的犯罪之人。

在内容上，两篇作品皆设置了被盗贼反诬，最后以比拼速度的方法判断出真正的犯罪之人的情节。《本朝樱阴比事》之《叠加四个一套木碗之判官意旨》与《棠阴比事》之《苻盗并走》中案例的相似点不限于此，甚至连事情发生的重要时间点都进行了模仿。在《苻盗并走》中，事件发生于黄昏时分，《叠加四个一套木碗之判官意旨》则是白天，仅看这些并不能看出相似点。《苻盗并走》正文后按语部分的另一个故事设置的犯罪时间"昼"，极有可能成为《叠加四个一套木碗之判官意旨》设置时间的一个契机。该故事的内容如下所示。

逻者昼劫人，反执平人以告。颜视其色动斥曰："尔盗也。"械之果服。

《棠阴比事》之《苻盗并走》按语

上面的案件也是关于盗贼诬告他人的故事，但是，犯罪时间是白天，与《苻盗并走》本身的作案时间不同，却与《叠加四个一套木碗之判官意旨》"大白天的居然敢偷东西"中显示的作案时间相同。作者将犯罪时间设定为"白天"的原因可从以下被盗经过看出一二。

> 盗贼发现刚才有个买卖人在祇园的神社里卸下肩上的担子，读起绘马，一身乡下人装束。盗贼看清楚了情况，就偷了他的行李，挑在自己肩上跑向别处。卖碗的吓了一跳，从南面的御门跟着云的标记开始追赶，终于在八坂塔前抓住了盗贼，大骂道："大白天的居然敢偷东西！"盗贼却也跟着叫嚷着同样的词语。
>
> 《本朝樱阴比事》之《叠加四个一套木碗之判官意旨》

光天化日下在祇园神社这个引人注意的地方偷东西——被盗者对此感到十分震惊。这个震惊从"大白天的居然敢偷东西"一句表现出来。"大白天"这一犯罪时间正是让被盗者吃惊的原因所在。《谚解》与《物语》中出现了类似内容，《加钞》中并未提及犯罪时间。

> 逻者，白昼劫人，偷盗物品，反而抓住平人对薛颜说是盗贼。
>
> 《谚解》之《苻盗并走》按语

> 过去有一个逻者，正午劫走了别人的东西，反而抓住平人，报官说他是盗贼。
>
> 《物语》之《苻盗并走》按语

> 逻者劫人，说这个人是盗贼啊。
>
> 《加钞》之《苻盗并走》按语

《谚解》以"白昼"、《物语》以"正午"来表现时间。我们很容易联想到

《本朝樱阴比事》的"大白天的居然敢偷东西"中的"大白天"。西鹤很可能是在发现《苻盗并走》按语中时间设置效果不凡以后进行了模仿。《谚解》的"白昼劫人"和《物语》的"正午劫走了别人的东西"的表达效果尤为接近，既巧妙地展示了犯罪时间，又生动地营造了盗贼在光天化日下犯罪的胆大包天的效果。

综合上面的分析，我们完全可以推测《本朝樱阴比事》之《叠加四个一套木碗之判官意旨》模仿了《棠阴比事》之《苻盗并走》的前半部分，既吸收了被盗、反被盗贼诬陷的元素，又吸收了《苻盗并走》后半部分中比拼速度的审判方法。尤其需要注意的是有关事件发生时间的设定。它很有可能是受到了《苻盗并走》按语中时间的影响，从而被设定为"正午"。至于其出处，则很有可能是《谚解》中的"白昼"或《物语》中的"正午"。

本研究对《本朝樱阴比事》与包括《棠阴比事》《谚解》《物语》《加钞》在内的作品进行了比较，发现《本朝樱阴比事》与《棠阴比事》的上述五组故事分别在构思和设置上有相似之处，甚至连细微的表达也有共同之处。但是，除了《赵和赎产》《小指上高高束起的惩罚》和《苻盗并走》《叠加四个一套木碗之判官意旨》两组以外，其他三组都存在《本朝樱阴比事》中的作品参考的并非《棠阴比事》原典，而是其相关图书的情况。《本朝樱阴比事》仅与《谚解》在特定的表达上具有共通之处的有《耳畔响起相同的话》和《傅隆议绝》、《小指上高高束起的惩罚》和《赵和赎产》、《佛之梦五十日》和《程簿旧钱》三组。《本朝樱阴比事》与《谚解》和《物语》皆有共通之处的是《叠加四个一套木碗之判官意旨》和《苻盗并走》。《本朝樱阴比事》与《谚解》和《加钞》皆有共通之处的是《云放晴的影子》和《丙吉验子》。以上结果可以用表6表示。

表6 《本朝樱阴比事》与《棠阴比事》原典及《谚解》《物语》《加钞》的共通之处

《本朝樱阴比事》中的故事	《棠阴比事》中的故事	原典	《谚解》	《物语》	《加钞》
《小指上高高束起的惩罚》	《赵和赎产》	○	○		
《佛之梦五十日》	《程簿旧钱》		○		
《耳畔响起相同的话》	《傅隆议绝》		○		
《叠加四个一套木碗之判官意旨》	《苻盗并走》	○	○	○	
《云放晴的影子》	《丙吉验子》		○		○

注：表中标○的地方表示一致。

综合以上讨论可以看出，《本朝樱阴比事》与《物语》和《加钞》的作品并不一定都存在关系，而与《谚解》的作品则全部相关。迄今为止，在谈到《本朝樱阴比事》受《棠阴比事》影响的问题时，研究者并没有重视，甚至没有正式探讨过《本朝樱阴比事》与《谚解》的关联性。根据本研究的考察结果，在探讨《本朝樱阴比事》与《棠阴比事》关联性时很有必要多关注《谚解》。

但是，《谚解》是林罗山向赖宣进献的《棠阴比事》注释书，并不容易被一般人接触到。尽管如此，西鹤若有可能和林罗山圈内的人产生交集，了解《谚解》的内容也不是没有可能。西鹤是如何了解到《谚解》内容的？这可以作为今后的课题。

二、《板仓政要》与《棠阴比事》《本朝樱阴比事》的关联

《板仓政要》成书于 17 世纪后半叶，内容是负责 17 世纪前半叶京都市政的京都所司代板仓伊贺守胜重、板仓周防守重宗、板仓内膳正重矩的法令和审判案例。这部作品有以上三个版本[①]，但最为普及的是十卷本。其中卷一至卷三是法令集，卷四和卷五是京都的町数、户籍簿、若干官府禁令、法令，卷六至卷十是审判故事。这些审判故事与《棠阴比事》有不少相似之处。[②]

关于这两部书的关系，历来研究认为，有可能是板仓大人读过《棠阴比事》[③]，也有可能是板仓大人的家臣金子祇景通过林罗山获得《棠阴比事》，再将其内容讲给了板仓大人[④]。但是，迄今为止的研究尚未完全阐明《板仓政要》与《棠阴比事》的具体影响关系。事实上，板仓大人极有可能把《棠阴比事》案件中的破案方法和审判方法应用于日本的实际案件中。基于此，本部分拟对《板仓政要》和《棠阴比事》中案件的审理、侦破与处刑进行详细的比较研究，以判明《板仓政要》与《棠阴比事》的影响关系。

泷田贞治、野间光辰以及熊仓功夫三位学者就《板仓政要》与《棠阴比事》

---

① 京都大学所藏十卷本，宫内厅书陵部所藏十三卷本，东北大学所藏十六卷本等，都是抄本。
② 以下三位学者都对此进行过研究。滝田貞治「『本朝桜陰比事』説話系統の研究」『西鶴襍彙』東京：野田書房、1941。野間光辰「本朝桜陰比事考証」『西鶴新新攷』東京：岩波書店、1981。熊倉功夫「『板倉正要』と板倉京都所司代」『寛永文化の研究』東京：吉川弘文館、1988。
③ 田中宏「『醒睡笑』と『本朝桜陰比事』」『文学研究』、1975（42）。
④ 松村美奈「『棠陰比事』をめぐる人々—金子祇景の人的交流を中心に」『愛知大学国文学』、2007（47）。

的关联展开了研究，认为这两部作品存在关联的故事如表 7 所示。

表 7 《板仓政要》与《棠阴比事》的关联性的研究概况

组别	《板仓政要》中的故事	《棠阴比事》中的故事	研究人员
a	《京六波罗夜盗杀害町人夺取财物之事》	《司马视鞘》	泷田贞治
b	《贺茂之祢宜养父养子出入之事》	《李杰买棺》	熊仓功夫
c	《盗碗贼一案》	《苻盗并走》	熊仓功夫
d	《杀狗私通暴露之事》	《裴均释夫》	野间光辰、熊仓功夫
e	《买卖物出入之事》	《赵和赎产》	泷田贞治、野间光辰、熊仓功夫

泷田贞治指出，a 组中《板仓政要》卷六之三《京六波罗夜盗杀害町人夺取财物之事》受到《棠阴比事》之一百四十《司马视鞘》的暗示；e 组中《板仓政要》卷八第十四《买卖物出入之事》和《棠阴比事》之一百三十四《赵和赎产》的方向是相反的，但不能认为没有关系。野间光辰则认为，e 组《买卖物出入之事》与《赵和赎产》不能说没有关系，两者的相似点是"没有收取凭证而被欺诈"这一点；d 组《板仓政要》卷七之十一《杀狗私通暴露之事》明显借鉴了《棠阴比事》之四《裴均释夫》的内容。熊仓功夫尽管承认 b、c、d、e 四组各自存在影响关系，但是指出只有 d 和 e 两组的作品"几乎是异曲同工"。然而，在笔者看来，a 组中的《京六波罗夜盗杀害町人夺取财物之事》不仅存在《司马视鞘》的影子，还有《棠阴比事》之六十五《蒋常觇姬》的痕迹；而从 b 组中《板仓政要》卷六之九《贺茂之祢宜养父养子出入之事》的主旨、情节设置，乃至人物语言的语气设置，皆能看出与《棠阴比事》之二十七《李杰买棺》存在共通的地方。此外，c 组《板仓政要》卷六之十一《盗碗贼一案》也与《棠阴比事》之八十六《苻盗并走》的按语内容存在类似部分。关于 e 组，不仅仅是此前讨论过的欺诈方面，连欺诈背后隐藏的信用问题也极有可能与《棠阴比事》存在一定的关系。

（一）《板仓政要》与《本朝樱阴比事》

泷田贞治将《本朝樱阴比事》中可以看到《板仓政要》要素的故事进行了整理，如表 8 所示（关于《京六波罗夜盗杀害町人夺取财物之事》和《神社人员出入之事》尚为推测）；野间光辰对于泷田贞治的指摘，肯定了其中《盗碗贼一案》《妻女公案之事》《圣人裁决之事》《本妻与妾之公案》是《本朝樱阴比事》作品的原出处，认为除此以外的其他指摘只是给同一种案件强加了影响关系；晖峻康隆指出，《本朝樱阴比事》受到的影响确实有四处来源于《板仓政要》[1]，即《盗碗贼一案》和《叠加四个一套木碗之判官意旨》、《妻女公案之事》和《等待之中的年龄差》、《圣人裁决之事》和《失物拾物皆有人》、《本妻与妾之公案》和《命为九分之酒》。

表 8　泷田贞治对《板仓政要》与《本朝樱阴比事》具有共通性作品的指摘

《板仓政要》中的故事	《本朝樱阴比事》中的故事
《京六波罗夜盗杀害町人夺取财物之事》	《十夜念佛遇半弓》
《盗碗贼一案》	《叠加四个一套木碗之判官意旨》
《宿赁公案》	《钱声、钟声与念佛》
《野合草刈场论之事》	《初春的松叶山》
《妻女公案之事》	《等待之中的年龄差》
《圣人裁决之事》	《失物拾物皆有人》
《本妻与妾之公案》	《命为九分之酒》
《神社人员出入之事》	《兼平歌谣可否作证据》
《买卖物出入之事》	《小指上高高束起的惩罚》

从上面的分析可以看出，《板仓政要》《棠阴比事》以及《本朝樱阴比事》三部作品之间存在关联的作品有两组：一组是《板仓政要》卷六之十一《盗碗贼一案》、《棠阴比事》之《苻盗并走》及按语、《本朝樱阴比事》卷五之二《叠加四个一套木碗之判官意旨》；另一组是《板仓政要》卷八之十四《买卖物出入之事》、《棠阴比事》之《赵和赎产》、《本朝樱阴比事》卷五之四《小指上高高束起的惩罚》。本部分主要探讨《板仓政要》[2] 与《棠阴比事》的关联性，在涉及《本朝樱阴比事》时也自然将其纳入讨论范畴。

（二）《板仓政要》卷六之三《京六波罗夜盗杀害町人夺取财物之事》与《棠阴比事》之六十五《蒋常觇妪》

《京六波罗夜盗杀害町人夺取财物之事》讲述了一个男人在妻子不在家的晚上被杀且金银被盗的故事。裁判者在调查事件时，听取遇害者妻子的话，调

---

[1]　晖峻康隆「鑑賞のしおり」『現代語訳西鶴全集第八巻』東京：小学館、1976。
[2]　本研究以熊仓功夫的「史料翻刻『板倉政要』第六巻—第十巻　裁判説話の部」（『歴史人類』第15号、筑波大学歴史人類学系、1987 年 3 月）为底本。

查了出入他们家的可疑人物，最终发现了带血的刀鞘，从而将犯人绳之以法。

泷田贞治认为，这个故事受到了《棠阴比事》之《司马视鞘》的影响。《司马视鞘》讲述了一个看似很难解决的案件，最终以案发现场唯一的物证刀鞘为线索找到了犯人。

《京六波罗夜盗杀害町人夺取财物之事》与《司马视鞘》的相似点是物证刀鞘。除了《司马视鞘》，该故事与《棠阴比事》之《蒋常觇姬》亦存在相似点，即刀鞘上新附着的血渍。在《蒋常觇姬》中，在妻子回娘家的晚上，身为老板的丈夫被妻子的奸夫杀害。当时，犯人偷偷用店内客人的刀杀人，后又把沾血的凶器放回了客人的刀鞘里。第二天早上，店家发现了沾着血渍的刀，便将刀主人一行人上告到御史蒋常处。御史以老妇人为诱饵，引出了真凶，查明了真相。

《司马视鞘》一文并没有涉及血渍的描写，但在《板仓政要》中却以附着了大量新近产生的血渍的刀鞘为案件物证。应当说，对血渍的关注这一点是《板仓政要》与《蒋常觇姬》之间的关联。两篇作品涉及血迹的内容如下。

> 店人趁正等，拔刀血甚狼藉，囚禁正等。
>
> 《棠阴比事》之《蒋常觇姬》

> 有一个人的腰刀虽然毫无血渍，但是刀刃非常新，故拆开刀鞘检查，发现鞘内沾满了血渍。
>
> 《板仓政要》之《京六波罗夜盗杀害町人夺取财物之事》

在《蒋常觇姬》中，沾满血渍的刀被认为是杀人证物，在《板仓政要》中，虽然刀上一点血渍都没有，但是故事特别强调刀鞘中有大量血渍，可见血渍是作品强调的要点。可以看出，《板仓政要》中丈夫在妻子不在家的夜晚被杀害，甚至连证据"血"的相关细节设定，也和《棠阴比事》之《蒋常觇姬》类似。

（三）《板仓政要》卷六之九《贺茂之祢宜养父养子出入之事》与《棠阴比事》之六十一《李杰买棺》

《贺茂之祢宜养父养子出入之事》讲述了一个养父因亲生孩子的诞生而将

碍事的养子以不实之罪告到官府的故事。为了弄清事情的真相，判官询问养子事情的来龙去脉，但是养子没有说任何有关养父的坏话。

在《李杰买棺》中，一个与道士私通的寡妇为了杀害碍事的儿子，便嫁祸于儿子。而儿子在面对判官的讯问时，并没有说任何有关母亲的坏话。

> 鄙人不能想养父所想，即为不孝之证，没有什么说的。总之，被告的孩子只是说无论如何处置都会遵从判官旨意。
>
> 《板仓政要》之《贺茂之祢宜养父养子出入之事》

> 其子不能自理。但云得罪于母。死所甘分。
>
> 《棠阴比事》之《李杰买棺》

上述《李杰买棺》中的引文是说孩子为了保护母亲，不能为自己辩解，原因是自己触怒母亲，死也甘愿。比较这两篇作品，我们发现，儿子被父母强加莫须有的罪名却没有辩解这一点是相通的 ①，除此以外，两篇作品的表达方式、语气都是相同的。笔者试列举两者对应的部分进行比较，如表 9 所示。

表 9 《李杰买棺》与《贺茂之祢宜养父养子出入之事》中语言表述的比较

《李杰买棺》中的表述	《贺茂之祢宜养父养子出入之事》中的表述
不能自理	没有什么说的
但云得罪于母	只是说不能想养父所想
死所甘分	无论如何处置都会遵从判官旨意

关于第一点，对于父母的诬告，儿子没有辩解是非曲直，这层意思的表达在《棠阴比事》中是"不能自理"，在《板仓政要》中是"没有什么说的"。关于第二点，面对裁判者的审判，儿子只是说惹怒了父母，这层意思在《棠阴比事》和《板仓政要》中分别为"但云得罪于母"与"只是说不能想养父所想"。其中，"只是说"与"但云"对应，两者的语气甚至保持了一致。关于第三点，无

---

① 关于这两篇作品，熊仓功夫指出，不管是孝心深厚的养子还是儿子，即使被诉讼，也没有否定这个不讲理的诉讼，这一点是共通的。养父和亲生母亲，亲生儿子的诞生和私通，虽然人际关系和动机不同，但相似点很多。

论受到什么样的惩罚儿子都接受，《棠阴比事》的表达"死所甘分"和《板仓政要》的表达"无论如何处置都会遵从判官旨意"极为类似。

（四）《板仓政要》卷八之十四《买卖物出入之事》与《棠阴比事》之一百三十四《赵和赎产》、《本朝樱阴比事》卷五之六《小指上高高束起的惩罚》

《买卖物出入之事》是有关卖方在没有收取凭证的情况下交付物品而引起纠纷的案件。年末，油贩子从批发商那里预订了十五桶油，当即拿走了其中的十桶，与批发商约定剩余的五桶日后再拿，于是拿着油的寄存据离开了。油贩子在次年二月末让佣人去把剩余的五桶油取回来，但佣人忘了拿票据。批发商认识这个佣人，所以相信了他的话，把油交给了他。然而，年末根据记账的票据进行总决算时，油贩子却拿出五桶油的寄存票据，谎称尚未兑换。

《赵和赎产》正如上文所介绍，相邻两家之间因借款是否已经偿还一部分而产生了矛盾。借款一方信任关系甚好的邻居，在还了部分欠款以后，并未要求贷款方开具收款证明，从而为日后贷款方谎称并未收到还款而埋下了火种。

两篇作品的相似之处有两个地方。一是由于没有收取凭证而出现了欺诈情况，二是把对关系亲密之人的信任作为不收取凭证的理由。

先纳八千缗。期来日以残资赎券。恃契不征领。约明日再赍余锱至。至而西邻不认。既无保证又无文籍。

《棠阴比事》之《赵和赎产》

裁判者对那个伙计进行了问话……那个伙计非常害怕地说："我是那天的当班伙计，我确实取了五桶油回来。因为我在这家干活多年，与油的批发店彼此认识，所以我没给他们凭证也没有返还票据，只是口头上说了说。"裁判者根据他详细的陈述，迅速地判明了事件真相。

《板仓政要》之《买卖物出入之事》

野间光辰对第一个相似点——欺诈进行了讨论，却没有谈及第二个相似点——没有收取凭证的理由。但是，我们很有必要关注这两篇作品中没有收受凭证的内容，即《棠阴比事》中的"恃契不征领"与《板仓政要》中的"因为我在这家干活多年，与油的批发店彼此认识，所以我没给他们凭证也没有返还票据，只是口头上说了说"。前者是因为关系甚好所以没有索要凭证，与后者中批发商信任油贩及其伙计而没有强行索要凭证如出一辙。

《赵和赎产》原文中"契"这一词语的含义成为这两篇作品是否具有联系的一个关键因素。当时，日本人对这个词语的理解情况通过《谚解》《物语》和《加钞》变得十分清楚。如前面所论述的那样，三部书对这个词语的解释并不一致，只有《谚解》提到了亲密关系这一层意思。也就是说，在《谚解》之《赵和赎产》中，偿还部分贷款的借款一方因信任邻人而没有要求开具收款证明；在《板仓政要》之《买卖物出入之事》中，卖方则因相信了具有长年合作关系的油贩而没有坚持收回凭证。可见，两者没有收取凭证的理由皆是信任对方。笔者将这两篇作品的重要信息整理成表 10。

表 10 《赵和赎产》与《买卖物出入之事》的关联

作品	应该收到凭证的一方	企图欺诈的一方	问题点
《棠阴比事》之《赵和赎产》	东邻（借者）	西邻（贷者）	先还了八千缗欠款，却没有收到这部分偿还款的凭证
《板仓政要》之《买卖物出入之事》	油的批发商（卖者）	油贩（买者）	没有收到五桶油的寄存票据就交付了油

信任成为纠纷产生的原因，就是《棠阴比事》中的"恃契"这一朋友间的信任关系在《板仓政要》中被反映在生意人之间。《本朝樱阴比事》之《小指上高高束起的惩罚》中也有因为没收取凭证而发生的类似欺诈事件，只是它发生在钱庄的生意伙伴对于小额的临时借款采取不收取凭证的做法的背景下。该作品与《棠阴比事》之《赵和赎产》、《板仓政要》之《买卖物出入之事》一样，皆是因为信任对方而没有收取凭证，最后却被诬陷。作品中与纠纷相关的人物也和《买卖物出入之事》一样被设定为京城的生意伙伴。但是，仅凭这一点还不能草率地判定《谚解》《板仓政要》与《棠阴比事》《本朝樱阴比事》之间的影响关系，但可以推测它们很可能存在以下关系。

即《谚解》影响了《本朝樱阴比事》，《板仓政要》影响了《本朝樱阴比事》，《谚解》与《板仓政要》皆影响了《本朝樱阴比事》。

（五）《板仓政要》卷六之十一《盗碗贼一案》与《棠阴比事》之八十六《苻盗并走》及其按语、《本朝樱阴比事》卷五之二《叠加四个一套木碗之判官意旨》

《苻盗并走》讲述了一个盗贼反诬告他人为盗贼的故事。裁判者通过让两人赛跑的方式判定跑得慢的一方为真犯人。在《盗碗贼一案》中，一个卖碗的商贩被盗，后来抓住盗贼以后却被真犯人反诬成盗贼。裁判者认为，真犯人比卖碗人分辨碗的速度慢，因而命令他们按碗的价格迅速将碗分为上、中、下三种，以此判明了真相。

很明显，两篇作品的共通之处是盗贼诬告他人以及裁判者以比拼速度的方法判断真犯人。但是，除此以外，《苻盗并走》按语中记述的内容亦与《板仓政要》存在共通之处。

　　逻者昼劫人，反执平人以告。颜视其色动斥曰："尔盗也。"械之果服。

　　　　　　　　　　　　　　　　　《棠阴比事》之《苻盗并走》按语

通过对比可以看出，与《板仓政要》中被诬告的对象是被偷盗之人不同，《棠阴比事》按语中被诬告的是被劫之人以外的第三者。从犯罪时间来看，《板仓政要》是"昼"，《棠阴比事》之《苻盗并走》是"日暮"，而其按语是"昼"。可以看出，在时间的设置方面，《板仓政要》与《苻盗并走》按语一致。从常识来说，偷盗（抢劫）事件发生在人烟稀少的"日暮"时分比较合适，但在《板仓政要》中，卖碗的商贩一边追着小偷跑一边喊着："贼人！大白天胆敢偷盗！"《苻盗并走》的按语部分也同样将案件发生时间设定为"昼"，即大白天。这一点应该是在表现盗贼的胆大包天，制造令人惊讶的效果。这一手法在两篇作品中是一致的。

《苻盗并走》按语中的内容在《谚解》《物语》与《加钞》中的对应部分看不出很大区别，但是，关于事件的发生时间，《谚解》《物语》中分别是"白天""正午"，《加钞》则没有涉及时间。具体记述如下所示。

> 有一老母，日暮遇劫盗。行人为母逐之，擒盗，盗反诬行人。苻融
> 曰："二人并走先出奉阳门者非盗。"既还，融正色谓后至者："汝即盗也。"
>
> 《棠阴比事》之《苻盗并走》

> 逻者，白昼劫人，偷盗物品，反而抓住平人对薛颜说他是盗贼。
>
> 《谚解》之《苻盗并走》按语

> 过去有一个逻者，正午劫走了别人的东西，反而抓住平人，报官说
> 他是盗贼。
>
> 《物语》之《苻盗并走》按语

> 逻者劫人，说这个人是盗贼啊。
>
> 《加钞》之《苻盗并走》按语

也就是说，尽管《棠阴比事》之《苻盗并走》的案件发生时间是"日暮"，但其按语中事件发生时间为"昼"，《板仓政要》之《盗碗贼一案》与《苻盗并走》按语的案件发生时间保持了一致，而且，与《谚解》和《物语》中《苻盗并走》按语时间也基本一致。由此来看，《板仓政要》很可能受到了《谚解》和《物语》的影响。

下面来比较一下《板仓政要》之《盗碗贼一案》和《本朝樱阴比事》之《叠加四个一套木碗之判官意旨》。

> 在七条道场附近，有个卖碗的小贩将担子卸下放在门边，此时道场中（A1）正在进行舞蹈与念佛活动，小贩过去观看。有人突然担起刚才放在门口的碗和所有物品，朝着稻荷神社的方向跑去。（B1）碗的主人大喊道："贼人！大白天胆敢偷盗！"一直追到东山稻荷才终于抓住了盗贼。盗贼故意大喊大叫道："你胆敢诬陷我偷盗！"两个人扭打在一起，（C1）附近的人都围了过来，想要判明真相。双方都说那是自己的物品，如此僵持不下，人们很难判断谁是卖碗的小贩，谁又是盗贼，于是决定送他

们去板仓大人那里定夺。

《板仓政要》之《盗碗贼一案》

上面的案件同样是关于盗贼诬告对方的故事，但是，犯罪时间是白天，与《符盗并走》本身的作案时间不同，但与《本朝樱阴比事》之《叠加四个一套木碗之判官意旨》中的作案时间"大白天的居然敢偷东西"相同。作者把犯罪时间设定为"白天"的理由可通过以下被盗经过看出。

> 盗贼发现，刚才有个买卖人在祇园的神社里卸下肩上的担子（A2）读起绘马，一身乡下人装束。盗贼看清楚了情况，就偷了他的行李挑在自己肩上跑向别处。卖碗的吓了一跳，从南面的御门跟着云的标记开始追赶，终于在八坂塔前抓住了盗贼，（B2）大骂道："大白天的居然敢偷东西！"盗贼却也跟着叫嚷着同样的词语。（C2）周围很多人聚集过来，却很难判断他们谁是盗贼。两个人各说各话，但都没有确凿的证据。总之，盗贼一定是两个人中的一个。为了不让盗贼逃窜，大伙儿把他们带到了官府。

《本朝樱阴比事》之《叠加四个一套木碗之判官意旨》

《本朝樱阴比事》之《叠加四个一套木碗之判官意旨》、《棠阴比事》之《符盗并走》，以及《板仓政要》之《盗碗贼一案》中，皆有大白天遭遇盗贼且反被诬陷、通过比试速度识别真犯人这两部分内容。其中，卖碗的商贩在追捕盗贼的途中，高喊"大白天的居然敢偷东西"这一细节的增添，使《本朝樱阴比事》之《叠加四个一套木碗之判官意旨》与《板仓政要》的相似度得到提高（B1、B2）。除此之外，被盗者在被盗时沉迷于其他事物（A1、A2）的场面，真犯人纠缠追捕之人的场面以及对围观之人的描写（C1、C2）也极为类似。这些相似点可整理如表11所示。

《板仓政要》之《盗碗贼一案》与《棠阴比事》之《符盗并走》的情节基本相似，主要是以被盗（案件发生）、逮捕犯人（案件进行）、被真犯人诬陷（争执）、审判中以比拼速度的方式弄清真犯人（案件解决）等要素构成。但是，在此要强调的是,《板仓政要》在时间的设定上与《荷盗并走》并不一致,而是与《荷盗并走》按语中的"昼"一致(见表 11)。

表 11 《叠加四个一套木碗之判官意旨》与《荷盗并走》系列作品的比较

案件要素		《棠阴比事》之《荷盗并走》	《棠阴比事》之《荷盗并走》按语	《板仓政要》之《盗碗贼一案》	《本朝樱阴比事》之《叠加四个一套木碗之判官意旨》
当事者		①老母(被盗者)②行人(诬告的对象)③盗贼(真犯人)	①被盗者②平民(被诬告的对象)③逻者(真犯人)	①卖碗的商贩(被盗者和被诬告的对象)③盗贼(真犯人)	①卖碗的商贩(被盗者和被诬告的对象)③真犯人
案件	发生	傍晚,盗贼威胁老妇人并盗窃	白天,逻者威胁路人并盗窃	白天,卖碗的人在七条道场附近放下行李,看道场里跳舞念佛时,盗贼偷了他的碗和担子,向稻荷方向逃跑	正午,卖碗的商贩在祇园的神社放下行李,观看绘马时,一个盗贼担着他行李跑了
	进行	行人为老妇人抓住了盗贼	逻者抓住一个无罪的平民	卖碗的商贩喊着:"贼人!大白天胆敢偷盗!"追到东山稻荷抓住了盗人	卖碗的商贩从南御门开始追盗贼,直到八坂塔前才抓住他商贩喊着:"大白天的居然敢偷东西!"
	争执	盗贼反而诬告行人	逻者反而诬告平民	盗贼说:"你竟敢血口喷人!"双方争夺货物都说是自己的	盗贼也一样地叫嚷
	状况	×	×	(周围的人聚过来想办法,但判断不出)	(周围很多人聚集过来,却判断不出真凶)
解决		让他们竞争,以跑步速度来判断真犯人	裁判官看见逻者脸色变了,以此做出了判断	以分辨碗的价格的速度来判断真犯人	以收拾散落的碗的速度来判断真犯人

谈及《板仓政要》和《本朝樱阴比事》的关系,我们必须承认《棠阴比事》与它们具有共通点,而且它应该是两部作品的原始依据。从这两部作品中,亦可以看到《棠阴比事》之《荷盗并走》的影子,但《本朝樱阴比事》与其说是接受了《棠阴比事》的影响,还不如说是接受了《板仓政要》之《盗碗贼一案》的影响。原因是,《本朝樱阴比事》与《板仓政要》中的受害人在被盗时沉浸于其他事物(看绘马、看佛事),在追赶盗贼途中叫喊的"大白天的居然敢偷东西"的语句,人们围观盗贼的情况,还有裁判时采用整理碗的方法等情节都极为类似。换言之,《本朝樱阴比事》在丰富的内容构成和细节设定方面,与《板仓政要》更为相似。

　　本研究主要着眼于《板仓政要》《棠阴比事》《本朝樱阴比事》三部作品之间的联系性。《板仓政要》中的《京六波罗夜盗杀害町人夺取财物之事》《贺茂之祢宜养父养子出入之事》《买卖货物出入之事》《盗碗贼一案》，分别与《棠阴比事》中的《蒋常觇妪》《李杰买棺》《赵和赎产》《苻盗并走》及按语有共通之处。通过这些关联，更加明确《板仓政要》受到了《棠阴比事》的影响，但同时，应该关注《板仓政要》与《棠阴比事》注释书《谚解》的共通之处。尽管本研究通过调查与对照发现，它们具有相似之处的作品仅限于《板仓政要》之《买卖物出入之事》与《谚解》之《赵和赎产》，但从这一组作品中可以看到《物语》《加钞》与《谚解》的语言表述及注解内容的不同之处，为研究《板仓政要》与《棠阴比事》的关系给予了重要启示。也就是说，板仓大人不仅了解《棠阴比事》，甚至有可能了解《谚解》的内容，此外，板仓大人周围的人也极有可能同时了解《棠阴比事》与《谚解》。

　　至于《本朝樱阴比事》，它不仅受到了《棠阴比事》的影响，还受到了《板仓政要》的影响。《本朝樱阴比事》很有可能以《板仓政要》为媒介，吸收了《棠阴比事》的元素。在《板仓政要》《棠阴比事》《本朝樱阴比事》的关系中，《棠阴比事》是其他两部作品的出典这一点毫无异议，只是《本朝樱阴比事》并不是单纯吸收了《棠阴比事》或《板仓政要》中的某一方，而是综合吸收了双方要素而成。

　　虽然我们尚未彻底辨明《谚解》与《板仓政要》《本朝樱阴比事》的关系，但是，面对以往学界在探讨《板仓政要》与《本朝樱阴比事》受《棠阴比事》影响问题时仅仅提及《棠阴比事》这一书名，而未深入考虑实际产生影响的是否为《棠阴比事》的其他相关图书这一问题时，上文讨论的《谚解》与《板仓政要》的关联性就为这一课题打开了突破口。通过上述考证与研究，我们明确发现，《谚解》在《棠阴比事》的传播之路上直接发挥了重要作用。那么，它到底通过怎样的途径与《板仓政要》《本朝樱阴比事》两部作品产生了关联呢？通过幕府的关系以及板仓家在京都的文艺交流会，板仓大人确实有很多机会接触到林罗山的《谚解》，比如板仓家的家臣金子祇景就曾与林罗山多次进行诗歌唱和，还曾获得林罗山赠与的《棠阴比事》，且听其讲解《谚解》。然而，作家西鹤如何接触到《谚解》这一问题尚没有答案。尽管现有资料并不能很好地解答这一问题，但是，本书第二章中对林罗山与政治圈以及文人交往情况的探讨将有助于我们日后的进一步探索。

三、《镰仓比事》《本朝藤阴比事》与《棠阴比事》《板仓政要》

在《棠阴比事》受到日本人欢迎，且被模仿创作成日本式公案小说作品《本朝樱阴比事》以后，《镰仓比事》[①]与《本朝藤阴比事》[②]（下文多简称《藤阴比事》）相继诞生。这两部作品主要是记述裁判者判案的作品，题目明显模仿了《棠阴比事》与《本朝樱阴比事》；作品内容，尤其是裁判者的裁判方式亦明显带有模仿痕迹。这两部作品到底模仿了《棠阴比事》《本朝樱阴比事》，还是《板仓政要》呢？下文将围绕这一问题展开讨论。

《镰仓比事》成书于宝永五年三月，共六卷，每卷八篇作品，共四十八篇作品，作者月寻堂，作品是关于北条义时和北条泰时判案的故事。[③]《日本桃阴比事》（下文多简称《桃阴比事》）与《藤阴比事》于宝永六年成书。《藤阴比事》是《桃阴比事》的改写版[④]，考虑到《藤阴比事》新收录而《桃阴比事》未收录的故事中有一个与板仓大人判案的故事有共通之处[⑤]，故在讨论时以《藤阴比事》为对象；同时，也将《桃阴比事》收录而《藤阴比事》未收录的故事——《桃阴比事》卷一之一《名副其实的奸猾之人》、卷一之三《担起来就断的轿子》、卷三之四《不为女人所知的丈夫，不为儿子所知的父亲》、卷五之二《以假乱真的赝品》[⑥]列入考察范围。

《镰仓比事》的序文、《藤阴比事》的总起部分（《藤阴比事》没有序文，但总起部分发挥了序文作用）与《桃阴比事》的序文如下。

---

① 使用「月尋堂『鎌倉比事』翻刻（卷一—卷三）（卷四—卷六）」（川口師孝、『文学研究』第89·90 卷、日本文学研究会、2001 年 4 月 ·2002 年 4 月）的翻印版（以京都大学文学部图书室藏『寬永板　鎌倉比事　六冊』）为底本。
② 使用国书刊行会编辑『近世文藝叢書　第五　小説三』（東京：第一書房、1976 発行復刻）中的「本朝藤陰比事」。
③ 小西淑子「鎌倉比事」『日本古典文学大事典』東京：明治書院、1998。
④ 江本裕「本朝藤陰比事」『日本古典文学大事典』東京：明治書院、1998。
⑤ 在讨论与板仓大人审判故事的相似性时，『桃陰比事』中没有收录的『藤陰比事』卷一「失ひたる金子再手に入大工」和『醒睡笑』卷四之十「板倉政談その六」之间的关系成为关键。两者的共通点是，以猫作为判断对方的方法。
⑥ 关于『藤陰比事』与『桃陰比事』的异同，参照野間光辰「近世小説覚え書」『近世作家伝攷』東京：中央公論社、1985。

棠阴、樱阴是中日两国的公案作品，世人知其内容丰富。本人所完成的这部作品共有六卷，它收集了往昔的故事，且在此基础上进行了虚构，记录了北条家的祭祀活动，我给这部书起名为《镰仓比事》。

《镰仓比事》

世间有《棠阴比事》《本朝樱阴比事》，近来又有《镰仓比事》。棠阴是以唐土之事为对象，很难成为打动大和之人的内容。樱阴与镰仓两部作品只有创作上的新意却无感人之处。昔日贤明君王治世成为万民之镜，本人拟为世人讲述其智慧，分享喜悦，故收集身份卑微之人的故事，共七卷，堪比唐土故事，称之为《桃阴比事》。

《桃阴比事》

历朝历代的贤能之政被记录在册，成为当今的模范，驱赶了邪恶之云，迎来国富民强之春。美慕唐土决狱之地留下茂密的树荫、勿剪勿伐之正气，为不败于其书名而以日本国樱花之名列之。翻阅近似于唐土公案的内容，不由得想到尚有更为有趣之事。古时候有一位老翁在藤波宫讲故事，周围的松树屹立在大岩石上，人们每听到那些过去的不为人知的故事，就难以忘怀。于是，敝人将其记录下来，内容尚未考证。

《藤阴比事》

根据上述序义，可以窥见《镰仓比事》借着《棠阴比事》与《本朝樱阴比事》等判案题材故事的热潮，将旧事收集起来并且与北条家的故事混合在一起。《桃阴比事》作者则在意识到《棠阴比事》"很难成为打动大和之人的内容"，《本朝樱阴比事》与《镰仓比事》"无感人之处"的情况下，企图推出具有规诫意义的庶民作品。

京都所司代板仓伊贺守胜重与周防守重宗父子因善于判案而闻名，有很多关于两人的逸闻和裁判的故事，《醒睡笑》与《板仓政要》①（后者还收录了若干板仓重矩 1668—1670 年在位时的事迹）正是其中的代表作。《醒睡笑》被称为日本"裁判作品的嚆矢"，明确记录了板仓大人的审判情况②，于宽永五年三月被献给板仓大人。其卷四《听到的批判》第五部分收录了《板仓政谈一》等十篇有关板仓胜重与板仓重宗判案的故事。最早将裁判故事汇集成册的作品《板仓政要》③则记录了江户时代的法令和板仓大人审判的案件。

通过上面第二部分的论述，我们发现《板仓政要》对《本朝樱阴比事》产生了一定影响，泷田贞治、野间光辰、晖峻康隆等人亦指出《本朝樱阴比事》受到了《板仓政要》的影响。④此外，1692 年正月刊《世间胸算用》卷二《最终意见不同》甚至在作品中提到"让租房的老爷子讲一讲板仓大人用葫芦审案的故事"。尽管板仓大人采用葫芦审案一事在日本广为人知，但是《世间胸算用》中的这一事件应源于《板仓政要》卷六中的记载。⑤《板仓政要》对文学作品的影响不容小觑，在探讨《镰仓比事》与《藤阴比事》的模仿创作问题时，必须重视带有日本公案特色的图书《板仓政要》。

关于《镰仓比事》《藤阴比事》（《桃阴比事》）和板仓大人裁判故事的关系，长谷川强认为，《镰仓比事》卷一之三《禁止赌博》模仿了《板仓政要》卷六之七《赌博案件的裁判》，《镰仓比事》卷六之一《转让证明书的代笔》模仿了《板仓政要》卷六之一《曾是养子，将财产转让给妾之女一事》，《镰仓比事》卷六之二《方向指北针》通过在木头末端写名字，将下人选为女婿的故事则源于

---

① 正如第二章所介绍的那样，它是一部裁判说话集，于 17 世纪成书。如标题所示，它收集了 17 世纪上半叶掌管京都市政的京都所司代板仓伊贺守胜重、板仓周防守重宗、板仓内膳正重矩的审判故事。《板仓政要》的通行本数量很多。本章使用熊仓功夫的「史料翻刻『板倉政要』第六卷–第十卷　裁判説話の部」（出自『歴史人類』、筑波大学歴史人類学系、第 15 号、1987 年 3 月）。它以京都大学所藏十卷本为底本。卷一到卷三是法令集，卷四与卷五是京都街道数、户口登记情况和若干禁止触犯事项，卷六到卷十是裁判说话（审判故事）。

② 安楽庵策伝著、鈴木棠三校注『醒睡笑』東京：岩波文庫、2009。

③ 熊倉功夫「第三部　寛永文化の変容」第一章『板倉政要』と板倉京都所司代、『寛永文化の研究』東京：吉川弘文館、1988。

④ 滝田貞治「『本朝桜陰比事』説話系統の研究」（『西鶴襍纂』東京：野田書房、1941）；野間光辰「本朝桜陰比事考証」（『西鶴新新攷』東京：岩波書店、1981）；晖峻康隆「鑑賞のしおり」（『現代語訳西鶴全集　第八卷』東京：小学館、1976）中都有指出。

⑤ 参考谷脇理史、神保五彌校注、晖峻康隆訳『新編日本古典文学全集　井原西鶴③』東京：小学館、1996。

《板仓政要》卷六之八《将葫芦传给三子的故事》。[①] 以上三组有关联的作品如表 12 所示。

表 12　长谷川强对《板仓政要》与《镰仓比事》中具有共通性故事的指摘

《板仓政要》中的故事	《镰仓比事》中的故事
《赌博案件的裁判》	《禁止赌博》
《曾是养子，将财产转让给妾之女一事》	《转让证明书的代笔》
《将葫芦传给三子的故事》	《方向指北针》

栗林章认为，《板仓政要》和《桃阴比事》存在七组相似的故事[②]（包括《昼夜用心记》中的一个故事）。笔者将其整理为表 13，且将与《桃阴比事》对应的《藤阴比事》的作品也进行了对应性的标注。对于长谷川强指出的《镰仓比事》之《禁止赌博》与《板仓政要》之《赌博案件的裁判》的相似关系，栗林章认为，《藤阴比事》之《远离欲望，禁止赌博》（《桃阴比事》之《输亦赢也，赢亦输也的赌博》）也与《板仓政要》中的同一故事有关，详细情况将在后文论述。

表 13　栗林章对《板仓政要》《桃阴比事》《藤阴比事》中相似故事的指摘

《板仓政要》中的故事	《桃阴比事》中的故事	《藤阴比事》中的故事
《壬生地藏门内木棉被盗一事》	《地藏偷盗惹麻烦》	《审判屹立不动之石佛》
《裁判旅馆费一事》	《非斧头锯子而是砍刀》	《抵押物出手预料》
《六道钱之裁判》	《世上有各种各样的愿望》	《手艺人祈愿冥界节约》
《妻子离婚纠纷一案》	《钱币百两乃自缢之费用》	《百两保证金换性命》
《神官社僧争吵之事》	《神官之帽》	《白玉神主曰所犯何科》
《赌博案件的裁判》	《输亦赢也，赢亦输也的赌博》	《远离欲望，禁止赌博》
《购买雪舟画作一案》《昼夜用心记》《妻离子散的种子》	《欲望面前打开阴翳之心的盲人》	《欲望迷惑了双眼》

除了长谷川强和栗林章等讨论的故事以外，《镰仓比事》和《藤阴比事》中还有一些故事与《板仓政要》中的案例具有联系性。即《藤阴比事》卷七之三《女子出轨，世人唾弃》和《板仓政要》卷八之七《上门女婿的出入之事》、《藤阴比事》卷一之四《近似无理的浪人》和《板仓政要》卷六之四《京城商人钱包

---

① 長谷川強「第三節　宝永の浮世草子」『浮世草子の研究』東京：桜楓社、1969。
② 栗林章「日本桃陰比事考」『浮世草子研究資料叢書　第五卷研究編1』東京：クレス出版、2008。

被盗一事》、《藤阴比事》卷五之一《大赦时遗漏的自白》和《板仓政要》卷六之十一《盗碗贼一案》、《镰仓比事》卷二之六《嫁接于石区别之重》和《板仓政要》卷八之十三《熟睡中被抹脖一事》，具体如表 14 所示。

表 14 《板仓政要》与《镰仓比事》《藤阴比事》中具有联系性的作品

《板仓政要》中的故事	《藤阴比事》中的故事	《镰仓比事》中的故事
《上门女婿的出入之事》	《女子出轨，世人唾弃》	
《京城商人钱包被盗一事》	《近似无理的浪人》	
《盗碗贼一案》	《大赦时遗漏的自白》	
《熟睡中被抹脖一事》		《嫁接于石区别之重》

下面我们分组来看上述四组故事之间的关联所在。《板仓政要》卷八之七《上门女婿的出入之事》和《藤阴比事》卷七之三《女子出轨，世人唾弃》在主题上尤为相似。在《上门女婿的出入之事》中，入赘女婿将岳父遗留下来的金银挥霍一空，甚至变卖了所有的家庭生活用具，抛下其妻子和女儿，在别处另外娶妻。板仓大人判决入赘女婿应离开现在的妻子，与前妻度过余生，或者将变卖家当的上百两归还给前妻。在《女子出轨，世人唾弃》中，面对一位妻子要与孝敬老人的入赘女婿分开的状况，裁判者认为，既然女婿是带着陪嫁之物入赘女方家庭后才继承了女方的家业，那么房屋应分给女婿，女婿亦可卖掉房屋与妻子离婚。

这两个都是关于入赘女婿和妻子分开的故事，《上门女婿的出入之事》塑造了一个散尽金银后抛弃妻子的忘恩负义的入赘女婿形象；而《女子出轨，世人唾弃》则塑造了一个孝顺老人却险些被赶走的入赘女婿形象。在《上门女婿的出入之事》中，裁判者阐述了入赘女婿应履行的义务；而在《女子出轨，世人唾弃》中，裁判者阐述了入赘女婿应享受的权利。除了主题具有共通点以外，恰好相反的入赘女婿形象也应该是作者在模仿时有意为之。除此以外，《板仓政要》与《藤阴比事》还存在裁判者裁判态度相似的故事。

裁判者的责任本应该是追究案件真相，处罚或处决罪犯，但是，在《板仓政要》卷六之四《京城商人钱包被盗一事》和《藤阴比事》卷一之四《近似无理的浪人》中，受害者却在裁判者的判处下处于不利地位。两个故事的具体内容如下。

在《近似无理的浪人》中，捡了钱的浪人惣太左卫门贴出告示，对捡钱一事广而告之，但并没有把钱还给来要钱的失主。对于浪人解释说告示上并没有写要归还一事，庄屋在判决时对失主说了以下内容。

虽说确实是你丢了钱，但是，若惣太左卫门把捡钱一事隐藏起来，你也只能自己吃亏而毫无办法。因此，现在只能知晓过去谁捡到了钱而已，你放弃夺回丢失金钱的事吧！退下！

也就是说，失主只能吃亏的设置和《板仓政要》卷六之四《京城商人钱包被盗一事》中板仓大人的判决结果相同。在《京城商人钱包被盗一事》中，诉讼人担心被偷走的钱包中的印章，板仓胜重却对其进行了批评。

如此重要的印章应该非常小心地保管，正是由于你个人的粗心才遭遇此事。我们皆被告知印章一般要使用多年，若你考虑到诸多事宜皆要用印章处理而谨慎保管，则不至于发生今日之事。因此，不只是印章，所有重要之物我们都要妥善保管。

裁判者并没有表示要帮失主追回损失，而是认为这是失主粗心所导致的，反而对失主进行批评。可见，两篇作品中裁判者的态度相同。但是，两者在情节的设置上又不完全相同。在《京城商人钱包被盗一事》中，失主请求大人在拾得者出现之前查找丢失的钱包，而在《近似无理的浪人》中却设置了拾得者浪人出场的情节，还增添了张贴告示将此事公布于众却不物归原主这一设置。换言之，《藤阴比事》之《近似无理的浪人》在板仓大人对被害人采取严苛的审判态度的基础上，创作了拾得者这一鲜明的新形象与新情节。

《板仓政要》卷六之十一《盗碗贼一案》与《藤阴比事》卷五之一《大赦时遗漏的自白》在情节和表达上几乎一致。在《大赦时遗漏的自白》的前半部分中，挑夫久助在茶馆休息时，一件行李被髭六偷走，在追上逃走的髭六后，髭六否认罪行，随后两个人发生争斗，被人围观。这样的内容设定与《板仓政要》之《盗碗贼一案》、《本朝樱阴比事》之《叠加四个一套木碗之判官意旨》中盗贼不承认罪行的案件几乎一致。而且,《大赦时遗漏的自白》中抓住犯人的地点"稻荷"(a)、围绕谁是犯人而争斗的场面(b)皆与《板仓政要》之《盗碗贼一案》一致。

> 在狼谷茶屋放下担子休息期间,行李突然就没了踪影,我赶忙跑了出来去追行李,请大人明鉴。后来在稻荷(a)前抓住了挑着我行李逃走的家伙,想要夺回行李。这个叫竹田髭六的无赖反而血口喷人不还行李,我们扭打(b)在一起,周围的人闻声赶过来,听完我们的说辞就将我们押送到町里。
>
> 《藤阴比事》之《大赦时遗漏的自白》

> 卖碗的小贩发现,他卸下来的担子连同碗被一个贼人担着逃走了,就拼命地追,只见贼人向稻荷方向跑去,于是一边大喊:"贼人!大白天胆敢偷盗!"一边追,在东山稻荷(A)终于抓住了贼人,可贼人竟然大喊大叫惹骚动,向小贩吼道:"你胆敢诬陷我偷盗!"两人扭打(B)在一起,周围的人都围了过来,想要判明真相。
>
> 《板仓政要》之《盗碗贼一案》

通过对比发现,两篇作品在地点的设置(a/A)以及扭打的设置(b/B)方面保持了一致,而这两个方面的设置却与《本朝樱阴比事》之《叠加四个一套木碗之判官意旨》不同。因此,尽管三篇作品都是讲述盗贼反诬被盗者的案件,但是,应当说《板仓政要》之《盗碗贼一案》对《藤阴比事》之《大赦时遗漏的自白》中偷盗场景的影响更大。

具体到《镰仓比事》与《藤阴比事》等作品如何模仿《板仓政要》中的案例,我们发现《镰仓比事》往往会以《板仓政要》中的某个关键点来构筑情节,从而与《板仓政要》产生某种呼应与对照关系。下面来看《板仓政要》卷八之十三《熟睡中被抹脖一事》与《镰仓比事》卷二之六《嫁接于石区别之重》。

在《熟睡中被抹脖一事》中,两个武士的孩子之间发生了口角,两三天后,十九岁的孩子杀死十八岁的孩子后逃走了。对于被杀孩子父亲的申诉,裁判者要求在逃孩子的父亲将孩子抓回来："若找不出孩子，就会给你们家族带来麻烦！"父亲担心不把孩子交给官府会给家族带来麻烦，于是只能将孩子找出来交给了官府。裁判者出于对父亲的同情，没有判处孩子斩刑，而是让其切腹自尽。

在《嫁接于石区别之重》中，同族的孩子们吵架，其中一个孩子杀了另一个孩子。遇害孩子的父母去告官，但是犯罪的孩子在被裁判者传唤之前就逃跑了。遇害者的父母别无选择，只能自行寻找仇人，亲手杀死他。父母为给孩子报仇而杀人，这在法律上本应处以死刑，但裁判者考虑到父母对孩子的感情，便饶了他们性命。

两篇作品虽然都是有关儿童杀人的案件，但是，《熟睡中被抹脖一事》描述的是父母在担心孩子的同时也在考虑家族的命运，而《嫁接于石区别之重》则强调的是父母为遇害孩子报仇的心理。虽然两个故事的情节设置不完全相同，但对父母疼惜孩子的设置是相同的。

而且，《嫁接于石区别之重》的开头便写到泰时不顾眼前的情形去帮助陷入危险的兄弟，并且说："要能在世间顶天立地，就要重视亲情。"尽管这句话乍一看与后面的复仇故事好似没有直接关系，但其实是在铺垫，对应了《熟睡中被抹脖一事》中的"若找不出孩子，就会给你们家族带来麻烦"。

很明显，这则逸话中的父亲形象与《熟睡中被抹脖一事》中的父亲形象相呼应，即为孩子采取复仇行动的父亲形象与不是不为孩子着想，但必须交出孩子的父亲形象，为亲人着想的泰时形象与为家族命运着想的父亲形象。其中，《嫁接于石区别之重》中有关泰时做法的设置正是以《熟睡中被抹脖一事》中以家族命运为重的父亲形象为启示而展开的。

再看另外一个例子，即《板仓政要》卷六之八《将葫芦传给三子的故事》与《镰仓比事》卷六之二《方向指北针》。关于这两篇作品的关系，长谷川强指出："在《镰仓比事》卷六之二中将名字写在木棒的两端，位于木头底部的仆人将被视为女婿的故事源于《板仓政要》卷六之八《将葫芦传给三子的故事》。"[①]本研究将在此基础上进一步展开讨论。在《将葫芦传给三子的故事》中，裁判者在没有逝世者遗言的情况下，用父母留给三个儿子的葫芦来判断家族的继承

① 長谷川強「第三節　宝永の浮世草子」『浮世草子の研究』東京：桜楓社、1969。

人。长子和次子所持的葫芦必须依靠他物才能立起来，而末子的则可以直接立起来，裁判者借此判定这是父亲指定继承人的象征。而且，裁判者根据"重本家轻旁支，正本末"的判令将财产进行了分配，后来长子和次子果然在三年内把财产挥霍殆尽，这再次证明末子具有继承家业的能力。

在《方向指北针》中，一位有钱人在两个侄子和一个叫清十郎的仆人中择婿继承家业，他在五寸长的木头上留下他所中意的女婿的名字后死去。然而，木头上却写着三个人的名字。最明寺大人北条时赖在审理的时候，发现写着清十郎名字的一端是树的本体部分，写着另外两个人名字的一端则是树的末端。据此，最明寺大人推测，清十郎应该是被指定的继承人。后来发现，木头中间所藏的纸条上的确指定清十郎为继承人，与裁判者的推测一样。之后，两个侄子遵循"末服从于本"之理而成为下人。

这两个故事的共同点是在没有遗嘱的情况下通过遗物来确定继承人。值得注意的是，《方向指北针》围绕"本末"展开故事。正如长谷川强的指摘，通过对木头本末的判断来推测继承者的设定很可能受到了《将葫芦传给三子的故事》中"本末"的影响，只是《方向指北针》在此基础上进一步插入了名字写于末端的人应为下人的情节，即"写着两个人名字的一端是木头的末端，就应该遵从本部成为下人"。事实上，这完全是《将葫芦传给三子的故事》中"正本末"的投影。简而言之，《镰仓比事》之《方向指北针》借用了《板仓政要》之《将葫芦传给三子的故事》的构思，并且在《将葫芦传给三子的故事》案件的启发下展开。以上两组作品的具体情况见表 15。

表 15 《熟睡中被抹脖一事》与《嫁接于石区别之重》、
《将葫芦传给三子的故事》与《方向指北针》比较

《板仓政要》中的故事		《镰仓比事》中的故事	
作品名	要点	作品名	要点
《熟睡中被抹脖一事》	父母交出自己的孩子，接受切腹之刑。	《嫁接于石区别之重》	父母找出作为杀人凶手的孩子，并杀了他。
《将葫芦传给三子的故事》	让最小的孩子成为继承人。	《方向指北针》	让下人成为继承人，而不是侄子。

通过以上考察，可以明确《藤阴比事》和《镰仓比事》中的作品受《板仓政要》的影响及其在吸收《板仓政要》时采用的手法特征。我们发现，《藤阴比

事》中一部分作品的主题、审判者的态度、部分情节乃至语言表达都存在与《板仓政要》一致的地方。《藤阴比事》卷二之七《白玉神主曰所犯何科》和《板仓政要》卷八之十一《神社人员出入之事》虽然构成不同，但都以融合时代的神官与社僧之间的对立为主题。在《藤阴比事》卷六之二《欲望迷惑了双眼》（《桃阴比事》卷六之二《欲望面前打开阴翳之心的盲人》）和《板仓政要》卷六之十五《购买雪舟画作一案》中，对于购买雪舟假画者的控告，两篇作品的裁判者都表示这是买主贪心所致，换言之这两篇作品中裁判者的态度一致。而且，《欲望迷惑了双眼》中的同一故事还将《购买雪舟画作一案》和《昼夜用心记》卷二之二《妻离子散的种子》巧妙地融合在一起。[①] 另外，《藤阴比事》卷二之五《审判屹立不动之石佛》与《板仓政要》卷六之二《壬生地藏门内木棉被盗一事》中皆有地藏被判为盗窃木棉犯人的情节。《藤阴比事》和《板仓政要》中一些故事的梗概基本相同。《藤阴比事》卷一之五《抵押物出乎预料》和《板仓政要》卷六之十二《裁判旅馆费一事》都是关于房客逾期未交房租，房东扣押其做买卖的工具的故事。《藤阴比事》卷一之八《手艺人祈愿冥界节约》和《板仓政要》卷六之六《六道钱之裁判》的共同点是，两者皆认为把真钱放入送葬的棺材中极为浪费，因而申请放入假钱"六道钱"。

综上所述，谈到《板仓政要》与《藤阴比事》的影响关系，可以说《藤阴比事》在主题、裁判者的态度、部分情节、表达、整体内容这些方面都直接模仿了《板仓政要》。而《镰仓比事》不像《藤阴比事》那样直接借用《板仓政要》的内容，正如上述《镰仓比事》中的两个故事所示，《镰仓比事》将《板仓政要》的构思进行了反转，从而产生了与《板仓政要》话题一致却方向相反的设置。换言之，《镰仓比事》在受《板仓政要》启发的基础上，对引人注目的《板仓政要》的关键点进行了反方向的调整，从而产生了迂回曲折的复杂情节。

可以说，《藤阴比事》和《镰仓比事》不同的模仿特征决定了两部作品的不同特征。

在《镰仓比事》中，作者以北条泰时为裁判者，借用《北条九代记》中的六个故事[②]，在参照《棠阴比事》《板仓政要》和《本朝樱阴比事》三部作品的基

---

① 栗林章「日本桃陰比事考」『浮世草子研究資料叢書　第五巻研究編1』東京：クレス出版、2008。

② 江本裕「月尋堂の浮世草子」『近世文学論叢』、早稲田大学俳諧研究会編、東京：桜楓社、1970。

础上，构建了有关泰时的公案故事集。如何将从《北条九代记》《板仓政要》等书中收集到的故事有机融合在一起，再以有趣的方式呈现，成为《镰仓比事》的重点所在。《镰仓比事》的故事描写突出了裁判者施行仁政的特点，显示出政道小说的倾向，别出心裁地通过"逆转"的手法使情节曲折化，这种新的模式将带给读者一定的新鲜感。

在《藤阴比事》中，故事以诉讼状的形式展开："小人向大人报案，诚惶诚恐。……请大人明察，不胜感激。地头听完案件……。"作品中并没有指定某一位具体的裁判者，而是让"地头"作为裁判者来裁决。地头在平安时代末期是开发领主，他们之中有人将土地献给有势力者，而自己则从事庄园管理。到了镰仓幕府时代，地头成为幕府的职务名称，管理庄园内的居民，拥有土地管理权、征税权、警察权、裁判权。在室町时代，地头继续管理庄园且成为当地领主。《藤阴比事》中以地头为裁判者的设定，反映了故事内容主要以庄园内身份卑微的领民的故事为材料；同时，以诉讼状形式展开的设定更容易营造事件的真实感。

关于这两部作品的特征，下面以对赌博采取相同政策的《镰仓比事》卷一之三《禁止赌博》、《藤阴比事》卷三之二《远离欲望，禁止赌博》以及《板仓政要》卷六之七《赌博案件的裁判》为例进行讨论。

在《禁止赌博》中，一个男人在赌博中输了钱，后来假装在河里清洗沾满血迹的衣服，后来果真被判杀人罪而被扔入大牢。在监牢里度过一年后，男人被泰时审讯，他坦白自己伪造杀人假象是为了能直接向大人进言，希望能禁止赌博。由于这一举动，他被雇为官府的眼线，协助官府治理赌博活动。此外，官府通告禁止赌博，若有违反则将被处以死罪，但是赌博活动并未因此而终止。于是，官府出台了新的赌博政策，即今后允许赌博，但是赢的一方必须归还全部金银，如不归还，则其亲人将被处以死罪。结果，赌博之人感到赌博活动没有任何意义，因而不再赌博。

在《远离欲望，禁止赌博》中，一个仆人在赌博中输掉了主人给他的钱财，但他并没有立即报案，而是先请求赢的一方念及自己的母亲和主人，将那笔钱借给自己，但最终未能如愿，之后才去报案。地头以此为契机，命令以后赌博中的赢家必须归还所有钱财。人们觉得没有意思，因而停止了赌博。

在《赌博案件的裁判》中，一个商人在赌博中输掉两三贯银子以后向官府报案，要求赢家归还银子。裁判者以此为契机颁布了新的规定，赌博中赢的一方必须入狱一百天以作惩罚，还必须将赢的钱全部归还给输的一方。结果，人们觉得赌博毫无利益可图，就逐渐不再参与。

在三篇作品中，为了制止赌博活动而采取新的措施——要求赢钱的一方退还全部钱财的设定完全一致。但是，《镰仓比事》之《禁止赌博》和《藤阴比事》之《远离欲望，禁止赌博》在有关赌博中输的一方没有立即报官而开展其他活动时设定了不同的场景。而且，在《远离欲望，禁止赌博》的人物设定方面，作品将一名仆人设定为参与赌博的输钱人，还增加了想要把输掉的钱再借回来的内容。

> 鄙人带来的银子都输掉了，不能再回主人家去，即便回去也非常对不起主人。本想自杀了事，但是，想到七十五岁高龄的老母亲常常对我说，要等我打工期满回家陪她拜拜佛安度晚年，如果我现在突然死了，她一定尤为伤心悲痛。鄙人贱命一条，但想到以上这些，便请求赌博中赢钱的那个人借钱给我，我给他立字据，这样好让我在主人面前粉饰过去。但是，他没有答应。
>
> 《藤阴比事》之《远离欲望，禁止赌博》

以上内容将一个地位低下的仆人的不幸、他对主人的歉意和对母亲的孝心，以诉讼状的形式诉说出来，带给了读者更为真实的体验。在《禁止赌博》的前半部分，一个男人在赌局中输钱，为向泰时大人进言而假装杀人以入狱，这一内容借用了《北条九代记》之《武藏守泰时监察治理赌博》中的事件。[1] 为了自然地转移到后半部分取缔赌博的话题上，作品强行将泰时看破骗局的故事编入其中。换言之，《镰仓比事》之《禁止赌博》从《北条九代记》中借用了讴

---

[1]　栗林章「日本桃陰比事考」（『浮世草子研究資料叢書』第五卷研究編1、クレス出版、2008）。栗林章的考察如下："据《北条九代记》记载，镰仓时代数次颁布关于赌博的禁令，但是，贞永二年八月十八日早晨，武藏守泰时参拜榎岛明神时，前浜有死人。正在搜寻犯人的时候，岩平左卫门尉在名越一带逮捕了一名正在清洗带有血迹的武士礼服的男子，并进行了审讯，最终发现原来是赌徒在赌博失败以后故意设局被抓。"

歌北条氏的故事，又从《板仓政要》之《赌博案件的裁判》中借用了赌博活动中赢家归还钱财这一内容，两者结合而构成了崭新的作品。《镰仓比事》中其他作品的构造也与本例类似，以北条氏的话开场，接着巧妙地插入某个事件，再展示事件发生和解决的基本流程。这样的设置比起公案小说来说，更具有广义上的政道小说性质。而《藤阴比事》则以诉讼形式开场，仍停留在公案小说的范围内。因此，《镰仓比事》与《藤阴比事》虽皆为公案小说，但特色不同。

四、总　结

笔者对《镰仓比事》《藤阴比事》《桃阴比事》与《板仓政要》的关系进行了具体的探讨。《镰仓比事》和《藤阴比事》中虽然没有公开提到"板仓"这一名称，但是通过上面的考证和论述，肯定了这两部作品实际上是参考京都所司代板仓父子的审判故事而形成的。此外，本研究还明确了他们借用《板仓政要》元素的方式。《藤阴比事》直截了当地借用了《板仓政要》案件中的一部分或全部要素，而《镰仓比事》则着眼于板仓大人审判中的关键句，使其情况发生反转。可见，这两部作品虽然都是在《棠阴比事》传播的热潮中形成的公案小说，但是它们具有各自独特的作品特色。《藤阴比事》作为公案小说，以简单朴实的形式达到了规诫平民的效果，与此相比，《镰仓比事》的叙事手法则超越了当时一般公案小说的范畴，它的情节更为曲折化，更容易令读者体验阅读的乐趣。

第二章

《棠阴比事谚解》之于日本公案小说的意义

《棠阴比事》从朝鲜传入日本后，日本对其进行了抄写和注解。其中，林罗山所著的《棠阴比事谚解》与作者不详的《棠阴比事加钞》皆是促进《棠阴比事》在日本传播的重要注释书。《加钞》的外题上虽载有"道春"二字，但其作者并非林罗山，而是"听了罗山讲义的门生的著作"①。《谚解》是林罗山用文言体所著的注释书，与《加钞》相比，《谚解》中没有出现《棠阴比事》原文。

《棠阴比事》对日本公案文学作品的形成产生了重要影响，这一点得到了广泛的认可。笔者在本书第一章中也论及，《棠阴比事》与《谚解》都对《本朝樱阴比事》《板仓政要》等公案作品产生了影响。如《板仓政要》卷八之十四《买卖物出入之事》与《谚解》卷下之三十八《赵和赎产》皆围绕信任亲近之人不索要凭证这一主旨而展开；《本朝樱阴比事》卷一之三《耳畔响起相同的话》中讲述了近亲乱伦的故事，其表达方式与《谚解》卷下之二十五《傅隆议绝》的解说部分所使用的表达方式类似。历来在对《棠阴比事》在日本的传播与影响的研究中，言《棠阴比事》必言《棠阴比事物语》。事实上，《物语》是《棠阴比事》的翻译改写本，文章以日本文学中假名草子的形式和风格呈现，即用假名写就，且其翻译风格显示了大众化的通俗性。②但对比汉籍原文，其中有不少省略或错译，可见译者的汉文学识尚未达到一流水平。相比之下，《谚解》对《棠阴比事》进行了更为精确的注疏，成为《棠阴比事》在东瀛学者圈以及统治者阶层中传播的重要文本。应当说，它既有益于对统治者的法治启蒙，又对日本公案文学作品的形成发挥了尤为重要的作用。

---

① 長島弘明「調査報告八：常磐松文庫蔵『棠陰比事』（朝鮮版）三巻一册」『実践女子大学文芸資料研究所年報』1983（2）。

② 中村武夫「棠陰比事物語について」『書誌学』、1965（12）。

第一节 《棠阴比事谚解》之实用价值的讨论

在《谚解》的研究史上，市古夏生指出，《谚解》以简明扼要的方式对《棠阴比事》中难以理解的语言进行了必要的说明。[①] 柳田征司在论述林罗山的注释书以独立性的特征区别于他本人的抄物时，提到了《谚解》。[②] 渡边守邦和神谷胜广等学者认为，林罗山耗费大量精力编写的假名抄性质的图书具有启蒙性。[③] 铃木健一进一步论述道，《谚解》是应将军和诸大名的要求而编写的具有启蒙性质的图书之一。[④] 如上所述，《谚解》作为林罗山的文学作品之一屡屡被提及，但是各学者对《谚解》本身的分析并不深入。

关于《谚解》作为注释书的特质，大久保顺子指出，《谚解》和《加钞》介绍了很多与中国类似的日本故事，并且呈现出将这些故事应用于注释的态度。[⑤] 松村美奈探讨了《谚解》注释的方向性，即《谚解》在注释文中将汉文内容原封不动地记录下来。[⑥] 以下将以各位先贤的研究成果为基础，从《谚解》的诞生缘由——献给纪州藩主赖宣这一点出发，进一步探讨其法律图书的特性，同时考察其特质所在。

《谚解》由上、中、下三卷构成，上卷卷首设有"棠阴比事纲要"，记录了十五种断案方式，即"释冤""察奸""辩诬""摘奸""鞠情""迹贼""谲盗""严明""议罪""迹盗""惩恶""钓慝""察盗""察慝""宥过"。它们出现在每一个案例的上面。"棠阴比事纲要"后面是一百四十四则《棠阴比事》注释文。注释文一般由翻译（训译）部分与相关评论（考证）组成。其中，评论主要由以下六部分内容构成：

①在每个故事的初始部分，介绍解决纠纷的裁判者等重要人物（实际存在的人物）。

---

① 市古夏生「近世前期文学における『棠陰比事』の受容」『二〇〇二日本研究国際会議論文集』台灣大學日本語文学系、2002 年 12 月。
② 柳田征司「林羅山の仮名交り注釈書について—抄物との関連から」『国語学論集：築島裕博士還暦記念』築島裕博士還暦記念会編、東京：明治書院、1986。
③ 参考渡辺守邦「仮名草子と羅山」『仮名草子の基底』東京：勉誠社、1986。
④ 鈴木健一「林羅山の文学活動」『国文学：解釈と鑑賞』第 73 巻 10 号、東京：至文堂、2008 年 10 月。
⑤ 大久保順子「『棠陰比事』系列裁判話小考—「諺解」「加鈔」「物語」の翻訳と変容」『香椎潟』福岡女子大学国文学会、1999（44）。
⑥ 松村美奈「『棠陰比事』の注釈書についての一考察—林羅山との関連を軸に」『文学研究』日本文学研究会、2007（47）。

②解释原文中的重要词汇以及难以理解的词汇（分为原文词汇和文后的详细说明两种）。

③在注释文末附上重要人物的传记（①是简单提及人物信息，③是详细的人物传记）。

④林罗山本人的评语。

⑤考察其他文献中相同或类似的中国故事。

⑥讨论类似的日本故事。

《棠阴比事》中出现了很多日本人不了解的中国风俗和中国法治用语，若不加以详细说明，日本人则无法理解。林罗山对一百四十四则故事中难以理解的词语进行了详细的说明。经笔者统计，林罗山注解的不易理解的词主要是官职用语和法律用语，分布在九十八则故事中，约占整体的百分之六十。有效的解释更有益于日本人理解文章和掌握法律知识。

一、作为法律之书的《谚解》

《谚解》的台湾大学藏本中有"旧和歌山德川氏藏""南葵文库"的印记[①]，另外，东京大学综合图书馆藏本中也有"纪伊国德川氏图书记""南葵文库"的印记。据此，可以看出这两部《谚解》藏本曾被纪伊德川氏收藏。关于它们归于纪伊德川家的经过，后文再做讨论。

（一）赖宣与法律之书

先生六十八岁　　今夏五月尾阳义直卿逝于江户邸。先生哀慕作挽词奉悼之。初先生在骏府时，既谒义直卿赖宣卿赖房卿。故三卿共善遇之。曾应义直卿之求作神社考详节宇多天皇纪略等。常谈本朝故事。应赖宣卿之求作《棠阴比事谚解》。且屡屡问法律之事。应赖房卿之求抄出神道要语。赖房卿嫡子羽林光圀卿好作诗文，屡屡有赠答。凡在府三十余年，其间侯伯达官士林济济。或开讲席或设雅筵。其交际亲疏有差。[②]

---

① 滝田贞治「『本朝桜陰比事』説話系統の研究」『西鶴襍棄』東京：野田書房、1941。2012 年 3 月，笔者在台湾大学查阅资料时，『棠陰比事諺解』下落不明。

② 京都府立京都学歴彩館蔵『羅山林先生集』「附録　巻第二年譜下」版元不明、1662。

从上述内容可以看出，赖宣当时对法律抱有浓厚的兴趣，因此委托林罗山对《棠阴比事》进行注解。赖宣对法律的态度一方面源于父亲家康的影响，另一方面也是其管理纪州藩政的现实要求。赖宣作为执政者进入纪伊国后，必须确立符合新时代特征的藩制、法令、政策①，这就要求他学习法律知识。

德川家结束了战国的混乱局面，在构建幕府新秩序的过程中需要完善法治体系。其历代将军皆重视法治的学习与建设，第一代将军家康拥有《大明律》②，第八代将军吉宗对明律与清律尤为关注。作为在家康身边长大的第十子，赖宣在很多方面都受到了父亲的影响。此外，家康留下遗言，要将骏府藏书中的神典分给水户的赖房，国书分给尾张的义直，汉籍分给纪伊的赖宣。③从上述引文材料中也可以看出，林罗山为赖房编纂了《神道要语》，为义直编纂了《神社考详节》，并为赖宣编纂了《棠阴比事谚解》。综合考虑这些情况，在赖宣统治下的纪州藩很有可能从家康那里获得了汉籍《棠阴比事》，又从林罗山那里获得了《棠阴比事谚解》。

自赖宣起，纪州藩德川家的历代执政者们皆对法律展开了一系列研究④，其背景除了社会需求这一重要的原动力之外，还有初代藩主赖宣的影响。赖宣召见朝鲜归化人李一恕一门（字真荣）和明朝的归化人吴仁显，在纪州藩进行明律研究。⑤李真荣、其子梅溪、梅溪的养子一阳和吴仁显等具备丰富的明律和汉语语言学知识。因此，赖宣的时代被称为"明律研究的萌芽期"⑥。二代藩主德川光贞在位时，涌现出更多的汉语学者与明律学者，如精通汉语的榊原

---

① 藩主人名事典編纂委員会『三百藩藩主人名事典』東京：新人物住来社、2003。
② 奥野彦六『徳川幕府と中国法』第二編第一「徳川家康と明律」東京：創文社、1979。
③ 松下忠「紀州藩漢文学の全貌」『学芸研究人文科学Ⅰ』和歌山大学学芸学部、1950 年 12 月。
④ 二代藩主光贞在元禄三年（1690）命令榊原篁洲制作《大明律例谚解》，五代藩主吉宗为了使《大明律例谚解》成为更加准确的注释书，正德三年（1713）"参订"，正德五年"考正"，对《大明律例谚解》进行了修正。吉宗就任将军后，享保五年（1720）命高濑喜朴撰写了《大明律例译义》，也有一种说法是，这部著作是纪州藩六代藩主宗直下令下创作的（松下忠『紀州の藩学』鳳出版、1974；大庭修『江戸時代における中国文化受容の研究』同朋舎、1984）。无论怎么说，这都是与纪州藩密切相关的工作。享保八年（1723），幕府儒官荻生北溪奉吉宗之命，著有记载明律原文的训点本《官准刊行明律》，之后继续进行唐代、清代刑法的研究活动。享保九年（1724），荻生徂徕著有《明律国字解》（大庭修『江戸時代における中国文化受容の研究』）。对明律表现出强烈兴趣的加贺藩主前田纲纪（宽永十九年—享保九年）对纪州藩所藏的明律相关图书进行了询问（近藤磐雄編『加賀松雲公』中卷、羽野知顕出版、1909），从中也可以看出当时纪州藩收集了很多法律图书。
⑤ 松下忠『紀州の藩学』東京：鳳出版、1974。
⑥ 松下忠『紀州の藩学』東京：鳳出版、1974。

玄辅、精通法学的鸟井春泽。虽然说法学是从纪州藩二代藩主光贞开始兴起的 ①，但实际上第一代藩主赖宣就已经为法学研究构建了基础，其成果之一就是赖宣让林罗山撰写了《谚解》。

当时，纪州藩与法律相关的图书非常丰富。纲纪为了收集与明律相关的汉籍，屡屡通过多种人脉关系打听纪州藩的相关藏书情况。纲纪本人编撰的《大明律诸书私考》中有如下记载。

> 往岁纪亚相令榊原玄辅编《明律谚解》。木顺老问玄甫所引用之诸书如何。玄辅书以答之。今令嗣寅亮得于故纸堆中，使冈岛某赠余别馆之梧右。聊写其题名。为异日搜索之一助。如左件之纸不可疑。面所所虫喰其时之本纸也。

> 宝永巳丑仲夏十月九日飞州刺史依发轸枉驾于余之别馆对话之暇识之 ②

据上述内容可知，木下顺庵曾向弟子询问玄辅编写《大明律例谚解》时所用的参考书，纲纪请顺庵的次子木下寅亮（菊潭）献上当时玄辅和顺庵的书信。事实上，这篇资料后面还列出了三十二种玄辅使用过的明律相关参考书目。③正如"纪亚相令榊原玄辅编明律谚解"所示，《大明律例谚解》是玄辅根据纪州藩主之命所作，亦证实了纪州藩藏有明律相关图书这一点。另外，宝永七年（1710），纲纪再次通过寅亮，向供职于纪州藩的顺庵的另一个弟子祇园南海询问纪州藩所藏明律相关图书的情况。④除此以外，纲纪还曾搜求收藏在纪州文库的《读律琐言》（明律的注释书）。⑤这些足以说明，当时纪州藩确实藏有丰富的法律图书。

---

① 「紀伊光貞卿ハ才気顕秀ニシテ剛勇武ヲ尚フ父ノ風アリ亦律書ヲ好ミ儒臣ニ命シテ明律ヲ訳セシム紀州ニ法律学アルハコ、ニ起レリ」（『南紀徳川史　巻七』南紀徳川史刊行会、1933）。
② 大庭修『江戸時代における中国文化受容の研究』京都：同朋舎、1984、216—219 頁。
③ 「大明令」「皇明祖訓」「大誥」「教民榜文」「諸司職掌」「吏計職掌」「大明集礼」「大明会典」「吾学編」「皇明詠化編」「律条疏議」「読律瑣言」「大明律附例」「律解弁疑」「大明律読法」「大明律管見」「大明律集解」「大明律会覧」「大明律会解」「祥刑氷鑑」「大明律正宗」「刑書拠会」「大明律注解」「吏学指南」「直引釈義」「吏文輯覧」「類書纂要」「無冤録」「六言雑字」「蕭曹遺筆」「通雅正字通」「品字箋」。
④ 大庭修『江戸時代における中国文化受容の研究』京都：同朋舎、1984、216—219 頁。
⑤ 近藤磐雄編『加賀松雲公　中巻』東京：羽野知顕、1909。

（二）林罗山所写的法律专著

侍奉德川三代将军的林罗山从很早就开始关注法律相关图书。从老师惺窝处借用明律[1]，还收集了《律令》、《大明律》、《大明律讲解》、《律解弁疑》、《洗冤录》、《无冤录》、《折狱明珠》、《祥刑要览》、《棠阴比事》（割注，桂万荣撰）、《廉明公案》、《古今律》等一系列法律图书。[2] 林罗山对其中的《棠阴比事》进行了注释，且将其打造成一部法律方面的启蒙图书。笔者以林罗山在《谚解》中解说的法律用语为材料，讨论《谚解》作为法律专著的性质。

《棠阴比事》之二十一《宗元守辜》讲述了一则与"守辜"有关的故事。马宗元的父亲马麟打人，暂时被判"守辜"（根据被害者的受害情况，再进行处罚）。后来，被打者去世，其父将被以杀人罪处死。

这篇文章中出现的"守辜"是中国古代法律用语。《棠阴比事》以及《谚解》等资料对其解释如下。

> 《棠阴比事》：父麟殴人。被系。守辜。而伤者死。将抵法。（后略）
> 《谚解》：马麟被抓，守辜。守辜指若马麟袭击之人死亡，则马麟也得死。所谓的辜是指犯罪应被处死。保辜亦是守辜之意。由于被打之人受伤后死亡，因此，要将马麟定为死罪。

如上，林罗山在翻译原文的同时对"守辜"一词做出了简单的解释。对于法律用语"守辜"，林罗山为彻底解说清楚这一词语，进一步展开考证，追溯到《疑狱集》与《无冤录》等作品。

> 《疑狱集》云：《大明律》，凡保辜者责令犯人医治。辜限内，皆须因伤死者以斗殴杀人论，其在辜限外死者各从本殴伤法，若折伤以上，辜内医治平复者各减二等，辜限满日不平复者各依律全科。又按唐律，云保辜限内死者依杀人论，限外死者依本殴伤法。又按元史刑法志，云保

辜限内死者依杀人论，辜限外死者杖一百，盖元氏未尝定律及圣朝未定律之先皆以唐律比拟，故我朝律文多宗唐律，而此条亦本之也。吴讷曩在南京会审刑部罪囚，有殴人辜限外死者。讷曰当依本殴伤法，或曰律云辜限满不平复者全科，此当死。讷曰所云限满不平复全科者，因上文折伤以上，限内平复，减二等立文。盖谓辜内虽平复而成残废笃疾，及限满不平复者则全科折伤之罪，若曰辜限外死者全科死罪，则律文何不云伤不平复而死者，绞。乃虚立此辜限乎？后此囚会赦得免。然或人终不以愚言为然也。近读宋元守辜事有感，因备载之，读者评焉。《无冤录》云保辜限次，（保辜，即保其罪名也。保辜有定限日次也）如拳手殴人，例限十日，计累千刻（言一日百刻，十日则计之积累而为千刻）以定辜限之内外。

值得注意的是，日本的法律条文大多以唐律为基础。此外，在关于"守辜"（保辜）的解释中，《大明律》和《唐律》追加了一条对于时限内死亡和时限外死亡的不同规定，即根据对方的恢复情况来确定不同的处罚程度。通过林罗山的详细考证，"守辜"这个词的意思已经明确。但是，《物语》中并没有对"守辜"一词进行解释。《加钞》虽然详细介绍了"守辜"的意思，但仅停留在转述《无冤录》内容的层面上。① 而《谚解》在忠实翻译原文的同时，在法律方面也进行了严密的考证，可以看出它是一本特别注重中日制度比较的注释书。

《谚解》除了对原文的训译，还对日本的类似案例进行了记述。《谚解》卷上之三十五对《季珪鸡豆》进行了注释。这篇作品讲述了裁决鸡的所有权的故事，审判人员向原告和被告双方询问喂鸡的饲料，然后杀鸡确认饲料。林罗山在该故事的译文后面添加了如下评论。

---

① 守辜而傷者死。此事律ノ法ヲ知サレハ。合点ノイカヌコト也。律ノ法ニ人ト喧嘩口論シテ。相手ヲ傷クレハ。即チ某ノ年ニ某ノ月某ノ日某ノ時ニ。某ノ人カ某ノ人ヲ傷クト書ツケ。十日ヲ限ニシテ。一日一夜ヲ百刻ニツモリ。十日ニ千刻也。千刻スキテ千一刻ニナリテ死レドモ。毆タル人ノ罪ハ傷ツケタル科ハカリニテ。死罪には不行也。人ヲアヤマリタル程ニ。相手カ十日ノ内ニ死タラハ。是非ニ及ハス。此方ノ者モ死罪ニ行ナハルヘキトテ。其傷ツキタル者ヲ。番ヲシテ居ルヲ守辜ト云也。此ハ其毆レタル人ヲ宗元カ番ヲサセタルニ。其者死タル也。サウアル故ニ。法ノ如ク死罪ニ極也。

日本民间有这样一个故事，一些人在争夺一个三岁孩子的所有权。双方说法一致，实在难以判断。有人问怎么解决。判官询问今天早上孩子的食物。一个人回答粥。一个人回答红豆饭。之后，判官让人给孩子喝药催吐。发现孩子的呕吐物是红豆饭。显然，回答是粥的一方在撒谎。若没有采取催吐的方法，又该如何断案呢？又不能划开小孩子的肚子来看。黄霸与李崇争夺孩子的案件中，判官令双方抢夺，谁能将孩子夺过去谁就拥有对他的占有权。之后判官告知双方孩子因争夺而暴毙的消息，通过观察双方的悲痛状态来判断。当然，若孩子有乳母，乳母可作证。没有乳母，则可向近邻求证。若没有邻居和奴婢，又该怎么办呢？其实，孩子已经三岁，肯定认识父母和亲戚而不认识其他人。因此，在解决争端之时要动用各种方法，否则实难辨识。

《谚解》之《季珪鸡豆》

林罗山讨论了中日两则类似案件的差异所在以及切实可行的解决方案，如请乳母和近邻作证。通过这些可以看出，赖宣通过《谚解》既能了解中国的情况，又能了解日本的类似故事。最后林罗山"在解决争端之时要动用各种方法，否则实难辨识"的认识再次表明，《谚解》对执政者解决现实问题产生了启示。

《棠阴比事》之六十八《韩参乳医》讲述了一个弟弟妄图盗取哥哥财产的故事。他将哥哥的妻子嫁与别人，并谎称侄子是别人的儿子。林罗山在《谚解》卷中之二十中列举了《图书编》对同一事件的介绍，并与《宋史》《疑狱集》等的记述进行对比，研究其异同，确认其真伪，具体如下。

《棠阴比事》之《韩参乳医》：参政韩亿知洋州时。土豪李甲者兄死。迫嫁其嫂。因诬其子为异姓。以专其赀。

《谚解》：道春在读《图书编》时遇到了一个故事。（A）晏元献殊在洋州任职时，有一个叫李甲的人，在其兄长死后称那个孩子不是其兄长的孩子，（B）暗地里把一些钱财交给本村一个与孩子长相相近的妇女，令其帮忙谎称孩子是她家的，且将该村妇置于自家房内。（C）李甲又将嫂嫂灌醉，趁其酒醉未醒时嫁与他人。

《谚解》基本忠实地翻译了《韩参乳医》原文。《谚解》中提到的《图书编》与《棠阴比事》原文不同的是 A、B、C 三个地方。A 是裁判者晏殊，B 把侄子让与长相与侄子相似的妇女，谎称孩子是该妇女的，C 比《棠阴比事》记载的"迫嫁其嫂"的内容更为具体，即把嫂子灌醉后嫁出去。关于这样的差异，林罗山通过考证《棠阴比事》《宋史》《疑狱集》和《图书编》中有关韩亿与晏殊的记载，指出《图书编》的记述是不准确的。需要思考的是林罗山的列举不符合史实的原因。《图书编》中设置了一个与侄子长相近似的妇女，她谎称孩子是她的，还增加了嫂子被灌醉的情节。这些有别于原文的内容使事件的展开更为生动，更有益于读者理解。而且，不同于史实的案件细节在一定意义上展示了案件的多种可能性，开阔了读者在法律方面的思维空间。

换言之，林罗山在《谚解》中展开考证的目的不仅在于考证事件，还在于通过对同一事件的不同描述来加深读者对事件背景的了解，拓宽读者的视野，鼓励读者思考事件原因或对策的各种可能性。可以说，林罗山在搜集、研究各种图书的同时，不仅考虑到了学问上的需要，还考虑到了执政者应对各种现实问题的实际需求。

（三）可以普及的注释书

《谚解》虽然是汉文训读调的生硬文言体，但因其精确且浅显易懂的注释而成了执政者用作参考的实用书，也成了可以普及到文艺世界的注释书。本部分从语义和语境注释的角度，通过《加钞》和《物语》的对比来探讨《谚解》的特点。

首先来看《棠阴比事》之三十三《思兢伪客》。武则天曾让判官张行岌调查驸马崔宣谋反一案。由于崔宣家里秘密商议的事情很快就被诬告者得知，因此崔宣的堂兄思兢怀疑家中有告密者，于是设下陷阱等待告密者与诬告者联系。以下是告密者与诬告者取得联系的场景以及注释书中相应的内容。

《棠阴比事》：遂侵晨伺于台侧。有门客素为宣所信任，乃至台贿门吏以通告者。

《谚解》: 拂晓时分，微服前往，伺于台边。台是御史台，相当于日本的奉行所，张行岌应该住在此处，文中提到的诬告者也住在这个地方。等待期间，果然发现一个崔家的门客来到了御史台，贿赂门卫给那个诬告者带口信。

《物语》: 拂晓时分，藏于台边守着看，发现来了一个门客，仔细一看，是往日与崔宣关系甚好之人。那人来到台，送给门卫一些物品，应该是拜托门卫去见那个诬告者。

《加钞》: 拂晓时分，伺于崔宣家的台边观察，看到一个人，他有别于崔宣的其他门客，是崔宣所信之人。他来到台，送了一些物品给门卫，欲联系诬告之人。

在对"台"的处理上，《物语》《加钞》《谚解》各有不同。《物语》中没有对"台"进行说明，但《加钞》中译为"崔宣家的台"。"台"一般表示"高台"，而这一意思并不符合故事中的语境。若将这个词义放入文中，则文意为崔宣的门人来到崔宣家的高台，贿赂门卫，从而与诬告者取得联系。这显然不符合逻辑。而如果是诬告者家的高台，那根本就不需要贿赂门卫。而《谚解》对"台"的解释是"台是御史台，相当于日本的奉行所"。也就是说，这里的"台"是指审判官员不正当行为的政府机关"御史台"。再根据文章的脉络，对这句话中的"台"进行具体解释，"张行岌应该住在此处，文中提到的诬告者也住在这个地方"，应该说这种注解处理得比较合适。《谚解》对疑难词"台"的具体阐释反映出林罗山在注释时尤为注重读者是否能够准确理解的心意。

下面来看《棠阴比事》之一百二十八《乖涯察额》。某人杀害了一个僧人，抢走僧人的身份证明书"牒"，且冒用其身份。尚书张咏发现作案人额头上有戴过头巾的痕迹，因此果断判定他是杀害僧人的凶手。

首先，笔者想对题目中的"乖涯"一词进行讨论。《棠阴比事》多在故事题目中记录裁判者的姓名、字和头衔，然后在正文中对这些内容进行进一步阐述。但是，对于这则故事中的"乖涯"，原文中并没有说明，注释书中首次出现了如下记载。

《加钞》：张泳，字乖涯。在江宁府为官时。

《谚解》：宋朝的工部尚书张泳，号乖涯，在江宁府为官时。

《物语》中没有提及 "乖涯" 一词，《加钞》和《谚解》中出现了有关 "乖涯" 的注释，但是，两者关于 "乖涯" 和张泳的关系的说明不尽相同。《加钞》认为 "乖涯" 是张泳的字，与此相对；《谚解》则将 "乖涯" 解释为张泳的号[①]，同时也对张泳 "宋朝工部尚书" 的身份进行了正确的介绍。

《棠阴比事》中，僧侣出示的度牒的相关内容如下。

张泳尚书知江宁府。（D）有僧陈牒出凭。公据案熟视久之。判送司理院勘杀人贼。

D 是说某个僧人出示了作为凭证的度牒，但原文中并没有提及该罪犯杀人的原因，亦没有说明向政府机关出示 "牒" 以及伪造僧人身份的原因。《物语》和《加钞》没有解释原因，而《谚解》对这一点进行了如下说明。

有僧陈述度牒内容，欲以此作为证据，令他们免除劳役。

也就是说，上述犯罪的原因是为逃避劳役而伪装成僧人身份。在中国，僧尼会得到 "度牒"，这是证明他们正式出家受戒的官方文件。僧尼只要出示这份列有出家人原籍、僧名、所属寺院的度牒，就可以在各个寺庙中住宿修行，得到度牒的人也可以免除劳役和租税。[②]关于这一点，《晋书》卷七十五记载，"古者使人，岁不过三日，今之劳扰，殆无三日休停，至有残刑、剪发，要求复除，生儿不复举养，鳏寡不敢妻娶"。文中 "剪发，要求复除" 指的是剃发成为僧人以免除劳役。这段引文的意思是说过去国家的劳役不超过三天，而

---

① 张咏字复之、濮州鄄城人、（中略）大中祥符初、加左丞、三年春、州民以咏秩满借留、就转工部尚书、令再任（中略）自号乖崖、以为「乖」则违众、「崖」不利物。(脱脱著、顾颉刚等编、《二十四史·宋史》卷二百九十三，中华书局，1997。以下正史相同。)

② 『アジア歴史事典 七』「度牒」東京：平凡社、1959。

现在几乎不存在三天就能结束的劳役，百姓甚至通过自残、剃度等方式来免除劳役，人们生下孩子也不想抚养，失去妻子也不敢再婚。宋代的这种情况极为严重，甚至出现了出售不填写出家者姓名的空名度牒。[①] 毫无疑问，购买空名度牒的人是以免除租税、免除劳役这一僧侣特权为目的的。由此不难理解案件中罪犯的犯罪行为。

因为《棠阴比事》作为判例集只总结事件要点，所以《乖涯察额》的原文中没有冗繁的内容，甚至没有记载政府机关发放度牒的理由。但是，《谚解》对这一情况做了简单的解释，使日本读者能相对容易地理解中国宋代的僧侣制度。

综上所述，林罗山在《谚解》中对汉籍原文未具体展开的部分进行了详细的考证，令原本不易理解的内容变得逻辑清晰。纵然注解工作本来就是对复杂的内容进行注疏，但是相较于其他注释书与翻译改写本，唯有《谚解》对原文的理解与注解是最为通透的。详细的注释为一般不了解中国情况的日本人提供了很大的帮助，令只记录案件要点的原文在解释后变得条理清晰，简单易懂。上述《乖涯察额》中，林罗山只用了一句"役ヲ免レントス"（免除劳役）就巧妙地处理了《棠阴比事》原文上下文衔接不当的地方。此外，林罗山还对《棠阴比事》中其他一些不易理解的内容进行了解读。

在《棠阴比事》之六十四《高柔察色》一文中，士兵窦礼失踪，被认定为"没身"，妻子为此去申冤。之后，判官高柔通过审问向窦礼借钱的焦子文而解决了此案。他的妻子为什么不是去报案而是去"申冤"呢？为了解决这个疑问，我们有必要确认一下"没身"的内容。

窦礼近出不还。营以为没身。其妻盈氏及男女称冤自讼。

军营方面认为窦礼"没身"，其妻盈氏携儿女去申冤。其中，"没身"一词，《汉语大词典》列举了三个词义——终身；落魄；参加[②]，但都不符合语境。

---

① 参考諸戸立雄「唐代における度僧制について—公度制の確立と売度·私度問題を中心として」『東北大学東洋史論集1』、東北大学東洋史論集編集委員会、1984年1月；眞泉光隆「宋代に於ける空名度牒の濫発について」『鴨臺史報3』大正大学史学会、1935年1月。
② 汉语大词典编纂处:《汉语大词典》，上海：汉语大词典出版社，2003。

林罗山在《谚解》卷中之十六中，根据原文将其暂且翻译成"死于目的地"，并在文末介绍了《三国志·魏书》关于这个案件的记载。①

　　《魏书》高柔本传记载：（E）窦礼逃跑，官家逮捕了他的妻子和孩子，要将其贬为奴婢。于是，窦礼的妻子盈氏屡次上诉："（F）我的丈夫不可能逃跑，他一定是被人杀害了。"后来果真发现窦礼被人杀害的事实。因此，宽恕了他的妻子和孩子，将他们贬为平民。

这段记载与《棠阴比事》原文相比有两处不同。（E）因为窦礼的逃亡，其妻子和孩子被逮捕且被贬为奴隶；（F）妻子认为窦礼一定是被人杀害了。其中，丈夫逃亡导致妻子与孩子沦为奴隶是妻子提出诉讼的动机。《棠阴比事》中省略了这一记述，只提到"没身"二字，而《物语》和《加钞》中对这一部分进行了如下处理。

　　《物语》：窦礼去近处办事，不知去向，也没有回家。人们皆以为他自杀了。窦礼的妻子及其部下等悲叹自此以后投靠谁、依赖谁。他们想找到窦礼的所在之处。最后向廷尉高柔起诉。
　　《加钞》：窦礼临时出门办事未归。人们皆以为他逃跑了。原文中"没"是跑的意思。他的妻子盈氏以及家里的其他男女人跑去报官，但是没有人在乎这件事。他们只好去找廷尉解决问题。

《物语》中的"身をなげたり"（自杀），以及《加钞》中的"ハシリタリ"（逃跑），分别对应窦礼自杀和窦礼逃跑，但这两部图书都如原文一样，没有提到其妻儿要成为奴隶的情况。关于《棠阴比事》之《高柔察色》案件的不自然之处，唯有林罗山进行考证，在《谚解》中根据《三国志》做了补充说明。由此，

---

① 《三国志·魏书》卷二十四《高柔》记载，"营以为亡，表言逐捕，没其妻盈及男女为官奴婢。盈连至州府，称冤自讼"（大意为：兵营方面认为他逃跑了，在递交给衙门的文书中，说要追捕他，并将他的妻子盈氏和孩子没收为官奴，妻子便频频到州府申诉喊冤）。参考陈寿著、顾颉刚等编《二十四史》。

原告（妻）"称冤"并提起诉讼的理由变得清楚明了，文章整体变得容易理解。

再来看一个例子：《棠阴比事》之三十七《定牧认皮》。北齐彭城王淹为定州刺史。某人的黑牛被人盗走，牛身上有白毛。长吏韦道健谓从事魏道胜曰："使君在沧州日擒奸如神，若获此贼实如神矣。"淹乃诈为上府市皮，倍酬其直。皮至，使牛主认之。因获其盗伏罪。

这个案件有两个关键点。一个是标题中出现的"定牧"，另一个是从事魏道胜这一角色。关于"定牧"，原文中没有介绍它的字样，《物语》和《加钞》中也未提及。但是，在《谚解》卷上之三十七中有如下说明。

> 北齐彭城王高淹是神武帝之子，任定州刺史。"刺史"指太守，太守被称为牧，故其以定州之牧为号。牧有养育之意，指养育百姓。

通过这段解释，定牧是定州刺史之意鲜明清晰，其与文章的关联性就变得自然。另外，原文中对于人物"魏道胜"为何登场这一点也没有任何说明。即使追溯到《北齐书》《列传第二·高祖十一王》[1]，也看不出魏道胜出场的理由。关于这一点，《物语》按照原文进行了翻译，但在《加钞》和《谚解》中却附加了魏道胜参与事件调查的内容。

> 《物语》：韦道健向魏道胜说："那个人过去在沧州时，据说整治奸人如神。若此时能令偷盗之人现形，就是的的确确断案如神。"王淹则装扮成在市场里购买牛皮的样子，不论牛皮价格高低全部买下，再将这些牛皮拿给丢牛之人看。王淹就这样找到了盗牛贼。
>
> 《加钞》：长吏中有一个叫韦道健的，他向定州的从事魏道胜说："使君在沧州时，抓捕盗贼的神妙简直不是人间所有。如今若能抓住该盗贼，才是真的神灵转世。"于是，道胜谎称淹去府中采购牛皮，价格可以是平素的一两倍。

---

[1] 李百药：《列传第二·高祖十一王》，载《北齐书》，中华书局，1972。"长吏韦道建谓中从事魏道胜曰：'使君在沧州日，擒奸如神，若捉得此贼，定神矣。'淹乃诈为上府市牛皮，倍酬价直，使牛主认之，因获其盗。"

《谚解》：长吏韦道健，那个时候，对从事魏道胜说："使君在沧州时，听说抓捕盗贼如神明一般。才是真的神明。"从事指太守的下属，使君指太守。魏道胜将此言汇报给王，王即谎称官府要购买牛皮，价格高于平素的一倍。

《加钞》中，魏道胜为了引诱盗贼而谎称使君高价购买牛皮，而在《谚解》中，这是太守高澉所做之事，即高澉从魏道胜的报告中得知了偷牛贼的案件。如上所述，相较于原文，《谚解》和《加钞》皆在各自的故事中添加了只言片语，表示故事中先出场的魏道胜参与了此次事件。而在《棠阴比事》中，假借官府名义购买牛皮的是高澉，与《加钞》的理解不同。为了响应"若获此贼实如神矣"的呼声，执行者必须设定为高澉。可以说，《谚解》对原典的文脉进行了合乎情理且易于阅读的解读。

为了解决原文的难点与疑点，林罗山考证了大量文献，补充了适当的内容，填补了原著难以理解的部分。从这种注释效果来看，可以说《谚解》不仅仅是为执政者提供的一部政治用书，还是一部便于不同文化水平读者阅读的图书。从这个层面来看，《谚解》有可能在更为广泛的世界进行传播。

综上所述，《谚解》是林罗山迫于纪州藩体制完善的需要，应赖宣的要求而编写的注释书。他运用汉学知识准确翻译了《棠阴比事》的判例记录，对于原文和参考文献中不是很清楚的地方，也在考证的基础上进行了适当补充，以达到使案件通俗易懂的目的。此外，他对中日两国的法治用语进行了比较，对与中国案件类似的日本案件进行了介绍，且提出了不少案件的解决方法。故可以认为，《谚解》是一部具有高度专业性和实用性的法律注释书。《谚解》的这一特征说明，该注释书的阅读绝不仅限于赖宣一人，一定会扩大到与之相关的人群中去。

林罗山为赖宣所著《谚解》的经纬中，记载了林罗山为义直卿著《神社考详节》之事，既然《神社考详节》已经出版 [1]，那么目前所知的《谚解》抄本也很有可能曾经有出版的计划。出版是推动传播的重要手段，《谚解》尽管在已知

---

[1]　東京大学総合図書館蔵『神社考詳節』（1645 年正月刊、田原仁左衛門板）。

范围内并未被出版，但是通过赖宣与林罗山的圈子，《谚解》得到了很大程度的认可与传播。换言之，以学者和执政者为中心的各种交际圈是促进图书传播的宝贵途径。林罗山为执政者赖宣注释和编写的法律启蒙图书，一定会以学者与执政者为媒介，促进《棠阴比事》的传播。

第二节 《棠阴比事谚解》的传播与问题

如上所述，《谚解》是林罗山受纪州藩主赖宣委托对《棠阴比事》所进行的注解，可以说它是自《棠阴比事》朝鲜本传至日本以后的第一部注解书。这部书不仅给予了赖宣法律方面的启蒙[1]，还构建了纪州藩学在法律研究方面的基础，同时为江户幕府的整备司法体系发挥了重要作用。除此以外，它还为日后《加钞》等《棠阴比事》相关图书的形成，以及《棠阴比事》在更广泛领域产生的影响发挥了不容小觑的作用。

就目前所知，《谚解》抄本仅有两个日本藏本和一个中国台湾藏本，其文献价值的重要性不必赘言。这三个藏本的内容尚存在一些问题，值得进一步讨论。具体而言，藏本中《张受越诉》《裴命急吐》《王质母原》三篇作品中存在内容混乱的现象。关于该现象出现的原因，有人认为是"编排有误"（排列有问题）。[2] 那么，为什么《谚解》抄本中会出现如此严重的混乱问题呢？该混乱现象是失误造成还是其他因素导致的呢？这个问题尚需考证研究。本节拟以内容混乱的三篇作品为调查对象，比较并整理中日两国的《棠阴比事》版本，并尝试恢复作品原貌，在此基础上进一步探讨三篇作品混乱的原因及其书写者可能的身份。

一、《谚解》抄本的基本情况与传播路径

《棠阴比事》在日本的传播以及《谚解》的形成皆离不开林罗山的贡献。下面的两段材料即为证明。

---

[1] 铃木健一指出林罗山应将军以及诸位大名所求而著启蒙书（鈴木健一「林羅山の文学活動」『国文学：解釈と鑑賞』、2008（73-10）、37—45 頁）。

[2] 施晔：《高罗佩〈棠阴比事〉译注——宋代决狱文学的跨时空传播》，《文学遗产》，2017(2)，第126页。

右《棠阴比事》上中下以朝鲜板本而写焉。因依寿昌玄琢、生白玄东、金祇景、贞顺子元之求之[1] 而口诵之。使侍侧者点朱墨矣。吾邦吏曹之职陵废久矣。余于是乎不能无感钦恤之诚。且又以朝鲜别板处处一校焉。虽然他日宜再订正以笔削而可也，此点本即传写于四人之家云。

元和己未十一月二十七日　罗浮散人志
内阁文库藏抄本《棠阴比事》卷末识语

应赖宣卿之求作《棠阴比事谚解》，且屡屡问法律之事。[2]

《罗山林先生集》

上述两段材料是日本汉文，皆为日语资料原文，翻译成现代汉语如下。

右侧《棠阴比事》的上中下以朝鲜本为底本抄写而成。因寿昌玄琢、生白玄东、金祇景、贞顺子元求取该书，故而口诵之，令一旁的学生点朱墨。吾国吏曹之职长期处于凋敝状态，天子体恤民间冤情，我深切感念天子之诚，以朝鲜其他板本一一校对。即便如此，他日宜再订正，可添加或减少内容。抄写点了朱墨的这一本传给上述四人之家。

元和己未十一月二十七日　罗浮散人志
内阁文库藏抄本《棠阴比事》卷末识语

我受赖宣卿之求作《棠阴比事谚解》，而且他经常向我咨询法律方面的事。

《罗山林先生集》

这两段记载表明，林罗山以朝鲜版本为底本，抄写了《棠阴比事》上、中、下三卷，他受寿昌玄琢、生白玄东、金祇景、贞顺子元四位友人所托，口头讲述《棠阴比事》内容，令旁侧学生依照其讲解标注训点。他体察到，将军

---

① 此处照搬原文，但笔者认为应该删除 "贞顺子元之求之" 中的第二个 "之"。
② 京都府立京都学歴彩館藏『羅山林先生集』「附録　卷第二年譜下」版元不明、1662。

担心日本司法系统长久荒废一事，即采用其他朝鲜版本进行校订。尽管该内容日后还需要校订，但是添加了训点的《棠阴比事》传于上述四位友人之家。而且，赖宣拜托林罗山为《棠阴比事》做注解，即《谚解》，同时还经常向林罗山咨询法律问题。

换言之，《棠阴比事》传至日本以后，林罗山发现了该书对日本司法体系再建的价值，于是对其进行抄写和校对，并为四位友人训读该资料，继而为赖宣著注解书《谚解》。除此以外，我们发现在《棠阴比事》和《谚解》的传播方面，林家自不必说，赖宣所在的纪州藩、林罗山所效忠的德川幕府以及林罗山的四位友人皆成为直接关系者。

如前所述，林罗山的四位友人寿昌玄琢、生白玄东、金祇景、贞顺子元分别为野间玄琢、菅得庵、金子祇景、角仓素庵。四个人物皆为当时名流，汉学造诣颇高，人脉广博，他们的社交圈极有可能成为《棠阴比事》以及其他学界最新信息的传播渠道。

《谚解》作为《棠阴比事》的注解书，最初是林罗山为赖宣所作，现在《谚解》藏本大致有四个，分别是南葵文库本、长崎县肥前岛原图书馆松平文库藏本（下文多简称"松平文库本"）、冈田真旧藏本和台湾大学藏本。笔者于 2011年去台湾大学查询，并未发现《谚解》藏本，只找到了《物语》藏本。而林桂如 2015 年发表的有关江户时代汉儒的论文指出，台湾大学现存一部《谚解》藏本。[1] 松村美奈在关于《棠阴比事》注释书的考证中指出，2005 年 11 月，从古籍展览会东京古籍拍卖会的目录中，可以看见冈田真旧藏本的照片[2]，但是目前尚无关于冈田真旧藏本的进一步研究，其原因应是该藏本不易觅得。学界往往以南葵文库本和松平文库本为对象进行讨论，笔者亦以这两者为对象进行以下考证。

南葵文库本纵 28.4 厘米 × 横 20.8 厘米，深蓝色封皮，三卷三册。第一册内封有朱印"东京帝国大学图书印"，纵 5.9 厘米 × 横 5.9 厘米，各册正文首页右上角有朱印"纪伊国德川氏图书记"，纵 8.7 厘米 × 横 8.9 厘米，还有

---

[1] 林桂如：《汉儒、书贾与作家：论〈棠阴比事〉在江湖初期之传播》，《政大中文学报》，2015（24），第 42 页。

[2] 松村美奈「『棠陰比事』の注釈書についての一考察—林羅山との関連を軸に」『文学研究』、2007（95）、53 頁。

另外一个带花纹的朱印"南葵文库",纵 3.2 厘米 × 横 3.3 厘米。《谚解》中并没有列出《棠阴比事》的目录及作品原文,仅按原文顺序进行注解。其卷首即为《棠阴比事纲要》(该题目下写有"夕颜巷谚解"),它主要对断案类型进行了说明,具体来说分别是:释冤、察奸、辩诬、摘奸、鞫情、迹贼、谲盗、惩恶、钩慝、察盗、宥过。之后是对应原著作品顺序的注解内容。正文一丁十一行,每行二十八个文字,由汉字与片假名构成。

松平文库本纵 29.2 厘米 × 横 20.5 厘米,淡茶色封皮,三卷三册。其内容构成与编排体例基本上与南葵文库本相同。两处藏本的差异在于,松平文库本每册最后一丁留有蓝色印"尚舍源忠房"(纵 4.4 厘米 × 横 1.3 厘米)和朱印"文库"(椭圆形,纵 1.7 厘米 × 横 2.5 厘米)。一丁约十一行,一行约二十二个文字。南葵文库本汉字细长,而松平文库本的汉字看起来偏正方形(图 2 和图 3 分别截取两个藏本的部分文字)。

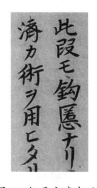

图 2　南葵文库本示例　　图 3　松平文库本示例

纪州藩历代藩主皆重视法律研究,致力于汉学和法学事业的发展,因此,藩内汉学和法学方面的人才以及其他关注中国律法的人士极有可能通过抄写赖宣处的《谚解》而对法律展开进一步学习和研究。加之南葵文库本藏于纪州藩主德川赖伦在东京创办的图书馆,笔者推测东京大学综合图书馆南葵文库所收《谚解》,以及带有两个印记"旧和歌山德川氏藏""南葵文库"的台湾大学藏《谚解》,皆应为纪州藩流出的藏本。

松平文库本亦与德川家以及林家有着紧密联系。松平文库是松平忠房(1619—1770)1669 年分封至岛原藩以后创建的尚舍源忠房文库。忠房的祖父松平家忠（1555—1600）是安土桃山时代的武将，系三河深沟城主，抚养家康的四子松平忠吉长大，又为家康战死。换言之，三河深沟城松平家与德川家有着深厚的情谊，因此，日后松平文库从幕府红叶山文库借书抄写绝非难事。除此以外，忠房的老师是林鹅峰（1618—1680），林鹅峰是林罗山的三子，是效忠于幕府的儒官。同时，忠房又是一个好学之士，交友广泛。"松平文库"中的一部分藏书是借阅水户德川家、榊原家以及桂宫的藏书抄写而成的，这些皆得益于忠房的广博人脉。尚舍源忠房文库收藏的《谚解》极有可能是通过与林罗山具有直接关系的鹅峰或幕府而形成的，亦有可能以其他学者为媒介而获得，其中，学者得庵（玄同）的可能性颇高。原因是他曾被邀请至松平尚舍讲解《论语》[①]，而他与林罗山又有着深厚的师徒情谊以及亲密的交往经历，故笔者认为，松平文库本通过得庵这个路径而形成的可能性极高。

二、内容杂糅问题

两个《谚解》抄本皆收录了一百四十四篇作品，其中，卷上之三十九《张受越诉》、卷上之四十《裴命急吐》、卷上之四十一《王质母原》中出现了尤为混乱的内容。以下就出现混乱现象的三篇作品展开考证，且在此基础上进行比较和对照，最后试图通过整理作品内容以恢复其原貌。本部分采用考证、比较、对照的方法对上述三篇作品进行了梳理，所采用的资料分别是惺窝旧藏朝鲜本《棠阴比事》[②]、青藜阁须原屋伊八单独版《棠阴比事》、北京大学图书馆藏元代刻本《棠阴比事》[③]、《棠阴比事加钞》[④]、《棠阴比事物语》[⑤]。

由于南葵文库本和松平文库本出现的问题相同，因此，本研究仅以南葵文库本为代表来讨论其混乱现象。笔者先将《谚解》中出现混乱情况的三篇作品原封不动地列出来，具体如图4所示。在此基础上，在出现问题的地方标上字母、数字和下画线，再参考其他文献的相关内容，标记作品本应正常展开的顺序，如此，既显示了各篇作品的混乱情况又提示了作品的原貌。《张受越诉》

---

① 京都史蹟会『羅山林先生文集（第四十三卷）』京都：平安考古学会、1918、67頁。
② 现在被"常磐松文库"收藏，本稿以长岛弘明的翻刻本为底本。
③ 以中国国家图书馆的再造善本为底本。
④ 京都大学综合图书馆藏本。
⑤ 朝倉治彦『未刊仮名草子集と研究（二）』豊橋：未刊国文资料刊行会、1960。

的相关内容是 A1、A2,《裴命急吐》的相关内容是 B1、B2 且添加了横线,《王质母原》的相关内容是 C1、C2 且添加了波浪线。

【第一丁表】
A1 张受越诉
唐ノ張允済武陽ノ令タリシ時、德ヲ以テ下ヲ訓ヘケレハ、百姓ナツキシタカフ、武陽ノ隣ノ縣ヲ、元武ト云、元武ノ
人、牛十孚（原文此此处汉字是牛十孚）牛ヲ以テ、婿人リスル者アリ、女人牛也、八九年ノ間、牸牛、子フウ
ム」十餘定ナリ、別家ヘウツラントスル時ニ、舅、其牛ヲ与ヘス、元武縣ノ奉行、是ヲ裁許スルコトアタハス、婿、
境ヲ越テ、武陽ニ来テ、

【第二丁表】
張允済ニ訴フ、允済申サウ、汝カ里ニ、本ヨリ奉行アリ、爰ニ来ルハ何ソヤ、婿、落淚シテサラス、ツフサニ其故ヲ
申ス、允済爰ニオイテ、人ヲシテ、彼婿ヲカラメテ、布衫ヲ以テ、頭ヲツヽミ、覆面セシメ、其妻ノ家ノ村ニ至テ、
此人、牛ヲヌスメリ、是ヲ目アカシトシテ、爰ニ来レリ、此村ノ中ノ牛モチタル B2 ノ下ニ立テ置テ、此者ハ人ニ、
李瓆早々理リ申セト云フ、三十定ノ牛ハ、皆是我カ甥ノ牸牛ノウミタル也、誠ニヌスメル牛ニアラスト
申ス、子雲爰ニオイテ、王恭カ覆面ヲヌカシム、李瓆見テ、オオキニ驚テ、是我カ甥也ト云、子雲ニ、汝カ甥
ナラハ、牛ヲ主也、牛ヲ返セ、李瓆閉ロメ、モノイハス子雲又云ヒケルハ、五年ノ間、牛ヲカヒヤシナヘル代ニハ、
李瓆二五定與ヘヨ、二十五定ヲハ、皆王恭二飯ス、武陽縣ノ人、皆子雲カ明察

【第二丁里】
ナルコトヲ感ス、
此段モ鈎慝也、裴子雲カ牛ヲ沙汰スルハ、張允済カ術ヲ用ヒタリ、但シ部内ノ民ハ、サカシヤスシ、部内ニアラスン
ハ、サカシ、難シ故ニ允済ハ、彼村ニ
至テ、盗人ヲサガス、然レトモ境ヲ越ヘ、他所ニテ尋サカシ、一村ノ牛ヲ呼ヒアツム、是ハ其時代ニアリテノ事ナル
ヘシ、若別所ニテモ、沙汰セハ、下知状ヲ以テ、フレタツヘシ、趙和カ沙汰スル処、是也、但シ事ヲ
巧ミニシテ、才覚ハヤカランコトヲ思ウ者ハ、其時勢ニヨルヘシ

C1 王质母原
【第三丁表】
宋ノ王質、待制ノ官タリ、庐畇ノ守護トナルトキニ、盗、其徒黨ヲ殺シテ、財宝ヲトリテ、遁者是ヲ執フ、遁者
ハ、道路ノ
關所ノ番也、遁ハ、サイキルトヨメリ、王質是ヲ死罪ニアツ、轉運使楊告ト云者、是ヲ駁シテ云フ、其
同類ヲ殺ノ者ハ、死罪ナルヲ、ユルスヘシトス、人ノ論スルヲ傍ヨリ云ヒヤブリテ議スルヲ駁ト云也、王質聞テ、盗
人、其同類ヲ殺シテ、財ヲトリテニゲ、令人ヲ殺メ、財ヲトリテニゲ、自訟フルニアラスシテ、
邏者ハ、其由来ヲ問ハン、各皆申セト云、彼妻ノ家、其子細ヲ不ㇾ知、盗人ニサンレン」ヲ懼テ、我家ノ牛ハ、我

A2 其由来ヲ問ハン、
婿ノ牛ニ侍ルル也、盗メル牛ニアラスト云、時ニ彼婿ノ覆面ヲヌガシメテ、是コソ件ノ婿ナレ、ハヤク牛ヲカヘセト
云、妻ノ家、驚テ牛ヲ返ス、爰ニ越訴ト云、本縣ノ令ヲ、サシオキテ、境ヲ越テ、他縣ノ令ニ訴訟スルヲ云也、日
本ニテモ、本奉行ヲサシオイテ、他人ニ付テ申スヲ、越訴トス、

（a）

111

【第三丁里】
此段、鈎慝なり、
張允済、青州北海人、仕随為武陽令、以愛利為行、又遷南陽郡丞、貞觀初、累遷刑部侍郎、封武城縣男、擢
幽州刺史、唐書列傳百二十二循吏傳
B1　裴命急吐
唐ノ衛劢新郷縣ノ令裴子雲、本ヨリ奇謀アリ、部内ノ人王恭ト云者、役ニアタリテ、行テ邊ヲ守ル、邊ハ、
北方ノ遠キ境也、ヱヒスヲフセク為ノ番也、是ヲ戍ト云フ、其行ク時ニ、牸牛六疋ヲ留テ、李璡ニ預ケテ置
ク、李璡ハ、王恭カ母方ノ舅也、五年ノ間ニ、牸牛子ヲウム」三十疋也、其價定リテ、銭十貫以上ニアタレ
リ、王恭邊ヨリ皈テ、牛ヲ取返ス、李璡其牛二疋既ニ死ス、
【第四丁表】
相残ル老牸牛四疋ヲ返ス、其外ハ我牛也、汝カ牛ノウメル子ニアラスト云、王恭腹立メ、裴子雲ニ訴フ、子
雲聞テ、王恭ヲ獄所へ遣シ、覆面セシメテ、牛盗人也ト云テ、人ヲ指添、牛ヲ尋子、同類ヲ求メシム、李璡
恐アハテ、来ル、子雲コレヲ叱メ云ヤウハ、盗人ト汝ト同類也、三十疋ノ牛ヲ盗ンテ、汝カ屋敷ノ内ニカク
セリ、急キ対決セヨト云テ、布衫ヲ以テ、覆面スル者ヲ、庭上ノ南ノ垣　C2　者是ヲトラフ、
必死罪ニアツヘシ、若シ是ヲユルサハ、律法ノ心ニアラスト云テ、頻ニ言上スレトモ、勅報ナシ、カヘリテ
官ヲオトサレテ、舒州霊仙觀ノ
奉行トナル、其後、韓琦カ審刑院ヲツカサトルトキニ、評定アツテ、
盗其同類ヲ殺メ、自ラ出テ訟ヘサル者ヲハ、罪ヲユルスヘカラスト云ヘリ、審刑院ハ、刑法ヲ司ル官ノ居ル
所也、日本
第四丁里】
ノ刑部省ノタグヒ也、
此段ハ、議罪也、其自ラ云フテ出ルヲユルス」ハ、前非ヲ悔テ、自ラ心ヲアタラシクスルヲ以テ也、然ラ
スメ、ユルサンハ、其謂レナシ、今其徒黨ヲ殺シ、其財ヲトリテ、ニゲントスルヲ、トラヘタリ、然レハ
アヤマチヲ悔ルニアラス、其死罪ヲユルサント云フハ、律法ノ心ヲ失ヘリ、是ヲ論奏スル」ハ、サモアル
ヘシ、
韓琦字稚圭相州人、謚忠獻封魏公、
王質字子野、大名莘人、少謹厚淳約、力学問ス、師事楊億、億歎以為英妙、云
云、知壽州、徙廬州、又知泰州、遷度支郎中、徙荊湖北路轉運使、云々加史館
脩撰、同判吏部流
【第五丁表】
内銓、擢天章閣待制、出テ、知陝州、卒ス、宋史列傳二十八

（b）

图 4　关于《谚解》内容混乱处的考察与复原

通过以上调查和梳理，可以发现三篇作品的混乱程度。首先出现的是《张受越诉》的第一部分 A1，在《谚解》原文中约占九行半；之后出现的是《裴命急吐》的第二部分 B2，约占十四行半；再后面出现的是《王质母原》的第一部分 C1，约八行。接下来回到《张受越诉》，是其第二部分 A2，约十行；然后是《裴命急吐》的第一部分 B1，约十三行；最后是《王质母原》的第二部分 C2，约十七行。可见，三篇作品的内容明显地杂糅在了一起。

三、谁制造了混乱现象?

为什么会出现这样的混乱现象呢? 笔者做以下四种推测。

（1）注释书《谚解》所采用的《棠阴比事》底本本身存在错乱现象;

（2）汉籍底本没有问题,林罗山本人的疏漏给注解书造成了问题;

（3）林罗山的注释书没有问题,其学生或侍从在记录林罗山的注解内容时出现了失误;

（4）林罗山留下的最初的注释书没有问题,但是在其被传抄的过程中产生了误差。

以上可能性中哪一个更接近事实呢? 笔者通过以下考证进行论证。关于推测（1）,鉴于林罗山早期借阅的是老师惺窝收藏的《棠阴比事》,因此,笔者重点调查了惺窝旧藏本,同时,亦考证了同属元代刻本的北京大学图书馆藏本。结果表明,惺窝旧藏《棠阴比事》翻印了元代至大元年（1308）带有田泽序的朝鲜活字本,其中收录的那三篇作品与北京大学图书馆藏本、青藜阁须原屋伊八版《棠阴比事》以及《加钞》中《棠阴比事》的原文部分几乎保持了一致（《加钞》包括有训点标记的《棠阴比事》原文和注解两大部分）,亦与《加钞》的注解部分和《物语》的主要内容基本对应。换言之,元代刻本、朝鲜本、和刻本、注释书以及翻译改写本中的《张受越诉》《裴命急吐》《王质母原》皆未出现内容混乱现象。可见,底本本身有问题的推测是不成立的。

关于推测（2）,林罗山是朱子学大家惺窝的得意门生,还是侍奉德川四代将军的幕府儒官,而《谚解》是受纪州藩主赖宣委托而写的,因此,综合考虑诸因素,不论从学识、能力、身份还是从注解的背景来看,林罗山的此次注解都应该秉持了严谨的治学态度,他应当不会造成这样的混乱问题。当然这样的问题也不会是有人故意为之。

至于推测（3）中提到的记录人员问题,众所周知,对《谚解》进行注解的是林罗山,但是,书写注解内容或整理注解内容的却不限于林罗山。元和元年,林罗山"因依寿昌玄琢、生白玄东、金祇景、贞顺子元之求之而口诵之。使侍侧者点朱墨矣"[①]。这说明,林罗山曾应四位友人之求,对《棠阴比事》进行

---

① 日本内阁文库藏抄本《棠阴比事》的卷末识语。

口头讲解，并令侍从记录其口头讲解内容。可见，这四个人物与林罗山的关系非同一般。

第一，素庵是林罗山的恩人，曾将林罗山引荐给惺窝。林罗山当时投惺窝门下，一半是为了精进学问，一半是为了仕途，他是通过素庵的介绍而成功成为惺窝弟子的。林罗山与素庵成了同门，后来又通过惺窝的推荐实现了在幕府为官的梦想。日后，林罗山向素庵报恩，向家康谈及琵琶湖疏通工程一事。①

第二，得庵与林罗山是同门友人，且关系密切。②实际上，林罗山仅比得庵年长两岁，他们互访对方宅邸，一起去石山寺、高雄山等地游览③，可见其关系匪浅。除此以外，林罗山曾应得庵之求著《阿倍仲麻吕传》，在得庵被弟子安田安昌杀害以后为他刻碑铭。④综上所述，林罗山、素庵与得庵为同门师兄弟，他们之间的亲密关系给彼此的人生产生了重要的影响。

第三，玄琢与林罗山各自凭借特长供职于幕府，还分别为诸位大名提供了相关帮助。玄琢是一位医生，除了专门为幕府将军家的人物提供诊疗以外，亦被派遣至其他大名处问诊，资料显示他曾为纪州藩主诊治。⑤在江户时代，儒者与医生原本皆是学问圈的人，很容易通过学问之事产生交集，何况玄琢与林罗山两个人不但是幕府同僚关系，而且皆与纪州藩主较为亲近，因此，两个人很可能以纪州藩主为媒介而产生了交往。元和九年（1623）九月晦日，林罗山与玄琢的诗歌唱和⑥即为旁证之一。

第四，祇景与林罗山在诗文和学问方面有很多交流，有明确记载的是元和三年（1617）、元和五年（1619）、元和七年（1621）、宽永三年（1626）元旦林罗山与祇景的诗歌唱和。⑦而且，宽永十五年（1638），祇景请林罗山为

① 鈴木健一『林羅山年譜稿』之"吉田玄之"、東京：ぺりかん社、1999。
② 京都史蹟会『羅山林先生文集（第四十三巻）』京都：平安考古学会、1918、67頁。
③ 鈴木健一『林羅山年譜稿』之"菅得庵"、東京：ぺりかん社、1999、33頁、34頁、42頁、80頁。
　京都史蹟会『羅山林先生文集（第四十三巻）』「吉田了以碑銘」、京都：平安考古学会、1918、65—69頁。
④ 京都史蹟会『羅山林先生文集（第四十三巻）』京都：平安考古学会、1918、68頁。石田一良、金谷治『日本思想大系 28　藤原惺窩　林羅山』東京：岩波書店、1975、379頁。
⑤ 〔紀伊記〕廿五日紀伊亜相は醫員野間玄琢成岑の薬を服しやゝ快ければ（黒板勝美氏校訂『国史大系－徳川実紀　第十巻、巻三十四』東京：経済雑誌社、1902—1905）。
⑥ 京都史蹟会『羅山林先生詩集（第六十一巻）』京都：平安考古学会、1920—1921、192頁。
⑦ 鈴木健一『林羅山年譜稿』之"金子祇景"、東京：ぺりかん社、1999、47頁、56頁、63頁、93頁。

其太清轩写记，林罗山在为其著《太清轩记》时特意写道，"余与祇景晤语有年矣"①，即林罗山与祇景长年以来相谈甚欢。以上为两个人交往的佐证。

综上所述，上述四个人物喜爱诗文，爱好学问，皆与林罗山保持了密切联系。他们请林罗山解读《棠阴比事》，还向其索求《棠阴比事》抄本。当然，四个人物也自然而然地成为传播《棠阴比事》的力量。尤其需要关注的是，尽管林罗山与这四个人物建立了深厚的情谊，但是在为他们提供抄本时林罗山并非亲自抄写，而是令学生记录自己的口述内容，最后形成抄本。既然有这样的先例，那么，林罗山采用相同方式，即林罗山口述《谚解》内容并令弟子记录的可能性就颇高。

诚如上面引文记述，林罗山送给四位友人《棠阴比事》抄本的形成过程——"而口诵之，使侍侧者点朱墨矣"所示，若林罗山弟子在林罗山面前一边听其口述一边做记录，则记录应该不容易出错。当然，记录过程中也可能出现记录人员更替的情况。若如此，假设记录用纸是没有装订的零散纸张，那么新的记录人员有可能因为不熟悉已记录的内容而在整理稿件时出错。

推测（4）的可能性应该最高。最初完成的《谚解》是正确内容，但它在传抄的过程中产生了问题。若以存在问题的版本为底本继续传抄，则会导致日本各地出现更多带有纰漏的《谚解》。现在讨论的南葵文库本和松平文库本只是其中的两个藏本而已。

进一步来说，到底是谁导致了这个混乱现象的产生呢？笔者根据现有材料大胆推测，肇事者之一很可能是得庵（玄同）周围的人物。得庵嗜书如命，广泛搜集海内外图书，且汉学知识丰厚，有资料表明他经常被大名邀请讲学。

> 其家富，嗜书。或市或写，每岁蕃舶载来群书及魁本乃至倭语书等，大抵搜索而聚之，殆及数千万卷。寅酉从事于书绕，孜孜不倦于是，玄同为人招之，故解说者往往有之，读《论语》于松平尚舍，奉御于本多甲州太守，解老子于左门户田氏，说《大学》《尚书》《胡传》《通鉴》于菅沼织染令。②

---

① 京都史蹟会『羅山林先生文集（第十七巻）』京都：平安考古学会、1918、199 頁。

② 京都史蹟会『羅山林先生文集（第四十三巻）』京都：平安考古学会、1918、67 頁。

以上材料出自《罗山林先生文集》，笔者在引文中保持了日本汉文原样，翻译成现代汉语如下。

> 其家富裕，嗜书如命。要么买，要么抄写而收藏。每年外国船只都会舶来物品，只要群书及新书乃至日语图书一到，他即费力搜索并汇集起来。图书数量多达数千万卷。他不分昼夜读书，孜孜不倦。知识日积月累，玄同经常被人邀请去讲解图书。曾给松平尚舍讲解《论语》，亦曾为本多甲州太守讲解，还为左门户田氏讲解《老子》，为菅沼织染令解说《大学》《尚书》《胡传》《通鉴》。

通过上面的材料，我们发现，得庵痴迷于收集图书，亦发现邀请其讲学的名流中有"松平尚舍"。"尚舍"是主殿舍的唐名，由于忠房是主殿头，因此这里以"松平尚舍"指代忠房。综合考虑得庵热情地搜集日本国内外图书的积极行为，以及他向林罗山索求《棠阴比事》的事实，可以判断他一定会想办法获取《谚解》。既然得庵与忠房在学问上有所交流，那么得庵很有可能复制了自己手头的《谚解》并将其送给忠房。还有一点也不容忽视，即南葵文库本亦有可能是得庵周围的人复制而成的。如此，又产生了新的问题，即得庵手边的《谚解》是出现杂糅问题的抄本，还是得庵周围人在制作新抄本的过程中因失误而产生了杂糅问题呢？尽管暂时无法判明这个问题，但是，无论如何得庵可能成为导致《谚解》产生混乱现象的关键性人物之一。

那么，为什么《谚解》的记录者或者誊写者混淆了上述三篇作品的内容呢？是什么导致了书写人员的失误呢？笔者认为，这几篇作品的高度类似性是客观原因。《棠阴比事》共收录了一百四十四篇作品，事件内容和判案方法相似的两篇被编为一组，每一组的两个题目亦被排列在一起，置于两篇作品之前。《谚解》中两篇作品题目的排列方式则与此不同，他们被分别放置在各篇作品注解文前方，注解文则基本按《棠阴比事》原著作品的顺序展开。卷上之三十九《张受越诉》大致讲述了如下内容：一个男子带母牛入赘到妻子家，后来要分开居住时，丈人家不归还母牛以及母牛在八九年间所生的十几头牛。判官遣人用布衫蒙住告状男子的头部，伪装成来抓捕盗牛贼的架势，令其丈人家将牛归还给女婿。卷上之四十《裴命急吐》的大致内容是：一个男子前往戍边，将六头母牛留在舅舅家，五年后男子归来，舅舅只归还这六头母牛，却不归还母牛在五年间所生牛犊，判官令部下用布蒙住男子头部，用抓捕盗牛贼的方法解决了问题。

两篇作品皆讲述了采取遮挡受害者头部来抓捕盗牛贼的方法为寄存母牛者索要牛的故事，两个故事的主题以及解决方法几乎一致。需要注意的是，两者中的个别关键词在细节处容易引起误解，比如"舅"这个汉字在《张受越诉》与《裴命急吐》中的意思并不相同。《张受越诉》中指岳父，与日语当用汉字意思相同，而《裴命急吐》中"舅"则指母亲的弟弟。像林罗山这种汉学造诣颇高的人物，应该能自由穿梭于日语汉字和中文汉字之间，而一般的抄写人员则不一定具有这种判断力，更何况要在紧张的记录过程中当即做出判断。因此，可以认为，作品的高度类似性是书写者和整理者产生混乱现象的要因。

四、书写者不同

上文显示，在南葵文库本和松平文库本的相同位置出现了完全一致的混乱内容，以此为由可以推测两部抄本的祖本相同，而且他们的书写者亦有可能是同一人物。然而，进一步比较两部抄本的书写细节，我们发现他们在多处汉字书写和假名书写上存在微妙差异。下文拟以上述三篇作品为例，分别对两部抄本的文字细节进行考证和分析，在讨论俗字问题时，笔者主要参考了黄征的《敦煌俗字典》[①]。

关于《裴命急吐》中的"戍边"一词，南葵文库本解释为"行テ邊ヲ守ル、邊ハ、北方ノ遠キ境也"，抄本中并未采用正字"邊"，而是作俗字"邉"。松平文库本则解释为"行テ边ヲ守ル、北方ノ遠キ境也"，即将正字"邊"简化为"边"，作"边"字。关于《王质母原》中的"逻者"一词，两个抄本分别解释为"邏者ハ道路ノ關所ノ番也""邏者ハ道路ノ開所ノ番也"，其中"關"在书写时南葵文库本中作"関"，松平文库本中作"関"。尽管两个抄本皆采用"關"的俗字，然而写法差异颇大。关于"以布衫蒙恭头"一句，南葵文库本的注释

---

① 黄征:《敦煌俗字典》，上海：上海教育出版社，2015。

为"覆面スル者","面"作"𠚢"字，而同样的内容在松平文库本中则保持正字。"恭""添"在南葵文库本中几乎作"𢙐""𣲵"，即两个汉字中的"小"被写作"水"。有关《张受越诉》中张允济的生平"仕隨為武陽令"，南葵文库本把表示朝代的"隋"繁化为"隨"，作"𨑔"。而松平文库本的"隋"字没有任何添减。关于《王质母原》中的官署名"流内铨"，松平文库本将其中的"内"写作"𤲟"，即在框外增添了一笔。另外，表达"归来"之意的"归"，在松平文库本中作"㛷"，在南葵文库本中作"𩜈"，差异不小。考察"归"字的这两种形式，《颜氏家训·杂艺》曰："北朝丧乱之余，书迹鄙陋，加以专辄造字，乃以'追来'为'歸'。""歸"字讹变，由草书而讹变为"𩜈"，即"自返为歸"，亦作"皈"。

公元4世纪末至5世纪初，汉字从中国传入日本，对日本各个领域的传承与发展以及东亚地区的交流发挥了空前绝后的作用。伴随着汉字的使用，俗字亦出现在日本。俗字是汉字史上各个时期与正字相对而言的主要流行于民间的通俗字体[1]，借用张涌泉的这个定义来分析两处《谚解》抄本中的大批俗字，既可以发现书写者的不同书写习惯，又可以看出江户时代日本人的俗字意识。

上面有关《谚解》汉字的考证显示出，两个抄本中的俗字皆具有汉字转化为俗字时的基本特点——简化、繁化、类化、隶变、混用等。然而，《棠阴比事》中，同一内容所对应的两个抄本中的汉字书写特征并不统一，显示出不同的手法和个性，且俗字写法不同之处为数众多，故两个抄本的书写者应该不是同一人物。两个抄本在假名书写上的诸多差异进一步强化了这种推断。

第一，两个抄本出现送假名省略现象的位置不一致（日本人在训读汉文时，于汉字右下角添加的假名被称为送假名）。比如，"召集一村牛"，南葵文库本中为"一村ノ牛ヲ呼ヒアツム"，松平文库本中则为"呼アツム"，即松平文库本在处理动词"呼"时省去了"ヒ"。南葵文库本"自訟フルニアラスシテ"，在松平文库本的对应位置，"訟"后少了"フ"。松平文库本"牸牛六疋ヲ留メテ"，在南葵文库本的对应位置则少了"メ"。松平文库本"其同類ヲ殺ス者ヲハ"，在南葵文库本的对应位置动词"殺"后则少了假名"ス"。

---

① 张涌泉：《敦煌俗字研究》，上海：上海教育出版社，1996，第2页。

第二，两部抄本出现浊音两点省略现象的位置不一致。比如，南葵文库本"盗人ヲサガス"的"ガ"在松平文库本中作"カ"，即松平文库本"カ"右上角少了区分清浊音的两点。《王质母原》文末的"审刑院"一词，南葵文库本和松平文库本分别解释为"日本ノ刑部省ノタグヒ也""日本ノ刑部省ノタクヒ也"。两处释文基本一致，只是后者在用假名表示"類"一词时假名"ク"少了两点。当然，南葵文库本亦有诸如"訓ヘケレハ"中"ハ"省略浊音两点的用法。

第三，同一词语用汉字表示还是用假名表示，两个抄本亦显示出分歧。《张受越诉》的"蒙头"在两部抄本中分别对应为"頭ヲツヽミ""頭ヲ包ミ"。其中动词"包む"，南葵文库本采用片假名的表达形式，而松平文库本采用汉字的表达形式。当然，亦存在同一内容对应的两部抄本中，南葵文库本采用汉字表达形式，而松平文库本采用假名表达形式的句子，比如"此段モ、鈎慝也""此段モ、鈎慝ナリ""自ラ出テ訟ヘサル者ヲハ""自ラ出テ訟ヘサルモノヲハ"。

综上所述，从汉字到假名，两个抄本在上述三篇作品的诸多书写细节中显示出了微妙差异，从整部《谚解》来看，类似的差异广泛存在。然而，除却文字书写和语言表达上的细微差异，两个抄本的注释内容在整体上基本保持一致。因此，笔者推断这两个抄本的祖本应该相同，而书写者却非同一人物。

《谚解》为《棠阴比事》在日本的传播发挥了重要作用，为学习《棠阴比事》等著作吸收法律知识而花费大量人力、财力、物力的机构与人非常多，幕府与纪州藩自不必说，其他诸如加贺藩和岛原藩的地区还有很多。因此，可推测《谚解》在很多地区被抄写、被学习，南葵文库本和松平文库本背负着的时代使命应运而生。南葵文库本和松平文库本作为《谚解》为数甚少的存世抄本，不仅对《棠阴比事》的研究和校订发挥了作用，还对抄本研究以及汉学典籍注疏有重要价值。以上通过对两个抄本中出现交织错乱现象的三篇作品《张受越诉》《裴命急吐》和《王质母原》进行考证和整理，指出问题产生的原因很可能是《谚解》在传抄过程中书写者因为作品内容间的高度相似性而出现了失误。而且，两个抄本出现混乱现象的地方几乎完全一致，其他内容也基本一致，鉴于此，可推断两本书是以同一个本子为底本而形成的。笔者甚至推断，《谚解》

的书写者之一可具体为与菅得庵有关的人物，这种推断或许过于大胆，但是林罗山、得庵、忠房等与《谚解》有关系的人物间的的确确存在一定的交往关系。具体到抄写《谚解》的书写者，鉴于两部《谚解》的书写细节处存在微小的字型以及书写习惯的差异，这种差异尽管微小，但是数量庞大，故推断它们的书写者不同。

　　林罗山看到了社会发展的实际状态，预见了时代的动向，广泛涉猎包括《棠阴比事》在内的法律图书，在解答将军和赖宣等统治者法律问题的基础上编写了《谚解》。尽管《谚解》是一部注释书，但是，笔者再次呼吁人们关注其在当时发挥的司法启蒙作用。德川幕府从幕府建立之初就以秩序的维持和社会的安定为己任，历代将军所实施的战略皆围绕这个命题而展开，《武家诸法度》等法令应运而生。另外，兵农分离政策将武士请进城下町，使武士阶级变成完全的消费者，为这些消费者提供生活物资与服务的手艺人、商人以及底层町人亦成为城市中消费者的重要组成部分。消费型都市的壮大与农业经济以及商业经济的发展互相促进，武士与町人之间、町人与町人之间、城市与农村之间的利益与矛盾也随着德川时代的发展而产生。不论是在构建德川幕藩体制、为二百余年的泰平谋划方面，还是在解决新秩序下的纷争与矛盾方面，法治都成为德川社会统治阶层关注的焦点。只有不断完善司法体系，才能保障江户社会的正常运转。站在民众的角度来看，他们生活在城市壮大、商业经济发展、社会问题随之增加的时代，不可避免地会接触到纠纷，甚至陷入纠纷而不得不面对官府的调解与判决。与此同时，书坊将《棠阴比事》等断案作品推入市场，为大众提供了法律启蒙的些微知识，同时为大众在消遣娱乐型阅读方面带来了法律题材。

第三章

日本公案小说作品的产生

自江户初期林罗山抄写《棠阴比事》起,《棠阴比事》产生的影响就不曾间断。它对学者、政治家、庶民等不同阶层皆产生了影响,在发展汉学、法学,推进国家治理,丰富消遣娱乐型读物等方面发挥了不容小觑的作用。从只能被极为少数的有权力之人阅读到被市民阶级阅读,从刊行普通的翻译改写本到印刷绣像本,《棠阴比事》逐步从法律实用图书转变为面向大众的带有文学特色的图书。这一过程与城市的发展、市民阶层的壮大以及商业出版的兴起都关系密切。在江户时代太平盛世的背景下,市民阶层经济实力增强,他们在物质需求得到满足以后,开始追求精神层面的充盈,成为学习知识、进行消遣娱乐型阅读的新生力量。与日俱增的读者数量以及新兴的市民读者群刺激了商业出版活动,书坊、作家、读者之间显示出前所未有的关联,以市民阶层所喜爱的话题为中心而展开的文学创作层出不穷,俗文学作品的刊刻和售卖如火如荼,京都、大坂与江户三地的书坊也因此展开了激烈的竞争,日本公案小说作品即产生于这一浪潮中。《本朝樱阴比事》等俗文学是"市民文学",其最大特征是"通俗",为的是吸引更多的读者。诚如朱光荣谈戏剧特征时所说的[1],俗文学亦是在求生存时,要适合、迎合但同时也塑造读者的最一般的艺术、道德、政治的口味。

第一节　城市、市民阶层与公案小说

江户时代的日本人将有关法学的汉籍《棠阴比事》进行了翻译,并在此基础上置换了中日官职名称,删除了原著中不易理解的元素,形成了《棠阴比事物语》。《物语》与其他中国文学的翻译和翻案作品《伊曾保物语》《伽婢子》等皆被划归为假名草子。假名草子是日本古典小说的一种形态,多是以教化民众

---

[1] 朱光荣:《试论元杂剧繁荣的原因》,载张月中主编:《元曲通融(上)》,太原:山西古籍出版社,1999,第383页。

为目的而讲述宗教教理与警世规诫方面的故事，或者是一些消遣娱乐方面的内容。《物语》则倾向于消遣娱乐，主要是翻译了《棠阴比事》原著的内容，简单地将其中的中国事物名称换成相应的日本名称，灵活地避开了需要解释的复杂信息。比如，在《宗元守辜》里，避开原文的法律术语"守辜"一词，将相关部分处理成"马麟被抓，其间被打之人死亡"。可以看出，《物语》对原著的这种处理是基于受众面的考虑，其主要阅读者是普通大众，文化水平不高，与其说过于复杂的解释不利于他们理解，不如说简洁流畅的故事内容更易于带给他们酣畅淋漓的阅读体验。

由于《物语》并没有在原著基础上做过多调整，因此，笔者认为将其划归为文学作品尚属牵强。严格地讲，它是一部译著，是《棠阴比事》从判例集这种法律图书转化为近世公案类文学作品的过渡图书。在《物语》的传播过程中，书商们为了进一步增加《物语》的趣味，吸引更多的阅读者，在作品中加入了插画，将原著中每个故事所对应的四字中国题目改为用日语书写的日本题目，还对故事情节进行了进一步删减和调整。发展到这一步，《物语》可以说才称得上是文学作品。

西鹤注意到《物语》备受普通百姓追捧的现象，于是将《棠阴比事》融入自己的创作。元禄年间，西鹤相继出版的作品中显示出很多《棠阴比事》元素，比如元禄元年（1688）作品《武家义理物语》卷三之一《发明源自葫芦》模仿自《棠阴比事》之《济美钓箧》[①]；同年，西鹤的另外一部作品《新可笑记》更是在描写一个木匠时，直接将《棠阴比事》之名放入其中，即"不分昼夜地研读《棠阴比事》等公案类图书"；一年之后的元禄二年（1689），西鹤模仿《棠阴比事》，创作了以公案为主题的浮世草子《本朝樱阴比事》。

"浮世草子"是江户时代小说的另一形态，多描绘町人世界，1682年刊行的西鹤作品《好色一代男》成为区别于以往"假名草子"的浮世草子作品。《本朝樱阴比事》属于浮世草子，由五卷五册四十四章构成，主要讲述了日本京都及周边地区町人之间的纷争以及犯罪，展示了案件的审判、侦破及定罪过程，显示了京城判官的智慧和慈悲。该书由江户清兵卫和大坂雁金屋庄左卫门刊

---

① 井原西鹤著、麻生磯次、冨士昭雄対訳『対訳西鶴全集　武家義理物語』東京：明治書院、1989、4頁。

行，其中包含吉田半兵卫风格的插画。作品中的涉案人员多为京都城内的市民阶级"町人"，既反映出町人是当时引人关注的群体这一现实，也反映出西鹤以町人为阅读对象而进行创作的视角。

町人是江户时代居住在都市中的手工业者和商人，即市民阶级。其狭义概念是指那些在町内拥有房产的居民；广义上还包括在町内租住房屋之人和租地建房之人。町人所生活的都市不只是孕育文化的空间，也具有传达文化的手段，是分享同一时期文化的人所存在的空间。町人的生活空间"町"的形式有三种：（1）大型都市。京都、大坂和江户被称为"三都"，是当时规模最大的三个都市。（2）三都以外，以城堡为中心而形成的大名的"城下町"。日本出现了人口超过一万的城下町，如仙台、名古屋、金泽、广岛、福冈、熊本，它们作为领国的中心都市繁荣起来，居住在其中的人员多半为消费人口。城下町的人口与大名的"石高"（俸禄）[①]成正比，上述城下町皆在五万石以上，一两万石左右的城下町占比最多。[②]（3）上级家臣的"小城下町"以及代官住宅附近形成的"市场町""在乡町"[③]和"寺内町"，如大坂周边的富田林等在乡町。其町民分为三个层次：门阀商人、富裕商人和地主组成的上层町民，自耕农与中小工商业者组成的中层町民，租住房子的底层町民。从本质上来看，这些町的性质与一般的城下町是一样的。

在江户时代以前，日本仅有京都、镰仓、堺、博多等几个屈指可数的都市。[④]从战国末期至江户初期，随着"兵农分离"政策的大力推行，武士移居到将军或大名所居住的城郭附近，形成了城下町。城下町这一崭新的都市景观在日本前所未有的举国大开发中，如雨后春笋般诞生。它的构造以城堡为中心，分为武士居住的武家町、手工业者和商人居住的町人町，以及宗教设施所在的寺町。以江户城的构造为例，在围绕着江户城堡和城堡西侧城区的城郭内，坐落着御三家及谱代重臣的府邸群，在城郭内侧的城脚下，普通大名的府邸鳞次栉比地排列开来，町人町全部位于城墙外侧，被包围在武家町中。[⑤]

---

① 石高，指米谷收获量。近世表示土地单位时使用的米谷公定收获量。既用来表示年贡课的标准，也用来表示大名或武士的俸禄额。

② 北岛正元：《江户时代》，米彦军译，北京：新星出版社，2020，第119页。

③ 位于农村，每隔一二里建一在乡町，农商混住。

④ 青木美智男『日本文化の原型』東京：小学館，2009，52頁。

⑤ 北岛正元：《江户时代》，米彦军译，北京：新星出版社，2020，第123页。

城下町既是军事基地，又是发挥统治功能的政治都市，还是消费中心。城市里的手工业者和商人通过他们的劳作和活动，为将军、藩主（领主）和武士提供生活物资和服务，在领国的发展中发挥了不可或缺的流通功能。具体而言，江户初期，聚集在各城下町的手工业者有从事锻冶、磨刀、刀鞘制作、刀柄制作、五金、漆器制作等与武器相关的匠人，也有为武士提供服务的木匠、染匠、榻榻米制作工、铺房顶的工人、制作木桶的手艺人等。这些人与地方豪族一脉相承，从领主手中得到免征课役的房产，豢养徒弟，管理同一地区同一行业内的手工业者。商人中有谷物、纸、油、盐、茶、鱼等的批发商，与手工业者相比种类较少。除去谷物批发商外，剩下的商人少之又少。① 随着都市的发展，领地内流通商品的种类不断增加，商人和手工业者也大量增加。在正德年间（1711—1716）的大坂町人中，各类批发商有 5655 人，买卖中介有 8765 人，各行生意人有 2343 人，各行手工业者有 9983 人，大坂城代与骏府城代的承办商有 481 人，各藩的承办商有 483 人。② 这些数据不但表明大坂町人中的核心势力从全国商品的流通中攫取利润，成为名副其实的"天下町人"，而且印证了城市与商业蓬勃发展的社会现实。

日本的都市和城下町皆与大坂保持密切关系。首先，江户与大坂的物流往来密切。作为德川幕府所在地，江户是新兴的大都市，大量的人口聚集到这里，但是江户周边地区却没有能力为江户的人口提供充裕的物资。而大坂在日本全国发挥着中央市场的功能，同时又具有强大的物流能力，因此，江户必须依靠大坂来运输物资。大坂作为物资集散地，也因此进一步壮大。其次，城下町与大坂的贸易往来密切。幕府实施锁国政策，将贸易港限定为长崎、琉球、对马和虾夷地四个港口，所以，销售年贡米等贸易活动只能依托大坂的中央市场展开，诸藩争相在大坂设置官方仓库，以贩卖"藏米"。③

在大坂为将军所在地江户、天皇所在地京都以及处于领国经济中心的城下町运送物资的过程中，整个运输业与大都市以及集散物资的据点繁荣起来。菱垣回船和樽回船连接航路，促进了河运和海运行业；马队运输促进了陆运行业的完善；水陆交通接点产生了装卸物资的流通据点"河岸"，河运和海运的接

---

① 北岛正元：《江户时代》，米彦军译，北京：新星出版社，2020，第 118 页。
② 北岛正元：《江户时代》，米彦军译，北京：新星出版社，2020，第 135 页。
③ 江户时代作为俸禄发给家臣的大米。

点建造了大型港湾设施"港"，这些据点不但在物资的流通上发挥了功能，而且加工集散物资，为其追加附加价值。[1] 陆运行业中的马队多是以江户为起点向东西延伸的主干道周边农村的劳役，为农民平添了很多负担。但是，主干道沿线的住宿行业以及飞毛腿快递服务行业搭建的通信网完备起来，支线道路也发展起来，为人员的流动和信息的交换提供了有利条件。如此一来，全国物资进一步集中到大坂、江户以及各个城下町，随着消费行为的发生财富就此累积。只要有经济实力就能实现一切愿望、满足一切欲望的世界也因此诞生。

城下町中除了富裕的都市町人，还有很多贫穷的底层町人，他们中有一部分曾经是贫农，逃离农村来到城市。其原因是，随着农村的发展，水吞百姓[2] 与佃农阶层分割土地和财富的可能性越来越小，零工的薪资亦因水吞百姓的增加而下降，因此他们外出谋生与奉公的现象非常频繁。在商品生产地带以外，大城市、城下町、五大道、驿站、港口城镇、渔港等地区亦给农民提供了做零工以及参与非农业工作的机会。青木美智男将农民逃离农村的原因归结为城市人口的增加扩大了消费的需要，促进了各种物产的生产，带动了农村工业的发展，而这一结果促使"豪农"和"有德人"（富裕之人）进一步发展农业，且在农业之外开展手工业，增加了收益，进而扩张田地[3]，底层农民不但分割土地无望，而且生活越来越困难，因此只能逃到城市。国学家本居宣长在《秘本玉匣》中指出，弃农从商，迁至江户、大坂的人逐渐增多。松平定信也指出，天明五年（1785）至天明六年（1786）的一年间，离开农村的人口大约在 140 万左右。[4] 这些人大多没有资金又没有手艺，无法开展新的营生，只能从事消耗体力的苦力活以维持生计，如走街串巷卖菜，做按日计费的零工、轿夫、挑夫，以及做拉牛、收纸屑等活计的打工人。有农民从越中、越后、信州等地来到江户做酿酒工、舂米工、澡堂服务员、铺屋顶的手艺人等。

富裕町人的创业、经营、守业、消费以及享乐，与底层町人在都市中的艰苦谋生与消费共同构建了都市文化。町人成为日本近世社会的重要组成部分，甚至实现了一定程度的自治，在町镇的管理以及对破坏共同体和谐秩序的

---

① 青木美智男『日本文化の原型』東京：小学館、2009、53—54 頁。
② 在日本近世，没有耕地，靠佃耕、打短工为业的下层人民称水吞百姓。
③ 青木美智男『日本文化の原型』東京：小学館、2009、38 頁。
④ 北岛正元：《江户时代》，米彦军译，北京：新星出版社，2020，172 页。

人员的处置上掌握了一定的发言权。町人自治组织自上而下由"町年寄""町名主""町家主"组成。"町年寄"统管所有町政；"町名主"负责町政事务，主要是传达奉行的通知，还要负责制作和管理町内的户籍、登记不动产以及调停奉行出面的纷争；"町家主"由房屋出租户的管家担任，因此他们除了负责管理房屋、收取房租和帮助租户办理各种事务以外，还要全面掌握租户的个人信息，如结婚、离婚、孩子的出生、死亡、搬家等与户籍相关的重要信息。若其管理的租户出现犯罪行为，则"町家主"也要被连带处罚。[①] 町人在经济上不断获利，其物质生活得到了前所未有的提高，社会影响力空前壮大，但是，他们依然被束缚在严重的封建等级制身份的框架内，因此，其旺盛的精力被分出来用于追求享乐。

青木美智男在《日本文化的原型》一书中指出，"《洛中洛外图屏风》中的舟木本和《江户名所图屏风》中刻画的精神气十足的庶民，以及沉浸在小剧场里年轻演员的舞姿里的人们……正是市民所追求的'浮世'世界"[②]。也就是说，各色商人和手工业者并不只是都市消费生活的贡献者，他们亦成为都市的消费者，正是他们沉浸在休闲娱乐世界的行为支撑起消费型都市的享乐文化。《日本永代藏》中的"四十五岁之前立家立业，之后极尽游乐之事"，正是西鹤笔下赚钱之后尽情享乐的富裕町人形象。而浅井了意在《浮氏物语》中指出，"前途莫测。闷闷不乐，思前想后，只会坏了心情。只管顺势而为，看那月、雪、花、红叶，对酒当歌，陶醉其中，聊以自慰，就连眼前的贫穷也不再是苦了……这就叫'浮世'"。可以看出，不算富裕的底层町人也以享受当下来驱除忧世的烦恼。毋庸置疑，享乐主义成为近世整个町人阶层的价值观。

除了町人，享乐主义的主体还包括在农村人口中占比很小的富裕农民。尽管他们生活的空间不是都市，但是经济实力使他们与新兴町人一样，都成为追求精神满足的主力军。都市的消费和发展带动了都市周边地区商品农业的发展以及商品的流通，使得市场范围由町扩展到农村，甚至出现了跨境市场。作为商品农业发展的代表，近畿地区在江户初期便种有蔬菜、水果、棉花、麻、

① 歴史の謎を探る会『江戸のしきたり面白すぎる博学知識』東京：河出書房新社、2008、22—26 頁。
② 青木美智男『日本文化の原型』東京：小学館、2009、54—55 頁。

蓼蓝、烟草、菜籽、茶叶等以城市为消费对象的农作物。[①] 除此以外，在农村与渔村还出现了倒卖不同地区农村特产的跨境商业，如西日本棉花种植业的发展需要大量沙丁鱼干作肥料，这一需求促进了关东地区九十九里滨沙丁鱼干的生产，跨境商人又用卖鱼干的收入采购竹原盐和棉纺旧衣服来倒卖。[②] 在商品生产和商品流通中，农村的上层"高持百姓"（本百姓）获得了巨大的利益，这些富裕农民亦成为追求现世幸福的成员。北岛正元在《江户时代》中指出，"浮世草子的主要读者是城市中等阶层以上的町人和近郊富农"[③]，这既是农村富裕农民享受生活的佐证，又是其享受生活的方式。出身于大坂富裕町人家庭的作家西鹤，正是以富裕町人的视角来观察町人世界的，构思以町人为主题的题材，再奉献给包括富裕农民在内的町人读者群。

第二节　商业出版与公案小说

江户时代区分于以往时代的重要指标是出版文化。在镰仓时代和室町时代，知识的传播以抄本为主，然而抄本无法在更广阔的范围内传播知识，无法实现广泛人群对知识的共有，学问和文艺只在特定身份和阶层间具有共有的条件。以"五山版"[④]为代表的宗教图书和《节用集》[⑤]之类的实用图书源于寺院工坊的印刷，其传播局限在一部分人之间。这一时期，从中国输出到日本的出版物也非常少，这种情况反而大大刺激了社会各阶层对于知识的渴望。琵琶法师与物语僧等展开了类似于说书的讲谈活动，以说唱形式对《平家物语》以及《太平记》等图书进行讲述，这些作品借此得以流布。但是，这种传播远远不能满足人们对更广泛的知识的渴求。再者，出于对记忆限度的补救，人们往往会准备备忘录。如说书艺人在讲谈的过程中，往往会在座位右侧放置台本，以备不时之需；换言之，做好准备方便及时查询极其重要。

大量发行图书既可以使更多的人共享同一知识或同一绘画，也可以用于

---

① 北岛正元：《江户时代》，米彦军译，北京：新星出版社，2020，第 132 页。
② 北岛正元：《江户时代》，米彦军译，北京：新星出版社，2020，第 120 页。
③ 北岛正元：《江户时代》，米彦军译，北京：新星出版社，2020，第 157 页。
④ 日本中世，京都和镰仓两地临济宗寺院中最高规格寺院被称为"五山"。"五山"制版印刷的刊本被称为"五山版"。
⑤ 于室町时代 1474 年前后成书的辞书，按伊吕波歌顺序编撰。

备忘。印刷这一行为使大量出版成为可能，而且，当制作图书不是基于兴趣，而是书商将制作图书和售卖图书视作可以带来丰厚利益的商业行为时，出版业才真正为人们带来了共享知识的条件。以营利为目的的商业出版活动在江户时代萌芽、发展和繁荣，印刷技术进一步成熟，执政者、贵族尤其是町人的阅读热情越来越高。出版、印刷技术与阅读热情三者互为动力，彼此促进。

1.印刷技术的成熟有力地促进了商业出版活动的萌芽和发展。西方的活字印刷、东方的活字印刷以及日本现有的雕版印刷技术对江户时代不同阶段的出版活动发挥了积极作用。最早出现在日本的活字印刷是西方的活字印刷。1590年，耶稣会东印度巡查使范礼安（Alessandro Valignano，1539—1606）将活字印刷机和若干技术工人从印度果阿邦带到日本，活字印刷技术成为天主教传播教义的手段。[1]值得关注的是，西方活字印刷术在日本印刷出的图书是汉字夹杂着平假名的样式，有别于佛教经典图书以汉字为主的标记方式。

发源于中国、成熟于朝鲜的古活字版印刷术在日本侵略朝鲜的战争中被丰臣秀吉带回日本。古活字版印刷只需要根据图书内容雕刻一个一个独立的活字，再根据需要最小限度地排列活字，构成版面进行印刷，与雕版印刷相比，既经济又方便，江户时代各阶层中都有古活字印刷的支持者。江户初期是铜活字印刷，中期开始为近世木活字印刷。家康命闲室元佶采用木活字印刷术出版了伏见版《孔子家语》（1599）、兵书等十种图书，又命金地院崇传和林罗山采用铜活字印刷术出版了骏河版《大藏一览集》（1615）和《群书治要》（1616）五十卷。可以说，家康的出版活动是出版文化的原点。寺院亦采用古活字印刷，京都的寺院，尤其是比睿山延历寺、宝珠院、要法寺的古活字版极为有名，寺院的印刷技术流入民间催生了商业出版。[2]宽永（1624—1643）初年，《昨今物语》中记载了书贩对要法寺版图书的夸赞之词：在乡下走街串巷卖书的小贩对前来购买《枕草子》却担心文字印刷存在不妥之处的购书者夸耀道，"要法寺上人，世雄坊校订的书，没有任何不妥之处"。不论文中的《枕草子》实际上是不是要法寺校订，这都反映出要法寺在图书出版方面具有极好的口碑，同时，也暗示了寺院印刷已经开始商业出版活动。

---

① 長友千代治『江戸時代の書物と読書』東京：東京堂出版、2001、3—4頁。
② 長友千代治『江戸時代の書物と読書』東京：東京堂出版、2001、5頁。

　　需要注意的是，1615 年前后古活字版的汉字已经日本化。具体来看，汉字楷书体变为行草体，文章由纯粹的汉字变为汉字夹杂着假名的形式。楷书体汉字搭配片假名，行草体汉字搭配平假名。汉字搭配片假名的图书面向专业的内行人，汉字搭配平假名的图书面向一般读者。这种分类印刷的方式影响深远，在后来雕版印刷兴盛的时期也依然被采用。大量印刷之初，出版是为了传播统一的正确的知识，当然也有技艺传承方面的目的，早期"私版"（私人出版）图书主要是关于佛典、医药、刀剑的内容就很好地说明了这一点。

　　除了官方出版、私人出版以外，"书坊版"图书兴起。"书坊版"指书店以营利为目的出版的图书，它的出现意味着读者增加、书店将图书视作商品来经营并销售给不特定大众读者的条件已经成熟。"私版"图书也在以营利为目的的出版活动的影响下，作为商品来参与运营。但是，一开始时还没有作家为印刷出版业写书，印刷出版业只能将古典进行校订和出版。而此时，为了传承战国时代已濒临危机的"古今传授"①，文学界兴起了一股维持王朝文化传统的风潮，在此背景下，文学界为了令更多的人了解古典文学而展开了出版活动。因此，可以说江户前期文学界和文化领域回归古典的活动助力了出版业的早期发展。除了平安时代的古典文学作品以外，镰仓和室町时代文学作品的原文及其注释书、当代的假名草子以及汉文典籍的注释书等，也以古活字本的形式被刻印出版、普及开来，甚至传播至村里的俳谐爱好者手里。② 在京都嵯峨，本阿弥光悦与其弟子以及角仓素庵共同制作出版了精美的嵯峨版图书，从庆长后半期至宽永中期，嵯峨本相继出版了国学古典《竹取物语》、《枕草子》、《古今和歌集》、三十六歌仙的作品、观世流谣曲百番、《徒然草》等二十余种，数百册之多。

　　出版业的发展迎来了新的读者层——市民阶层。他们要求出版易于阅读的图书样式——带训点的版式或带振假名的版式。古活字版印刷在传播能力上尽管远远大于抄本，但是无法满足新读者层的要求。（1）从技术来看，古活字版印刷很难添加返点和振假名；（2）从印刷数量来看，古活字版印刷的上限是一百部左右，超过一百部的印刷会令活字无法正常使用；而雕版则可以无数次印刷。基于这些原因，宽永初期传统的雕版印刷术重新登上舞台，为大量印刷

---

① 　日本歌道传授方式之一。指中世的师长将《古今集》中词句的训诂注释传授给弟子。
② 　青木美智男『日本文化の原型』東京：小学館、2009、17 頁。

创造了条件。

当时的雕版印刷是在樱花树板材上进行雕刻，继而进行大量印刷。雕版印刷对雕刻的技艺要求颇高，耗费的资金亦非比寻常，因此，出版商皆会通过大量印刷图书的方式收回成本，这必然为市场带来更多的图书，继而增加读者数量。反过来说，与日俱增的读者数量也呼唤可以进行大量印刷的雕版印刷术。长友千代治指出，《太平记》很早就被雕版印刷，这就是读者增加所带来的结果。[①] 以雕版印刷的技术，一部图书印刷七八百部司空见惯，两三千部也不足为奇。很明显，雕版印刷的能力远远胜过活字印刷，大大满足了市场需求。应当说，这一技术与读者渴望图书的热情互相影响，彼此满足。

2.世人渴望图书的热情进一步刺激了出版业的发展。江户初期，掌握古典知识是显示知识教养的典型方式，阅读古典作品增加知识不只是贵族的资格，也成为上流町人提高修养不可或缺的方式，甚至成为"村里的俳谐爱好者"增加知识的方式。《竹斋》等作品的描写反映了当时世人热衷于古典作品的情况。

> 放眼望去，少年们聚在一起，讨论《源氏》《万叶》《伊势物语》《古今》《论语》以及"四书五经"中不易理解的汉字和内容。

然而，江户初期图书尤为珍贵，人们很难获得，即便是为政者也不得不多方搜求图书。相比之下，人们对阅读的热情显得难能可贵。借阅、抄写、赠答图书的现象在贵族之间也是司空见惯。不少人甚至通过读书会讲解图书的形式来了解作品，如《御汤殿上日记》之六十二、《言经卿记》之三十二、《骏府记》等皆讲到《源氏物语》的读书会。图书价格过高，纵使贵族也得三思后才能决定要不要买。《土御门泰重卿记》元和三年（1617）三月八日记录，"书店，带来《太平记》《拾芥集》。买，耗银四十目"；《中院通村日记》元和二年（1616）四月六日记录，"定家亲笔书写的《古今集日记》要金二十枚，甚贵，若十四五枚，方可"。这些资料无不显示了书以稀为贵的现实，也从侧面反映了世人对图书的渴望。宽永年间，大批作品走入人们的视野。宽永二十年（1643）的《祇园物语》中曾提及假名草子作品《清水物语》的销售情况，"卖到

---

① 長友千代治『江戸時代の書物と読書』東京：東京堂出版、2001、17 頁。

了京城和其他地区，达两三千之多"。天和年间（1681—1684）一部书用雕版印刷上千册的行为已司空见惯。[①] 图书的大量问世和成功销售既反映出当时印刷技术的逐步成熟，也显示了图书流通网的建立，还暗示了图书价格伴随出版业的发展已经从近世初期高不可攀的程度有了一定的回落，同时，亦体现了市场消费图书的能力。换言之，世人旺盛的阅读热情和强劲的购买图书的能力与出版业的发展互相促进。谈及出版业，我们至少需要重视两个要素：一个是出版行为，另一个则是出版物。

出版行为的主要环节是雕刻和印刷，然而出版活动的最终完成还有赖于图书的销售。事实上，图书的销售方式伴随着古活字印刷以及雕版印刷的发展而逐步建立了起来。既有书商前往贵族门庭销售图书，亦有小贩来往于城市与农村之间兼售图书与各种小百货，还有开设在城市繁华地段的书店以及开设在庙会等人们聚集之处的书摊。上文提到的游走于乡下的卖书小贩应该形成于宽永初年（1624），城市中的书店则可以追溯到元和年间——"元和年前后，民间书店逐步以京都寺町街为中心而诞生"。贞享三年（1686）刊行的京都地方志《雍州府志》中，极为清晰地介绍了不同类别图书的销售位置所在，"物之本主要在京极销售，国字假名中添加插图的绘草子在乌丸二条之北销售，净琉璃本汇聚在二条的鹤屋与九兵卫店内"（"物之本"指学问之书；"草纸"与之相对，用假名写就，指物语、日记、和歌集等）。[②] 宽永末年的《祇园物语》亦提到了当时京都乌丸大街的书店"物本屋"。后来，更是有商贩在庙会等人们聚集的地方摆摊卖书。宽文十二年（1672）的《一休关东话》中写道，在宽文十一年二月十五日京都北野天满宫庙会上，"一个书商的摊位上既有中国的图书又有日本的图书，在很多草纸书中有一本讲述一休故事的书"。通过以上材料我们发现：（1）江户初期销售图书的渠道逐渐形成。（2）将书摊设置在庙会等一般百姓聚集的场所，又时常把图书与膏药、鼻纸袋、扇子等放置在一起销售的行为突出反映了阅读与购买图书的行为走入了普通百姓的生活。（3）世人阅读热情高涨。（4）出版的图书并非只关乎学问，也有用于消遣娱乐的图书。上文在讨论印刷技术时已经指出，学问之书面向专门人士，多用汉字辅以片假

① 長友千代治『江戸時代の書物と読書』東京：東京堂出版、2001、17頁。
② 長友千代治『江戸時代の書物と読書』東京：東京堂出版、2001、38頁。

名的形式出版；而"草纸"类多用平假名，面向一般人。结合本段材料，不难发现随着江户社会的稳定发展，购买图书与阅读的行为俨然成为日常生活中稀松平常的事情，而普通百姓则成为阅读的新生力量。基于这种情况，书商除了持续提供学问之书以外，必然要考虑新群体的趣味——通俗性与消遣性。

町人作为阅读的新群体，喜欢消遣性的、娱乐休闲式的阅读，并不像中国古代的读书人那样希望通过读书来考取功名，当然，在日本的封建身份制下，他们也不可能通过读书来改变自身阶层。纵使如此，町人在江户时代的城市发展与经济发展上还是发挥了跨时代的重要作用，成了时代的宠儿和备受关注的群体。一方面，町人的阅读趣味成为作家和书商推出新书前必须认真把握的方面；另一方面，町人已经成为作家笔下的重要角色。从这两方面来说，町人无疑成为推动日本江户文学发展的重要因素。不同于贵族的高雅文学趣味，町人的审美偏重于俗文学。西鹤以町人为主要阅读对象，又将町人作为通俗作品的创作对象，这正是顺应这一趋势的反映。

青木美智男在谈到江户时代的文化原点时指出，江户时代的日本人活用共有的知识和信息，从古代和中世以来的传统制约以及中国文化的影响中解放出来，通过独特的解释促进了古典以及中国文化与当代的新的融合。[①]而这种新的融合为近世日本人带来了更多有趣的阅读体验。也就是说，读者对融合中国元素的日本作品表现出极大的热情，这一点反过来又助推了日本作家模仿中国作品创作的潮流。出版行为既为读者了解中国作品和文化提供了便利，又为日本作家提供了观察市场的机会，继而为日本作家出版带有中国元素的作品做好了市场营销。出版物则直接为读者提供了中国元素，为作家提供了改编以及创作的原材料。作家西鹤对时代与读者做出了很好的回应——将中国元素与日本风情结合在了一起。

1642 年，西鹤出生于大坂的一个商人之家，目前尚无资料可以明确显示其父亲的商业行为，但是森铣三从西鹤作品《好色一代男》中主人公世之介九岁开始练鼓至后来挥霍钱财游戏人间的各种经历，以及西鹤本人通晓谣曲等因素出发，认为西鹤出生于一个拥有相当多资产的家庭，成长于富裕的环境之中，接受了优于一般人的教育，且进行了音乐方面的学习，逐渐培养了高雅的

---

① 青木美智男『日本文化の原型』東京：小学館、2009、18 頁。

兴趣爱好。① 町人的出身与成长经历为西鹤在俗文学方面的创作带来了得天独厚的先天条件。他在成为浮世草子作家之前，已经在 23 岁前后成为一名职业"俳人"（俳谐诗人）。俳谐是从连歌中独立出来的一种充满滑稽味道的短诗，"并不具有值得鉴赏的纯文学的内容"②。当时的俳谐缺乏文学价值，诗人多在句子的构成上玩弄手段，西鹤在这方面胜人一筹。正是这种"空虚之感"将西鹤推向了浮世草子的世界，西鹤的浮世草子正是在俳谐这一土壤上开出的花朵。③ 换言之，西鹤为挣脱俳谐的"空虚"而尝试创作散文，以俳谐为基础创作了浮世草子作品，其浮世草子作品与青年时代吟咏的俳谐悄然联系在一起，令其散文自然带有谈林派俳谐构思新奇的特征。

西鹤四十岁时创作了浮世草子《好色一代男》，自此之后一批以西鹤之名创作的浮世草子相继问世，比如《诸艳大鉴》《大下马》《近松艳隐者》《好色五人女》《好色一代女》《本朝二十不孝》《男色大鉴》《怀砚》《武道传来记》《日本永代藏》《武家义理物语》《新可笑记》《世间胸算用》《本朝樱阴比事》等。这些作品中有不少受到中国文化的影响，它们有效地融合了中国元素与日本的民俗风情。本研究的重要对象之一《本朝樱阴比事》就是在中国典故"召伯棠阴决狱"以及公案作品《棠阴比事》的影响下形成的。西鹤的大量创作除了其本人主观的创作欲以外还基于书坊的大量委托，有人甚至认为，西鹤是一个不断接受书坊委托而推出滥作的职业作家。④ 森铣三通过对西鹤作品的深度剖析，否定了这一说法。事实上，大量推出新作是西鹤与书坊精准分析读者市场且笔耕不辍的结果。

西鹤浮世草子作品出版的时间主要是江户前期。将西鹤作品的出版置于江户前期的整个出版活动中，我们不得不对商业出版行为、出版内容与"通俗性"进行进一步思考。江户时代是刻本与抄本并存的时期，而江户前期是日本抄本与刻本意义发生逆转的时期。一开始，人们承袭传统，认为抄本处于第一位，刻本处于第二位。贵族所喜欢的雅文化，传统上皆以抄本的形式流布。抄本是贵族阶层的文化，其价值的重要方面是对名家或贵族亲笔书写的尊重。此

---

① 森铣三『井原西鶴』東京：吉川弘文館、1985、3—6 頁。
② 森铣三『井原西鶴』東京：吉川弘文館、1985、15 頁。
③ 森铣三『井原西鶴』東京：吉川弘文館、1985、16—17 頁。
④ 森铣三『井原西鶴』東京：吉川弘文館、1985、3 頁。

外，江户时代是以出版文化为代表的历史时期，是刻本的时代，从这层含义来
讲，刻本应处于第一位。与抄本相比，刻本的显著特征是"通俗性"[1]。其通俗
性可以从两个维度来认识，一个是刻本的受众对象，另一个是刻本的内容。江
户时代的小说主要围绕"教训"（教诲）与"滑稽"来展开，西鹤的作品与假名
草子亦以这两点为关键词。然而，不少图书出版时，对于序和跋文采取刻印手
稿的方式，对于正文则采取刻印一般文字的方式。这一现象显示了手书在世人
心中的重要地位，当然，也直接显示了一般雕刻印刷带给出版的便捷。总之，
商业出版这一行为本身就是为大量推出图书而诞生的，也就是说通俗性是其与
生俱来的特性，出版物的内容则必然会根据阅读市场的需求而产生。市民阶级
在江户时代的活跃对文学作品的创作与消费皆具有重大的影响意义。与其说西
鹤等小说作家牢牢把握了时代脉搏，不如说商业出版文化的形成过程必然将
"通俗"二字贯彻到作家与出版的每一个环节。

明历年间（1655—1658）、万治年间（1658—1661），浅井了意、中川喜
云等职业作家登上历史舞台，用巧妙的技法将现有的作品进行修改或创作新的
作品，总之，以出版为前提的作品大量问世。从宽永年到贞享年，整个江户初
期显示了如下出版动向：持续出版日本国内外古典图书，再版印刷文本固定的
说书底本，出版医学等实用类图书、诞生于近世的俳谐图书以及新的娱乐型读
物。可以说，除佛教图书、学问之书、文化素养图书、医学图书以外，文学与
戏剧类图书占比不小。宽文十一年版《江户时代书林出版图书目录集成》显示
其数目为 1050 部，占出版图书总数的 25%；元禄五年版的图书目录则显示其
数量达到 2150 部，占比升至 31%。[2]《棠阴比事》的古活字印刷本、雕版印刷
本及其翻译改编本乃至西鹤的公案文学小说《本朝樱阴比事》即产生在出版业
与通俗文学壮大的这一过程中。

第三节　基础教育的普及

俗文学在江户时代受大众欢迎的程度与日俱增，出版物的价格越来越亲

---

① 　中野三敏『江戸の出版』東京：ぺりかん社、2005、8 頁。
② 　斯道文庫編『江戸時代書林出版書籍目録集成』1962—1964。

民。江户末期，美国东印度舰队司令官佩里在视察横滨一带时，对街头所售图书做了如下描绘：

> 我在下田与箱馆皆未看到印刷所，但是，在店铺的门头看到了图书。那些图书看起来大多是内容浅显、价格便宜的书，或是通俗故事书，或是小说，很明显这些图书的需求量很大，因为国民一般都受过教育，能阅读，对获取见闻都很感兴趣。①

诚如材料中对售卖图书的难易程度、价格、类别、数量的描写，商业出版尽显其通俗特征：出版行为的通俗性，出版物内容的通俗性，出版物价格的亲民特征。而支撑"通俗"二字的要素应该是基础教育的推广和实现。至德川时代末期，大坂、江户和京都三大城市的市民文化尤为繁荣，超过了代表德川时代日本文化的武士文化。② 可以说，若缺少了普及基础教育这个要素，阅读的主体就无法形成，市民文化的繁荣亦无法达到一定高度。

关于江户时代的基础教育与平民的基本阅读能力，本研究做了以下调查。江户时代的教育机构分为幕府直辖的学校、藩学以及面向一般民众的教育机构。幕府直辖的学校包括昌平坡学问所、和学讲习所、开成所、医学所以及各地的学问所，如徽典馆、明新馆、明伦馆。公立学校和藩学以培养贵族和武士为目的。武家一直有奖励学问的传统，家康掌权后在颁布的幕府政治法典及禁中公家与武家法令中鼓励勤学好问，并鼓励武士文武兼备，"文武弓马之道，应专心学习，文事武备，须兼筹并顾"③。18 世纪后半叶，全国逐渐建立起三百多所藩学馆。

被统治的农民、手工业者、商人等平民阶级没有接受过良好的正规教育，在国泰民安以及城市与农村取得发展以后，求知欲望日渐浓厚，自觉要求教育。一般老百姓接受教育的机构是寺子屋、乡学、私塾、心学教的讲席与实学

---

① 青木美智男『日本文化の原型』東京：小学館、2009、141—142 頁。
② 日本国立教育研究所编：《日本教育的现代化》，张谓城、徐禾夫译，北京：教育科学出版社，1980，第 19 页。
③ 武家法令第一条。

教的讲席。① 乡学介于藩学与寺子屋之间，至明治四年有三百九十六校，即今日小学的前身②，是大藩的支族或家臣为其子弟切磋学术武艺而在采邑内建立的，可称为小藩学，主要教授武士文化、汉学与文字、民众实学，冀望有自立谋生之道。③

寺子屋是为平民提供教育的私立机构，培养农民、手工业者、商人阶级的子弟，类似于中国的蒙学堂，起源可追溯至中世。"寺子"指中世时接受初等教育的学童。"寺子屋"即管理寺子的机构。中世时，平民子弟受到教育的极少；到了近世，大批平民子弟才受到教育。平泉澄认为，真正为民众带来教育的寺子屋是从近世开始的。④ 小原国芳认为，与江户时代民众教育关系最为密切的是寺子屋教育。⑤ 寺子屋遍及农村与城市，幕府与诸藩并不介入寺子屋的开设，也不会给予资金资助，其开设与管理依靠屋主。其教师初为僧侣，次为武士，最后为绩学之士，向学生收取学费。寺子屋学生的年龄一般为六至十三岁，女学生的数量比不上男学生。规模大的寺子屋采取学级编制，男女分班。教学内容一般为：读书、识字、算术。具体而言，在寺子屋要先学习日语中的平假名和片假名，之后学习数字，再到日常生活中的常用汉字，最后达到可以书写日常书信的水平。实际上，"会书写自己的姓名、村子的名称和买卖关系方面的信件，能找到江户的方位就很不错了"⑥。关于这些教学内容及开展步骤，日本教育史研究先贤石川谦以陆奥国盛冈藩的一个寺子屋为例进行了如下总结：

いろは 　　　　　　　　　　　　　　　　　　　地理关系往来书信
　　〉数字→汉字→单词→短句＆短文→日常生活用文章〈
イロハ 　　　　　　　　　　　　　　　　　　　产业关系往来书信
　　　　　资料来源：转引自『日本文化の原型』、2009、156頁。

---

① 小原国芳：《日本教育史》，吴家镇、戴景曦译，郑州：河南人民出版社，2016，第141—143页。
② 小原国芳：《日本教育史》，吴家镇、戴景曦译，郑州：河南人民出版社，2016，第142页。
③ 小原国芳：《日本教育史》，吴家镇、戴景曦译，郑州：河南人民出版社，2016，第153—154页。
④ 平泉澄『中世精神生活』東京：小学館、2009、255頁。
⑤ 小原国芳：《日本教育史》，吴家镇、戴景曦译，郑州：河南人民出版社，2016，第144页。
⑥ 转引自青木美智男『日本文化の原型』東京：小学館、2009、156頁。

　　寺子屋在农村与城市的普及程度很高。农村地区开展教育，可追溯到织田信长实施兵农分离政策之时。由于武士搬离农村，城下町与农村需要沟通信息，因此需要书信往来。到了江户时代，城下町的建设成为全国性活动，书信往来更加普遍。加上农村实现了自治，这势必要求管理农村事务的官员会读会写。除此以外，农民要经营好各自的农业活动，如缴纳年贡、卖杂谷换钱、购买肥料、学习栽培技术等，也需要会读会写，会打算盘算账。富裕农民意识到教育在农村地区的重要性，于是积极地送子弟去参加基础教育。一部分农村早在战国时代就为云游僧侣提供宅地，恳求他们定居下来教书［弘治元年（1555）越前国的江良浦］。①也有老师巡回授课，到农村地区教授启蒙教育。江户初期，农村地区常见的受教育场所是寺院和神社，"虽然没有学校，但是各地寺庙神社颇多，一里一乡皆建有神社或佛寺。当地居民的子弟皆汇聚于此进行学习"，"学习对日常生活有用的文字"②。到了元禄年间，小农经营成为必然，越发刺激了农民培养子弟识字的决心。村民共同出资，邀请有教育能力者前来教书，僧侣、浪人、医生，乃至懂学问的百姓皆可。一些学生在春、夏、秋三个农忙期要帮忙务农，很难参加学习，农闲的冬季便成为农村孩子学习的好时机，"初雪纷飞，朗朗读书声飞舞"即为其写照。

　　城市里的生活更是要求人们能识字、会书写，商业经济的发展还要求人们具有一定的计算能力。因此，识字以外，算术也被提到了重要日程。除了去寺子屋学习以外，在店铺打工时也有学习算术、算盘等技巧的机会。算盘大约在室町时代从中国传到日本，17世纪初用算盘进行计算已经相当普及。③算盘被广泛应用，以致很多地区都进行算盘生产。17世纪初，摄津国和肥前国的"十露盘"（算盘）尤为出名；17世纪中后期，大津生产的算盘声名鹊起；播州算盘、广岛算盘、云州算盘等也逐渐兴起。经济的繁荣要求教育的进步，教育活动的开展进一步促进了经济的发展。

　　寺子屋教育的学制一般是一年至三年，但实际上，儿童学习情况与家庭情况的不同往往会导致他们受教育的时间与程度不同。不少学生最终也只是

---

① 转引自青木美智男『日本文化の原型』東京：小学館、2009、146頁。
② 青木美智男『日本文化の原型』東京：小学館、2009、149頁。
③ 青木美智男『日本文化の原型』東京：小学館、2009、161頁。

学会了日语五十音图，会书写自己的姓名和住址而已。"在德川末期，估计大约有百分之二十的平民多少识了点字，他们当中的大多数都曾在寺子屋受过教育。"①

日本人经常以江户时代日本国民"识字率"高为傲。为了说明这一认知的客观性，他们乃至其他国家的相关人员往往以日本国以外人员的评价来进行佐证。比如，19世纪初曾被幽禁在日本长达两年的俄国军人戈洛夫宁在回忆录《日本幽囚记》中高度评价当时日本人受教育的水平，"日本人接受了最好的教育。在日本，没有一个不会念书写字的人，也没有一个不了解本国法律的人"。青木美智男在《日本文化的原型》一书中，更是以戈洛夫宁船长丰富且精彩的人生经历来证明其评价的客观性与公正性，"戈洛夫宁出身于俄国最高学府，是一个国际经验丰富的知识分子。除了海洋学，他还精通文学、历史以及世界地理。他在英国留学时掌握了先进的学术知识，航海经验也尤为丰富。在被扣押在松前与箱馆等地时，熟悉了日本的情况"。戈洛夫宁将日本人与同胞俄国人相比，"俄国有手可摘星辰一般优秀的天文学家，但是，连三个数字都认不了的国民却有一千人之多。日本虽然没有科学家，但是观其整体国民，他们在理解事物的能力方面比欧洲的下等阶层要高得多"。②

被誉为"日本英语之父"的麦克唐纳亦认为，江户时代的日本人识字率很高。1848年，他漂流至北海道，后被日本人送至长崎幽禁了七个月，其间教过长崎翻译官英语。他曾描述当时日本人的读书写字情况，"日本所有人——从最上层到最底层的所有阶层的男人、女人、儿童都带着纸、笔和墨水（墨盒），且随身携带。所有人都接受了读书写字的教育。而且，连底层阶级都有书写的习惯，人们通过书信互通有无的行为比我国普遍得多"③。

这些材料无不在显示，当时日本的所有阶层都接受了教育，且习得了很多文字。《日本教育史》等诸多材料也指出，"江户末期男子的受教育比例是40%—50%，女子是15%"④。武士与村长之类几乎全都识字，城市商人的受教

---

① 日本国立教育研究所编：《日本教育的现代化》，张谓城、徐禾夫译，北京：教育科学出版社，1980，第19页。
② 青木美智男『日本文化の原型』東京：小学館、2009、137頁。
③ 青木美智男『日本文化の原型』東京：小学館、2009、140頁。
④ 王桂：《日本教育史》，长春：吉林教育出版社，1987，第85页、第59页。

育率也达到了 80% 以上。但是，以上资料并没有明确指出他们受教育的程度。如果以日语"识字率"论，那么他们受教育的程度应该以多少文字表示。八锹友广在《十九世纪的识字率调查》中表示：

日本 6 岁以上儿童，能写自己姓名者，男性约为 89.0%，女性约为 39.0%，能写自己的姓名和村名者，约为 63.7%，能够记账者约为 22.5%，能够写普通信件者约为 6.8%，能够写普通公文者约为 3.0%。

通过以上数据，我们发现，日本江户时代"识字率"较高的论断其实建立在极低的水准之上。绝大部分所谓的识字之人只是会书写自己的姓名和村名而已，能达到书写信件程度的人仅为 6.8%。在这种极为低下的认字水平上，谈国民受教育率显然有失公允。相形之下，日本战国时代末期的耶稣会传教士若奥·罗德里格斯（1561—1634）对日本人学习情况的描述则更为中肯。他在日本传教期间，在给祖国葡萄牙的信件中写道："科举制下的中国人对学习文字尤为热衷；与之相比，日本的一般民众则没有这个必然性，政治并不完全依赖于文字，而是依赖于武器。因此，日本人接受的教育只是能应付日常生活的程度。"[①] 这段材料尽管描述的是战国末期的情况，却反映了中日两国当时部分民众的文字水平。战国时代混战不断，武器对各地大名的重要性不言而喻。日本中央朝廷尽管也效仿中国"文章经国"，但是其选拔局限于贵族子弟内部，这完全不同于中国学而优则仕的现象。也就是说，平民阶层在日本的战国时代，乃至和平的江户时代根本不可能，也没有机会通过教育而改变自身阶层。原因是封建制下的身份制度没有发生改变。因此，从国家到普通个人，对待教育的态度并未发生根本转变，教育的实施情况尽管也随着时代的变化而有所变化，但并未发生实质性变化。江户初期的平民教育内容应该极为浅显，仅停留在应对日常生活的层面上——教授日语的五十音图、日常生活中的常用汉字和最基础的算术等。当时，平民教育的水平尽管不高，但是遍及日本农村与城市。这种基础教育在农村与城市的广泛开展对平民家庭出身的青年产生了很大影响：

---

① 转引自青木美智男『日本文化の原型』東京：小学館、2009、145 頁。

（1）使他们掌握了一些谋生手段；（2）使他们在语言方面受到了训练；（3）令他们具有了较强的理解能力；（4）令他们更为方便地在更为广阔的领域内展开以文字为媒介的活动，比如写信、看告示；（5）为他们日后的进一步学习打下了基础；（6）令他们对新事物充满了好奇心；（7）培养了他们的求知欲。简而言之，教育除了为平民带来在封建社会谋生所必需的识字和计算能力以外，还在精神方面对其产生了积极的启蒙作用，令他们在谋生之余享受了图书带来的更多有益知识以及曼妙风景。

市民阶级壮大、商业出版兴起与基础教育普及为俗文学的兴起准备了条件。市民阶级关注的问题以及阅读趣味成为作家创作通俗文学作品的题材，投其所好而出版的通俗作品又成为市民阶级所追捧的对象。尽管当时识字的平民阶层只是掌握了五十音图和为数不多的汉字，但是假名草子等出版物主要呈现为假名形式，十分适合文化水平浅显的平民阅读。除此以外，图书的价格也成为影响阅读的另外一个因素。随着印刷技术与出版业的发展，纵使生产出了价格低廉的图书，还是有很多人消费不起。在这种情况下，产生了另外一种接触书的方式——租书。一种被称为"贷本屋"的书商是近世出版文化中必须提到的一个元素，它以低廉的价格将图书借出去以赚取租金。贷本屋大多没有店铺，老板与伙计背着一个装满图书的大包袱跑到爱租书之人那里去做生意。文化五年（1808），江户地区有六百五十六家贷本屋，天保年间（1830—1844）增加至八百家。一家贷本屋往往拥有一百七八十个客户，仅江户地区的租书客户就超过了十三万人。江户幕府末期以十五天为一个出租周期，租金因地区、图书种类的不同而不同，一般提供给不识字读者的绘本类十文钱，随笔类大本二十四文钱，景点类三十文钱。[①] 图书中有探讨严肃话题的和汉图书，也有刺激感官的风流韵事，等等。总之，只要是读者需要的，贷本屋就会想办法准备。从这层含义来看，贷本屋成为收集读者信息与向出版社反馈读者趣味的中介。

结合以上分析，江户初期，汉籍《棠阴比事》在德川幕府建立新秩序的过程中，因其法律特征而被学者与统治阶级关注。在德川时代逐渐成长为法治时代的过程中，《棠阴比事》的翻译改写本以及绣像本出现在普通民众面前，为他

---

① 青木美智男『日本文化の原型』東京：小学館、2009、213—215頁。

们了解法治、丰富阅读内容发挥了作用。一部中国的法律图书逐渐转型为一部供日本人消遣娱乐的通俗图书，反响强烈以致反复出版。西鹤笔下沉醉于《棠阴比事》的木匠只是千万手工业者中的一员，他对《棠阴比事》的痴迷是近世日本市民阶级关心法治的重要体现。他能读得了假名草子《棠阴比事》或许是西鹤夸大其词的表现，但也极有可能是近世市民阶级牢牢掌握了五十音图的反映。在法治与商业经济并驾齐驱的江户时代，商业经济发展引发的诸多矛盾急需法治的解决。生活在这样的大环境中，无论是法律知识储备还是闲暇时的读书消遣，与法律有关的内容注定必不可少。伴随着出版业的日益兴盛，市民阶级的消遣娱乐型阅读行为增多，作家越来越重视，或者说不得不重视市民阶级的审美趣味、欣赏水平和评价。西鹤的《本朝樱阴比事》以及其他公案作品正是回应时代需求的结果。它们如何反映法治、时代与芸芸众生？又如何将这些与文学作品有机结合呢？

第四章

公案小说、刑罚与江户法治

《本朝樱阴比事》于元禄二年问世，主要描写了京城判官如何应对京城乃至周边地区案件。《镰仓比事》于宝永五年问世，主要描写了镰仓时代把持镰仓幕府大权的北条义时和北条泰时裁判案件的故事。《桃阴比事》（《藤阴比事》）于宝永六年问世，描写了地头裁判案件的故事。除了以上这些整部作品都是裁判故事的公案文学作品以外，江户时代还有不少作品中夹杂着一些犯罪活动或裁判活动的故事，如西鹤作《日本永代藏》《织留》《万文之反故》、升瓢作《世间御旗本容气》、纪海音作《斗笠铺三胜二十五周年忌日》、西泽一风作《新色五卷书》、江岛其碛作《御伽名题纸衣》《诸商人世代形气》、龟友作《祸福回持 当世富豪气质》、都尘舍作《渡世传授车》、月寻堂作《世间用心记》等。这些公案类作品在江户时代的集中出现除了受中国《棠阴比事》传入的影响以外，最主要的原因应当是当时的现实生活中出现了各种各样的纠纷与千奇百怪的法律案件。正是现实对法律的呼唤和回应，为文学创作源源不断地提供了丰富的素材。反过来说，这些作品中的案件描写尽管含有虚构成分，但主要还是源于现实案件，包括作品中案件的具体内容、案件的发生背景、裁判者的裁决与其态度等。总之，犯罪与刑罚皆是对时代现实的反映。从文学的社会功能来看，文学对受众的观念和行为具有一定的影响作用。文学宣传的一般是不要贪财、要守信用、要守本分、要知恩图报这样一些基本的社会行为准则，它要塑造高度道德化的世界。因此，可以说，包括大众文学在内的各类文学艺术在一定程度上履行了"意识形态教化"的功能。[1]结合江户时代大力完善与发展法治的实际情况，用"文学也是一种法律"[2]来评价江户时代文学所发挥的法律功能恰如其分，尤其是公案文学作品通过文学艺术的表现形式可加强社会控制作用。

---

[1] 苏力：《法律与文学：以中国传统戏剧为材料》，北京：生活·读书·新知三联书店，2006，第231页。
[2] 苏力：《法律与文学：以中国传统戏剧为材料》，北京：生活·读书·新知三联书店，2006，第232页。

第一节　死刑与江户法治

在《法律与文学：以中国传统戏剧为材料》中，苏力通过《布莱克维尔政治学百科全书》中意识形态的概念，讨论了文学对于传统中国社会的意识形态功能。"意识形态是具有符号意义的信仰观点的表达形式，它以表现、解释和评价现实世界的方法来形成、动员、指导、组织和证明一定的行为模式和方式，并否定其他一些行为模式和方式。"①苏力关注的并不是意识形态表达本身的对错或真假，而是它的功能——从意识形态的功能界定来看，很明显意识形态具有动员和指导行为方式的功能。笔者认为，苏力的这一理论同样适用于传统日本社会。

文学的意识形态教化对统治者而言，是一种廉价且易于实现的政治管理手段。在公案文学作品中，裁判者对纠纷的处理和对犯罪行为的裁决与惩罚明确显示了当时的法律和道德标准，也隐含了当时的社会观念。随着江户时代市民阶级越来越多地接触大众文学，文学作品更有利于在大众间发挥意识形态功能，并对大众进行道德教育。实际上，大众文学作品所要塑造的道德化世界，正是它所迎合的读者群已经形成的一般性认知的世界，大众文学作品的作用之一就是要增强大家的这种认知。除此以外，日本公案文学作品还通过裁判者的正义观和裁判结果来警示、规劝世人要扬善除恶。为了威慑大众，作品塑造出极具大智慧而又严格量刑打击犯罪的裁判者形象。同时，为了迎合大众，也没有一味地树立严苛的裁判者形象，而是塑造了在一定程度上体恤百姓且法外开恩的仁慈的裁判者形象。

日本公案文学作品原本不是统治阶级的口舌，其创作只是近世作家自娱自乐和娱乐大众的方式。然而，比起其他题材的文学作品，日本公案文学作品在实际传播中既在某种程度上进行了统治阶级道德准则的宣传，又进行了普法教育，显示了强大的社会控制作用。日本公案文学作品如何对一些现实案件进行文学叙事，如何对传统社会普通人的正义观产生积极的影响？这正是我们需要研究的问题。笔者在本研究中从上述公案文学作品着手，讨论其中蕴含的法律

---

① 苏力：《法律与文学：以中国传统戏剧为材料》，北京：生活·读书·新知三联书店，2006，第231—265页。

知识内容，分析裁判者的办案姿态，考证刑罚的内容及渊源；同时，本研究拟证明公案文学作品在具备娱乐功能以外，对法律知识在普通百姓间的传播也发挥了关键作用。

首先需要说明的是，在江户时代，刑事责任和道德责任尚未区分开来，经常用"过错""罪过""不遵从道理""违法""越度""内心扭曲""非人道""弄虚作假""不守本分""私弊"等词语来表示犯罪。正如这些词语所示，不道德的行为与犯罪行为混杂在一起。当时存在"赎罪刑思想"和"报应刑思想"，即"犯罪是违反道德或正义的恶行，根据因果报应的道理，对罪犯处以刑罚，令其体验恶果，自是理所当然"。① 以元禄二年出版的西鹤作《本朝樱阴比事》为例，即可发现犯罪和不道德行为在当时并未被严格区分。

《本朝樱阴比事》共计四十四篇作品。公众普遍认为，其受到中国公案笔记《棠阴比事》和《板仓政要》中日本京都所司代经手案例的影响，却并未明确指出判官名称。鉴于每一起案件的发生地点都被设置在以京城为首的近畿地区，故学界素来将作品中的判官认定为京都所司代。作为日本近世早期公案作品，《本朝樱阴比事》并非将笔墨集中在营造扑朔迷离的案件上，而是铺陈判官对每一个事件的调解或对每一个案件的机智侦破，以及对犯罪之人的严格判决或法外开恩。《本朝樱阴比事》中的每一篇作品末尾皆设置了裁判者对案件的最终裁决。若以最终裁决是否动用刑罚以及犯罪之人被处的刑罚种类来分类，大致可分为五大类。

（1）将犯罪之人处以死刑。卷一之五《呼唤人名的灵丹妙药》中提到对谋财害命之徒"处刑"，原文用"仕置"一词表示处刑，并未指出所判处的具体刑罚的名称，但是，从作品中犯人所犯为毒杀一罪来看，这里所处之刑应是死刑。在其他几篇作品中，被判处死刑时皆采用"仕置"一词。卷二之一《十夜念佛遇半弓》中，将杀人犯绳之以法时亦用了"仕置"一词，根据作品中犯人所犯为杀人罪，以及裁判者判处附加刑"将凶器弓箭悬于罪状告示牌"往往是在被判处死刑后将罪状写于木牌挂在罪犯游街队伍最前端的做法，此处所处之刑应为死刑。卷二之七《聋子偏偏听见了这些》中，商人家的伙计与女仆因将偷奸所生之子谎称为商人之子而被判刑，男罪犯被判处"仕置"，即死刑，女

---

① 大久保治男『江戸の刑罰拷問大全』東京：講談社、2008、26 頁。

罪犯在夫人的求情下被赦免了死刑，取而代之的是被处以"赶出家门"的追放刑。卷三之一《薄绢布洞察真相》中，下毒人及其操纵者被判死刑。卷三之九《朝着妻子鸣叫的树梢上的小杜鹃》中，一对偷奸的男女因密谋杀害了女人的丈夫并嫁祸给浪人而被处以死刑。卷四之八《无所犯然隐匿招罪》中，町内富豪家儿子醉酒来到纸店后一命呜呼，老板并无所犯却怕撇不开关系，于是令仆人将其尸体抛置于富豪家门口，主仆二人终因抛尸罪而被判处死刑。卷五之七《烟雾移向嫌犯》中，奶妈为陷害一同打工的伙计而勾结地痞偷走店里的物品，之后奶妈及其一伙人被判死罪。

（2）将犯罪之人处以追放刑。以下十篇作品中，犯罪之人皆被判处追放刑，包括：卷一之四《太鼓中藏有因果》、卷一之八《缝制信物之贴身衣物》、卷二之三《佛之梦五十日》、卷二之四《嫁与近邻引前夫恨之入骨》、卷二之九《妻子离去京都无人不晓》、卷三之四《失物拾物皆有人》、卷四之一《聪明女人的随机应变》、卷四之六《京城人参拜逢枯木开花》、卷五之二《叠加四个一套木碗之判官意旨》、卷五之三《医者号脉窃贼脉搏如波浪起伏不定》。

（3）需要判刑，文中却未指明要被处以哪种具体刑罚。卷二之八《面前剑山逢死人》中，女仆联合恶僧盗取已故主人墓中腰刀，被处以"重刑"，却未点明刑罚具体名称。卷四之二《二择一之善与恶》中，裁判者赦免了杀死九岁儿童的七岁儿童的死罪，却未指出要做何处理。卷五之八《只闻其名不见其面》中，并未提及如何处置参与诈骗的千三。

（4）在主刑以外，动用附加刑或其他惩戒犯罪的非刑罚手段。卷二之三《佛之梦五十日》中，裁判者让争夺佛像所有权的钟表手艺人挑着佛像、举着写有罪行的告示牌、在京城游街示众三日，令房东穿着裤和肩衣、举着写有罪行的告示牌一同游街示众。卷二之四《嫁与近邻引前夫恨之入骨》中，裁判者削掉不守妇道的女人的鼻子，铰断勾搭浪人之妻的男人的顶髻。卷二之七《聋子偏偏听见了这些》中，裁判者让女罪犯站在五条大桥上当街示众三天，且要求其头戴研磨碗，手持吹火筒和饭勺，穿上仆人装束。卷四之一《聪明女人的随机应变》中，裁判者命人剃掉图谋不轨的浪人的一侧鬓角。卷四之六《京城人参拜逢枯木开花》中，裁判者下令剥光罪犯衣服至裸体。卷五之二《叠加四个一套木碗之判官意旨》中，裁判者命令剥光盗贼衣服至裸体。卷五之三《医者号脉，窃贼脉搏如波浪起伏不定》中，裁判者命令盗取钱财的罪犯剃度出家，且持一把自制雨伞以儆效尤。

（5）裁判者揭开谜团平息纠纷，并未动用任何刑罚。主要包括以下几篇作品：卷一之一《初春的松叶山》、之二《云放晴的影子》、之三《耳畔响起相同的话》、之六《双生子乃他人之始》、之七《酒喝九成》，卷二之二《兼平歌谣可否作证据》、之五《木匠之功瞬间倾覆》、之六《鲷鱼章鱼鲈鱼费用诉状贴官府》，卷三之二《借条上的文字消失，老实人胜诉》、之三《井里流出弥留之水》、之五《钱声、钟声与念佛》、之六《守云开见月明》、之七《别样遗言论钱之用度》、之八《欲望之壶》，卷四之三《一见钟情梦中结夫妻》、之四《交出别人的镰刀来》、之五《四人皆为京城之妾女》、之七《机关算尽竹篮打水之桂川》、之九《凭借琵琶之音析出要害》，卷五之一《裹头巾骗媒婆》、之四《双方合力启封印》、之五《危险之物乃笔尖之毛》、之六《小指上高高束起的惩罚》、之九《能剧继任太夫之挑选》。

在上述案件中，裁判者对未伤害生命财产安全的行为没有判处任何刑罚，而仅是调查案件真相，以息事宁人、最终恢复和谐的公共秩序为目标。裁判者的此类做法总计出现在二十四个案件中，占总案件数的一半以上。剩余案件中，严重扰乱公共秩序的行为皆被处刑。其中，有三个案件未明确指出刑罚名称，有七个案件对罪犯处以死刑，另有十个案件对罪犯实施残酷程度略低于死刑的追放刑。除此之外，为惩戒犯罪以儆效尤，裁判者还动用附加刑或刑外方式加以惩处。笔者总结了《本朝樱阴比事》中裁判者对扰乱公共秩序行为的惩处种类，具体如表16所示。通过这些裁决可以看出，当时的刑罚特征是残暴刑思想与教育刑思想并存。

表16 《本朝樱阴比事》中裁判者的惩处种类及其作品数

惩处种类	作品数	惩处类型	作品数
死刑	7篇	附加刑／附加惩罚	7篇
追放刑	10篇	不判刑	24篇
未指明刑罚	3篇		

为了维护共同体的公共秩序，打击犯罪以儆效尤，江户时代的刑法主要充斥着"残暴刑思想""威吓公众刑思想"和"一般预防思想"。这是日本战国

时代暴戾刑思想的残余，德川家在统一日本以前是日本中部地区三河的大名，后接受丰臣秀吉的分封到了江户，长期受到战国时代刑罚特征的影响，在建立德川幕府以后依然刑罚严酷，动辄杀伐，审判也具有强制性、威慑性。这一点从杀一儆百性质的各种形式的死刑以及"引回"（游街示众）、"晒"（当街示众）、"狱门"（斩首示众）等附加刑中可以看出，更有甚者，还有把受刑前已经死亡的囚犯尸体进行"盐渍"的操作。犯罪动辄被判处死刑，偷盗十两以上就是死刑；闯关卡、偷越山间关卡被处以磔刑。由于私通是封建主家的禁忌，因此丈夫会把通奸的妻子和奸夫叠在一起斩成四半；不劳而获也是死刑。当然，同时也存在一些重视社会安全的教育刑思想，惩恶扬善、令其改过自新回归社会的做法即为这种思想的体现。

江户时代的诸多刑罚反映了残暴刑思想，以下先从最为残酷的死刑讲起。死刑是极其残酷的重刑，从刑事政策来看，判处死刑是统治者重视警戒性、威慑性以及一般预防效果的表现。上面对《本朝樱阴比事》中判刑的梳理结果显示，整部作品中，六成以上的犯罪之人被执行了死刑，可见在江户初期，死刑仍是司空见惯。死刑是生命刑，在江户时代具有不同形式，它们并不只是在处死方式上不同，而是存在质的差别。死刑分为"下手人""死罪""狱门""磔""火罪""锯挽"六种类型。

所谓"下手人"就是斩首之刑，下手杀人之意，也称为"解死人"。被处以"下手人"死刑的囚犯一般犯普通杀人罪或教唆杀人罪，或者是多人殴打致人死亡罪，殉情导致对方死亡的男性、酒后抓狂或发疯杀人者以及协助他人杀人者等也被处以"下手人"。

执行死刑的刑场叫作"切场"。"下手人"与"死罪"皆是斩首的死刑，但是，两者执行时间不同。"下手人"在白天行刑，"死罪"则在夜间进行。将囚犯从监牢中带出来，在牢房改番所，各狱卒一一对犯人进行确认。检使宣读完判决书后，将其带往斩首场，在入口处给他蒙上眼睛。

受刑者在斩首台"土坛场"度过人生的最后时刻。四个衙役先行，囚犯被绳子绑着，被三个"非人"①押到刑场。囚犯被要求跪坐在刑场前方的席子上。非人割断囚犯肩上的绳子，使囚犯的头冲向地面，还要让其敞开衣领，露出双肩，再用手贴着囚犯的脸将其脖子往外拉。这其实是给刽子手的信号，刽子手一看到拉这个动作就会说"还有时间"，同时铆上一口气，斩断囚犯的头。非人则抱着已经没有头颅的尸体，通过揉搓，尽快将血液排到刑场前方的血池中。

　　刽子手由当值的"同心"②担任。技术不好的同心行刑，由于不能一气呵成，会导致刀击中肩膀或头部，令囚犯痛苦得四处乱窜。负责斩首试刀的山田浅右卫门是砍头高手，经常担任行刑者。砍头技术好的刽子手往往在说话间就令犯人毫无痛苦地被砍掉头颅，而只剩下脖子上的一层皮。只要留下一层皮，就不用担心斩首的反作用力将头颅作用到其他地方去。之后在刑场用清水清洗头颅，再将尸体放入事先安排好的草袋里。囚犯穿的衣服，甚至连兜裆布都要被脱下来，作为非人在刑场工作的酬劳。由于囚犯的亲属不能认领尸体，因此非人遵照命令将死囚尸体装入麻袋，把尸体运送到指定寺院或庶民居住区掩埋。囚犯若是怀孕的女囚，其死刑则在胎儿出生后执行。

　　"死罪"指斩首后的尸体被新刀斩成几段，以试验其锋利程度。有些刀身上刻有"斩为两段"或"斩为三段"的铭文。死罪常附加没收田地、房屋、家产等刑罚，不接受免除旧恶（一年后不再追究的轻罪）的处理。

　　偷盗十两以上、密谋干坏事、强取豪夺是死罪。有两次前科的人，第三次不管金额大小都是死罪。除此之外，集体强行上告或逃亡的主谋、伪造证件借钱者、帮助盗贼者、帮助主人的妻子偷奸者、殴打或砍伤主人或父母者、拉车或牵牛马致人死亡者等要被处以死罪。

　　"狱门"和"死罪"一样，先将受刑者斩首，然后将其首级挂在刑场的狱门台或案发地示众三天两夜。第三天，在请示町奉行等相关部门以后丢弃首级，

---

① 非人，江户时代被歧视的阶层，与"秽多"（穢多）一同被置于士农工商以下。具体来看，有天生为非人、平民没落后成为非人、犯罪后被贬为非人三种情况。因犯罪而被贬为非人的，一旦得到原谅，还可以恢复原来的普通身份。他们从事游艺、刑场杂役等被世人鄙夷的工作。

② 同心，指在江户幕府时代隶属于所司代和诸奉行的下级官吏，排在"与力"以下，分担庶务和警察事务。

在江户地区，还要请示贱民管理者"弹左卫门"①。罪状公示三十天。囚犯首级本来挂在牢房门上，但在江户时代，几个人一起挂在刑场的狱门台上示众。狱门台用高六尺、四寸角的铁杉支撑，倒钉两根五寸钉，从台下刺到台上，脖子扎在上面。

有很多罪犯都会被判处游街示众加狱门之刑，如犯了杀人抢劫、将花钱买来的弃婴再抛弃、杀害主人亲属、杀害地主、仿制天平和升、伪造文件和图章、和主人的妻子私通、杀害残疾人并偷盗其所持物品、杀害管理自己的名主、贩卖毒药等罪行的罪犯。

"引回"是附加刑，具体做法是在犯人受死刑之前，将犯人绑在马背上，在町内或犯罪之地游行示众，同时将其罪状记录在牌子上示众。该刑罚在江户时代往往成为斩罪以上的重刑者的附加刑。江户地区游街示众的路线是从小传马町监狱开始，经过江户桥、八丁堀、南传马、京桥、札之辻，再折返，从赤羽桥、溜池、赤坂、四谷、牛込、小石川、本乡、上野、浅草、藏前、马喰町返回牢房。以上街道是江户的主要街道，囚犯也可借此看江户市区最后一眼。

"磔刑"是对弑主、弑亲、冲破关卡等对封建体制有重大反叛行为的极恶之人判处的死刑。冲破关卡的带路之人、通奸杀害丈夫之人、杀害老师之人、伤害或殴打父母之人、伪造金银之人、诬告主人和父母之人等也被处以磔刑。"磔刑"的实施方式受天主教影响，将受刑者绑在十字架上，用矛从左右侧腹刺入肩膀，交替刺进数十次后从右侧刺穿喉咙致死。

"火罪"是用火烧死罪犯的刑罚，是一种仅限于纵火犯的以牙还牙式的报复性死刑。火罪的处刑方法是先让囚犯站在干柴上，再将其绑在柱子上，用茅草、柴火围在身体周围，用两三把茅草在上风口点火，将其烧死。在受刑的囚犯被烧得像炭一样漆黑之后，还要对其鼻子、阴囊（男囚犯）或乳房（女囚犯）进行进一步焚烧。也有说法是，因为火刑太过残忍，所以在点火之前先用匕首割断囚犯喉咙。焚烧后的尸体会被示众三天两夜。随着江户时代城下町等住宅密集地的增加，纵火会威胁众多民众的安全，导致生命和财产损失。由于纵火罪大恶极，因此被处以极刑也是理所当然。罪犯在游街示众以后被施以火烧之

---

① 弹左卫门，江户时代居住在江户一代总管贱民阶层（秽多／非人）的家族，其势力范围是关八洲以及伊豆、甲斐、骏河、陆奥的一部分区域。

刑。若是盗窃、抢劫后纵火，则要在日本桥、筋违桥、赤坂御门、两国、四谷御门、御仕置场六处立布告牌来公告其罪行。

"锯挽"是针对弑主等违反上下等级秩序犯罪的一种极刑，让囚犯戴上枷锁坐在一个边长三尺四寸、深二尺五寸的箱子里，只让其脑袋裸露在箱子外，然后令路人中有意行刑之人以竹锯锯掉其头颅。江户时代逐渐进入太平之世，没有人愿意锯犯人，"锯挽"实际上变成了当街示众的"晒"刑。

以上六种死刑早已有之，且残忍不堪。江户前期的刑法基本上受战国时代刑法的影响，以武力和威吓的方式来惩戒罪犯，震慑共同体。从封建社会统治者的立场来看，刑罚的实施目的是排除威胁国家和威胁社会的危险因素，在此基础上期待在更广泛的范围内实现道义上的责任。《本朝樱阴比事》中实施死刑的七个案件中，所针对的犯罪行为分别是下毒杀人、杀人、冒名顶替、下毒杀人、密谋杀人且陷害、抛尸、偷盗与陷害。裁判者在裁决这七个案件中的罪犯时，并未在作品中具体指出要实施的死刑的类型。

从被判刑的罪犯的身份来看，《本朝樱阴比事》中被判死刑的罪犯多是城市底层身份卑微的穷人。其中，《呼唤人名的灵丹妙药》中的罪犯没有正经营生，以讨好京城有钱人家的公子哥度日。西鹤在作品中对该人物及其职业的描述为："虚度光阴，日夜颠倒，世界之大却不曾有这种异乎寻常的家伙。也就是在京城，人们才允许这种人存在。"作品言语间与其说是对这种逢迎巴结之徒的蔑视，不如说是对町人成长与城市繁荣带来的奢靡与享乐之风的厌恶。本案中，犯罪之人与被谋害之人租住在京城同一个房东家，但后者是从佐度来京城享乐的腰缠万贯之人，而前者却位于城市底层。江户时代，城市底层穷人数量庞大，他们因租住城市里的房屋而被称为"借家"，大多以挑担四处贩卖蔬菜或打零工为生。随着城市规模的逐渐壮大，以及城市消费能力的日益增长，农村无地农民为逃离困苦生活而来到城市，城市里的"借家"也因此越来越多。

从町及町人的历史来看"借家"的形成，商人和手工业者起初移居到零星分布的有一定市场的镇子，后来形成了以零售店铺为主的町家，进而形成了城市的雏形。定居在城市里的商人和手工业者被称为町人。不同的历史时期，町人的定义亦有所变化。镰仓时代，町人指町御免所的商人，散在商人不在其中。这个定义在室町时代依然被认可。在京都，属于"座"①的商人被称为町人，散在商人不在其中。寺院门前繁荣起来的"门前町"、以驿站为中心繁荣起来的"宿场町"，以及其他诸种形态的町被编入城下町，逐渐显示出封建都市的初步形态。大名将家臣集结于都市，同时让商人和手工业者移居城市，不允许农村留有町人，亦禁止都市的町人退回农村，还撤掉关卡，鼓励商品流通，废除以往的"座"，促进自由买卖，将城下町打造成领国的经济中枢。织田信长和丰臣秀吉时代皆继续对商业采取保护政策。到了江户时代，重要的都市直属于幕府管辖，都市成为一个特别的行政区划——"町方"，有别于被称为"地方"的农村与被称为"浦方"的渔村。

以公权的有无为基准，町人被分为"地主"（房东）、"家守"（管家）、"地借与店借"（租户）三个阶层。"地主"是町里房子的所有权者，分为持有房子且现居住于此的"居附地主"与拥有本町房产却居住在其他町的"他町地主"，两者被统称为"地主"或"家持"，可理解为房东。"家守"则是代替"地主"管理其土地与房产、负责缴纳宅地税之人，被租住房屋的租赁者称为"大家"，可理解为管家。未居住在房产所在町的房东必须配备一个管家。"地借"与"店借"是租住这些土地或房子的"借地人"与"借家人"，被房东称为"地借""店借"或"店子"。参与町政的是"地主"与"家守"。町内互助小集体"五人组"初期还曾由"地借"与"店借"组成，后来也变成仅由"地主"与"家守"构成的组织。当然，"地主"与"家守"相应地承担了町内消防、祭祀、供水系统的开销以及赋税劳役等事务。若以职业划分，町人则被分为商人和手工业者两类。

《本朝樱阴比事》正是以裁判者受理诉讼、解决纠纷的方式，描绘了京城町人的生活画卷。手工业者和商人为城市的消费提供了重要的物资和服务。大型手工业者和商人往往拥有土地和房产；小型手艺人和商人则需要从他们那里租借土地、店铺；底层穷人中，有人成为武士家、商人家、手工业者家里的伙计和下人，也有人成为城市里的走卒贩夫，无一例外的是，所有无房者必须租住城里的房屋而成为"借家"。因此，"借家"成为城市底层的一个别称。

正如《呼唤人名的灵丹妙药》中的"借家"以巴结、取悦有钱人家的公子

---

① 在镰仓与室町时代，"座"是商人、手工业者以及艺术团体各自的同行组织。"座"受朝廷、贵族、神社与寺院等的保护，向他们缴纳劳务等费用，以获得制造、销售特定商品或演出的特权。

哥为业，城市里的底层穷人必然要在比他们经济实力高出很多的町人处出卖劳动力。《本朝樱阴比事》里的七个死刑案件中，除了《朝着妻子鸣叫的树梢上的小杜鹃》与《十夜念佛遇半弓》中的罪犯是一般的町人以外，《聋子偏偏听见了这些》《烟雾移向嫌犯》《无所犯然隐匿招罪》《薄绢布洞察真相》四个故事中的罪犯分别是负责缝纫工作的女仆与伙计、勾结地痞的奶妈、抛尸的下人、下毒的女佣。其中，有由罪犯本人的一己私欲导致的犯罪，如《呼唤人名的灵丹妙药》中不务正业的"借家"想要害死其有钱的邻居而霸占借款。再如，《聋子偏偏听见了这些》中，负责缝纫工作的女仆与伙计因贪恋主人的家产而谎称二人的私生子为已故主人之子。《烟雾移向嫌犯》中的奶妈为泄愤而栽赃给在同一地方打工的伙计，称其勾结地痞偷走主家财物。当然，也有受主人指使的犯罪，如《无所犯然隐匿招罪》中，下人听命于主人而将死尸弃于街头。《薄绢布洞察真相》中的女佣也是听命于主人才导致了投毒行为的发生。列举以上这些犯罪，并不是要说明犯罪的都是社会底层的穷人，而是要指出，城市的发展在为底层穷人提供生存机会的同时，亦深刻刺激了人本身的欲望，从而造成了主动犯罪的行为，也产生了被迫犯罪的行为。底层町人作为借住在城市内的一分子，为城市的运转做出了不容忽视的贡献，也正因为其与城市产生了各种交集，所以成为近世町人世界中纠纷与犯罪的部分主体或客体。

江户时代处于日本封建社会后期，由于封建社会的性质，道德主义中的"道德"自然以维护强有力的上下秩序和等级秩序为中心，如主仆关系、师生关系、亲子关系、夫妇关系。刑罚和其他惩处也取决于这一价值体系，以人物之间的上下级关系来决定惩罚。换言之，江户时代的刑罚以武家为本位，武家特权得到认可，对犯罪的惩罚因身份不同而有很大差异。普通人只能接受严厉的惩罚，而武士阶级受到的惩罚较轻，往往是名誉刑性质的惩罚，如"改易"（剥夺武士身份，没收家产田地）、"闭门"（禁闭）、"远虑"（轻于闭门的禁闭）。武士被判处的死刑是自行切腹，以维护武士的名誉。僧侣、神官等也具有与武士几乎相同的待遇，他们被判处的刑罚往往是"追院"（剥夺身份后放逐）、"退院"（解职退寺）、"一宗构"（宗教除名）、"一派构"（宗派除名）、"逼塞"（轻于闭门、重于远虑的禁闭）、"所付"（被驱逐出居住地）、"远虑"（轻于闭门、逼塞的禁闭）。对于下层贱民阶级的处刑，官府为避免接触污秽，除了死刑以外，把对最底层贱民"秽多"和"非人"的处理和行刑交给他们各自的头目。

在这种社会背景下，位于城市底层的穷人一旦做出了犯罪行为，一定会被严厉打击。《薄绢布洞察真相》《烟雾移向嫌犯》《聋子偏偏听见了这些》三篇中的犯罪行为都是基于主仆关系而发生的，罪犯毒杀主人，使主子利益受损，妄图侵占主人的利益。由于这些罪犯皆为封建社会严厉打击的对象，因此《聋子偏偏听见了这些》中，伙计与女佣企图用他们所生的孩子冒充女佣与主子所生的孩子，尽管这一奸计被装聋的主人之妻拆穿，使主人没有遭受经济损失，但是罪犯仍然被处以重刑。《本朝樱阴比事》中，除了《凭借琵琶之音析出要害》以外，其他六个案件都属于普通杀人罪，罪犯被执行的应是断头的"下手人"之刑。

弑主行为被认为是违背封建道德秩序的最严重罪行，被处以"当街示众两日、游街示众一日、锯挽加磔刑"的极刑。若"伤到主人"，则即使是轻伤，也要被处以磔刑，还要被当街示众，罪犯的亲属也会被处以磔刑，附加游街示众。相反，如果为了主人而伤害到他人，则被视作忠臣而不会被问罪。在《凭借琵琶之音析出要害》这个北国武士为父亲报仇的故事中，裁判者一开始就接见了北国武士。在得知他们为复仇而提前通过他们的主君向幕府办理好了复仇手续以后，裁判者帮助复仇者寻找敌对势力的藏身之地，在其完成复仇以后，作品以"彰显武士之道"来结尾，显示了当时社会的武家本位思想。

"弑师"会被处以磔刑，"弑亲"也会被处以磔刑，附加游街示众。夫妻被视作如主仆一样的伦理关系，"杀夫"要被处以磔刑。但是，反过来"若杀掉辱骂丈夫的妻子"则不构成犯罪，丈夫具有杀死私通的妻子和奸夫的制裁权。据此，《朝着妻子鸣叫的树梢上的小杜鹃》中，私通的男女密谋杀害了女人的丈夫，嫁祸给浪人，最后罪犯被判处的死刑应该是磔刑。

从今天的刑法来看《本朝樱阴比事》中的七个死刑案件，杀人这种穷凶极恶的犯罪行为被处以死刑完全可以理解，但是，像弃尸、冒名顶替、偷盗之类的犯罪被处以死刑，则显得刑罚过重。实际上，江户时代，出于刑事政策上的考虑，之所以对社会上可能频繁发生的犯罪行为以严厉的刑罚处决，是因为统治者重视社会安全，期待用严酷打击日常犯罪的方式对企图犯罪之人施加心理压力，以达到威慑与镇压的效果。

除了上述死刑以外，《本朝樱阴比事》描写的案件中，屡屡将犯人处以追放刑，这不仅是作品空间叙事的一种方式，还是对江户时代广泛施行的将犯罪之人驱逐出一定区域的刑罚的真实反映。下一节将对该刑罚展开具体讨论。

第二节　追放刑与江户法治

《本朝樱阴比事》中多次出现"追放"这一刑罚，这应当是对当时刑罚情况的一种反映。四十四起案件中，十起都对犯罪之人施以追放之刑，具体情况如下。

（1）在卷二之九《妻子离去京都无人不晓》中，线铺老板好色无度，休妻几十人，但终有不知情的女人嫁来。其最后一个女人前一天刚刚与之结亲，第二天就成了寡妇，她想要独占所有家业而不愿意让丈夫的兄弟继承家产，最终被判官下令"逐出线铺老板家"（其家を追出せ）。

（2）在卷五之三《医者号脉，窃贼脉搏如波浪起伏不定》中，一家叫壶屋的伞店生意兴隆，老板雨夜设宴慰劳辛苦劳作的弟子，翌日却发现丢失两贯丁银。判官令平素常去伞店诊病的医生为其所有弟子号脉，并观察他们是否与平日有所不同，借此找出了真凶，并要将其处以死刑。因为盗窃者是老板前妻的外甥，亦是被老板视若己出且将来要继承店铺之人，所以判官在老板的求情下，依其所愿，饶盗窃者不死，命其剃度出家后拿上一把自制雨伞，将其"逐出家门"（宿を追拂へ）。

（3）在卷一之四《太鼓中藏有因果》中，某手艺人向朋友即将破产的丝绸店捐赠十两钱币后，又偷走了该店铺收到的一百两救济金。判官判处罪犯："虽是盗贼，但亦一度捐赠金钱帮助朋友，故免其死罪，即刻逐出京城（都のうちを則これより拂へ）。"这里的"逐出京城"属于追放刑中的最轻级别"所拂"（将犯人逐出原居住的町村，并禁止其再次进入），在本故事中指禁止犯人居住或徘徊于京城。

（4）在卷一之八《缝制信物之贴身衣物》中，十七岁的年轻人潜入邻居寡妇家偷盗被抓，为逃避罪责而诬陷寡妇与其有染，并以预先缝制好的贴身衣物

作为证据，面对寡妇为救其性命而承认通奸之事的凛然行为，年轻人最终道出了偷盗始末。考虑其年纪轻轻却能豁出性命为寡妇申辩，判官赦免其死罪，将其"逐出京都"（京都を御拂ひあそばされける）。

（5）在卷二之三《佛之梦五十日》中，钟表手艺人释迦右卫门与房东因埋藏在房屋下的佛像的所有权问题而闹至衙门，判官通过调查佛像埋藏在土中的时间和房屋修建时间而发现了右卫门的不良居心，判决为："理应判处死刑，鉴于其尚未借此骗人钱财，故饶其性命。用锄头把手挑起佛像扛在肩上，将事件始末记入布告牌，在京都游街示众三日，令众人识其嘴脸，最后逐出京都（京都を追拂ふべし），以此赎罪。"这里最终执行的刑罚与上一案件相同，均为"逐出京都"。

（6）在卷二之四《嫁与近邻，引前夫恨之入骨》中，一个浪人的妻子谎称自己生病，请其夫与其离婚，然而离婚后第九日便改嫁于曾与前夫来往密切的年轻男人。浪人用计向判官申冤，判官怒斥狗男女："本应对你们施以重刑，但考虑到你们是在拿到离婚书后才结婚的事实，姑且饶你们性命。女人执剕刑，男人则铰断其顶髻，一并被逐出京都（京都に置まじ）。"

（7）在卷四之一《聪明女人的随机应变》中，一个租住在念珠店附近的浪人意欲非礼年纪轻轻而守寡的漂亮老板娘，被念珠店仆人抓个现行后，却在判官面前捏造二人通奸之事，以及老板娘意图害他的故事。在老板娘机敏的应变下，判官发现真相并怒斥浪人："真是居心叵测！但，并未偷盗。念其只是过于爱慕一个失去丈夫的女人而误入歧途，故饶其一命，遣送至其老家骏河。至于其带给周遭的麻烦，将命人剃掉其一侧的鬓角并执行追放一刑（追拂ふべし），以此惩戒。"尽管故事中没有明确指出被驱逐出的区域，但根据上下文可知，被驱逐出的地域应是案件发生地京都。根据江户时代的法律规定，罪犯户籍若非案件发生之地，则可被遣返回老家。

（8）在卷三之四《失物拾物皆有人》中，一个老头与一个樵夫上演了一场拾到钱币却拒不拿走的戏码。不料判官看穿其把戏并怒斥道："理应判处死刑，但鉴于此案为老头自编自演，尚未骗取周遭钱财，故将其逐出京都及京都周边（洛外までも拂ふべし），同时将参与骗局的樵夫逐出其常年居住的山村。"

（9）在卷五之二《叠加四个一套木碗之判官意旨》中，面对窃贼光天化日之下偷盗却诬陷前来京都卖碗的行贩的行为，判官用比赛收拾散落木碗速度的方法甄别出真正的犯人，判处剥光其衣服并将其驱逐出京都，使其不得靠近京都周边的追放之刑（洛外に追拂はせ給ひ）。

（10）在卷四之六《京城人参拜逢枯木开花》中，某人冒充游方僧人，在京都松尾山下结庐治病，诓骗香客钱财，并偷偷做手脚，让山上的树木枯死，以进一步博取声望，在村人要求其用法术恢复树木原状时，却回天乏术。判官揭露其医者身份及其伎俩并判处："理应处死以儆效尤，但考虑到已是出家之身，暂且饶其一死。即刻剥光其衣服，逐出京畿五国（五畿内を拂ふべし）。仔细清点香资，将其交给当地专门负责桥梁事务的九个村子保管，以作今后架桥及修缮之用。"

《本朝樱阴比事》中出现了四十四起诉讼，解决纠纷而不动用刑罚的有二十四起，判为"追放"的有十起，判处死刑的有七起。其中，被判处追放刑的案件中，有八起原本应被处以死刑，它们分别是上文的（2）（3）（4）（5）（6）（7）（8）（10）。这反映了当时的量刑精神尽管沿袭残暴思想，但是对于非大奸大恶之人，一般不判处死刑，可轻罚者则轻罚，与公家法典减刑宥罚的刑事政策一致。《板仓政要》是记录板仓父子任京都所司代期间施政和判案情况的作品，其京都大学藏本跋文亦提及京都所司代"裁决案件之时，其以慈悲之心为根本，对理应被执行死刑者实际施以追放之刑，对理应被执行追放之刑者实际施以笼舍之刑，谓之赏者重而罚者轻，当然，依罪之轻重而有差异云云"[①]。江户时代的京都所司代是德川幕府在京都设置的一个机构，主要负责维持京都地区的治安，监察朝廷和公家，监视西日本地区的大名，负责京畿五国及近江、丹波、播磨共八国的民政。上面的跋文不但正面颂扬了京都所司代对犯人所持有的仁慈，以及京都地区在刑法上的宽简态度，而且侧面显示了德川幕府的刑法精神以及追放刑被大量施行的社会现实。

进一步分析上文被判处追放刑的案件，从被执行追放刑的犯科者的身份来看，除去一个浪人，其他皆是庶民，如线铺老板娘、伞铺继承人、手艺人、年轻町人、租住房屋的钟表手艺人、浪人的妻子与朋友、老头与樵夫、窃贼、行骗的医生。从追放刑限制犯科者活动的区域来看，逐出家门的有两起，逐

---

① 《板仓政要》跋文。

出京城的有五起，逐出京城外的有两起（其中有一起案件的两个罪犯分别被判处逐出京城和逐出原来所居住的山村），逐出京畿五国的有一起。综合上述分析可以看出，追放刑的放逐区域由案件中罪行的严重程度决定。延享二年（1744），幕府修改法典《公事方御定书》中有关追放刑的条款，规定区别对待武士与庶民，在此之前，追放刑的实施并未区分身份。死刑以下，追放刑最为残酷，且针对的罪行尤为多样，被视作日本中世和近世刑罚的典型代表。因此，对追放刑的历史以及江户时代该刑罚的实施情况进行考察，显得尤为重要。

"追放"是日本刑罚史上具有悠久历史沿革的放逐刑之一，在中世和近世占有重要地位。它是将作奸犯科者驱逐出当前生活区域，禁止其进入一定区域活动的刑罚。犯人被限制活动的地理范围因罪情而不同，刑期无限，大赦以外不得归还。日本法制史学者围绕"追放"展开了广泛讨论，如三浦周行提出了"追放刑论"①；石井良助亦将其纳入刑罚历史的研究对象②；胜俣镇夫认为，它是中世庄园领主在其支配下的庄园内施行的最为普遍的刑罚，常被附加摧毁罪犯住宅的惩罚③；高柳真三认为，它是"日本近世仅次于死刑和'远岛'（流放于孤岛）的重要刑罚"④；平松义郎则明确指出，"追放刑是具有江户时代特色的刑罚代表之一"⑤。由上可知，先行研究主要将"追放"纳入刑罚史，强调其刑罚等级和特色，但对追放刑广泛存在且成为中世和近世刑罚典型代表的原因等，还缺乏深入的研究。本研究将围绕追放刑的形成与演进、行使与内涵两个方面展开讨论。

一、追放刑的形成与演进

从文字考证的角度来看，《说文解字》："放，逐也。""逐，追也。"《谷梁·宣公元年》传："放，犹屏也。"注："屏，除。"《玉篇》："放，去也，散也。"《小尔雅·广诂》："放，弃也。"又，《说文解字》："敄，放也。""敄"是指敲打门

① 三浦周行『法制史の研究』東京：岩波書店、1973、988—1025 頁。
② 石井良助『日本法制史』東京：青林書院、1956、292—294 頁。
③ 網野善彦、石井進、笠松宏至、勝俣鎮夫『中世の罪と罰』東京：東京大学出版会、1990、17 頁。
④ 高柳真三『江戸時代の罪と刑罰抄説』東京：有斐閣、1988、111 頁。
⑤ 平松義郎『江戸の罪と罰』東京：平凡社、1988、107 頁。

上的莠草，引申为敲打坏人。① 据此，可知放与逐同指驱逐出境，放逐的方法是敲打并追逐直至逐出境外。又，《说文解字》："追，逐也。"因此，"追放"亦是放逐之意。

从世界范围来看，类似于追放的放逐行为并不少见。公元前 506 年，克里斯蒂尼在雅典提出陶片放逐法②，旨在将威胁城邦民主的政治家驱逐出雅典。殖民时期，英国将大批囚犯遣送到北美等海外殖民地，法国主要将囚犯遣送至非洲殖民地，沙俄时代俄国主要将犯人流放到西伯利亚。中国太古时，舜"流共工于幽洲，放欢兜于崇山，窜三苗于三危，殛鲧于羽山"中的"流""放""窜""殛"③，秦汉时的"徙""迁"（亦称"徙"），隋朝以前的"流"，以及隋朝以后长期实行的"五刑"中的流刑，皆为放逐。

日本追放刑的原型可以追溯到《古事记》中众神惩处速须佐之男命（别名：素盏鸣尊）的神话故事。速须佐之男命胡作非为，导致天照大神发怒藏于岩户，致使高天原与苇原中国失去光明，故众神责令其赔罪，上交众多财产，斩断其胡须，拔掉其手足指甲，执"神逐"将其赶出高天原。④《日本书纪》在大体一致的故事后进一步提出，"不可居于天上（高天原），亦不可居于苇原中国"⑤。故事中的神逐行为应被视作共同体中的追放刑⑥，即日本上代应该已经出现将违反共同体秩序的人驱逐出共同体的做法，并以没收财产等措施辅之。彼时，法与宗教以及道德规范处于一个融合状态。从法的角度来看，神逐应被视作追放刑的雏形；从原始信仰的角度来看，这是日本宗教化的行为"袚"的开端。神祇条中，大袚条对"袚"的解释是"袚音甫物反。周礼。女巫。掌岁时袚除。左传。受璧而袚之。杜预曰。袚除凶之礼也"，即，袚在中国是借助神

① 蔡枢衡：《中国刑法史》，南宁：广西人民出版社，1983，第 55 页。
② 陶片放逐法，亦称作贝壳放逐法。
③ 引文出自四部丛刊经部《尚书·舜典》。此文中表示，流放之意的四个动词的注疏历来莫衷一是，《〈尚书·虞夏书〉新解》的考证与阐述颇为中肯，即"流""放""窜""殛"四字互文见义，皆为流放之意，即舜将共工氏族流放到北部之幽洲，将欢兜氏族流放到大江之南，将三苗部落流放到西部之敦煌，将禹的父亲鲧流放到东部之羽山。参考金景芳等：《〈尚书·虞夏书〉新解》，沈阳：辽宁古籍出版社，1996，第 139—147 页。
④ 山口佳紀、神野志隆光校注『新編日本古典文学全集　古事記』東京：小学館、2007、67 頁。
⑤ 小島憲之、直木孝次朗、西宮一民校注『新編日本古典文学全集　日本書記』東京：小学館、2007、86 頁。
⑥ 尾形勇等『歴史学事典 9　法と秩序』東京：弘文堂、2002、102 頁。

力消除凶的礼仪，而日本的被明显受到古代中国思想的影响。[1] 日本认为神重清净，举行大祓仪式[2]、清除罪过和污秽会令国土转为清净状态，其起源和基础是农业共同体举行的净化仪式和清除厄运以及灾难的仪式。[3] 可见，上代日本人通过祓除人的行为所带来的污秽"罪"，恢复了正常的社会秩序。简言之，清除污秽的原始信仰这一渊源为追放刑定下了神圣的基调，即，把罪犯驱逐出现有共同体的做法可以净化不洁状态、平息神怒。

中古时期，日本仍然没有将追放作为刑罚的明确记载，但是平安时代已出现了一些具有追放刑雏形的刑罚。长保元年（999）进行武力争斗的武士平致赖与平维衡被明法博士（律令专家兼判事之人）[4] 量刑如下："平致赖，先行攻击对方，罪孽尤为深重，应即刻被判处'远流'。平维衡，应战，罪轻，应被判处'移乡'一年。"[5] "远流"，将罪犯流放至边远地区，类似于后来的"远岛"之刑。"移乡"[6] 则轻于"远流"，仅仅将犯罪之人驱逐出现住地。此处，移乡的惩治方式被认为在事实上施行了广义的追放刑。[7]

平清盛发动治承三年（1179）政变。在制裁后白河院周围人员时，上卿藤原实国和检非违使尉[8] 中原范贞宣布，将权大纳言[9] 源资贤及其子源资时、孙源雅贤放逐于京都之外。《平家物语》中的相关描述为："此三人应即刻被驱逐出京城。"[10]《源平盛衰记》关于三人被放逐的描写为："一想到连放逐之地都未指明，不免悲从中来，悄然离开皇宫，任由脚步奔向云彩重叠的天际，过了大江山生野，到了丹波国一个叫村云的地方，暂且在此流浪。"[11]1162 年，源资贤

---

① 石尾芳久『日本古代法の研究』京都：法律文化社、1959、5 頁。
② 每年 6 月和 12 月晦日为清除罪过和污秽而举行的仪式，为国家祭祀。
③ 斎川眞『日本法の歴史』東京：成文堂、1998、63 頁。
④ 何勤华对"明法"一词以及日本的明法道和明法家进行了考证，指出日本明法道由中国隋唐传入日本的律法转变而来。参见何勤华：《中华法系之法律学术考——以古代中国的律学与日本的明法道为中心》，《中外法学》2018 年第 1 期，第 8—12 頁。
⑤ 馬淵和夫、国東文麿、稲垣泰一校注『新編日本古典文学全集　今昔物語 3』東京：小学館、2007、195 頁。
⑥ 江户时代，"移乡"在刑法典上并非一种刑罚，而是一种制度，指被判处死刑的杀人犯适逢赦免之时，被害者遗属尚生活在案件发生地，杀人犯则举家迁到他乡。
⑦ 三浦周行『法制史の研究』東京：岩波書店、1919、990 頁。
⑧ 主要负责京都的治安和判案。
⑨ 中央最高行政机关"太政官"的次官，职位仅次于太政大臣。
⑩ 『新編日本古典文学全集　平家物語』東京：小学館、1994、249 頁。
⑪ 松尾葦江校注『源平盛衰記 2』東京：三弥井書店、1993、192—193 頁。

曾被流放至信浓国，此次面对没有目的地的放逐倒显得尤为担忧，从侧面反映出追放之苦绝不亚于流刑。政变中他遭受"京外放逐"这一追放处决，尽管在理论上亚于关白①松殿基房被处以的远流和太政大臣②藤原师长被处以的流刑，但是，他首先必须面对离开京城后何去何从的考验。正如《平家物语》中源资贤面对放逐的感慨之言："三界之大却无五尺男儿容身之所。虽说一生短暂，然度一日却是艰难。"③

随着武士力量的壮大，中世时期日本社会呈现出"公武"二元统治的状态，即代表皇室和贵族利益的公家朝廷与代表武士利益的武家幕府共存。这两大集团虽然诸多情势并不相同，但皆采用了追放刑，如公家朝廷建久五年（1194）对庇护左卫门尉宇都宫朝纲的右卫门忠基重执行追放刑，将其放逐于京都以外；镰仓幕府施行的追放刑禁止罪犯在现住地、幕府所在地以及幕府直辖的关东分国活动。1232 年，镰仓幕府法典《御成败式目》（以下多简称"式目"）④对追放刑做出了明文规定，是追放刑正式成为成文法的开端。

战国时代，大名割据各地，沿用追放刑，后来亦出现用死刑替之的做法。不同利益集团瓜分天下，追放刑显示出特有的优越性：成本低廉又能一箭双雕，既将犯科者驱逐出各自领地，保障了本区域的安全，又将潜在威胁引至他处。

江户时代的正刑分别是死刑、远岛、追放、杖、幽禁、训诫，其中追放刑经由战国分国法⑤传至江户时代，之后通过地头法⑥、藩法和幕府法被广泛施行，达到人尽皆知的程度，可以说它已成为江户时代刑罚体系的中心⑦。江户前期，追放刑种类颇多，通过收有 1657 年至 1699 年江户地区判例的集子《御仕置裁许帐》可窥见一斑：江户追放，江户十里四方追放，江户二十里四方追放，始于日本桥的三里四方追放，江户十里四方，以及山城国、大坂、界、奈良、大津、东海道、日光海道、甲府、名护屋、和歌山、水户追放，削鼻后江

---

① 辅佐成人后的天皇掌管国政的要职。
② "太政官"的最高长官。
③ 『新編日本古典文学全集　平家物語』東京：小学館、1994、249 頁。
④ 别名《贞永式目》，武家最初的成文法。1232 年执权北条泰时令评定众编纂，共 51 条。以源赖朝以来的习惯法和判例为规范，对行政和诉讼做出了相关规定。
⑤ 战国大名为统治领地而制定的法典。
⑥ 地头是藩主的家臣，从藩主手里获得土地作为俸禄。
⑦ 平松義郎『江戸の罪と罰』東京：平凡社、1988、107 頁。

户五里四方追放，绑缚街头示众三日后削鼻追放，日本桥示众三日后割耳追放，等等。①

在江户中期的 1742 年，德川幕府法典《公事方御定书》下卷《御定书百条》第一百零三条中，将追放刑分为"重追放""中追放""轻追放""江户十里四方追放""江户拂""所拂"六个种类，并规定要辅之以没收财产的附加刑。"重追放"禁止罪犯活动的地区是武藏、相摸、上野、下野、安房、上总、下总、常陆、山城、摄津、和泉、大和、肥前、东海道筋、木曾路筋、甲斐、骏河、犯罪行为发生国和罪犯居住之国，没收其田地、房屋、宅地、家庭财产。"中追放"禁止活动的地区是武藏、山城、摄津、和泉、大和、肥前、东海道筋、木曾路筋、下野、日光道中、甲斐、骏河、犯罪行为发生国和罪犯居住之国，附加刑相较于"重追放"少了没收家庭财产这一项。"轻追放"禁止活动的地区是江户十里四方、京都、大坂、东海道筋、日光、日光道中、犯罪行为发生国和罪犯居住之国，附加刑以中追放为准。"江户十里四方追放"禁止活动的地区是以日本桥为中心、半径五里（约 20 公里）以内的区域。"江户拂"禁止活动的地区是品川、板桥、千住、本所、深川、四谷大木户以内的区域。"所拂"指把犯罪的江户町人逐出所居住之町，把犯罪的农民逐出所居住之村（后者亦被称为"村拂"）。后三种追放刑原则上不会没收财产，但若是具有利欲熏心性质的犯罪，则要没收不动产；若有租税滞纳情况，还应没收动产。

京都、大坂、奈良、长崎等地区参照江户地区的标准施行追放刑，其中重、中、轻三追放禁止罪犯活动的地区与江户基本保持一致，京都町在此基础上还禁止罪犯活动于河内、丹波、近江三个地区。各地对应"江户十里四方追放"，规定禁止罪犯活动的区域分别如下：京都为山城国中，大坂为摄津和河内两国，奈良为大和国中，长崎为长崎市及乡里。各地对应"江户拂"，规定禁止罪犯活动的区域如下：京都为洛中和洛外，大坂为大坂三乡，奈良为奈良町及所居住之村，长崎为长崎市。至于"所拂"，大坂、奈良、长崎是将罪犯逐出相应的町村，而京都则是将罪犯逐出洛中。

德川幕府统一全国，使各地利益与损害一体化，这有别于中世与战国时代各集团分而治之的情况，如此背景下追放刑的弊端逐渐严重，主要表现在三

① 参见石井良助『近世法制史料叢書 1』「御仕置裁許帳」東京：創文社、1959、1—425 頁。

个方面：（1）被放逐的犯人流窜至他处，威胁当地治安。（2）被放逐的犯人为了生计潜入繁华市镇，做一些鸡鸣狗盗之事，产生了新的犯罪行为。（3）农民身份的罪犯被放逐以后，直接导致部分耕地被荒废。江户后期，追放刑的弊端尤为严重。宽政改革（1787—1793）时，老中① 松平定信建议在各自领地内为罪犯设置安置所；天保改革（1841—1843）时，老中水野忠邦提出将犯人安置在收容所，令其劳动并授之以职业技能的计划。明治元年（1868），明治政府废除追放刑，将其改为徒刑。

综上所述，日本追放刑指未提供目的地的放逐行为，历史沿革悠久，具体而言：上代已经存在追放的行为，其起源与清除污秽的原始信仰紧密相关；到了中古时期，追放行为继续存在，但尚停留在不成文法的阶段；在中世时期，镰仓幕府法典式目将其纳入相关条款，使其成为成文法刑罚；江户幕府起初参照判例施行追放刑，后来在法典《公事方御定书》中规定其施行标准，日本其他地区则参照该标准，这标志着追放刑在幕府所在地江户以及其他地区进入了有法可依的较为成熟的阶段。在日本的不同历史时期，不同利益集团对追放刑的规定并不相同，而基本内容皆是将罪犯摒弃于现生活共同体以外，在此基础上往往会根据罪情轻重而决定限制活动的区域。其结果是，消除了本区域内不遵守共同体秩序的犯罪分子，维护了自身生活共同体以及重要区域的正常和谐秩序，但也具有一定的局限性，即被驱逐出的犯罪分子到处流窜，增加了他处的不安定因素。

二、追放刑的行使与内涵

纵观追放刑的形成与演进，中世和近世成为该刑罚被施行的黄金时期，而该刑罚亦成为这两大时期刑罚中的典型代表。下文拟讨论追放刑的对象与行使，明确其内涵与意义，以进一步阐释导致上述追放刑流行的因素。

在日本中世，天下土地和人民大体由三股势力把持：（1）京都公家朝廷，派国司管理地方上的公领；（2）上皇、皇族、公卿以及神社寺院等中央权贵，拥有私有领地庄园；（3）幕府，管理其分国及麾下御家人的领地。同时，三大势力形成了中世三大法系：中央朝廷的公家法、庄园领主的本所法以及幕府的

---

① 江户幕府的最高职位名称，直属于将军，总管一切政务。

武家法。

上文中已经谈到了中央朝廷执行的追放刑，以下主要探讨庄园以及幕府施行的追放刑。从公元 8 世纪至 15 世纪，庄园长期存在于日本，是日本中央朝廷律令制下土地耕种以及土地支配权变化带来的一种产物，堪称日本中世的一大特色。在其发展成熟期，庄园领主从公家朝廷获得了特权，免除庄园纳税以及朝廷的警察权干预等，庄园基本上独立于中央权力以外。换言之，庄园领主具有独立的支配领内土地和管理领民的权力，包括刑事审判权以及刑罚执行权。除了直接威胁领主权力的罪行以外，针对其他罪行，基本执行放逐于庄园以外的追放刑，这些罪行包括：夜袭、杀人、用刀伤人、强盗与偷窃两种盗窃、赌博、私自收割他人庄稼等重罪，以及打人、夸大其词、说谎等相对较轻的罪。

庄园领主对其领民施行的最为常见的刑罚是追放刑，同时配套以查封、摧毁、焚毁罪犯住所的方式，这种组合式刑罚作为最主要的惩罚方式，一直从庄园制的诞生延续到其消亡，直至战国时代。[①] 追放刑一旦被执行，罪犯就失去了庄园领主的保护，成为没有任何归属的游离之人，其生命安全除了自己没有任何人来保障。即便如此，不少罪犯在罪行败露之初就已逃之夭夭，领主最终只是以没收财产的方式了结了案件，并没有花气力去追查罪犯。究其原因，应该与庄园领主施行追放刑的出发点相同，即清除自身区域内的不良分子同时没收其财产，而罪犯逃跑则恰巧实现了自我清除。

黑田弘子指出，"追放刑是以清除为原理的"[②]，这种"清除"的思想贯穿于中世的主要刑罚，如在面部烙印、切指、剃掉半个脑袋的头发，通过有别于正常人的异样来昭告其罪犯的身份，同时对他人起到威慑作用；更重要的是，这意味着通过毁掉罪犯外貌上所具有的人的特征而将其从人的群体中清除。追放刑正是要清除那些漠视甚至舍弃现集团群性即共同体秩序的罪犯。

值得深究的是，上述组合式追放刑不仅仅具有清除罪犯这样一个功能，它还具有其他两个功能：（1）神圣功能，即继承原始信仰"祓"，驱除污秽消除罪；（2）世俗功能，即没收罪犯的财产，甚至包括没收罪犯寄宿之家的房屋及

---

① 網野善彦、石井進、笠松宏至、勝俣鎮夫『中世の罪と罰』東京：東京大学出版会、1990、17 頁。
② 尾形勇等『歴史学事典 9 法と秩序』東京：弘文堂、2002、599 頁。

财产①，以增加领主的财富。如何认识这两大功能呢？他们的成立以庄园领主之法"本所法"②的存在为前提。本所法是地方庄园与庄园领主所具有的法律惯例与法律知识混合的产物。由于庄园分散于各地，各地又存在各自的法律惯例，同时，不同的领主对其领地的支配方式亦不相同，因此，不同的庄园实行不同的庄园法。

然而，应该强调的是，"谈到庄园，因其领主有中央权贵或寺院等的身份差别，则通用之法多少有所差异，然而对于居住在庄内的人们而言，领主的差别直接造成日常生活状态不同的可能性很小，因此各庄园住民之间形成的习惯具有某些共通性"③。中央权贵和大型神社寺院作为庄园领主，由于在原始信仰与法律知识方面几乎保持一致，因此，不同的庄园法在传统信仰方面具备天然的共通内容。一般来说，神社领的庄园中忌讳污秽的意识在普通领民之间都非常强烈，除此以外在其他民众的世界中以"神社"为中心的忌讳污秽的信仰亦根深蒂固，中世人从上到下通过"神社"和祭神活动的传承保持了忌讳并避开了污秽的意识。④将犯人拘禁在牢房，会把带有污秽的身体滞留在庄园内，死刑则会令庄园内产生新的污秽。由此可见，罪在传统信仰中被视作污秽，放逐罪犯即清除污秽；摧毁与其有紧密关系的房屋，即清除了其带来的晦气，从而彻底清除了罪。执行追放一刑且搭配摧毁住房的方式成为清除罪的最为妥当的处置方式。

从世俗功能来看，放逐罪犯象征着对扰乱共同体秩序的行为的惩治；摧毁罪犯房屋意味着斩断其逃回的可能，彻底消除了威胁共同体秩序的危险分子；同时，对其房屋的摧毁还意味着增加领主财富。查封、摧毁、焚毁罪犯住所表面上看是摧毁罪犯住所的不同形式，实质上等同于没收财产。⑤天治二年（1125），金刚峰寺官省符庄住民提请的"本家政所裁事"文书中写明，"当官省符例，若有盗犯杀害之辈者，以追却为例，敢不及禁狱者也"，"任当御庄例裁定给，有犯过辈所领田地令收公，给本家政所，召请料，被充行于要人，永传

---

① 日本中世有一种罪"寄宿罪"，指罪犯所居住人家的主人应对住所内的所有人负责，故应与罪犯一起被追责，一般以这户人家住宅用地内主人房屋的处置权为前提。

② "本所"在日本中世武家法中指庄园领主或知行国主。"本所法"则是在庄园中实行的法律。

③ 清田善樹「平安後期における没収と追放刑」『名古屋大学文学部研究論集史学』1978（74）、227 頁。

④ 横井清『中世民衆の生活文化』東京：東京大学出版会、1975、270 頁。

⑤ 網野善彦、石井進、笠松宏至、勝俣鎮夫『中世の罪と罰』東京：東京大学出版会、1990、19—20 頁。

子孙，不朽所令领知也"。①意思是说，该庄园的惯例是将犯偷盗或杀人之罪的犯人"追却"（"追却"是"追放"之意的另一种表达形式），即逐出庄园而非拘禁在牢房。同时，罪犯的田地等财产要被庄园领主没收，再分配给有需求之人，以赚取租金。据此，中世庄园惩治罪犯时采用追放刑一举虽尚未有成文法可以依照，却有先例可以参照，而且，该刑罚与没收财产之处罚并举，保障了共同体的秩序，又增加了领主的财富。

镰仓幕府成文法式目有关追放刑的条款有三条，其中，第十五条规定：诉讼当事人诬蔑对方伪造文书，应作罚款处理；若无资产，则应处以追放。第三十一条规定：败诉者上诉诬告判官不公平，需没收诬告者三分之一的领地；若无领地，则应处以追放之刑。第四十七条规定：将非其支配的领地的地契赠送给他人者，应处以追放之刑。

前两条规定与恣意诉讼的时代特色有关，最后一条规定与领地所有权问题有关，两个问题皆是幕府在式目制定前急需解决的大问题，因此探讨上述有关追放刑的三条规定应与式目制定的背景、目的及其条款内容结合起来，其意义才会进一步明确。植木直一郎指出，镰仓幕府第三代执权者北条泰时制定式目的直接目的是希望普及法规、遏制滥诉以及实现公平和统一的判案，间接目的即广义目的是充实和更新幕政以完成守成大业。②据此，当时最紧迫的问题之一即为滥诉问题，除此以外，式目的五十一条内容亦毫不含糊地反映了问题所在：（1）有关领地所有权的规定（18条）；（2）对作奸犯科的裁决规定（12条）；（3）有关诉讼判案的规定（11条）；（4）对幕府麾下守护与地头的规定（5条）；（5）对神社寺院僧侣的规定（3条）；（6）有关身份的规定（2条）。对照以上条款可以发现，追放刑的前两条规定属于诉讼问题，约占式目总数的18%，滥诉问题的严重性可见一斑。

追放刑的第四十七条规定是为了治理当时领地所有权继承或转移过程中产生的纠纷问题。随着幕府势力和支配地域的扩大，各种与土地有关的纷争陡增：直属于幕府的御家人之间有关领地的矛盾、幕府派往各地任职的守护和地头对公领与庄园事务的越权或恣意妨碍、地头与地头之间或地头与庄民之间有

---

① 竹内理三编『平安遗文』東京：東京堂、1975。
② 植木直一郎『御成败式目研究』東京：岩波書店、1930、4頁。

关土地的矛盾等。其中，地头与国司之间或地头与庄园的本所领家之间爆发的领地问题，成为当时最重要的所领关系问题。

要确定幕府追放刑的对象，应该先明确式目的效力范围。幕府明确规定式目不干预公领、庄园以及神社寺院的内部事务，即式目的对象是镰仓幕府支配权下的土地、武士和庶民；具体来看，包括镰仓和京都六波罗探题①的诸位奉行人②、关东御家人及其麾下的家人以及御家人领内的庶民、各地守护和地头、镰仓和关东分国内的神职人员、僧侣及一般庶民。因此，幕府追放刑的对象要排除公领和庄园范畴内的人物。

追放刑第四十七条规定的惩治对象是对领地不具有实际支配权力却让渡领地的人物，若任其将不具有支配权的领地赠予他人，则必定会动摇武家内部的团结安定。将军直接管理的御家人原则上都拥有自己的私有领地，不会成为该规定的实施对象。至于追放刑的前两条规定，表面上看起来对滥诉者一视同仁，然而被执行追放刑的实际上是既无资产亦无领地抵罪的人。

近世，江户幕府亦采用追放刑来惩治多种类型的犯罪。

（1）延宝八年（1680）九月二十六日案件。豆腐吉兵卫，是喜左卫门町传兵卫店里的伙计，常常偷盗。此外，还聚众赌博。今早将其抓捕，关入大牢。关于此罪犯，天和三年（1683）八月二十八日，执江户十里四方追放一刑。③

（2）宽文五年（1665）六月十五日案件。半左卫门是富泽町新道八右卫门店的伙计，给十几个地方介绍佣工，为佣工担保。佣工们受雇期间无故失踪，雇主们不愿息事宁人。根据雇主诉讼，将半左卫门关入大牢。上述担保人，十月十三日被执劓刑，后被执江户五里四方追放之刑。④

（3）延宝八年（1680）九月六日案件。七兵卫，寄宿在新吉原江户町藤左卫门店中仁兵卫之处。昨晚十点，去以前打工的地方——同町二

① 镰仓幕府的重要职位，仅次于执权。设置在京都六波罗，掌管京都的警戒护卫、朝廷的监督以及尾张和加贺以西的政治和军事。
② 武家时代的职务名称，镰仓幕府设置了各种奉行。
③ 石井良助：『近世法制史料叢書 1』東京：創文社，1959 年，第 172 頁。
④ 石井良助：『近世法制史料叢書 1』東京：創文社，1959 年，第 335 頁。

丁目利右卫门之家，碰到了利右卫门包养的妓女行世，咬断了她的舌头。逃亡途中被缉捕。案件调查之际，将其关入大牢。关于此罪犯，因将军继位一事免除关押牢狱，同年十二月二十一日执江户日本桥十里四方追放一刑。[①]

（4）元禄二年（1689）七月二十二日案件。平贺玄顺手下的年轻武士平野八郎、玄顺家中仆役庄三郎、喜兵卫、喜助以及庄三郎的儿子庄之助和土之助六人，拉狗，属违法行为，故秋元但马守大人下令将他们关入牢房，于是派下属从玄顺处将六人提走且关入大牢。根据秋元但马守大人的判决，庄之助与土之助两人于次日交还给玄顺。其余四人皆被判追放刑，禁止他们在以下地方活动：江户十里四方、京都、大坂、奈良、堺、伏见、大津、东海道、日光海道、甲府、名护屋、和歌山、水户，于七月晦日执行。[②]

上述四个案例中的罪犯涉及不同阶层、职业与身份。案件（4）牵扯多名罪犯，他们是同一武士家的底层武士和仆人，其他几个案件中的罪犯皆为城市平民。所犯之事也是形形色色：案件一中的罪犯因为偷盗与赌博而被判处追放，案件（2）中被判刑之人是因为所担保的多个佣工无故失踪而被惩戒，不但被执追放之刑，而且佐以劓刑。事实上，担保人因为担保对象的胡作非为而被判处追放的不在少数，其附加刑往往是削鼻或在额头刺字。案件（3）中的罪犯因咬掉妓女舌头而获罪，本该在关押以后对其执行追放刑，但适逢将军继位，因此免除关押。尽管案件（4）并未记录拉狗事件的细节，但可以肯定的是，被判刑之人伤害了动物。此判决与第五代将军德川纲吉（1646—1709）于1685年颁布的一系列怜悯生灵的法令有关，若杀害或伤害狗、猫、马等动物，一律要被惩治。案件（4）中的下级武士与仆人因此被执行追放之刑，而且，被禁止活动的区域尤为广泛，可见，当时对违反怜悯生灵法令行为的惩治尤为严酷。

被处以追放刑的罪行不胜枚举，笔者根据江户前期的判例集《御仕置裁许

---

① 石井良助：『近世法制史料叢書1』東京：創文社，1959 年，第 215 頁。
② 石井良助：『近世法制史料叢書1』東京：創文社，1959 年，第 288 頁。

帐》，将近世追放刑适用的罪犯按身份及其触犯之事做如下分类。（1）武士：抛尸，欲混入城内，与仇人厮杀，街头斗殴，护送来岗哨的病人回家途中病人自杀。（2）武士的仆役：与人打架，双双受伤。（3）浪人：杀害亲兄弟，伪造文书。（4）村民：永久性出卖土地，欲绕道通过关卡。（5）村中酒馆老板：杀马。（6）町人：恣意悬挂招牌，赌博。（7）町人养子：因养父犯科，而其被收养前身份不明，无法送回生父处，故被追放。（8）町人的徒弟、管家：赌博；与主家遗孀结为夫妇，佯装成立五人组①而借钱，欲骗取主家赊卖品的货款。（9）佣工：给主家之妻投递情书，诱引妓女逃跑，赌博。（10）町内租户：杀害亲生儿女，殴打岳父母致伤，打架致使对方受伤，咬断妓女舌头，与人私通，赌博，偷盗，当担保人后消失，担保的散工做混账之事，介绍别人做散工，骗取其工钱，违背幕府禁止抬轿的规定，将进献之物高价卖出；舞蛇吸引大众以卖药，屠犬、杀猫，购买偷盗来的木材，投递恐吓信。（11）租户徒弟：驱赶吠犬，致犬受伤。（12）艄公：操长柄武器打架，引起骚乱。（13）无住所之人：潜入他人住宅。

从以上结果来看，追放刑的适用对象涉及不同人群，如武士、浪人、村民、町人、町内从事各行各业的租户以及无住所之人。其中，租住町内房屋的租户以及担保人涉案颇多，这是江户城发展的体现之一，亦是江户城发展过程中吸收大量底层劳动力导致的恶性结果之一。从所犯之法来看，杀人、打架致伤、偷盗、赌博、通奸、诱骗等皆为古今中外深恶痛绝，而伤害动物、老人、病人的行为亦被判刑，这主要是因为将军纲吉颁布的怜悯生灵的法令。怜悯生灵的法令在执行过程中被过度解读，甚至对违反者施以极刑，纲吉也因此被称为"犬公方"。

江户中期，法典《御定书百条》规定的六类追放刑惩处的罪行分别为：重追放十四种，比如偷越关卡，强奸妇女，偷砍朝廷、幕府或藩主的林木，诬告杀人；中追放三十一种，比如不遵守判决，带女人偷越通衢关卡，介绍已婚女人偷奸，与主家女儿私通，有夫之妇与人互通情书，经常摇骰子赌博，雇托兜售假货，未受主犯所托而参与杀人但在犯罪现场有支援行为；轻追放九种，比如与已有婚约的女子私通，农民和町人自行佩带长刀或短刀；江户十里四方追

---

① 江户幕府在町、村组建的近邻互助组织。近邻五户为一组，彼此肩负连带责任。

放五种，比如更改姓名为去帮工之人当保人；江户拂十七种，比如悄悄将被抛弃的孩童丢至他处，他处家臣或町人偷偷潜入并与女佣私通，偷藏登记在册的遗失物品，武家家臣不问典当之物的出处而误收盗来之物，当铺不按规定在保证人未露面的情况下收取来路不明的物品；所拂三十一种，比如被人教唆与有夫之妇构成私下嫖娼关系，为小偷小摸的偷盗之人提供住所，低价购买赃物，平民旅舍不为患病的客人诊治就将其送往其他旅舍，餐馆招揽宴席助兴舞女且令其卖淫，等等。[①]

从上述罪行来看，《御定书百条》所规定的追放刑适用于日常生活中的诸多犯罪，沿袭了江户前期追放刑的判例精神，呼应了纲吉的怜悯生灵法令，集中体现了当时尤为严重的社会问题：非武士阶层佩刀、恣意担当保人、偷盗与销赃、私通与私下卖淫等违背伦常的问题。惩治对象包括武士和一般庶民。武士被判追放以后沦为浪人，町人和农民则沦为无住所之人。1744年，对庶民罪犯施行的追放刑被调整修改，区别对待武士和庶民。具体而言，重、中、轻三种追放刑仅适用于武士，至于町人和农民，限制其活动的区域被改为"江户十里四方以及居住之国和犯罪所在国"，继续执行没收财产之刑，"若无田地、房屋、宅地，则没收家庭财产；若田地、房屋、宅地和家庭财产皆不具备，则不区别轻重"[②]。显然，对农民、町人和打零工的罪犯所施行的追放刑的严苛程度被减轻，扩大了他们可以活动的区域。原因在于，若过多限制农民、町人、散工的活动区域，将导致他们无法维持生计，他们势必偷偷潜入繁华市镇，待到发现之时，其罪行又将变重。[③]

关于追放刑的附加刑，如上所述的财产刑中，除了重追放要没收所有财产以外，其他都尽可能将动产留给罪犯，以作他们今后生计之用。追放刑的附加刑还有黥刑，《御定书百条》中规定犯人被文身放逐后，若清除刺青，进入禁止活动区域，就要再次被文身且罪加一等，但武士不在此列。

江户时代的刑法是"武家本位""武家特权"，惩治罪犯时往往会照顾武士和神职人员，如武士不在黥刑之列，以及把对武士的死刑判为切腹以维护其名

---

① 藤井嘉雄『御定書百箇條と刑罰手続』東京：高文堂出版社、1987、413—420頁。
② 高柳真三『江戸時代の罪と刑罰抄説』東京：有斐閣、1988、110頁。
③ 高柳真三『江戸時代の罪と刑罰抄説』東京：有斐閣、1988、413頁。

誉；按照武士的基准处置僧侣、神主，取消其僧职，即刻逐出寺院、逐出所属宗门、逐出所属流派、逐出当地等，以维护其名誉。再如罪犯在被宣判追放刑"所拂"之前的等候阶段，庶民身份的罪犯要被戴上手铐，安排在自家或亲戚家等处待命，而武士身份的罪犯则不用戴手铐。在追放刑的判决和执行现场，武士阶层和其他阶层的犯人所受到的待遇亦有所不同，下面以宣判和执行追放刑的相关记录为例。

> 罪犯接受判决的时候，若是庶民，则法庭现场的警务人员蹲踞同心，脱去其外衣，用带钩绳索将其双手绑至背后；若是武士，蹲踞同心则将其从榇子一侧牵至砂利，挑起武士正装上衣的前襟，把带钩绳索套在前襟上。（中略）这个过程结束以后，同心组长和年轻同心跟随犯人左右护送其至最近的城郭之外①。若罪犯是武士，则当场归还武士的大刀和小刀②，然后放逐。（若监察员在场监督，则武士身份的罪犯需要出役、与力、同心、徒目付、小人目付列席）若罪犯是庶民，则需要同心组长和小人目付在场监督。③

据此，追放刑判决现场约束庶民罪犯的方式是"脱去其外衣"，"将其双手绑至背后"，而对武士罪犯只是象征性地绑缚衣襟，说明刑法制度对待庶民的方式是严厉的、不留情面的，对武士则显示出一定的尊重。在城郭外执行追放刑时，庶民罪犯只需要警务组长及其下属现场监督，而除了这些人员以外，武

---

① 表示城郭之外的"曲轮外"一词，东侧在常盘桥外，西侧在四谷门外，南侧在幸桥门外，北侧在神田桥外。

② 武士佩戴在腰间的长刀和短刀，至江户时代成为武士制式。

③ 原胤昭『江戸時代犯罪・刑罰事例集』東京：柏書房、1982、85—86 頁。本段为笔者所译，文中出现了很多刑法相关人员的称谓。"同心"，指隶属于所司代和诸奉行的下级官吏，排在"与力"以下，分担庶务和警察事务。"年寄同心"，指同心长官，笔者译为同心组长。"蹲踞同心"指在法院判刑现场蹲在一侧待命行事的人员。"出役"，指江户时代幕府与诸藩的一种官吏兼任其他工作的制度及相应官吏，特指幕府管制关东的兼职官吏。"与力"，江户时代辅佐诸奉行、大番头、书院番头等的官吏，负责江户的司法、警察等维持治安的工作，同心是其下属。"目付"，江户时代隶属于幕府若年寄，监视旗本和御家人的行为。"徒目付"，江户幕府职位名称，在目付的指挥下负责江户城内的警备守护工作、大名登城之时的监察工作以及暗中侦查幕府诸官员执行公务的工作。"小人目付"，江户幕府职位名称，排在徒目付之下，列席意外事件发生现场、监督拷问和行刑、负责刑侦、巡视牢房、跟随目付去远处出差的工作。

士罪犯还需要更高等级的官员在现场监督，并且会拿回象征身份和名誉的武士佩刀，这也显示出幕府对武士的尊重以及对其名誉的维护。据此，近世刑法制度在施行追放刑的过程中差别对待武士罪犯和庶民罪犯，既要惩治武士罪犯，又要在一定程度上维护他们的名誉，这是追放刑在武士特权时代的一种必然表现。

追放刑被执行以后并未达到统治者预期的效果，一部分犯人潜回江户地区，一部分则流窜他处，继续影响社会治安，因此，幕府命令奉行尽可能将追放刑改判为用罚金抵罪或将罪犯贬为非人手下。江户后期是金钱社会，判官尽量将江户十里四方追放以下程度的追放刑用缴纳罚金的方式代替。罪犯不缴纳罚金则会被戴上手铐，给生活带来诸多不便，因此，罪犯一般都会想办法凑齐罚金；若实在没有资金，则房东、村长等要为其垫付。罚金会成为牢狱与衙门事务开支以及完善基础设施的费用来源。

被贬为"非人手下"的对象是庶民身份的罪犯。该刑罚起初是享保年间江户町奉行大冈忠相为遏制殉情自杀而制定的，将殉情自杀未遂者绑缚至日本桥示众三天后削为非人身份，并将其编作非人头子的部下。"非人"是贱民，处于士农工商以下，多从事刑场杀人、打板子、辅助文身等被公认为不吉利的工作。对于贱民阶层的犯罪审理，除了死刑以外，判官皆交由其集团头子负责，而避免与其直接接触。由于日本人清除污秽的传统思想根深蒂固，因此一般人不愿意触及刑场杂务工作，而幕府的运转却需要补充这类人员。如果说中世时期追放刑的神圣意义在于将作为污秽的罪以及罪犯逐出共同体以恢复其清净祥和，那么，近世后期将追放刑改为"非人手下"，令罪犯从事公认的触犯忌讳的工作，就是对罪与犯罪在日本人心中所带有的污秽标签的肯定。

从世俗功能来看，近世时期统治者颁布的追放刑为武士和庶民制定了不同标准，并不断针对追放刑的弊端进行补救，这些举措发挥的作用颇为重要：（1）武士身份的罪犯尽管在被施以追放刑时得到了维护尊严的优待，但难逃法网，对其他武士起到了警醒作用；（2）调整追放刑，扩大庶民阶层罪犯可活动范围的举措以及尽量不没收家庭动产的举措，为预防他们再次走上犯罪之路创造了良好条件；（3）其附加刑黥刑的实施有利于官府和一般百姓对罪犯的识别和防备；（4）用罚金替代追放刑的方式在减少罪犯流窜他处、扰乱正常社会秩

序等弊端的同时增加了政府收入；（5）把追放刑改判为"非人手下"的举措为
近世社会的正常运转提供了不可或缺的底层劳动力。总体来看，追放刑及其相
关举措的实施反映出统治者为维护统治将社会运转的内在需求与被统治者的生
存需求联系起来，实现了保障社会正常秩序的根本目的。

一个人不管是在地域上还是身份上，其存在的前提必然是归属于某一方
面，追放刑这种孤立罪犯的惩戒方式及其对其他民众所起到的威慑功能，维持
了统治者辖内土地耕种以及民众安居乐业所需的稳定秩序，是追放刑的根本价
值所在。正如美国法学家评价放逐行为时所说的，"它能与宗教的涤罪义理相
联系，蕴含着那些不适合某社区的人应被驱逐出去的意义，它还可以与世俗的
权利相联系"[①]。日本的追放刑被统治阶层所利用，借助清除污秽的神圣的传统
信仰达到维护其统治的世俗目的。作为一种放逐行为，它植根于日本国原始社
会清除污秽以息神怒的"祓"的原始信仰，人在清除污秽的认知中产生了清除
罪的行为——不但要清除违反共同体秩序的犯罪分子，还要清除他们带来的晦
气。由此，必然带来三大结果：一个共同体恢复清静祥和的状态，在彻底消除
不良分子的同时收获一笔财富，另一个共同体受到前者驱逐出去的不良分子的
威胁。

追放刑在保障一部分地区秩序的同时损害其他地方利益的特征，常见于
不同利益集团展开较量的中世时期；对整体利益与损害紧密相连的近世德川幕
府而言，该刑罚作为社会防卫手段的意义却大大减弱。然而，该刑罚被沿用的
原因应该出于以下两大方面。德川幕府的刑法制度，尤其是初期制度在很大程
度上继承了中世刑法制度的严酷精神，应对具体案件时往往参照中世判例，后
来将军吉宗又将追放刑纳入法典《御定书百条》，这些成为追放刑得以延续的
客观环境。除此以外，近世时期统治者沿用追放刑还基于维护武士政权的主观
考虑：江户、京都、大坂、奈良、长崎等大城市的和平安定对幕府而言远远大
于其他地方利益。武士重义、重名誉、易动武、易复仇，将其逐出犯罪行为发
生之地，既惩治了犯罪，又维护了他们的名誉，同时也降低了复仇事件发生的
概率。对于通奸、杀人等严重伤害受害方感情导致双方不共戴天的犯罪行为，

---

① 理查德·霍金斯、杰弗里·P. 阿尔伯特：《美国监狱制度——刑罚与正义》，孙晓雳、林遐译，北
京：中国人民公安大学出版社，1991，第 7 页。

将罪犯逐出当地是体谅受害方感情、恢复地方正常秩序的一种有效方式。

一个国家的刑法制度来源于政治决策，而政治决策受制于经济问题，最终为特权阶层服务。追放刑的诞生与演进自始至终与经济这个世俗问题紧密相连：它所蕴含的清除污秽的信仰源于原始社会农业的净化仪式；在平安时代与中世时期表现为与土地问题的密不可分，包括律令政府的班田制崩溃、豪门权贵与寺院的庄园发展、武士集团可支配的领地扩大；在近世时期则表现为以江户城为首的各大都市的壮大与商业的发展带动的町人文化。因此，追放刑是日本封建制下的统治者在经济问题带来的犯罪问题面前，利用清除污秽的原始信仰达到惩治犯罪、维护统治和增加财富的有效手段。

本章以公案文学作品中出现的刑罚为切入点，讨论了江户时代裁判者严格惩治犯罪的特点。在江户时代的前半期，除了一些单行法之外，江户幕府并没有制定一般的刑法典，而是根据以先例为中心的惯用的处罚例——判例法进行审判。进入江户中期后，天下持续太平，案件变得庞大，案件也变得更加复杂，判例调查官的工作变得更加困难。在这种背景下，对刑法典进行系统性整顿和制定迫在眉睫。第八代将军德川吉宗在法官大冈忠相的帮助下，于元文五年（1740）命令江户幕府最高司法机关评定所编纂的江户时代的律令《公事方御定书》，并于宽保二年（1742）完成上下两卷《公事方御定书》。《公事方御定书》上卷有八十一条令，分类收集了与评定所的办公规定、司法警察、诉讼程序相关的记录、公告；下卷由一百零三条法律条文组成，除了刑事、民事诉讼和审判程序外，还有对各种罪行的处罚规定。故《公事方御定书》亦被称为《御定书百个条》《御仕置百个条》《御仕置御定书》。《公事方御定书》被制定以后，又被陆续追加了一些新的内容。之后这些新内容作为别册被补上，延享三年（1746）四月形成《御定书添候例书》。

此外，在吉宗的亲自主持下还形成了法典《科条类典》。在制作《公事方御定书》时，寺社奉行、町奉行、勘定奉行三奉行受命收集了基本的判决例，吉宗在此基础上进行了补充，最后将奉行反复审议后答复的相关文件按条文分类整理而成。除此以外，值得一提的法典还有评定所编纂的大型刑事判决汇编《御仕置例类集》。从明和八年（1771）到嘉永五年（1852），这部刑事判决汇编被连续编纂五次，共有二百四十三册。

第五章

公案小说、武士与江户法治

上一章主要从刑罚的角度对日本江户时代的刑法进行了讨论，其中死刑和追放刑是当时刑罚的代表，笔者以《本朝樱阴比事》中被判处死刑与追放刑的案件为切入点，对这两种刑罚的实施内容与实施步骤及其历史渊源和意义进行了考证和探索，这两种刑罚突出显示了贯穿江户时代刑罚的残暴思想。《本朝樱阴比事》的作者西鹤在作品中如实再现了江户时代元禄以前那段时期对死刑、追放刑、削鼻等附加刑的实施情况，可以说这些介绍为读者带来了真实感，同时也起到了一定的普法作用。西鹤在作品中对现实的反映绝不限于刑罚，他甚至直接以真实案件以及江户时代实际存在的法律法规为素材，形成了充满现实感的公案作品。元禄以前的江户时代，町人的经济实力日渐增强，人们充满干劲，行为张狂且不计后果。幕府实施的兵农分离政策导致封建家臣对土地失去控制权，知行制变为藏米制，继而导致很多武士失去了往昔富足的物质生活，有的武士甚至陷入穷困状态。穷则思变，有的武士借助傍身的武艺开设武馆；有的凭借自身的知识积累变身私塾教师或乡村教师；有的开始经商；有的甚至假装胁迫名门，希望求得一官半职，实则是为了博得同情以获得一些钱财。[①] 出于大名改封、改易、减封等原因，一批武士失去了主君，沦落为浪人，或藏匿于他国，或在村庄里当上名主、庄屋等。幕府将大批流离失所的浪人视作危险分子，颁布《武家诸法度》，禁止浪人为官。在幕府对武士赋予的特权与对浪人施加的高压之下，“倾奇者”出现，切腹自尽、复仇杀人事件层出不穷，这在历史上留下了浓重的一笔。《本朝樱阴比事》等文学作品再现了这一时期的世态，所及之处有不少“武士”形象。西鹤描绘了“武士”在城市中的生活状态，以及他们与町人的关系。除此以外，西鹤更是以虚实结合的笔法

---

① 冈山藩名君池田光政的日记中曾记录了1657年冈山藩江户藩邸前，一个大坂浪人投书希望谋得一官半职的事件。在冈山藩官吏拒绝以后，该浪人威胁说要在门前切腹自尽，最终官吏好言安抚，且给他了一些钱财，才将其打发。后来经常发生此类事件。直到彦根藩井伊家果真让前来造访的浪人切腹自杀的事情发生以后，此类事情才逐渐消失。参考山本博文『江戸の金・女・出世』東京：角川学芸出版、2006、101—102頁。

巧妙构思案件，隐喻与武士相关的现实事件，又不拘泥于事件本身，有意设置悬疑与神秘气氛，勾起读者的阅读兴趣，再以裁判者之智慧抽丝剥茧，显示公案趣味。

第一节　武士与町人的交融

江户幕府彻底贯彻了丰臣秀吉时期就开始实施的兵农分离政策，武士从农村迁居城市，逐渐适应并融入城市生活。傍身的武艺与佩刀不再具有往昔无与伦比的威严，它们更是作为一种武士穿梭于城市的象征而存在。曾经装点武士生活的学问与风雅之道，反倒在武士的城市生活中熠熠生辉。《日本论》中，戴季陶在论及日本武士的生活时表示，封建时代，武士的三大活动是"击剑、读书、交友"[1]。日本的武士身份是世袭制，取得武士资格首先是要有武艺即精于刀剑之术；其次是要掌握一定的知识，才能确保其对命令的有效接收与执行，同时，知识也是武士在集团内部升迁的基础；再次要交友，这是武士阶层社会性的表现，风雅之道正是武士阶层社会性的反映之一。梅棹忠夫在《何谓日本》中指出，"在作为町人文化中心的小剧馆里，常常可以见到来游玩的武士"[2]。中级或更高级别的武士在幕府或藩内居高位，有优厚的俸禄，生活富裕，有大把金钱可用于消遣。剧场等公共娱乐场所成为富裕武士在城市生活中与富裕町人交往的重要舞台。

一部分中下级武士与失去主君、土地的浪人在幕藩体制的建立过程中，既失去了发挥武艺的天地，又没有在幕藩体制中谋得职位，甚至连一些武家名门之后在新的时代下也不得不蜷缩于城市一隅。他们中有经济富裕的，也有落魄的；有拥有自家宅院的，也有租住在町人房子的；有依靠万贯家财而享受当下的，也有依靠自己的学识而谋生的，还有穷困潦倒与底层町人无二的。随笔《世事见闻录》描述了文化文政时期（1804—1830）的世态，其中写道，当时五百石的武士一年的生活费甚至不足一百两小判[3]，而代替旗本与御家人去

---

[1]　戴季陶：《日本论》，长春：吉林出版集团有限责任公司，2011，第67页。
[2]　梅棹忠夫：《何谓日本》，杨芳玲译，天津：百花文艺出版社，2001，第68页。
[3]　小判是江户时代的一种金币，每个作为一两通用。

领取俸禄的代理人员，一个月的伙食费却有一百两小判左右①，足见部分中下级武士生活尤为困窘。落魄的武士尽管与町人混居在一起，但在一定程度上仍然保持武士的做派，深入骨髓的武士精神在生活中时不时地以不同形式显示出来。谚语"武士は食わねど高楊枝"正是对武士这一特征的写照。这句话的表面意思是武士饿肚子剔牙，实际上是在讴歌武士甘于清贫且志操高尚，当然也是对武士清贫却硬着头皮撑场面的做法的揶揄。这个群体在与町人的交往中，久而久之便显示出一些町人气质，成为既有别于中高级武士又不同于一般町人的城市新群体。

《本朝樱阴比事》卷二之四《嫁与近邻，引前夫恨之入骨》中的两个浪人都是富裕浪人，"积蓄可享用一辈子"。作品中被妻子背叛了的浪人实在忍受不了妻子与人偷情而陷自己于难堪的情形，便巧妙地通过请辞离开居住之町的方式，令裁判者参与到事件中。卷三之九《朝着妻子鸣叫的树梢上的小杜鹃》中，通晓音律的浪人虽曾家世显赫，但如今要靠音律特长出入高门"取悦于人"，可见其经济方面并不富裕，生活也不是很如意。该浪人在遭到别人诬陷时，为了不泄露名门大户的信息而甘愿承认莫须有的罪名。卷四之一《聪明女人的随机应变》中的浪人租住在京都的町内，"他万事处理得都很妥当，町内居民经常咨询或找他商量事情，将他当作宝贝，所以很乐意他住在这里。他也乐于帮助大家解决各种问题，被大家奉为'先生'"。即便如此，他也只是"雇了一个下人，勉强度日"。在与町内居民长期交往的过程中，他"自然而然地具有了町人气质"。卷二之八《面前剑山逢死人》的初始部分提到一个在借钱时受不了对方咄咄逼人气焰而拔刀杀死对方后自裁的人物，尽管作品寥寥几句，但不难推测罪犯应该是一位无法维持生计的落魄武士。卷五之五《危险之物乃笔尖之毛》中，擅于书法的美男子的父亲曾经是一个武士，尽管这个武士的父亲"是一个武士，但是在他积攒了很多钱财以后却放弃了武家传统，准备让自己的子孙后代都成为町人"，未料到，他那精于艺术之道的儿子却败光了家产。

综合以上《本朝樱阴比事》中与町人混居在一起的浪人的形象，可以看出：（1）一些浪人尽管已经居住在町内，但是他们自身的学识、教养以及深入骨髓的武士精神决定了他们的为人处世方式不同于町人。（2）浪人的学识与修

① 山本博文『江戸の金・女・出世』東京：角川学芸出版、2006、91頁。

养成为他们的谋生手段。（3）由奢入俭成为浪人在新时期必修的功课。（4）浪人的博学多识在他们与町人的交融中发挥了重要作用。江户时代，京都、江户等大城市成为融合武士与町人文化的新兴文化诞生地。尤其是京都，作为天子所在的居城，它传承着传统的风雅之道。京都是一个吸收、融合、传播和产生各种文化的地方，所有的一切渗入且裹挟到武士与町人之中。武士们并没有生活在一个闭锁的集团内，他们与京都以及京都市民逐渐建立起一种协调的关系。反过来，对市民阶层而言，武士阶层是重要的消费群体，是他们的衣食父母，与町人和谐地混居在一起的武士是传播知识，以及帮助他们解决问题的重要存在。

第二节 "倾奇者"、弓箭事件与公案小说

除了上述类型的武士以外，城市中还存在一类出身武家但对幕府充满敌对情绪的人物。下面以《本朝樱阴比事》卷二之一《十夜念佛遇半弓》中的事件来认识这一群体。庆长二十年（1615）四月，家康取得了大坂夏之阵的胜利，自此战国以来的长久战争宣告结束。七月十三日，后水尾天皇将年号从庆长改为元和，即"元和偃武"。之后，江户时代进入了长久的国泰民安时期。执掌政权的将军家康与其子秀忠及其部下京都所司代板仓胜重、重宗父子重视并监督后水尾天皇及朝廷的一举一动。"元和偃武"开始以后，京都地区遭遇了地震、火灾，以及杀人事件、复仇事件等，因此元禄以前的那一段时期人心惶惶，整个日本弥漫着不安与粗野之气，同时，这些灾难与事件也成为元禄文化形成的背景。《本朝樱阴比事》出版于元禄二年正月，诸篇作品所描写的案件、所反映的社会状况与民俗风情，以及未指明姓名的裁判者风采，皆影射了元禄以前这一段时期日本的情况。

一、《十夜念佛遇半弓》对弓箭事件的隐喻

在《十夜念佛遇半弓》中，烟管店老板暴尸街头，裁判者对其周边人物一一展开问询与调查，却未发现杀人痕迹。最后令其家人先埋葬逝者，在街头恢复平静的翌年春天的某一个深夜，裁判者在当时的案发现场京都松原通精心

策划了一场引诱罪犯的活动。亡者之妻在夜深人静的时候一边尖声喊道："来人哪！有贼！大家赶快出来抓贼啦！"一边急迫地敲响左邻右舍的门。手持棍棒跑出来抓贼的邻居中，一个拿着"半弓"（长度比一般弓箭短一半的小弓箭）的町人成为潜伏在周围的衙役的抓捕对象。他们将这个煞有介事的町人五花大绑押回奉行所，其他的町人也全部跟去奉行所接受了裁判者的审判。烟管店老板原来是被手持半弓的町人放出的一箭所害，该町人曾以人为靶子练习射箭。

这一作品在《本朝樱阴比事》中称得上是情节曲折、扣人心弦的一篇。案件一开始交代，人们一大清早在松原通上发现了一具手拿净土宗佛珠、肋骨被箭射穿的尸体。简练的叙事交代了与案件有关的极为重要的两个线索——一个是净土宗，另一个是作为凶器的箭。这两个线索各司其职：净土宗暗示了这起案件与宗教的紧密关系，又映射了现实中的真实事件；箭在作品中既是凶器，又是彰显武士阶层特权的一个事物。应当说，西鹤如此布局的灵感来源于真实事件与社会现实。

据说自元和五年四月上旬卯日起，京都举办了将稻荷神社的神舆从京都西九条御旅所归还至七条通稻荷神社本殿的活动。其间，神舆在氏子所在的町巡游，神舆在通过五条附近的松原通时，突然被一个半弓射中，从而引起了骚乱。西鹤在《本朝樱阴比事》中创作的《十夜念佛遇半弓》隐喻的正是此次事件。作品中事件发生的地点以及凶器等各种细节的设置都在唤起读者对二十多年前这起箭射神舆事件的回忆。

第一，案发地点的设置。《十夜念佛遇半弓》中烟管店老板在松原通遇害，作品的相关描述为"拂晓时分东山上挂着的云彩渐渐隐去，天亮了，松原通上鳞次栉比的铺子陆续打开店门。人们发现街上躺着一个四十二三岁的男人，他手上戴着净土宗的佛珠串，肋骨被一支箭射穿了"。文中将遇害地点设置为松原通商铺聚集一带，结合妻子对遇害者当晚活动的描述与遇害者的家庭住址，我们可以推算出其遇害地点更为精确的方位。妻子在丈夫尸体旁诉说的话点明了遇害者死前所参加的活动——"昨晚前半夜你离开家去因幡药师那里参加念佛活动，居然遭此不幸"。"因幡药师"在江户时代指京都松原通与柳马场通相交位置的因幡堂，它是一个真言宗寺院，供奉着药师佛像，在当时极为出名，来京都的人经常会到此参拜。可以推测，遇害者应该是在结束因幡堂的念佛活动后的回家途中遇害的。至于遇害者的家庭地址，通过围观人群中认出遇害者之人的话可以知晓——"那是大佛前的烟管店老板"。这里的"大佛前"显示了烟管店的位置。大佛指方广寺大佛，而方广寺位于七条大桥东侧茶屋町丰国神社的北边。也就是说，烟管店老板在松原通与柳马通相交的位置结束念佛活动后，在返回位于七条大桥方广寺门前町的店铺的途中遇害。而早于作品几十年的弓箭射神舆事件正是发生在烟管店老板遇害的松原通。第二，凶器的设置。作品中烟管店老板被箭射中身亡，而神舆事件正是弓箭射中神舆而引发的骚乱。第三，宗教的设置。西鹤在《十夜念佛遇半弓》中记述了笃信佛教的烟管店老板在参加了一场夜间举行的佛事活动以后被弓箭射中而离世的案件。在真实案件中，被射中的则是日本传统宗教神道活动中的神舆。作者在《十夜念佛遇半弓》一开始就营造了浓厚的佛教色彩："过去，京城的大街上出现了很多剃发艺人，他们以出家人样貌加入念佛队伍进行唱歌念佛。其中，嵯峨地区一个名叫'安乐坊'的人，声音细细长长，与其他人相比唱得尤为动听。听了她所唱的佛歌，人们不由得产生了信仰净土宗之心。时下正好是净土宗寺院每年阴历十月为期十晚的念佛活动，敲钲的出家人有严守清规的和尚，也有不守清规的和尚。钲的声音一直持续到翌日凌晨。僧人们举办念佛活动、唱颂歌、说法，想替世人祈求目不能及的极乐世界，然而实际上没有什么用处。"一段简要的叙事，既交代了事件所处的时代特征，亦反映出作者对宗教的态度——念佛之于大众毫无用处。其潜台词是与其担心死后的世界不如珍惜时下。在这样的基调下，出现了净土宗信徒惨死街道的事件。死者笃信佛教却遭此一劫，颇具讽刺意味。

西鹤在真实事件基础上进行的创新除了上述内容以外，还主要体现在追查和缉拿罪犯的安排上，而且，这些新内容皆融入了浓厚的时代特色。裁判者通过遇害者妻子的介绍得知，遇害者生前曾经有两位朋友，而后却断了来往，这引起了裁判者的关注和调查。结果发现，遇害者与其中一位朋友中断联系的原因是那位朋友早一步获得了宗家授予的蹴鞠紫腰证书，从而心生嫉妒不再交往。另一位朋友曾与烟管店老板争夺过一个风尘女子，但不曾结怨。裁判者为证明两个人所言属实，除了进行调查以外，还通过让他们给死者家属高昂慰问费的方式对他们进行了再次的试探。排查嫌疑人原本就属于公案文学作品中案件发展必备的一环，并非特别之处。西鹤在设置犯罪嫌疑人时融入蹴鞠活动和争夺风尘女子之事，向读者展示了近世町人社会中成功人士的社会活动。桧谷昭彦评价道，"这种尤为成功的实业家参与这些活动是因为它们象征了自身社会地位"[1]。在本案件发生的 17 世纪 40 年代，町人经济处于上升期，传承艺术的宗家也随着町人财力的增强而振兴了各自的流派。文中提到的活动蹴鞠，以及宗家授予达到一定水平的参与者紫腰证书等皆是这一时期町人经济社会繁荣的体现。当时成功的町人所参加的交际活动众多，除蹴鞠以外还有谣曲、茶道、连歌、俳谐、儒学、围棋、杨弓、香道、有职故实[2]、琵琶、琴、小歌、口技等。事业成功的町人之所以参与这些活动，除了彰显自己的社会地位以外，更主要的是为了开展交际，以利于生意的进行。

二、"倾奇者"对幕藩秩序的对抗

排除以上两个人的犯罪嫌疑以后，西鹤又安排了一个很有可能是"倾奇者"的犯罪嫌疑人。一开始，案件陷入僵局，裁判者于第二年春天在事发地点设计了半夜抓贼引蛇出洞的活动。在跑到街道上抓贼的人群中，"有一个人手拿半弓，穿着威风凛凛"。案件审理过程中，裁判者还怒斥这个人："你拿着不允许町人携带的武器，实属不该！你为什么会拿着这样的武器呢？"这个人最后招供道："我近年练习射箭，渐渐可以射中东西，偶尔可以射中狐狸、猫之类的小动物。于是，便想着什么时候要射人试一试。"以上三处细节合起来，勾勒出罪犯的基本特征——一个町人，却持有彰显武士特权的武器，进行了与町人身份不符的射箭活动，而且着装不同于常人。结合这些特征，笔者认为《十夜念佛遇半弓》中的罪犯应该是倾奇者。

日本正保、庆安年间（1644—1651），有一群结着奇怪发髻、以不同寻常的打扮吸引众人目光的人，他们聚众结党，横行市中，还经常深夜出没，为了试刀或谋财而杀人、恐吓、敲诈，被人们称为"倾奇者"。他们有出身旗本[3]的青年无赖，也有出身町人的游侠之徒，分别被称为"旗本奴""町奴"。他们的

① 参考桧谷昭彦『江戸時代の事件帳　仇討ち　殺人　かぶきもの—元禄以前の世相を読む』京都：PHP 研究所、1985、15—16 頁。
② 研究历代朝廷或武士礼义、典故、官职、法令、装束、武具等的学问。
③ 江户时代直属将军的家臣中，俸禄在 1 万石以下、有资格直接觐见将军的家臣。

无赖行径与盗贼的抢劫越货不同，他们的目的是"扰乱幕府努力构建起来的幕藩体制秩序"①，因此，幕府对于倾奇者采取镇压态度。早在庆长年间，幕府就在江户城中设置关卡，逮捕倾奇者，最终将三百名倾奇者处刑。

宽永六年（1628），为了取缔为试刀或谋财而在路上杀人的行为，幕府在江户城中设置哨所，频频逮捕倾奇者。这一时期，町人也被禁止乘轿或配长腰刀，头戴斗笠或用手绢捂着脸走路的町人甚至会被逮捕。至于倾奇者反抗幕府或藩国的原因，从根本上来说是幕府和藩国在强化权力的过程中，将知行制改成藏米制，牺牲了封建家臣的利益，令旗本与御家人陷入贫困潦倒的生活，以至于他们中的许多人迫于生计而开始招收携带钱财上门的养子，有些下级武士开始经营副业或做买卖。② 将这一点与《十夜念佛遇半弓》中的内容结合起来，我们不难解密西鹤笔下形形色色町人中的"某一类人"。作品中，在裁判者问嫌疑犯为何会手持町人不该配备的半弓时，嫌疑犯说，"这个半弓是我们家代代相传之物"。正如上文所述，町人不能持有武器，而嫌疑犯之家却能代代相传，这透露出一个重要信息——他们家很有可能是没落的武士之家。从信仰的传承上来看，他们将半弓视作武家之物世代相传；从持有武器的可能性来看，他们才具有持有弓箭的可能。

追根溯源，武士出身于"以武艺为家业的特定家世"③，他们擅长弓箭、精于骑射。"弓马之艺"与"马上射艺"所涉及的射箭技艺种类丰富，如"驰射""待射""照射""步射""骑射""笠悬""流镝马""八的""三三九""手挟"。④ 在前近代社会，"自立自救"是解决各种纷争时最常用的手段，即当自己或自己所属集团的权利受到侵害时，不通过法定的程序，而是通过实力去恢复和行使权利。自立救济的极致手段是动用武力，当对方也以武力来抗衡时就演变成私战。武艺超群之人被赋予了维持某一集团内部秩序稳定、破除其他集团威胁的任务，"弓马之艺"被承认，以武艺为业者成为武士，被中世乃至之前的武士称作"弓马之士"。"弓马之艺"应用于狩猎与战斗，在战场上发挥重要作用。治承之乱之前，战场中就存在弓箭大放异彩的"盾突战"，即战斗始

---

① 北岛正元：《江户时代》，米彦译，北京：新星出版社，2020，第 67 页。
② 北岛正元：《江户时代》，米彦译，北京：新星出版社，2020，第 69—70 页。
③ 高桥昌明：《日本武士史》，黄霄龙译，北京：社会科学文献出版社，2020，第 22 页。
④ 参考高桥昌明：《日本武士史》，黄霄龙译，北京：社会科学文献出版社，2020，第 22—24 页。

于双方互射的战法。两军在战场上用盾牌排成墙对峙，发出三次呐喊以示开战，然后派出骑兵射出鸣镝，对方回射鸣镝，之后，万箭齐发越过盾牌。除此之外，"驰组战"①、"追尾射"②等战法皆是箭术与战术的结合。③换言之，武士自古以来便是擅长弓箭之人，除了太刀、大小腰刀、剑以外，弓箭亦是武士特有的武器。高桥昌明一针见血地指出，"长期以来象征武士的武器是弓箭而非刀"④。

回到作品《十夜念佛遇半弓》，西鹤借裁判者之口道出了半弓的使用权限，提醒读者思考射箭者的真实身份，由此引出了倾奇者的前世今生。倾奇者是曾经为德川家出生入死的武士，也因此获得了无上荣光。但是，德川家在发展"幕藩制"⑤，即发展新时期以中央政权江户幕府及拥有独立领国的藩为统治机构的政治社会体制过程中，彻底地贯彻兵农分离政策，令武士的利益大大受损，一些失去土地的武士连基本生计都无法维持。因此，下级武士以及失去主君、没有知行地或俸禄的武士即浪人有的弃武归农，有的开设道场，有的在私塾中执教，有的经商，有的出家，等等。这群人在武士道路上的利益与幕府新时期的利益相冲突，所以尽管幕府也曾尝试救助困窘的他们，但终究没有彻底保全他们。他们在流离失所之后，反被视为威胁社会安定的危险分子，进而被多方限制。

浪人问题并不是江户时代才产生的，早在丰臣秀吉进行太阁检地⑥时就已经将没有主君、没有土地耕种的武士赶出了农村。即使如此，由于当时战争频发，浪人还有很多机会选择新的主君，因此，浪人问题并不突出。关原之战⑦

---

① 指相互骑马对射的战法，让敌人处于弓箭手方便射箭的前左方，将其射落。

② 指在战场或狩猎场上，从敌人后方追射箭的技术。

③ 参考高桥昌明：《日本武士史》，黄霄龙译，北京：社会科学文献出版社，2020，第24页、第113—117页。

④ 高桥昌明：《日本武士史》，黄霄龙译，北京：社会科学文献出版社，2020，第8页。

⑤ 从某个层面来看，可以说是德川幕府完成了丰臣秀吉创造的全国支配体制。幕府是由谱代大名和旗本、御家人组成的军事组织，作为其首领的将军对全国进行支配。大名虽然接受《武家诸法度》等统制，但原则上其领国内的政治、法制、经济等方面的独立性是得到承认的。但是，大名揣测幕府的意向，实行贴近幕府的政策。参考高桥昌明：《日本武士史》，黄霄龙译，北京：社会科学文献出版社，2020，第106—107页。

⑥ 丰臣秀吉在全国范围内测量与调查耕地，以确定农民需要上缴的年贡与各种税的多少。

⑦ 丰臣秀吉死后，手握天下实权的德川家康为确立德川家的霸权地位，于1600年9月15日在关原集结大名，大败支持秀吉之子丰臣秀赖的西军的战役。

后，大名大规模人事变动后产生的浪人多达50万。到了江户时代，大坂之战①和岛原之乱②中出现了不畏强权的浪人，鉴于外来宗教势力的渗透，幕府加强了对浪人的管制。元和九年，幕府在京都大规模强行驱逐浪人。宽永九年（1632）至宽永十二年，幕府颁发《武家诸法度》③，禁止浪人为官，还在全国推行浪人登记制。此外，幕府在城市发布"町触"，在农村制定五人组帐前书，告诫百姓不要留宿外来可疑人物。浪人还被禁止在寺庙和武士宅第寄宿。④这些措施的根本目的是淘汰游离在士农工商身份等级制度之外的危险分子。

在这样的时代变迁中，下级武士成为江户幕藩体制的牺牲者。而旗本奴和町奴则吸收了浪人，他们憎恨幕府，常常以杀人、打架斗殴、恐吓、敲诈等方式挑战幕府权威。由此看来，《十夜念佛遇半弓》中，"罪犯为试箭术而用半弓射人，就像射小动物一样"这样令人费解的杀人理由也得到了解释。换言之，用弓箭射人并不是因为恩怨情仇，而是倾奇者以无差别杀人方式引起社会骚动从而报复幕府的手段。

从作品中烟管店老板被射杀的事件来看，在武士社会，町人无端成为倾奇者报复幕府时遭遇伤害的群体。在古代日本，住在农村的农民被称作"百姓"，住在城下町或大都市里的商人、手工业者以及大批为城市运转而工作的城市底层民众被称为"町人"，这两个阶层皆为被统治阶层。由于受中国重农政策的影响以及出于江户初期幕府需要从农村征收租税以确保国库储备的考虑，处于统治阶层的武士对待百姓的态度比起对待町人来要好得多。也就是说，武士原本对待处于阶层底部的町人时就是不屑与鄙夷。武士与町人共同生活在城市这一片土地上，从某种程度上来说他们是一个生存共同体，但是他们的道德意识与处事方式完全不同。武士处于统治阶层，轻生死、重名誉；町人处于被统治阶层，相对武士而言，他们轻信义、重金钱。武士在城市里依然如往昔般动辄武斗，"因刀鞘碰撞之小事而大吵，打丝毫没有意义的架，将砍倒

---

① 1614年冬天以及翌年夏天，德川氏向丰臣氏发起的两次战役。夏之阵令丰臣氏彻底灭亡。

② 1637年至1638年，肥前岛原与肥后天草爆发的反对德川幕府与反对领主苛政的农民起义。起义军最终被幕府大军打败。

③ 江户幕府为了管控各大名而制定的法令。该法令规定了对城池修建的限定条件，还规定了婚姻制度、轮流在领地和江户居住的制度等。

④ 参考北岛正元：《江户时代》，米彦译，北京：新星出版社，2020，第62页。

对方、全身而退视为武士本色"①。这种好斗与杀伐风气不可避免地殃及同一生活区域内的町人，轻则损害町人利益，重则取其性命。本节中讨论的倾奇者，是出身于武士的旗本、御家人与浪人，因穷困与被镇压而集结在一起。他们坚持着日本古老的伦理观"意地"与"一分"，他们对抗幕府的各种无赖行径，与其说是伤害了町人，不如说是以伤害町人而达到了破坏公共秩序的目的。町人作为封建制度下的弱小群体，只能被武士以及这些倾奇者无情践踏。

第三节　武士社会与公案小说

《本朝樱阴比事》描写了近世时期京都及其周边地区的纷争与案件，作品中屡屡出现江户初期生活在京都的町人身影与京都的各种风物。诚如第一节《十夜念佛遇半弓》中围绕半弓杀人一案而展示的对江户时代京都市区内靠南的松原通、五条通、柳马场通、七条通、七条大桥、茶屋町等主要道路和地理位置的直接描述和间接影射。《本朝樱阴比事》卷四之九《凭借琵琶之音析出要害》以远近闻名的京都夏季风物诗——鸭川四条纳凉床为关东武士与北方武士斗殴的舞台，在寻找关东武士藏匿之地时涉及京都市南部宇治的朝日山、京都市内西部的嵯峨，以及京都市西北端的爱宕山。作者不但介绍了京都市内地理，而且将视野扩大至京都周边，为读者展开了一幅京都及周边的地图。如果说京都地图是引导读者的指向标，那么京都的风物、京都的人和事则是向读者施展魅力的主角。在《十夜念佛遇半弓》中，作者借被害者的遭遇显示了当时净土宗在京都颇为流行的境况，借行凶者与裁判者之口暗示了浪人在幕藩制度建立过程中为谋生而不得不转变身份的无奈以及由此产生的抵抗幕府的行为。在《凭借琵琶之音析出要害》中，作者笔下的京都所司代在案件中并没有发挥我们现代人认知中的行政长官与司法长官的作用。尽管他是一个集行政与司法职能于一身的地方长官，但是他没有直接逮捕或审讯斗殴中的杀人者，亦没有阻拦前来京都复仇的北国武士，而是帮助他们打探出仇家隐匿之地，令对方前去复仇。

---

① 井原西鹤著、麻生磯次、冨士昭昭雄対訳『対訳西鹤全集　武家義理物語』東京：明治書院、1989、4頁。

一、是复仇故事？还是公案故事？

《凭借琵琶之音析出要害》的内容一开始很容易给读者一种丈二和尚摸不着头脑的感觉。故事没有介绍双方武士因何事斗殴，过错在谁，也没有介绍北国武士与东国武士具体是哪个藩的武士，更没有涉及维持社会秩序的治安机关没有出面调停的原因。最终，读者从作品中了解到，兼司法职能与行政职能的京都所司代在该案件中发挥的作用是，在北国武士提出复仇事宜以后帮助其侦查出东国武士藏匿之地。

该作品是涉及武士复仇的作品，日本的文学作品中以复仇为主题的故事屡见不鲜，西鹤的《武道传来记》便是一部描述武士复仇悲剧的短篇小说集。本节讨论的《本朝樱阴比事》之《凭借琵琶之音析出要害》将复仇故事植入公案作品中。作为公案作品，《本朝樱阴比事》的代表性特色是裁判者侦破案件，解决纠纷，并将罪犯绳之以法。而《凭借琵琶之音析出要害》并不是一个很能凸显公案作品特色的故事。故事一开场是不明原因的四条纳凉床武士斗殴事件，地方长官并没有行使其司法职能去平息事件。之后，被杀一方的北国兄弟在旅馆老板的陪同下，向裁判者禀明复仇来由，他们"不知道仇敌长相，连姓名也不清楚"，希望裁判者"大发慈悲之心，帮忙找出仇敌藏匿之处"。面对这样的请求，地方长官发挥的作用是按照幕府对复仇的规定而受理复仇申请。故事末尾，北国武士根据京都地方长官提供的地点找到仇敌且将他们杀死，之后向裁判者汇报大仇已报，且将仇敌首级作为礼物带回故乡。这些内容很难令人看出故事与公案的联系。整篇作品中，只有京都地方长官帮助北国武士侦破仇家所在的过程显示出了公案故事的特征。他先召集了洛中地区的外科医生，再根据相关外科医生凭借感觉而进行的回忆推测大致情况，之后进一步以医生救治受伤之人时听到的琵琶之声为线索，召集京都的琵琶法师，再根据琵琶法师的相关活动最终精确了武士藏匿之所。这段侦破过程中层层剥茧的破案智慧才是"裁判"之精彩所在。

从作品的构思来看，西鹤在《凭借琵琶之音析出要害》中将"复仇"与"公案"两大内容结合起来，试图将"复仇"融入表现"板仓大人侦破智慧"的主题下。但是，作品的叙事安排带给读者的感受却是板仓大人的侦破活动附属于

"复仇"事件；换言之，作品的主题看起来是"复仇"。如此，将其划入以"裁判物"为整体定位的《本朝樱阴比事》，便显得牵强。

再来看西鹤在《凭借琵琶之音析出要害》中对京都所司代工作内容的设定。板仓大人是幕府派往京都监视天皇与公家的官员，是京都地区的最高行政长官、最高司法长官与警察局局长。他的重要工作之一是维护京都地区的社会安定。在这起案件中，他尽管并未调停、逮捕斗殴双方，更没有涉及判刑事务，但是受理了他藩武士的复仇申请。从现代法学的立场来看，他没有发挥司法职能与警察职能；但是从江户时代京都所司代的立场来看，他不仅在执行幕府有关复仇方面的规定，还在维护所管辖范围的"安全"。若没有他出面侦破东国武士藏匿之地，就不能排除北国武士在调查中会伤及无辜的可能，也不能排除东国武士为保命而做出伤害他人之事。从西鹤在本作品中给京都所司代安排的这两项工作（"谨遵幕府命令登记复仇一事""超越登记这一工作，追查仇敌所在地"）来看，我们必须说京都所司代是一位忠诚地维护幕府封建统治的卫士，还是一位极具侦破智慧的裁判者。学界目前尚未在史实中发现他所经手的这一复仇事件，但是坊间却不乏与此大同小异的板仓大人故事。野间光辰指出，伴蒿溪的《闲田耕笔》卷三中载有两篇与该事件旨趣相同的作品：《彼时的京兆板仓侯》与《闻名近古的京师名医》。[①] 这些故事除了歌颂京都所司代板仓大人在侦破案件方面的大智慧，还显示了武士复仇活动频发与幕府赋予武士复仇活动特权的事实。

二、一切笔墨皆为"复仇"："喧哗两成败"不见踪影

京都所司代既然是维护京都治安的父母官，那么为何不去处理《凭借琵琶之音析出要害》开篇出现的武士斗殴事件呢？武家法对于斗殴双方的传统处理方式是"喧哗两成败"，即无论打架之人的打架理由是什么，双方皆要受罚。早在室町幕府时期，幕府为了制约土地引起的纷争而制定了相应的法律。其中，《室町幕府追加法》第六十条规定，纷争中先出手的一方不论是非曲直都

①　井原西鶴著、麻生磯次、冨士昭雄対訳『対訳西鶴全集　本朝桜陰比事』東京：明治書院、1989、153 頁。

要被处罚，政府要收回其所有土地，还要处罚还击者，收回其一半领地。① 除此以外，室町时代肥前国五岛列岛的"国人"（当地领主）团结起来，成立了"一揆"②，于应永二十一年（1414）制定了一份文书《五岛住人等一揆契状》，其第三条简洁而又明确地规定，要将打架斗殴双方判处死刑。③ 到了战国时期，"喧哗两成败"的理论得以完善，如战国时代骏河国的大名今川氏的分国法（战国家法）《今川假名目录》第八条指出，"及喧哗之辈，不论理非，两方可行死罪也"④，即吵架斗殴双方，不论理由如何，皆处以同等的死刑。其意义在于恐吓，以防止吵架的发生，以及能够在吵架发生时快速解决问题。骏河国的邻国甲斐武田氏制定的分国法《甲州法度之次第》中也采用了同一法理。⑤

当然，战国时期为了制约吵架以及武斗而制定的《喧哗规制法》并非只有"喧哗两成败"的处理方式。例如，东北地区的伊达政宗在分国法《尘芥集》第二十条中指出，在处理吵架斗殴事件时，要先对纷争的是非曲直进行判断。⑥ 与这种对事件的是非曲直进行评定的法理相比较，"喧哗两成败"的法理具有三大特征：（1）不评判双方的是非曲直；（2）禁止动用武力；（3）讲求双方的"平衡"⑦，即因为当事人双方接受了同等的处罚，所以双方在主观感受方面取得了平衡感，这实际上成为"喧哗两成败"存在的绝对基础。因此，这也是"平衡"成为"喧哗两成败"法的做法很容易被社会接受的主要原因。当然，反过来说，不对导致纷争的原因进行调查就对双方施以同样的处决不但有失公允，而且会引发抵抗情绪和抵抗行为。但即便如此，时至今日，战国时期的"喧哗两成败"法亦被定位为战国大名法的"最高点"。⑧ 后世继承了"喧哗两成败"法，但是往往会根据时代特征、事件情况、场所，甚至会根据上下文而增加内容，诚如上文提到的今川氏《今川假名目录》第八条的后续内容在以"喧哗两成败"为基本法的基础上，为有可能出现的各种各样的实际情况提供不同

---

① 村上一博、西村安博『史料で読む日本法史』京都：法律文化社、2018、199—200頁。
② 镰仓、室町时代，同族的武士等基于共同的利害关系而在政治、军事上团结一致，共同进退。亦指其组织。
③ 村上一博、西村安博『史料で読む日本法史』京都：法律文化社、2018、200—201頁。
④ 村上一博、西村安博『史料で読む日本法史』京都：法律文化社、2018、198頁。
⑤ 村上一博、西村安博『史料で読む日本法史』京都：法律文化社、2018、199頁。
⑥ 村上一博、西村安博『史料で読む日本法史』京都：法律文化社、2018、202頁。
⑦ 村上一博、西村安博『史料で読む日本法史』京都：法律文化社、2018、201頁。
⑧ 村上一博、西村安博『史料で読む日本法史』京都：法律文化社、2018、204頁。

的应对策略，如对在纷争中即使遭遇攻击也能忍耐下来而不还击的负伤者，将其按正义之士对待；对于帮助一方参加武斗而导致自身负伤或死亡的人，不予过问。①

因此，依照武家法的惯例，江户幕府应将斗殴双方绳之以法，或者根据纷争时的具体情况做出一定的处理。元禄十四年（1701）发生了引发日本历史上空前绝后的"赤穗事件"的导火索事件。赤穗藩第三代藩主浅野内匠头被命令在江户城接待天皇派来的御史，他向熟悉宫廷接待礼仪的吉良上野介请教接待礼仪，却被上野介戏弄而闹出了很多笑话。内匠头一怒之下，在江户城的"松之廊"拔出腰间小刀刺向上野介，后被周围人员及时按倒而未导致命案发生。将军在调查完事件的真相以后认为，因为内匠头将愤恨诉之于武力而导致对方受刀剑之伤，所以责任完全在内匠头，而且，在如此重要的日子里动刀影响了接待事宜，故命其即日切腹（事实上原本就有规定，武士不能在幕府将军的居城里拔刀，否则处死）；因为上野介顾及当时所处环境而未还击，所以同意他治愈以后再返回幕府工作。这起事件中，幕府没有采用"喧哗两成败"的惩处方式，而是在明确前因后果以后做出了针对责任一方的判决。事实上，这个事件在内匠头切腹自杀以后，引起了赤穗藩浪人为内匠头报仇雪恨的"赤穗事件"，也引发了大众以及武士对武士道以及复仇的论争。尽管这起复仇事件发生在《本朝樱阴比事》出版十二年以后，但是，它仍能反映自江户初期甚至更早时期就存在的武士与浪人的道德精神。

回到《本朝樱阴比事》之《凭借琵琶之音析出要害》的开篇处，作品以"一方的主从三人皆被杀害，另一方约五六个人，均手部负伤而离开"表明一方全部死亡，另一方没有任何线索，从而未展开对斗殴双方的处置。事实上，双方的斗殴"伤及了很多毫无关系的町人"，地方官本应找出藏匿起来的一方进行处置。但是，西鹤在作品中并未描写京都所司代对斗殴事件的处理。原因是，西鹤若在此处展开介入处理的内容，后文则很难嵌入复仇的故事。所以，读者只能在有头无尾的别扭氛围中阅读下去，于是便有了北国武士复仇的内容。

① 村上一博、西村安博『史料で読む日本法史』京都：法律文化社、2018、207 頁。

三、武士与"复仇"

尽管我们很难理解，亦很难认同裁判者帮助武士复仇的做法，但这种不同于现代社会的做法，却是日本江户时代幕府赋予武士的特权。复仇是人类的原始本能，并非日本独有，在近代以前，世界各国历史上皆有复仇举动。新渡户稻造在《武士道》中表示，"复仇中有着足以满足人们正义感的东西"，"复仇感觉有如数理方面的力一样准确，直到方程式的两端相等为止"。[①] 早在宽文三年（1663），幕府就下令禁止殉死，但是即使至江户幕府末期也不曾禁止复仇行为。明治六年（1873），太政官布告才明令禁止复仇。据记载，"整个江户时代，有记录的复仇案例超过一百个"[②]。为何江户时代会屡屡发生复仇事件？

在日本，随着武士阶层的出现，其阶层内部就产生了武士的道德意识，且逐渐形成了武士道德规范。从一个武士团体的内部构成来看，其团员是武士团首领的族人，他们与其说是主从关系，不如说是旧式家父长制支配下的通力合作关系。[③] 镰仓时代讲究"弓马之道""兵道"，主君与武士之间是主仆关系，即以领地授受为媒介的君臣个人之间的契约关系。战国时期的"下克上"现象加剧了武士主从关系与行为道德的崩溃。再到织丰时期幕藩体制的出现，直至江户时代新式武士在没有战场的国泰民安中度日，可以说，在武士成立及传承的整个过程中，对主君忠诚、懂廉耻、重名誉、重礼节、讲信义等武士道德纲目被历代武士乃至浪人传承。其中，武士对主君的态度是"奋力厮杀，父死子上，前仆后继"[④]，为主君殉死与"追腹"，实践"献身精神是'臣道'"[⑤]。

武士在其职业生涯和日常生活中所必须遵守的规章，也就是上文所说的"道德意识""道德规范"，一般被统称为"武士道"。新渡户稻造指出："它并不是成文法典，充其量它只是一些口传的，或通过若干著名的武士或学者之笔流传下来的格言，毋宁说它大多是一部不说、不写的法典，是一部铭刻在内心深处的律法。"[⑥] 戴季陶犀利地批评武士道为"最初的事实，不用说只是一种奴道，

---

① 新渡户稻造：《武士道》，张俊彦译，北京：商务印书馆，2020，第102页。
② 北岛正元：《江户时代》，米彦译，北京：新星出版社，2020，第69—70页。
③ 北岛正元：《江户时代》，米彦译，北京：新星出版社，2020，第86页。
④ 栃木孝惟など『新日本古典文学大系　保元物語』東京：岩波書店，1992。
⑤ 山鹿高興著、山鹿素行全集刊行会編纂『山鹿語類』東京：日本史籍協会，1926。
⑥ 新渡户稻造：《武士道》，张俊彦译，北京：商务印书馆，2020，第5页。

就是封建制度下面的食禄报恩主义"①。这种深深印刻在武士体内的"食禄报恩主义"涉及日本文化中的几大要素:"报恩""义理"与"人情"。本尼迪克特在《菊与刀》的第五章"历史和世界的负债者"、第六章"万分之一的偿还"、第七章"'最难承受'的偿报"中,以一个西方学者的目光详尽地分析了日本的"报恩""义理"与"人情"。②"'恩'是债,必须还"③,"受恩不是美德,而报恩是。美德始于你全力以赴的感激行为"④。也就是说,武士有受之于主君的"主恩",就必须偿还这份债务,即在一定的时期内具有对主君的义务,这也是"义理"的要求。

日本人很难对"义理"一词下妥当的定义,尽管它类似于"义务",但它是"一套与义务不同的义务"。⑤"义理"有两大类别:(1)"对世间之义理";(2)"对名分之义理"。前者主要指一个人对姻亲家族应尽的一切义务,后者指维护自己名声不受污染的义务。武士与主君及战友的关系应属于前者,即对世间之义理关系。"这是一个有荣誉感的人对长上及同侪所应尽的忠诚","它被认为是武士之德",因此,在日本的封建制度下,"知义理"就要一生效忠主君,甚至要以奉献生命来"偿报义理"。⑥

同时,"对名分之义理"要求武士名声不能受辱,一旦被辱,武士一定会为自身名誉而雪耻。1716年成书的武士道经典《叶隐闻书》中记录了许多武士雪耻的事件。比如,卷七之二十九《德久君殿中伤人》中,德久君到藩城奉公之时,有人以往日"脍泥鳅"之事戏弄,德久君当场拔刀将其斩杀,表现出不容侮辱之态。同卷之三十三《秀岛二右卫门之复仇》中,秀岛二右卫门因"坊间有留言纷传,称在下与二右卫门争执,在下落了下风,故前来报仇"而拔刀砍了二右卫门。这两个事件中,武士皆因感到自身被侮辱而杀了对方,以维护自己的名誉。笔者窃以为,这是为了自身名誉而采取的报仇行为。复仇者的精神和身体,完全受"种族保存"的原则支配,"复仇"的所指,应该包括为了自

① 戴季陶:《日本论》,长春:吉林出版集团有限责任公司,2011,第7页。
② 参考本尼迪克特:《菊与刀》,黄道琳译,贵阳:贵州人民出版社,2010;本尼迪克特:《菊与刀》,北塔译,南京:译林出版社,2014。
③ 本尼迪克特:《菊与刀》,北塔译,南京:译林出版社,2014,第92页。
④ 本尼迪克特:《菊与刀》,北塔译,南京:译林出版社,2014,第92页。
⑤ 本尼迪克特:《菊与刀》,北塔译,南京:译林出版社,2014,第108页。
⑥ 参考本尼迪克特:《菊与刀》,黄道琳译,贵阳:贵州人民出版社,2010,第92—95页。

身的雪耻活动、为了家人的报仇活动、为了主君的报仇活动等。对武士而言，复仇成了道德上的义务。有的武士四处跋涉，花费几十年工夫寻找仇家；有的武士终其一生也没有找到仇家；有的武士反被仇家所杀。

综合以上"报恩"与"义理"的论述，对武士阶层而言，有义务为被侮辱、被杀害的主君、战友、家人复仇，这是武士"偿报义理"的表现。在主君被害以后为其复仇成为实践忠诚的重要途径，他们无论如何也要找到仇家复仇。《叶隐闻书》第五十六条指出，"某人与人争吵后未能复仇，众人将其视为武士奇耻大辱"[①]；"赤穗事件"中的复仇举动"未能在泉岳寺就地切腹，堪称败笔。且主公故世，讨敌复仇拖延太久"[②]；理想的复仇为"不加分辨，断然复仇"[③]。此外，据《叶隐闻书》记载，甚至有武士家的女子为夫君复仇之事。这些无不说明复仇对武士及其家人的重要性。也有被成功规劝的复仇事例，例如，在《叶隐闻书》卷九第十五《某人欲复仇之时，旁人规劝》中，一个被恶言相向的武士欲报仇雪耻，却被规劝"若逞一时之快果真报仇雪耻，阁下亦将获罪。如此一来，藩国危难之时便无从效力，反而不忠"。尽管如此，坚定复仇之路的行为仍然为时代主题。

江户时代的幕府认可复仇行为。复仇必须得到幕府的官方批准，否则复仇者将被视作与拦路杀人犯和强盗一样的罪犯而被处刑。申报且实施复仇的流程主要分为八大步骤：（1）被杀害者的儿子或部下等向藩主提出复仇的请求。（2）藩主在确定被害者无过错以后，向申请者颁发批准书。至此，复仇活动可在藩内进行。若仇家位于他处，则需要他藩藩主的同意，因此复仇活动还需要向幕府报备。（3）藩主将上述复仇批准书与同意复仇的公文一起转发给幕府的寺社奉行、町奉行、勘定奉行三大部门。（4）町奉行核查实情后，将此申请登记到"复仇簿"与"上言簿"上。（5）町奉行把备案以后的复仇公文书返还给藩主，表示幕府层面已经批准复仇。（6）复仇者在他藩复仇以前，必须将复仇申请书提交给当地奉行所，在获得批准以后才能正式开始复仇。（7）找到仇家，

---

① 山本常朝口述、田代阵基笔录：《叶隐闻书》，赵秀娟译，长春：吉林出版集团有限责任公司，2014，第20页。

② 山本常朝口述、田代阵基笔录：《叶隐闻书》，赵秀娟译，长春：吉林出版集团有限责任公司，2014，第20页。

③ 山本常朝口述、田代阵基笔录：《叶隐闻书》，赵秀娟译，长春：吉林出版集团有限责任公司，2014，第20页。

按复仇传统报上名号，展开具体报仇行动。（8）复仇结束以后，当地奉行所将记录在册的复仇活动销案。江户、大坂、京都三大城市是幕府的直辖地，因此复仇行动若要在此三地开展，就需要向相应的江户町奉行、大坂町奉行或京都所司代提交申请书。办理完成这些复杂的手续，无论在哪里展开复仇行动都不会被问罪。但是，有一些地方被明文禁止复仇：神社和寺院境内、京都皇宫院墙以内、江户城以内、芝山、上野山等。实际上，复仇的案例中不遵循上述要求与流程的并不少见，有的未备案便擅自复仇，有的则是上级为下级复仇。幕府对这些情况一般采取睁一只眼闭一只眼的态度。

复仇原本出现在没有法治的野蛮社会，日本江户时代的幕府已经逐步完善法治，禁止"切腹""追腹"等为主君殉死的行为，却特别许可完成登记手续的复仇行为。如果说在日本人眼里武士道是"高贵的野蛮"，那么，在武士眼里，充满野性的复仇则是武士道的精华，需要赞美，需要追随。武士"轻生死""重然诺""当意气"，一方面是由于武士阶层的生活所需，另一方面是多年传承下来的生活意识所带来的道德信仰，后者是令他们牺牲自己的生命和家族的生命而为主家奋斗的最要紧的因素。戴季陶在论述日本封建制下的复仇活动时指出，武士的责任就是为主人和自己的家系、家名而奋斗。武士的家系是藩主家系的从属，武士自身又为藩主本身或藩主家系和自己家系的从属。① 很多日本作家用作品去赞美复仇，被戴季陶称为日本作家的"民族的自画、自赞"。

说到底，西鹤在《本朝樱阴比事》中描写的公案作品是一面镜子，反映了近世日本元禄以前那段时期町人的日常，展现了崛起中的町人所面对的幕藩体制形成过程中的武士社会。德川家统一日本，战乱平息，幕藩体制全面贯彻，兵农分离政策亦被彻底实施，武士集中居住在城下町且从主君手里领取藏米俸禄，也有武士在新的体制下沦为浪人而不得不为了生计努力，以适应新的社会角色。町人与武士以及失去往昔风采的浪人共同生活在城市里，蔓延的武士杀伐风气令町人无时无刻不处于利益受损或性命被取的战战兢兢之中。被幕府抛弃的旗本、御家人与浪人集结成倾奇者，他们甚至以袭击町人等行为来报复社会，以表达对幕府的反抗。武士的复仇活动亦影响到了町人人口占比最高的城

---

① 参考戴季陶：《日本论》，长春：吉林出版集团有限责任公司，2011，第67—68页。

市的秩序。在法制日渐完善的过程中，在町人文化思想逐渐进步的过程中，倾奇者的夜行杀人试刀行径以及武士野蛮的复仇行为与整个江户社会显得格格不入，成为必须被破除的行为。在第五代将军纲吉在位期间，大规模的倾奇者抓捕行动使倾奇者完全不见踪影，如此，町人受倾奇者威胁的不安定日子便结束了。由国家出面阻止武士的复仇行动，在政权由武士把持的幕府时期根本不可能实现。派生于武士道之自杀制度的复仇制度被日本赞赏为"武士道之精华"[①]，是幕府用以维持武士内部秩序的方式，只要政权、兵权、土地所有权为藩主和武士阶级专有，武士的复仇行为就不可能被取缔。

第四节　江户时代法治的专制主义

日本在明治维新后制定的法律曾一度受到日本第一部成文法典《大宝律令》和中国唐、明、清时期法律的影响，之后又模仿欧洲的法制，形成现行法律。对现代日本法律影响较大的并不是平安时代、镰仓时代、室町时代，而是年代较近的江户时代。江户幕府的成立距今三百六十多年，江户时代是日本历史上封建制度发展最充分的时代。尽管我们一再强调，江户时代日本的法制得到了进一步的完善，但是与真正意义上的法治国家相比，我们只能称当时的日本是一个"警察国家的良好范例"。将军声称，所谓"御政务筋"全都受天皇委托，将军在行使自己的行政权时，不会受到任何约束。地方上的诸大名虽然在某种程度上得到了独立，但幕府将军颁发给他们的《武家诸法度》中依然会规定，"万事应按江户之法度，全国各地应遵循"，因此，他们不得不接受幕府法律的统治。那么，江户幕府实施了什么样的法律呢？

据说在"民可使由之，不可使知之"的信条下，幕府对所有法律进行保密，但这并不是事实。以家康统治时期制定的《禁中公家诸法度》《武家诸法度》《诸宗法度》为首，幕府向所有人发布法律。他们将法律内容书写下来张贴在公告牌上，或者以"告示"的形式张贴在大众汇聚之处，让人大声朗读，或者以"指示"的形式口头传达或传阅。以江户为首，全国城市村落的要道上

---

① 北岛正元:《江户时代》，米彦译，北京:新星出版社，2020，第91页。

都设置了张贴公共通知的告示板。町和村，对于重要的法令，会让所有人签订发誓不违反法律的承诺书（也称作"总连判"或"请书印形"）。而且，五人组组员在集会上需要朗读五人组账①前书②上载有的法规。除此以外，幕府还会在民间张贴禁令，印刷并分发法律条款的相关释义。将军吉宗时期，有教师将法令作为习字帖发给弟子，还受到了奖赏。由此可见，幕府力图让所有阶层都了解现行法律的内容。

江户时代的法制显示出幕府专制的特征：（1）幕府的法律命令多是在幕府认为有必要时临时发布的，导致法律命令缺乏体系和统一性。（2）法律内容以管控人民的行为为主，禁止性的命令居多，比起权利，更多的是对义务的规定。（3）法规的精神虽然在于保护人民，幕府本身也宣扬"照顾人民"的重要性，但其内容一般都是幕府为了自身统治而对民间进行的干涉，这往往比权力万能、官权至上主义更加不受老百姓喜欢。

江户时代是日本古代等级制度体系化程度最高的时代，其法律命令自然具有阶级性。"法律面前人人平等"的格言在这个时代只是痴人说梦。武士阶级具有特权，最下级的武士如若遭到百姓或町人侮辱，则可以当即斩杀对方而不会被问罪。像这样的法令条文，在《御定书百条》中也有记载。而且，江户时代的阶层划分并非"士农工商"这样粗浅的四大类划分，其细分是极为烦琐的。例如，镰仓时代将军直辖武士的唯一称呼是"御家人"。但是，到了江户时代，"御家人"仅指代一部分下级武士，在此之上有"大名""旗本"。"大名"又细分为"谱代""外样""国持""准国主""城主""领主"等。而且，具有阶级性的法律还会按阶级将法律上的用语进行分类。同一犯罪行为，对于武士以上级别的人来说不是违法行为，对于武士以下级别的人来说就有可能成为违法行为。武士几乎占据了幕府中的所有官职，凌驾于所有等级之上，在法律上享有各种便利。一部分武士成为幕府的御用商人。

这个封建专制时代的法律职能机构主要是由寺社奉行、江户奉行以及勘定奉行组成的高等法院，被称为"评定所"。地方上若发生纠纷，先要依靠地方自治机关进行调解。由于地方上某一生活共同体的成员有义务服从决议、承

---

① 记载了五人组应遵守的规则并由组员集体签名的账簿，分为前书和本文两部分。
② 载有农民和町人日常生活的详细规定。

担共同责任、相互帮助，因此地方上的基层组织，小至五人组，大至町与村的团体组织，往往成为协助解决邻里纠纷与案件的力量，成为这个时代城市与乡村各自发展顺利的重要原因。

江户时代的自治体是战国时代的延伸。在战国时代，町和村为了防范其他迫害，缓解生活的焦虑，专门结成了坚固的联合体。在军务繁忙时，各国的守护大名给予这些联合体一定程度的自由，并允许其施行自己的政策。然而，江户幕府将町和村的活动限制在不干扰幕府政策的范围内，并使其成为司法和行政的辅助机构，在某种意义上逆转了自治的发展进程。比如，在名主家的玄关对简单的案件进行调查或和解的"名主玄关"政策看起来好像是在简化案件的审理，实质却是向诉讼当事人施加压力，显示出强迫当事人以和解的方式来解决案件的倾向。再如，有名主事先保管了所辖百姓的印章，在需要之时可自行按下印章。换言之，百姓毫无权利而言。

凡是官僚对人民的关注，以及人民的权利思想，只有在他们维护自己的权利或要求对其他破坏进行补救的诉讼中才能看到。这个时代也是如此。即使是对正当权利的主张，也必须以申诉的形式进行。对于民事，幕府的初审即终审，幕府的法官即奉行在审理判决时往往不得不慎重。武士阶层把金钱视为低贱之物，因此对与债权、债务相关的诉讼尤为严格。如果借款在约定期限之前未能归还，就在借条上写上"请嘲笑我吧"之类的话。特别是在江户、大坂、堺等商业城市，市民之间经常产生关于债权、债务的诉讼。然而，幕府却规定一年只在四月和十一月两个月处理这方面的诉讼。历代将军不受理金银方面的诉讼，甚至连最优秀的法学家吉宗也一度不受理这方面的诉讼。。

江户时代的诉讼法原则上不允许出现诉讼当事人的代理人与助理。因此，在江户出现了帮助打官司的"公事师"。在被称为"公事宿""乡宿""百姓宿"的旅馆里，经常会有一个具有一定法律知识的杂务小吏，作为人们的法律顾问，为人起草诉状，甚至站在纠纷双方之间，试图调解以达成和解，以此获得报酬。这一活动最终发展成一个行业。正是这些类似于律师的公事师助长了民间的好讼风气，因此，幕府对其进行了严格管控。元禄十五年（1703）闰八月的"告示"中写道："进行公事诉讼，起草诉状，周旋各种诉讼之事，从而收取佣金之人，要被经常传唤与审讯，不能将其放置町中而置之不理。"

说到审判的严苛程度，与民事相比，刑事的处理极为严格。裁判者往往为了让嫌疑犯招供而对其严刑拷问。幕府虽然热衷于普及一般法律，但是对刑法却严格保密。这一点往往和法律的秘密混为一谈。主要原因是以下两点：（1）刑法的制定，其本身就具有缩小法官自由裁量范围的弊端；（2）对一般人来说，难以判断刑罚的轻重，刑法具有威慑的效果。虽然刑法的秘密得到了维护，但经过漫长的岁月以后，由于害怕世人了解刑法，因此刑法制定者会不时加以修改。

该时代的刑罚采用了锯引、磔、狱门、火焙等难以忍受的酷刑。由于罪恶不会因死亡而消失，因此裁判者甚至会对犯人的尸体施以刑罚。除此以外，还有父子亲族连坐的处罚方式。江户幕府的立法者们没有沿袭战国的传统，而是认为刑法应该采用威吓主义，以起到以儆效尤的效果。有时甚至为了某种原则而牺牲犯人，也就是说幕府为了其自身利益，几乎不考虑人民的自由。因此，人们对警察及其相关人员充满了畏惧。

集会结社之事，在这一时代也绝非易事。武家诸法度明确禁止结帮成派、立誓约。言论和出版自由也受到限制。特别是政治、经济、刑罚等方面的图书很难获得出版许可，其图片若张贴在评定所告示牌上亦会被处刑。天保十五年（1844）正值《明律国字解》发行之时，江户町奉行评论说，"尽管是外国之事，亦不要附在载有刑罚的图书上"。关于上诉权，虽然御定书中规定了民众可以对官员的不当行为进行上诉，但如果一开始就遇到了相关官员的上司，则会采取和解的方法。当然也不能否定在上诉期间很可能发生强势者威胁压迫弱势者的行为，使得上诉目的很难实现。如果采取强行上诉的手段，就会像木内宗吾、伏见义民那样，受到严厉的惩罚。虽然普通民众可以采用避免与上诉对象熟悉的官员直接接触的方式，如"驾笼诉"（在路上直接向老中等人申诉）、"驱入诉"（向管辖法院以外的地方、奉行或重臣家等提出诉讼）乃至利用吉宗的诉状箱提出诉讼的方法，但这些远远不能满足民众的需要，无法达到上诉目的。

第六章

公案小说、女性与江户法治

女性和男性基于性别的不同而引起了很多属性的不同。《第二性》中指出，"女人的身体是限定她在世界上的地位的主要因素之一"①。女性主体作为一个服从禁忌和法律的身体，去意识自我并实现自我。《云萍杂志》指出，日本江户时代对女性的认知为"为嗣子孙也"。② 女性在当时地位低下，被训诫道，"不论贵贱，遵守三从之道。幼时从父，既嫁从夫，老后从子"③，甚至被教育"屈理从夫"④、"我夫为武士，二妻也应当"。⑤ 反观男子的权利，丈夫可以以"无子、私通、恶疾"等为理由休妻，妻子却没有反抗的权利。若丈夫出现同样问题，妻子则不能提出离婚。

在这样的社会背景下，江户时代出现了不少与女性有关的民事案件乃至刑事案件，既有女性直接犯罪，也有男性因为女性的介入或女性在背后操纵而犯罪。江户法律亦出台了很多对女性犯罪的惩处规定。这一时期，通俗作家以女性为主题而进行的创作并不少见，作品中有女人为情所困，也有女人与人私通，还有女人见财起意，甚至有女人谋害他人性命；当然，也有女人在他人的犯罪行径前充满智慧，甚至有女人在被诬陷私通时还为挽救对方而置自己的名节于不顾。日本公案小说作品中亦塑造了一批鲜活有特点的城市女性，她们的为人处世、爱恨情仇以及与案件的纠葛绝不是个案，这是时代所致，是男女地位不平等所致，是阶层所致。透过这些作品，我们看到了江户社会底层女性的生活境遇，发现了当时的社会特征以及日本传统社会对女性的要求与禁锢。

《本朝樱阴比事》的四十四篇公案作品中有二十一篇作品都牵扯到女性，涉及女性的这些案件总体可分为情欲类和争夺财物类。这批作品中，一部分

---

① 西蒙·波伏娃著：《第二性》，李强选译，北京：西苑出版社，2004，第11页。
② 参考北岛正元：《江户时代》，米彦军译，北京：新星出版社，2020，第83页。原文出自《云萍杂志教》。
③ 参考北岛正元：《江户时代》，米彦军译，北京：新星出版社，2020，第82页。原文出自《佐久间象山女训》。
④ 参考北岛正元：《江户时代》，米彦军译，北京：新星出版社，2020，第82页。原文出自《女实语教》。
⑤ 参考北岛正元：《江户时代》，米彦军译，北京：新星出版社，2020，第83页。原文出自《女家训》。

女人本身是犯罪主体；一部分女人则是犯罪客体；还有一部分女人既没有犯罪，也不是被迫害的对象，她们在案件中的作用一般是联结人物以及推动情节发展。

第一节　江户时代女性的美貌与工作

江户时代尽管还处于男尊女卑的封建时期，但是普通女性已经开始进入社会工作。《本朝樱阴比事》中出现了几种女性职业，主要是招徕顾客的女郎、"妾奉公"、妓女、扎染女工、女佣、缝纫工、乳母、媒婆等。西鹤的作品《好色一代女》的主人公讲述了自己从出身于没落贵族之家至六十五岁时住于"好色庵"的一生中所经历的三十几种职业。她一开始仕于宫中，后来成为舞女、大名的侧室、妓女、和尚的秘密妻子、寺子屋（私塾）中的女教师、商人之家的佣人、梳头女、武士家的佣人、酒席间的服务员乃至提供性服务的"茶屋女"、澡堂里的卖淫女、"妾"、妓院老鸨、街头娼妇等。作品的内容尽管是虚构的，但是在一定程度上也反映了江户时代女性的职业及其特征。当时的女性，除了能从事教师、哺乳、缝纫、织布、梳头等个别能发挥知识与技能的工作以外，所从事的大部分工作是贵族家、武士家或商人家的女佣，还有一部分则是出卖色相与肉体的工作。无论从事哪一种工作，姿容佳者往往会更受欢迎。人类对于美貌天生便没有抵抗力，正是这一客观因素为长相出众的女性自然而然地带来了很多便利。相貌出众的女性不但更容易谋求职业，而且更容易在就业中获取更多的利益，比如为老板招徕更多的顾客，为自己谋得心仪的结婚对象，或者因职业经验而为将来的婚嫁增光添彩。然而，诸多事件不断提醒我们，美貌是一把双刃剑，是女人满足欲望的筹码，是引起男性爱恋与占有欲的撒手锏，还是引发其他女人妒忌心的祸根，它容易招惹麻烦，甚至引发犯罪。

一、美貌与利益

西鹤在《本朝樱阴比事》中讲述了不少漂亮女性与工作的故事。在卷四之一《聪明女人的随机应变》中，佛珠店老板娘是一个天生丽质的美人，其美貌为自家招徕了不少生意。作品一开始便写道：

　　京都城内誓愿寺前面有一家规模很大的佛珠店，老板娘天生丽质，为洛中称道，连那些阅人无数的刁钻之人都垂涎于她的美色而反复跑到这里来。更何况那些乡下人，一听说她那摄人心魄的美貌，就来到京都，在旅馆老板陪同逛完祇园和清水寺以后，马上就奔到这里来看她。正因绝代佳人在此，前来这家店铺的僧侣和世俗之人络绎不绝，店铺生意自然非常兴旺。[①]

　　老板娘的美貌成为生意兴隆的原因，也成为日后一个浪人妄图玷污她的直接原因。不可否定，古今中外美貌皆是世人很难抗拒的诱惑。江户明和年间（1764—1772），被世人称为"明和三大美人"的阿仙、阿藤和阿芦分别是茶摊"钥屋"、牙签店"柳屋"、茶店"茑屋"招徕顾客的"金字招牌"。她们的工作是招揽顾客以及招待顾客，类似于如今的导购小姐，美貌往往为她们的职业带来便利与利益。西鹤笔下的美貌虽能带来利益，但同时也是引起争端的火种。

　　在卷二之四《嫁与近邻，引前夫恨之入骨》中扎染店的女工，以及卷二之七《聋子偏偏听见了这些》中从事缝纫工作的女佣皆被西鹤塑造成不可方物的美人。《嫁与近邻，引前夫恨之入骨》写道，"她的美貌与六条青楼里最高等级的妓女不相上下，她外出时总有一大帮迷恋于她的男人跟在后面"。该女工依靠美貌嫁给了一个腰缠万贯的浪人，但是后来嫌弃丈夫眼睛不好而与丈夫的一个富裕朋友私通，最终离婚再嫁，被前夫告到官府，最终被判刑惩处。《聋子偏偏听见了这些》中，专事缝纫的女佣与在同一家打工的伙计发生关系乃至怀孕，后为了钱财而谎称孩子是刚过世老板的香火。西鹤在该作品中提及女佣怀孕一事时，有意识地以其美貌作为铺垫。"家里的生意越来越好，老板给家里雇了很多佣人，其中有一个专事缝纫的女佣长得尤为漂亮，不知何时起该女佣喜欢上了青梅，慢慢地怀孕的身段越来越明显。因此，老板娘开始问她：'这是谁的孩子？'纵使老板娘各种问话，女佣依然将男人的名字藏于心底，不泄露一丁点信息。她执着于隐藏对方，这招致了老板娘的厌烦，'总之，你的所

---

① 井原西鶴著、麻生磯次、冨士昭雄対訳『対訳西鶴全集　本朝桜陰比事』東京：明治書院、1989、116頁。

作所为有辱我们家的家风',因此老板娘开除了她。她回到了父母身边。"① 这段描写主要透露了三层意思:(1)江户时代的私通除了指已经结婚的女性、订立了婚约的未婚女性与男人的私通,还指仆人与女佣之间的私通。② 女佣怀孕而对方却未出现,会影响店家口碑。(2)因为女佣外表出众,所以人们很容易认为其怀孕是老板所致。(3)女佣隐瞒男子信息的做法加深了老板娘对她的误会。反过来讲,女佣如此行事的最终目的正是要告诉大家,她肚子里的孩子是老板之子。同时,需要注意的是,被欲望蒙蔽了双眼的女佣与伙计最终因罪行败露而获罪。

二、以"妾"为职业

美貌在江户时代还为女性带来了一份特殊的职业——"妾"。所谓的"妾奉公"是指,女子在一定期限内去给人做妾,以此获得报酬。这份工作往往是职业介绍所③ 牵线搭桥而成的,事先谈好合同期限与报酬,中介则赚取佣金。花钱雇来的妾不同于男人的侧室,一般不会被安置在正妻居住的宅子,而是被安置在其他宅子,因此,妾也被称为"围者"或"外宅"。当然,正妻亦承认妾的存在。妾有级别之分,一旦成为级别高的妾,即可享受豪宅大院与女佣的伺候;级别低的妾则由好几个男人共同占有,男人们要约定好日期避免时间相撞。在《本朝樱阴比事》卷三之一《薄绢布洞察真相》中,一位有着闭月羞花之貌的妙龄女子去大户人家从事妾这一职业,后来因为被人妒忌下毒而香消玉殒。对这一女子的容貌、修养及其所从事的职业,西鹤这样写道:

过去,京都城里不太富裕的人家一旦生了漂亮的女儿,就会想方设法将其培养得熟悉风雅之道而又优雅得体。待美人长成,家里人就会将其送去大名府上作侧室,或者送去贵族家里伺候贵族。姊小路上的针铺

---

① 井原西鶴著、麻生磯次、冨士昭雄対訳『対訳西鶴全集 本朝桜陰比事』東京:明治書院、1989、65—66頁。
② 参考村上一博、西村安博『史料で読む日本法史』京都:法律文化社、2018、213頁。『御定書百条』第四十八条「密通御仕置之事」には「一、下女下男之密通、主人へ引渡遣ス。一、他之家来又ハ町人家、下女と密通いたし忍入候もの、男ハ江戸払、女ハ主人心次第可為致」と規定してある。
③ 江户时代把给人介绍工作或说媒的人称为"口入屋"。

有一个独生女儿，出落得美艳动人。她被送去一个高门大户里'奉公'，主人不再赏月也不再赏花，完全拜倒在该美人的石榴裙下，且为之取名'莺'。春风拂槛露华浓，她获得了主人所有的宠爱。主人甚至无暇顾及世人的想法，而令家里上下称呼其'夫人'。正如谚语所说，女儿即便生于寻常百姓家，只要其姿容过人，便可嫁于富贵人家享尽荣华富贵。针屋的独生女也正是如此而过上了坐轿出门的生活，世人很难拥有拜见其美色的机会。①

　　西鹤笔下，女性以及女性的家人将其美貌视作资本，且妄图让其价值最大化，为符合贵族与富裕商人的口味，在其美貌的基础上还追加了高雅的兴趣与良好的修养。毋庸置疑，如此精心培养的美人必定会获得男人的垂青。需要注意的是，上文中针铺女儿并非嫁于高门，而是去"奉公"（打工）。青楼女子以卖身为业，"妾奉公"以"妾"为业，亦是以色侍人。1756年问世的洒落本《风俗七游谈》中讲道，"不是妾奉公的人，而是在中介妈妈的介绍下从事色情行业"，侧面印证了"妾奉公"这一职业的存在，也揭示了其出卖色相的本质。《藤冈屋日记》记录的事件中，有一个女人设局妄图以僧侣（与女人幼时相识）犯色戒而恐吓诓骗金钱的故事，这个女人的身份即为"单身，从事每月结账的妾奉公"②。《枫轩偶记》中记录了明和、安永年间（1764—1781）在江户地区以欺诈闻名的一个妾的群体，她们被称为"小便组"。文中明确指出，"当时，妾是一个女性职业"③，一些年轻又漂亮的姑娘经介绍后与大型店铺的老板订立"妾奉公"合同，先获得高额预付金，然后工作。一些妾在开始雇佣生活以后屡屡在被窝里撒尿，并谎称有泌尿方面的疾病，主家只能终止合同，放弃已经支付的预付金，这样一来，原本一年的合同短短几日就结束了，妾因此轻而易举地获得了大笔收入，也因此得名。④

　　在《薄绢布洞察真相》中，被唤作莺的妾最终因食物中毒而一命呜呼，这

---

① 井原西鶴著、麻生磯次、冨士昭雄対訳『対訳西鶴全集　本朝桜陰比事』東京：明治書院、1989、82頁。

② 永井義男『江戸の密通─性をめぐる罪と罰』東京：学研パブリッシング、2010、221頁。

③ 永井義男『江戸の密通─性をめぐる罪と罰』東京：学研パブリッシング、2010、95頁。

④ 参考永井義男『江戸の密通─性をめぐる罪と罰』東京：学研パブリッシング、2010、95─98頁。

是主家的前一任妾心生妒忌而收买下人投毒所致。可见，富裕町人花钱请美人作妾是一件稀松平常的事情，他们会根据自己的心情为妾提供吃住与享乐，也会随着口味变化而更换妾。也就是说，"妾奉公"是规定了就职期限的以色侍人的女性职业。"妾奉公"签订的合同有长有短，女人每月获得报酬。如果主家满意，则会续签合同。《本朝樱阴比事》卷四之五《四人皆为京城之妾》中，一个飞黄腾达的町人在妻子过世后又迎娶了一位家世不错的美人，将其安置在老宅（"上屋敷"①）以外的中宅（"中屋敷"），还在四个下宅（"下屋敷"）分别安置了一个妾。作品中尽管没有直接挑明四个女人的身份，但实际上她们应该是"妾奉公"，只是长期服侍主人乃至为其生养孩子罢了。

她们为什么会从事"妾"这一职业呢？（1）从事这一职业的女人基本上出身于城市，娘家日子虽过得去，但称不上富裕。"妾奉公"在女性职业种类并不丰富的江户时代称得上高收入职业，年轻貌美的姑娘从事这一职业很可能是出于减轻父母负担的考虑。（2）从身份上看，她们出身于庶民阶层，不同于贵族与武家，相对而言有恋爱与结婚的自由，假使她们婚姻生活不如意，也可以离婚再寻找心仪的男人。故可以推测，她们在尚未遇到合适的结婚对象时，并不想草率结婚，被男人和家庭束缚，而"妾"的职业体验在某种程度上类似于试婚。当然，"妾奉公"需要小心怀孕和性病。当时，"妾奉公"中的很多女人其实很有想法，她们将赚来的钱用于学习三味弦或舞蹈，在彻底结束"妾奉公"以后则当起了三味弦或舞蹈方面的老师。

中国古代也有"妾"，但是这与日本古代的"妾"不同。在中国古代，妻子是男性的配偶，而妾则是可以被任意买卖的奴。在日本，"妾"的意思随时代的不同而不同。上代日本是一夫多妻制，到了上世仍是如此，只是上世日本引入了中国的律令制度，"律"规定，在妻子以外再娶妻者要被处罚。为了调和现实与律的矛盾，"令"规定将原来的后妻称为"妾"，日语发音为"しょう"，如此一来，在有了妻子以后再迎娶妾，就不会违背法律规定。换言之，妾在这一时期与男人的妻子一样，是男性的二等亲人，具有继承丈夫财产的权利。到

---

① 参考井原西鹤著、麻生磯次、冨士昭雄对訳『对訳西鹤全集 本朝樱阴比事』東京：明治書院、1989、135 頁。"上屋敷"指老宅，"中屋敷"与"下屋敷"与"上屋敷"相对，它们指备用宅邸。这本是武家的习惯，上流町人亦效仿之。

了中世，日本依然是一夫多妻制，但是后妻以下的妻子地位逐渐降低，到了江户时代，她们完全被区别于正妻，被称为发音为"めかけ"的"妾"。京都地区的发音为"てかき"。正妻称自己的男人为"夫"，而妾只能称自己的男人为"主人"，说明妾的地位和家里打工的下人一样。江户时代，禁止男人娶两个妻子，却并不禁止他们花钱雇妾。1870 年制定的《新律纲领》模仿奈良时代的律，规定妾与妻同样是丈夫的二等亲，但是遭到了反对，1882 年的旧刑法废除了承认妾的制度。日本的现行民法第 90 条规定，签订有关妾的合同及伴随产生的提供金钱的约定违反社会良好的公共秩序，故视作无效。但是，在实际案例中，解除与妾的关系时，事先签订的赠予分手费的合同有效。若男性纳妾，妻子就有权因丈夫违反贞操义务而提出离婚诉讼（第 770 条 1 号）。

三、气质涵养的修炼与工作

一些女人的高雅气质与合乎礼仪的举止并不源于原生家庭，而是在职场上习得。这些女人及其家人在她们的职业选择上颇有长远谋划。她们不满足于姣好的面容，希望能学习名门或贵族礼节，在兴趣涵养以及待人接物上有更大的提高，以利于将来的安身立命。于是，她们想办法去那些与宫廷关系紧密的贵族之家或很有名望的武家做女佣。在《本朝樱阴比事》卷四之三《一见钟情梦中结夫妻》中，贩卖和服腰带的商人之妻就曾经在贵族家工作。

> 这个男人的妻子，过去在与宫廷关系紧密的贵族之家做过底层侍女，难怪她如今的容貌与举手投足之间散发着高雅的气息，周围的人都被她所吸引。[①]

也就是说，在达官贵人家的工作经历增长了年轻女性的见识，培养了她们优雅的气质，让她们学会了上流社会的礼节，为她们将来的择偶添加了有利因素。作品中的妻子正是这种职业的受益者，却也因此受到垂涎与谣言伤害。她嫁给了一个小富的商人，但是丈夫因为妻子貌美又气质高雅，所以总是担心

---

① 井原西鶴著、麻生磯次、冨士昭雄対訳『対訳西鶴全集　本朝桜陰比事』東京：明治書院、1989、125 頁。

在自己去丹波山里贩卖腰带时有人对她图谋不轨或她红杏出墙，因此取蝾螈之血涂在妻子左侧肘部，以检验她是否与其他男人有染。妻子的美貌与气质引起了一个好色之徒的爱慕，巧合的是两个人同一晚上皆在梦中与对方结秦晋之好。好色之徒将梦中之事大肆宣扬，弄得满城风雨。丈夫尽管从妻子口中得知了真相，但无法忍受风言风语，因而将那个男人告到官府。裁判者认为此案没有私通的证据，状告梦中之事实属荒唐，同时也怒斥了那个宣扬梦境弄得人尽皆知的好色之徒。

作者以寥寥数笔交代了女主人公婚前的职业情况，即"在与宫廷关系紧密的贵族之家做过底层侍女"，正是这一句话反映了生活于京城的女性比起其他地方的女性有在京城贵族之家工作并接触贵族礼仪的天然优势。她们可以在传统文化和风雅之道上得到学习的机会。作品中的女主人公正是这种工作的获利者，"她如今的容貌与举手投足之间散发着高雅的气息"，间接透露出京城人家对贵族气质与风雅的艳羡。

在江户地区，年轻的女性可以通过去江户城和大名宅邸工作的机会，获得气质涵养方面的修炼。史学教授山本博文指出，在江户城大奥[1]工作的女性中，从事最高等级"年寄"工作的是出身于贵族或旗本家的子女，她们为了补贴家用而就职于此；出身于町家或农村的女子则不一定以收入为工作目的，她们为了学习礼节、礼仪，培养高雅的趣味与气质，也为了日后受人欢迎，即使只有微薄的报酬，她们也积极工作，甚至还要让自己家人提供漂亮衣物等，以支持她们的工作。[2]《浮世风吕》中，一位曾在武士宅邸工作过的母亲为了能让女儿日后也进入武士宅邸工作，对其进行全面且近乎苛刻的培养，这一做法显示出这一工作在世人心目中的高贵地位。

　　大早上气呼呼地一起床就去寺子屋先生那里，摆了桌子读书。接下来呢，去三弦师傅那里进行晨间练习。结束后回家吃早饭，练习完舞蹈再去寺子屋读书，下午两点钟结束。之后去学习茶道，在那之后马上去古琴师傅那里学习，然后回家再练习三弦和舞蹈。中间没有一会儿玩儿

---

① 大奥是江户城中将军的夫人、侧室与侍女们的居所，将军以外的男子不得进入。
② 参考山本博文『江戸の金・女・出世』東京：角川学芸出版、2006、136—139頁。

的时间。天一黑又得练习古琴。①

年轻女子要进入武士宅邸工作，必须通过严格的考核，因此她们从十一二岁起就开始读书认字，学跳舞、古琴、三弦和茶道。若如引文中的女子那样在这几方面坚持学习和苦练，其实足以培养高雅的兴趣爱好。这也说明，在将军家或门第很高的武士之家的工作会对年轻女子在待人接物的礼仪以及整个涵养的提高方面大有裨益。

女子凭借美貌与高雅的气质修为嫁给富裕人家，是一种常见的行为，将其写入文学作品属于一种老套的手法。西鹤在作品中基本上是以美貌为火种而展开故事的，这一点与其他作品无二。他的作品的看点在于以美貌与气质为导火索的案件本身的离奇以及裁判者巧妙侦破案件的智慧，还有将美貌与传统文化氛围浓郁的京城、商业快速发展的江户社会、女性职业联系在一起绘制的江户社会图景。西鹤为作品中的女性设置了一定的带有职业特色的活动空间，绸缎庄、佛珠店、勾栏瓦舍、贵族宅邸等，这些为读者展示了京都的大街小巷与风物，也带来了京城特有的气息，同时透露出以京都为代表的日本城市里普通年轻女性的无奈。

当时，没有多少环境较好或待遇较好的职业可供城市里普通庶民阶层的年轻女性选择。从今天的评价标准来看，当时私塾里的女教师应该就算很体面的工作。社会能够提供最多的就是女佣所从事的各种辛苦的底层工作。最为不幸的工作莫过于出于各种原因而被迫在青楼卖身。与之不相上下的工作是以色侍人的"妾奉公"。女人与男人订立合同，成为有一定期限的"妾"，按月获取报酬。这一职业表面上看与今天被包养的女人从男人处领取金钱的现象颇为类似，但是，这两者存在本质区别。前者是女性囿于封建社会的局限性而被迫选择的结果，后者尽管也存在某些方面、某种程度的不得已之处，但是，不进行此种选择的可能性应该还有很多。整体来看，在江户时代，女性依然是男性的附属品，因美貌而被男性追捧，成为男人们消遣、消费的对象，也因美貌而招致各种祸事，被怀疑、被诬告，甚至被处死。社会对女性不公平，法律对女性也不公平。比如下文展开的出轨一事，法律对已婚男女与他人发生性行为的规

---

① 山本博文『江戸の金・女・出世』東京：角川学芸出版、2006、140—141 頁。

定，基本上都是维护夫权的内容。

第二节　女性与私通

男女私通之事古往今来皆有不少，在日本江户时代，私通被视作犯罪行为。当时将私通称为"密通"。高柳真三给"密通"下了一个定义，即"一言以蔽之，指婚姻以外的所有性关系"①。实际上，当时法律所谈及的私通条款几乎全部都是针对女性和下人的。彼时的私通关系不限于登记在册的妻子，还包括指定了婚约却尚未结婚的女性以及女佣等人，这些女人都成为幕府等公权力惩治的对象。江户时代的刑法对私通采取严罚主义的方针。

一、有关私通的法律规定

在 1742 年《御定书百条》出台以前的江户时代前半期，法律在继承战国时代惯习法的基础上，结合江户幕府前期的裁判例，形成了判例法《律令要略》。它对私通做出了如下规定：

（一）有夫之妇出门工作，与一同工作的男人私通，男女皆死罪。

（二）妻子与下人私通，双方被游街示众，下人处以狱门之刑，妻子死罪。

（三）虽下人与主人之妻发生私通，但若丈夫提出饶恕其性命的请求，则下人被判处沦为非人手下，女人被送至新吉原。②

（四）发生私通的妻子与奸夫，死罪。③

总体来看，以上条款的内容都是对有夫之妇与丈夫以外男人发生性关系的惩处规定，很明显，法律将有妇之夫出现与妻子以外的女人发生性关系的情况排除在外，从这一点说，女性与男性在当时社会地位不同，权利不同，在不

---

① 高柳真三『江戸時代の罪と刑罰抄説』東京：有斐閣、1988、247 頁。
② 新吉原位于东京都台东区浅草北部。江户时代新吉原是妓院集中的地区。1657 年以前被称为元吉原。
③ 参考高柳真三『江戸時代の罪と刑罰抄説』東京：有斐閣、1988、248 頁。

道德的性事件上也遭遇着不同的处置。《御当家令条》卷二十二、二七二号《町奉行所役人手前之控》中则罕见地出现了一条有关有妇之夫与妻子以外的女人发生性关系的规定，即"搂抱女仆之事，若有夫女仆被主人非预谋性地搂抱，致怀孕，主人被起诉，无罪"[①]。也就是说，"私通"一词是专门针对有夫之妇的，是针对下人的，而有妇之夫与处于下人地位的女性的性行为在当时并不被认为是私通，所以即使有妇之夫令有丈夫的女仆怀孕，也不会被处刑。

上述法条中的第一条规定了有夫之妇与私通对象皆处死罪。与其他条款相比，强调了两个点：一是出轨的男女为同一阶层，二是男女身处同一工作地点。第四条直截了当地指明将私通的妻子与奸夫处以死罪，表面上与第一条类似，实际上它强调的是"妻"的行为[②]，维护的是夫权；也就是说，若丈夫对私通的两个人提起诉讼，两个人就要被判处死刑。第二条与第三条的共通之处是妻子与下人发生私通的情况。第二条要表明的是，两者地位不同，所以遭遇的刑罚不同。第三条则凸显了丈夫的权利。

江户幕府基本法典《御定书百条》第四十八条"密通御仕置之事"对私通做出了如下规定。[③]

（一）若女人有丈夫（妻与妾的处置没有差别。以下规定亦适用于妾）

• 妻子与人私通

发生私通行为的妻子→死罪

私通对象→死罪

帮助妻子私通之徒→中追放

• 丈夫杀了与妻子私通的男人（丈夫的处决）

丈夫→无罪

杀了私通对象，妻子若存活下来，妻子→死罪

---

① 参考高柳真三『江戸時代の罪と刑罰抄説』東京：有斐閣、1988、248 頁、250 頁、251 頁。"搂抱"为笔者译，日文原文为"懐抱"。

② 第一条的"有夫之妇"与第四条的"妻子"是比照日文原文的翻译，本就不同。以下是四项条款的日文原文。「一、夫有之女奉公ニ出、傍輩と致密通候男女　罪罪、　一、妻下人と於致密通は引廻之上、下人獄門、妻死罪、　一、主人之妻と致密通といへとも、助命之儀夫於願出は　下人は非人之手下、女は新吉原へ被下之、　一、致密通候妻并密夫　死罪」。

③ 参考高柳真三『江戸時代の罪と刑罰抄説』東京：有斐閣、1988、249 頁；永井義男『江戸の密通—性をめぐる罪と罰』東京：学研パブリッシング、2010、37—42 頁。

若奸夫逃逸，妻子→任由丈夫处置

• 女人不接受私通的请求，男人不管不顾地劝说女人与其私通，或潜入其家，丈夫若杀掉此男人（丈夫的处决）

丈夫与妻子→无罪

• 妻子与人私通，杀害丈夫

妻子→游街示众、死刑"磔"

劝女人杀掉丈夫，或帮助女人杀害丈夫之徒→死刑"狱门"

• 妻子与人私通，杀害丈夫未果，致丈夫伤残

妻子→游街示众、死刑"狱门"

• 男人与自己主人之妻私通

男人→游街示众、死刑"狱门"

女人→死罪

帮助私通之徒→死罪

• 强奸有夫之妇

男人→死罪

• 若是很多人摁住女人轮奸

主谋→死刑"狱门"

其他人→重追放

• 交换情书，却尚未发生具体的私通行为

女人与男人→中追放

• 男人未给妻子休书，就迎娶后妻（重婚）

男人→追放刑"所拂"

• 女人尚未从丈夫处获得休书，就要与其他男人结婚（重婚）

女人→剃发、遣返给父母

撮合女人之徒→罚款

女人的父母→罚款

欲与女人结婚之人→罚款

（二）若私通的二人有亲戚关系

• 男人与养母、养女或妻子的母亲私通

男人与女人→死刑"狱门"

• 男人与姐姐、妹妹、伯母叔母、侄女私通

男人与女人→远国非人手下

（三）若女人未婚

• 男人与主人的女儿私通

男人→中追放

主人的女儿→戴上手铐、交给父母

帮助私通之徒→追放刑"所拂"

• 若性侵幼小的女孩子，致其受伤（幼女奸）

男人→远岛

• 男人与未婚女子情投意合，约其见面

女人→遣返给父母

男人→戴上束缚手部的枷锁

• 若女仆与男仆私通

男人与女人→皆受到主人的处置

• 来自他处的男人潜入家内，与女仆私通

男人→追放刑"江户拂"

女人→主人的处置

（四）若敲定谈婚论嫁一事

• 敲定了谈婚论嫁一事，其中的女子与男子发生性行为，父亲杀掉女儿与男子（父亲的处决）

父亲→无罪

• 敲定了谈婚论嫁一事，其中的男子与其他女人私通

男人→轻追放

女人→剃发、交还给父母

（五）若殉情自杀（相对死）

• 双方死亡

男人与女人→扔掉死骸，禁止举办葬礼

• 失败，男女中的一方幸存

幸存者→死刑"下手人"

- 若是主人与女仆的殉情，女仆死亡而主人幸存

主人→非人手下

- 失败，双方皆存活

男人与女人→三日晒后贬为非人手下

（六）若僧犯女戒

- 一般性地打破不淫戒律（包括召妓）

拥有寺院的僧侣→远岛

僧侣的弟子→晒刑、交给所属寺院，按寺法处置

- 与有夫之妇私通

不论是拥有寺院的僧侣还是僧侣的弟子→死刑"狱门"

　　与《律令要略》相比，《御定书百条》的惩处没有多少实质性的改变，只是后者补充规定了对妾施行与妻子同样的处置。江户时代，夫妻以外的男女发生性行为的现象被视为私通。丈夫或妻子与第三者的性行为、结婚前恋人之间的性行为、男女的殉情行为、僧侣与女人有染的行为皆属于性犯罪。《御定书百条》对这些私通行为皆进行了规定，整体来看主要是六大类型：（1）有夫之妇与人私通；（2）具有血缘上的亲戚关系或因领养而形成的亲戚关系的两个人私通；（3）女人未婚而与人发生性行为；（4）在谈好婚嫁一事尚未迎娶之前发生性行为；（5）男女殉情自杀；（6）僧侣打破色戒。总体来说，江户时代惩处私通的刑罚极为严酷，动辄死刑。而且，对待各阶层皆会发生的有违道德伦理的男女性行为一事，很明显处置不公平。身份不同刑罚轻重不同，低阶层者与女人往往承受了更为严重的处置。

　　除此以外，需要关注的是上面两部法令皆对丈夫的报复权做出了规定。《律令要略》指出，"没有成为妻子的妾，与他人私通，若男女两个人都被妾之主人杀掉，则按照古例将主人处以追放刑"。《御定书百条》宽保三年（1743）追加内容："丈夫杀掉私通之男女，不容置疑，无罪"；"丈夫杀掉奸夫，妻子若存活下来，则将妻子处以死刑；若奸夫逃逸，妻子则由丈夫随意处置"；"女人不接受私通的请求，而男人潜入其家，若欲行不轨证据确凿，则丈夫杀掉该男

人，丈夫与妻子皆无罪"。以上这些法律条款从丈夫的角度出发，规定丈夫具有处理与人私通的妻子与奸夫的权利。这些亦符合正当防卫的法理，在实际案例中，为保护妻子的贞操而杀掉私通之徒的人与杀掉盗贼的人一样，属于正当防卫，无罪。

换言之，以公刑主义为原则的幕府法中，作为例外，承认私刑权中丈夫对妻子与奸夫的惩处权。丈夫的私刑权意味着对妻子的私刑权与对奸夫的私下报复权，前者在整个江户时代没有变化，后者在享保期以后，显示出解除现场与男女共同条件的倾向，而丈夫的私刑权本身被扩大、被强化。

面对如此严厉打击私通行为的法律，我们或许会以为在江户时代的法律高压之下私通行为会减少。永井义男则在研究中指出了当时的实际情况。不论是武士还是庶民，发生非婚内性行为的情况并不罕见，史料表明，江户时代这类行为出现的概率与现代不相上下，用"横行"一词来形容当时的私通之事绝不过分。虽然处置私通行为的刑罚颇为严酷，但是，这是丑闻被告到官府以后的后续行为，实际上此类事件大多是当事人私下和解的，因此并没有多少人会因私通罪而被处刑。①

二、公案小说与私通

西鹤在《本朝樱阴比事》中构思了多起与私通相关的案件，有男女双方偷奸之事，有梦中私通之事，还有诬陷女人私通的案件。下面先来看两个私通案件。在《朝着妻子鸣叫的树梢上的小杜鹃》中，捕鸟人的妻子趁丈夫出门捕鸟的机会，与人密谋杀害了丈夫，却谎称丈夫失踪是介绍其前去捕鸟的浪人所为。浪人蒙冤却出于武士教养而不愿告诉裁判者捕鸟人去过的高门大户之名，只得承认莫须有的杀人罪名，却说不出尸体所在地。裁判者发现端倪后巧妙设局，通过让妻子的娘家人以及关系尤为密切之人来领取抚恤金的方式抓住了嫌疑犯。通过审讯，"该男子与女人私通一事暴露，此案件一定是女人偷偷地让男人杀掉了她的丈夫"，最终二人被判处死刑。

该作品的创作并不是以私通为主题，而是以讴歌武士（浪人）为目的。作

---

① 参考永井義男『江戸の密通—性をめぐる罪と罰』東京：学研パブリッシング、2010、4—7頁。

品一开始便描写了主人公——一个既擅长武艺又精通音律的浪人，尽管出身名门，但失去往昔光彩以后，他只能出入高门，凭借取悦于人的音律来度日。这些原本与私通毫无关系，作者却通过捕鸟人这一角色，将浪人与私通和密谋杀人联系起来，显示出浪人即使被诬陷杀人也依然能保持武士本色。由此看来，私通在该作品中既是一个用来服务武士主题的道具，也是公案处决这一环节的设置需要，西鹤将私通一事安排在作品中也是对当时此类事件频发的一个反映，对二人私通且谋杀亲夫的处决也呼应了惩处此类犯罪行为的法律规定。

在《嫁与近邻引前夫恨之入骨》中，一个美艳动人的姑娘被一个浪人雄厚的资产蒙蔽了双眼，在明知其有眼疾缺陷的情况下嫁与他。四五年间她穿金戴银，尽享山珍海味，奢华无度。日子好了以后，她却嫌弃丈夫的缺陷，暗地里与丈夫那年轻且富裕的朋友眉来眼去，最后装病催促丈夫休妻。女人离婚后不到十日就嫁与那个男人，完全不顾周围人的眼光与议论。住在同一个街道的前夫实在忍不下这口气，便用计让町中居民将此事告官。裁判者分析道："你们过去一定是私通关系！尤其是这个女人，罪大恶极！……你以前在前夫身边时，肯定已经与他发生了私通关系！"

裁判者在文中痛斥已婚的男女二人，推测女人在离婚前已经与男人发生了私通关系。根据法律对私通的规定，他们二人原本皆是死罪。但是，作品中前夫在解除婚姻关系以前并未发现妻子的私通行为，在解除婚姻关系以后才提起此事，女人已经处于新的婚姻关系中，他也不再具有丈夫身份，所以失去了直接处决私通的两个人的权利。裁判者叱责浪人的朋友不顾友谊而娶其前妻的不道德行为，最终以浪人前妻的再婚行为发生在领取休书以后为理由，未判处两个人死刑，而是"饶其不死，女人，削掉鼻子；男人，割断顶髻，且将二人逐出京城"。

休书对解除婚姻关系非常重要。上一节《御定书百条》第四十八条中即有关于休书重要性的表述："不给妻子休书，就迎娶后妻的男子，执'所拂'刑""尚未获得休书，就要嫁到他处的女人，给她剃发后遣返给父母"。也就是说，夫妻关系在休书正式授受之后才正式断绝。江户时代的作品中屡屡提到"休书"一词（休书在当时被称为"离别状"、"三行半"（三件半）、"去状"、"暇状"）。1736 年，浮世草子作家江岛其碛与八文字屋自笑合作的《风流军配团》第三卷中的第一部分写道，"请写好三件半交给她"。1749 年，净琉璃作者竹田出云在《双蝶蝶曲轮日记》第六部分写道，"请尽早开具三行半"。当时的休书内容大约有三行半内容，因此休书也被称作"三行半"。休书中的内容多是"因与其不和而离异，自此以后，对方嫁与何人与我毫无关系"①，一纸休书三言两语就解除了重大的婚姻关系。江户中期的净琉璃作者福内鬼外在《灵验宫户川》的第五部分中描写了丈夫休妻的场面："这是你给我的去状暇状，我何罪之有呀？""你这贱妇还敢问何罪之有！你刚说过相濡以沫的丈夫比主君比父母还重要，马上就违背自己的誓言。我是杀了你呢还是与你离婚呢？"② 离婚权牢牢掌握在丈夫手中，一旦丈夫对妻子不满，或者丈夫发现了妻子与人私通，即会使用休妻权。也有女方很想离婚的情况，但是依然需要从丈夫那里获得休书。

在《嫁与近邻，引前夫恨之入骨》中，发生私通行为的两个人后来确立了婚姻关系，因前夫提起诉讼，他们曾经私通的行为再次暴露在大众视野。在裁判者的判决中，我们看到之前的犯罪行为没有因为旧的婚姻关系的解除而消亡，但是，量刑却因为新的婚姻关系的成立所带来的人物身份变化而减轻。可见，裁判者的裁决既要打击犯罪以儆效尤，又要结合实际情况做出适当的调整。本案既要打击私通行为，又必须承认女人是在拿到丈夫的休书以后才再嫁于他人的事实。鉴于这一事实，裁判者只能在既成事实的基础上结合私通罪来处置。江户时代，法律对私通行为的惩处尤为严厉，该案件中裁判者尽管没有判处罪犯死刑，但是逐出京城的追放刑与削掉鼻子和割掉顶髻的附加刑亦是尤为残酷的刑罚，应该能对大众起到威慑和警示作用。再者，前夫之所以控诉两个人，主要是因为他们三个人生活在同一个街区，离婚、没隔上十天的再婚、没有媒妁之言的再婚行为，以及周围的流言蜚语对前夫产生了刺激。上诉且惩罚罪犯成为前夫泄愤的方式。他的最终目的并不是让裁判者将两个人处以死刑，而是要实现对两个人的惩罚。追放刑在当时是继死刑之后的残酷刑罚，裁判者将两个人处以逐出京城的追放刑，既遵照法律与传统严惩了私通罪行，也

① 中田薫『徳川時代の文学に見えたる私法』東京：岩波書店、2007、134—135 頁。
② 《风流军配团》《双蝶蝶曲轮日记》《灵验宫户川》的相关引文皆参考中田薫『徳川時代の文学に見えたる私法』東京：岩波書店、2007、133 頁。

在一定程度上显示了裁判者的慈悲之心。

整体而言，该作品与上一个作品相比，表面上好像从头至尾都在讲私通案件，其实仍然是在为武士（浪人）奏凯歌。前夫（浪人）"家财万贯，享用不尽"，"他认为享受人间只能是住在京城，于是在京城东寺一带租了宅院，随心所欲地享受安乐时光"，显示出他已完全脱离了金戈铁马的武士生活，也没有在朝为官，而是处于日渐融入市井的生活状态中。尽管如此，一旦有重大事件发生，刻印在他骨子里的武士气质就会喷涌而出。该作品并未表现武士动辄以武力解决问题的一面，而是构思了一个巧用计谋的武士形象。他自编自演，将一张写有诬陷自己内容的纸悄悄地贴在自家门上，"要是让该浪人继续住在这个街道，总有一天他会把所有人杀光"。浪人借此向町民表示不知是谁因忌恨自己而进行如此操作，他为了不给大家添麻烦而要离开这里。在町内居民挽留之际，他顺势提出，"承蒙大家对我的厚爱，但是，那张纸关乎武士之心，我不能置之不理。为了防止町内发生不好之事，还是将此事上报给官府为妙"。作者西鹤在作品中以裁判者表扬浪人以贴纸之计引官府关注此案为结尾，既颂扬了武士的足智多谋，也赞美了裁判者洞察一切的智慧，还显示出西鹤尽力塑造新时期浪人美好形象的立场。

三、偷盗罪与私通罪的纠葛

《本朝樱阴比事》中除了上述明确发生男女偷奸之事的案件以外，还有诬陷女人私通的案件。在《缝制信物之贴身衣物》中，绸缎庄的孀妇带着所有家人从讲经处回家以后，抓到了一个潜藏在家里的盗贼——隔壁家十七岁的孩子。闻讯赶来的街坊因对方是附近的邻居而很难处理，想尽量在町内化解。对方却蛮横地嚷道："我躲在这里，这家的寡妇应该知道。"孀妇指出对方在诬陷，最后说道："因为这件事，即使我受刑被车马分裂成八块，也一定要去告官。女人也有女人的尊严！"身体被牛或车分裂的刑罚是死刑中的极刑，自室町末期至江户初期一直存在。作品中的孀妇敢于与男人对簿公堂而不怕万一不能昭雪而被施行极刑，说明她把贞操与名誉看得极为重要，不希望贞操受到侮辱。反过来说，私通罪一旦成立，女人就要被处以极刑，因此，被诬陷的一方想要竭力证明自己的清白，这当属必然。公堂之上，男子将事先准备好的女方的内衣作为二人密切交往的证据提交，女方却突然担心男子潜入他宅偷盗的真相一旦大白于世便会要了男子性命，于是为救对方一命而承认了私通一事。男人的态度也随之变化，坦白了自己来女方家是为偷盗而非私通的真相。最后，裁判者考虑到罪犯最终为了解除孀妇的不实之罪而敢于放弃孀妇为其争取来的性命，因而赦免了他的重罪，处以"赶出京都"之追放刑。

《聪明女人的随机应变》亦是一个女人被诬陷私通的案件。一个租住在町内的浪人日子过得紧紧巴巴，为了与町内居民搞好关系，他经常帮助町民解决各种问题，久而久之也取得了町民的好感。由于该浪人书写能力不错，因此佛珠店在每年书写催促支付赊购货款的支付单时都会请他前来店里帮忙。老板去世以后，佛珠店依然邀请他来帮忙。今年做账时恰逢七夕节，大家做好账以后喝酒庆祝，老板娘也在席间开起了浪人的玩笑："这么了不起的男星，连一年相会一次的对象也没有！还不如七夕的牛郎。"浪人平日里并未考虑男女之事，但听到老板娘的玩笑话，禁不住对老板娘有了想法。他故意给众人做出回家的样子，实则在出门之前偷偷折返藏了起来，静待佛珠店所有人员入睡。

　　他蜷缩着身子摸索到宅子深处，靠近老板娘睡觉的地方。隔着蚊帐微微地瞄到老板娘的睡颜，不愧是大家公认的美人，脸蛋儿这会儿看起来比白天还要美，浪人的爱慕之心又增加不少。仔细看那女人，她的枕头比平常的高些，腰带绳没有解开，手边放了一把刀，一副梦里都谨慎小心的样子。浪人看到这些不由得害怕，但是骑虎难下，两只脚不由分说地靠近女人。老板娘惊醒起身，但是没有呼喊。她说道："你为什么藏在这里呢？被别人听到了可不得了。趁现在赶快回去。"浪人斩钉截铁地回复道："我这么做，就是要表达我对你的执着之情，牺牲性命也在所不惜！"遗孀只能做好手刃对方的准备，"你一定会后悔的"，她抄起刀站了起来，最终也没有如对方所愿。她说尽了道理，浪人也没有改变初衷，两个人的争吵声越来越大，店里人闻声赶来大声呵斥："什么人？！"浪人熄了灯火逃了出去，但还是被大家围住抓了起来。尽管有些佣人想要私了，但是伙计完全听不进去，他喊道："人面兽心的家伙！你都做了些什么！多年以来我都以为你是一个正派之人，什么事都请你出面，不论是女人的卧房，还是店里存放金银之处都没有对你藏着掖着。谁知你是夜晚潜入人家家里的败类！主人要是活着，不知道该怎么处置你！作为这个店的伙计，要不处理你，我颜面无存！你的所作所为让人无法忍受！"于是，报官。[①]

这段描写呈现了浪人潜藏在孀妇之家欲行不轨的整个过程。可以看出，老板娘自始至终都在为保护自己的贞操而努力，也在为浪人的名声考虑，但是浪人陷于意乱情迷之中无法自拔，最终只能被送至官府。事实上，在江户时代，幕府裁判所在私通事件方面欠缺取证能力，而此类事件本身也很难出具证据。若起诉私通对象或图谋不轨，则会令丑闻在大众之间扩散，对被害人而言亦是丢人之事。因此，不论武家还是商人之家，丈夫往往会行使自己的处决权，当场处死对方，或者在当地头面人物的调解下私了。实际情况是以后者居多。调解的结果往往是奸夫进行金钱赔偿，丈夫休了出轨的妻子，等等。若双方不能私了，则要按原本的法律程序判明事实真相。上述两篇作品皆没有出现私了的环节，而是以戏剧性的展开让案件变得复杂有趣。在《聪明女人的随机应变》中，浪人在裁判者面前栽赃孀妇跟他私通："我们互相说好了，悄悄交往。在这期间，那寡妇好像又有了新欢，就策划了这场闹剧陷害我，还说了很多过分的话，女人就是歹毒！"浪人与孀妇双方皆不能出示有力证据，案件一度陷入僵局。孀妇突然以自己身患疾病不能行男女之事而诱使浪人露出了马脚。最终裁判者对浪人的判决如下：

大胆之徒！所犯罪行并非偷盗，而是因爱慕失去丈夫的女人而做出如此恶事。且饶他一命，将其遣返回老家骏河。另外，给他人平添麻烦，作为惩罚，剃掉其一边的鬓角头发。[②]

裁判者的判决中，首先对其犯罪行为进行定性，是因爱慕女人而潜入他

---

① 井原西鹤著、麻生磯次、冨士昭雄対訳『対訳西鶴全集　本朝桜陰比事』東京：明治書院、1989、118—119 頁。
② 井原西鹤著、麻生磯次、冨士昭雄対訳『対訳西鶴全集　本朝桜陰比事』東京：明治書院、1989、121 頁。

宅的行为，而不是偷盗。前一个案件《缝制信物之贴身衣物》中，年轻男人潜入绸缎庄的行为不是为了私会女人，而是偷盗。两起案件的关键词皆是偷盗与私通，下文拟对盗窃罪与私通罪进行讨论。

说到盗窃罪，古今中外皆有，强烈的物欲会导致某些不法分子想方设法将他人的物品占为己有。江户时代出现过不少耳熟能详的偷窃者，包括日本左卫门、平井权八、稻叶小僧、田舍小僧、无宿酒造藏、鼠小僧次郎吉等，不胜枚举。日本的讲谈、狂言作品中亦塑造了一批盗贼，如辨天小僧的白浪五人男、自来也、云雾仁左卫门、因果小僧、山猫三次。江户时代对偷盗罪的惩处非常严酷，裁决既会根据盗贼行窃所产生的危害程度而进行级别不同的惩处，也会因罪犯犯罪次数的增加而对屡教不改的罪犯施行严格的惩罚，乃至死刑。具体而言：（1）临时起意偷窃身边财物，初犯，若为十两[①]以下货币（如果是物品，将其折合成钱），则处以墨刑，并在此基础上执敲刑。这属于比较轻的处罚。（2）偷盗十两以上，则处以死罪。（3）有偷盗前科者，若再次偷盗，则再次实施墨刑。若不知悔改而第三次偷盗，不论偷盗金额多少，皆处以死刑。（4）小偷小摸（扒手）、去澡堂把自己破烂的衣服与别人漂亮的衣服掉包之"更衣间行窃"、明知赃物却替贼人保管、售卖或低价买入，这三种类型皆被处以敲刑。（5）拦路抢劫、凶器伤人偷盗、杀人偷盗者，处以游街示众后执死刑"狱门"。（6）纠集同伙入室抢劫，处以狱门。（7）潜入上锁的人家、摧毁土窑仓库行窃者，由于是有预谋的盗窃行为，因此不论偷盗财物的金额是多少，皆处以死罪。但是，若盗贼潜入之家并未锁门，或者是他们不在家时遭盗，或自家安排不够妥当而让盗贼有机可乘，则鉴于受害人一方亦存在过错，盗贼所受刑罚相对较轻，在墨刑的基础上实施"重敲"之刑。（8）给盗贼做向导、偷窃残疾人的物品、用利器以外的物品伤人进行偷盗者，死罪。（9）盗贼自首，不减刑。（10）被盗者若不报案，则要被处罚。[②]《御定书百条》第五十六条将盗窃罪规定为，"潜入家内或摧毁土窑仓库者，不论所盗财物多少，皆处以死罪。但是，若因受害者昼夜皆不关家门，或者因家内无人而导致了身边一些小件物

---

① 十两，在江户时代是很高的金额，可供庶民家庭一年开销。参考 http：//kenkaku.la.coocan.jp/zidai/hanzai.htm。

② 参考大久保治男『江戸の刑罰拷問大全』東京：講談社、2008、168—169 頁。

品被偷，则判处偷盗者墨刑与重敲之刑"；"闯入家宅，或毁掉土窑仓库的锁子进行偷盗者，死罪。但是，若受害者不在家时没有关好窗户、没有锁好门，则对偷盗者小偷小摸的犯罪行为做减刑处理"。

回到《本朝樱阴比事》之《聪明女人的随机应变》与《缝制信物之贴身衣物》，两个案件涉及对潜入人家偷盗与私通的甄别与审判。在《缝制信物之贴身衣物》中，偷盗行为与私通行为进行了正面交锋，即潜入邻居绸缎庄的年轻男子想要证明自己是与孀妇有染而出现在对方家里的，孀妇否定了私通一事，店里人认为年轻男子在偷盗。作品在五个地方明确出现了"密通"一词（有一处是"密通"的近义词"不义之事"）。第一处，孀妇之辞"我若要行不义之事，绝对不会让大家知道"。第二处，裁判者之辞"你若与这孀妇有密通一事，请你拿出你们来往的书信以作证据"。第三处，孀妇承认之辞"我确实与那年轻男子密通"。第四处，男子吐露真相"我刚才说与那孀妇密通，实际上压根没有那样的事"。第五处，裁判者的表彰之辞"孀妇不顾自身会被世人耻笑而承认莫须有的密通之罪，为的是救人一命。京城如此之大，却没有第二个这样的女性"。

作品亦在四个地方出现了有关偷盗的词语。第一处，大家回到店里，看到偷盗者身影时的呼喊之词"大白天偷盗的狗贼"[①]。第二处，裁判者的审判之辞"若没有女方的笔迹，你难逃盗贼之罪"。第三处，男子的辩解之词"事情就是这样子，被误认为盗贼，实在没有辩解的办法"。第四处，男子的供认之辞"突然就进来偷盗"。案件最后，"在遗孀为救其一命而含冤承认私通一事以后，男子意识到自身可耻行为，舍弃已经捡回的性命去为对方辩解"，从而真相大白。裁判者裁决道："这个男子数罪并罚，应处死。"这里的数罪应该指有预谋地入室行窃罪，以及诬陷罪。只潜入别人家里偷盗一罪就应该被判处死罪，后来因为罪犯"舍弃已经捡回的性命去为对方辩解，作为年轻人，实属不易"而被裁判者赦免了死罪，被执追放刑，赶出京都。本案中，罪犯原本想要用私通一事掩盖其偷盗的真相，若以私通罪论处，男人与孀妇又该被处以何种刑罚呢？这里有必要对孀妇这一身份进行界定，即弄清楚当时社会对丧偶以后留在夫家的女性"后家"（孀妇、寡妇、未亡人）的要求。

---

① 日语原文是"昼盗人"。

早在镰仓时期文献中就已经出现了"后家"一词，"后家"可凭借"中转继承人"身份辅佐幼小的家长，守住家中的领土，还可以获得亡夫的一部分领地。在农村，"后家"所在家庭的赋税可以被免除或减少。可以看出，在中世武家社会中，"后家"替代了亡夫在家庭中的地位，成为"家"的中心，社会对她没有过多的要求。但是，在江户时代的武家社会中，形成了"家"的制度，加之儒教思想的深入传播，女人丧偶以后被要求守护夫家，离开夫家回娘家或者再婚嫁到他处的行为被社会所不容。因此，女性在丧偶以后，一般会表示"後家を立てる"，即留在夫家继续生活。在日本的"家"的制度下，丈夫是一个家庭的家长，在家长离世以后，孀妇留在夫家，其地位是中转家长，若膝下有未成年的子嗣，她便成为代理年幼家长打理家业的人员。在近世时期的户籍簿上，经常可以看到"××後家"的字样，即以孀妇为某一家庭暂时性的代表。江户时代，女性地位一再降低，"后家"失去了继承土地、继承户主地位、代替年幼孩子打理家业等的所有权利，最后成为一个被要求守节而不能再婚的女人。尤其是户主的嫡母被严令禁止再婚。与之不同，普通庶民家中的"后家"则成为继承"家"的主体，可以成为幼小家长的代理，甚至可以迎娶新的丈夫上门。

《缝制信物之贴身衣物》与《聪明女人的随机应变》中，"后家"的形象正反映了江户时代这一女性群体的遭遇与特征。在《缝制信物之贴身衣物》中，绸缎庄老板四十二岁时撒手人寰，当时女儿两岁，老板娘三十三岁。作为后家，妻子只能一门心思地照顾孩子。

> 她"成为后家"，剪掉头发，一副远离世间爱恨情仇的样子。她以独生女儿的成长为乐，放弃了再找一个丈夫的想法，一心向佛。之后连家中的买卖也放弃管理，所有事情皆交给亲戚打理，把钱财存到兑换商那里，缩减家中雇佣人员和开支。[①]

在《聪明女人的随机应变》中，佛珠店老板突然离世，妻子以后家的身份

---

① 井原西鶴著、麻生磯次、冨士昭雄対訳『対訳西鶴全集　本朝桜陰比事』東京：明治書院、1989、33 頁。

留在店里打理生意。

> 她二十五岁，"成为后家"，外貌虽与以往相同，但是心境却不同从前。她修身养性，祈祷以后的日子平安顺遂，与周围人对她的猜测完全不同。她有一个三岁的儿子，已举办过留发仪式。她祈祷孩子健康成长，再无奢望。很多人给她介绍上门女婿，也有媒人前来牵线搭桥，但是她完全不为所动。店里的生意依靠女人也发展得很好，所以如今的情况和夫妻二人一同经营时并无差异，生意反倒比以前更好。于是，孀妇打算就这样继续做好生意，为儿子攒一笔钱。①

结合这两个故事的内容来看，在江户前期，已婚女子丧偶以后留在夫家，有的剃掉头发，打扮得像出家人一样，以此来表示守节并不再结婚。当然，当时的社会并没有严苛到一定不让丧偶女性再婚，而是允许她们迎娶男人上门。在丧失丈夫这个家长以后，她们往往成为家中的顶梁柱，发挥了监护孩子、支撑整个家庭的作用。整体来看，这类女性被社会道德所绑架，不得不选择留在夫家，在再婚以前必须守护贞操。在把未婚男女发生性行为或已婚女人与丈夫以外的人发生性行为的现象视为私通罪的时代，后家若出现这方面的问题，也必须依法处理。尽管有关私通罪的规定中并没有专门针对后家这一身份的内容，但是通过以上的讨论可以看出，后家的身份依然是妻子，是失去了丈夫的妻子，因此，后家要被当作有夫之妇来处理。

在《聪明女人的随机应变》中，浪人在佛珠店的记账工作彻底结束以后佯装离开，实则偷偷藏在了隔板下，但始终没有行窃，这一点也是裁判者强调的重点。裁判者的判词"所犯罪行并非偷盗，……且饶他一命"直接表明，裁判者在对浪人的犯罪行为进行判定时，排除了"潜入人家偷盗之罪"。裁判者认为，浪人的行为是"因爱慕失去丈夫的女人而做下了如此恶事"，故处以追放刑。以"做下了如此恶事"的朦胧字眼对犯罪行为盖棺定论显然是不合适的，由此产生的量刑也不够妥帖。事实上，浪人的行为应该用"求奸未成"来定义。

---

① 井原西鹤著、麻生磯次、冨士昭雄对訳『对訳西鹤全集　本朝桜陰比事』東京：明治書院、1989、116—117 頁。

"求奸未成"与"强奸未遂"有一定的区别。求奸未成指求奸（要求同奸）者主观上意欲与妇女通奸（意欲通过平和手段征得妇女的同意），不具有强奸之意，客观上往往表现为口头提出要求，或者以举动进行挑逗，甚至拥抱猥亵，拉衣扯裤，一旦妇女表示拒绝，便停止自己的行为，而不使用暴力、胁迫等手段强行与妇女性交。它与强奸未遂的主要界限是，行为人是否采用了暴力、胁迫等强制手段，是否适时停止自己的行为，为什么停止行为，除此之外，还要考虑妇女的态度与举止。

从是否构成犯罪的要件来分析，浪人爱慕佛珠店孀妇，潜入其房间、表达真心，说明在主观方面，浪人没有强迫妇女的强烈意愿。浪人试图说服孀妇，听不进孀妇劝其离开的话语，孀妇实在没有办法而举起平日防身的小刀来逼退对方。文中没有正面描写浪人是否采取了胁迫手段，虽然提到孀妇以武器反抗，但是通过她给浪人讲道理、两个人争吵等内容，可以推测出浪人在不断恳求孀妇接纳他，间接说明浪人尚未采取暴力行为。也就是说，在客观方面，浪人没有采取暴力手段。因此，笔者以为，浪人的行为属于求奸未成。江户时代有关私通与性犯罪的规定中，对于强奸、求奸未成以及强奸未遂的规定并不是特别详细。对强奸有夫之妇的男人一般处以死罪，对强奸幼童的处以流放远岛罪。对女人不接受私通请求，男人却潜入其家欲行不轨的行为，丈夫有权杀掉罪犯，而丈夫与妻子无罪。本案中，女人的丈夫已经离世，没有人在犯罪现场替她处决罪犯。基于强奸和私通行为尚未发生，裁判者未判处浪人死罪，而是以"剃掉一边鬓角、赶出京都送还老家"来惩罚。可以说，裁判者为维护武士利益，在一定程度上减轻了对罪犯的惩处。剃掉一边鬓角的做法自中世起就是武家处理私通一事的惯例，裁判者以此惩处罪犯，确实起到了打击此类犯罪的目的，同时提醒公众要小心带有此类记号的人物。

第七章

结　语

本研究主要探讨了五大问题：第一，日本江户时代的公案小说是如何在中国案例汇编《棠阴比事》的影响下形成的；第二，江户时代为公案小说的流行提供了什么样的环境和条件；第三，江户时代的公案小说勾勒了怎样的江户社会；第四，江户时代的公案小说反映了什么样的法制文化；第五，江户时代的法律如何作用于文学作品。

在日本江户时代，日本国内出现了一系列公案小说作品，包括《本朝樱阴比事》《镰仓比事》《日本桃阴比事》《本朝藤阴比事》《镰仓比事青砥钱》《青砥藤纲摸棱案》《板仓政要》《大冈政谈》等，日文将其称为"裁判物"或者"比事物"。这两个名称一方面体现了歌颂判官的主旨，另一方面突显了日本公案作品受中国公案笔记《棠阴比事》影响而诞生的渊源。《棠阴比事》经朝鲜东渡以后，在日本的江户时代引起了很大的反响：抄写和翻刻汉文典籍《棠阴比事》、翻译《棠阴比事》形成《棠阴比事物语》、给《棠阴比事物语》加入插图形成《棠阴比事物语》绣像本、注解《棠阴比事》形成《棠阴比事谚解》和《棠阴比事加钞》。这些传播《棠阴比事》的活动贯穿了整个江户时代，不同时期的不同书坊多次出版《棠阴比事》《棠阴比事物语》与《棠阴比事加钞》，诸多学者与书写者抄写《棠阴比事谚解》。《棠阴比事》系列图书的阅读者包括德川幕府将军、藩主、官员、学者，也包括作家和普通民众。在这股"《棠阴比事》热"中，作为案例汇编的《棠阴比事》逐渐从一本向政治家与裁判人员提供判例参考的法律实用图书发展成大众喜欢的读物。《棠阴比事物语》虽一直被认为是《棠阴比事》的翻译改写本，但实际上改写只停留在对一些具有中国特色的专有名词的日文置换以及对原文的删减上。因此，笔者认为尚不能将其视为纯粹意义上的小说。《棠阴比事物语》绣像本是一大进步，图画的插入在很大程度上为很多文化程度不高的普通读者提供了了解中国公案故事的便利与趣味。

民间阅读《棠阴比事物语》的热情以及江户时代的法治情况刺激了通俗作家创作公案作品。模仿《棠阴比事》的判例故事《板仓政要》以及其他公案小说相继诞生。这些公案作品对《棠阴比事》的内容进行过滤与吸收，尤其是第一部以"比事"命名的作品《本朝樱阴比事》与《板仓政要》直接吸收了《棠阴比事》的部分元素。《镰仓比事》等作品也受到了《棠阴比事》的影响，但是这种影响多是间接的，往往表现为吸收了《本朝樱阴比事》与《板仓政要》中的元素。当然，除了《棠阴比事》以外，《板仓政要》《本朝樱阴比事》《大冈政谈》等作品还与中国的《龙图公案》《律条公案》《皇明诸司公案》《明镜公案》《详情公案》存在相同的内容。[①] 学界之所以历来将影响研究的重点放在《棠阴比事》上，主要是因为"比事物"的命名既选取了"比事"二字，也在各个故事的开篇之处点明了其形成原因与《棠阴比事》有关，加之《棠阴比事》系列图书在日本的传播时间长、传播范围广、受众面宽，而《龙图公案》《律条公案》《皇明诸司公案》《明镜公案》《详情公案》传入日本的时间较晚。

谈到日本公案文学如何受《棠阴比事》影响的问题，抄本《棠阴比事谚解》值得关注。其注解准确、通俗易懂，不愧出自汉学大儒林罗山之手。该注解书为纪州藩主德川赖宣而著，对日本各界学习中国法律、思考有关法的经验与教训以及解决日本法律问题等方面起到了不可估量的作用。与《棠阴比事物语》和《棠阴比事加钞》相比，日本"比事"中的叙事与《棠阴比事谚解》更为接近。因此，我们不妨大胆预测日本公案作品在模仿《棠阴比事》时很有可能取材于《棠阴比事谚解》。目前的研究虽然尚不能明确作家取材于《棠阴比事谚解》的具体路径，但是，《棠阴比事谚解》背后家康、赖宣、光贞、义直、赖房、松平忠房、前田纲纪、野间玄琢、菅得庵、金子祇景、角仓素庵、榊原篁洲、木下顺庵、木下寅亮、鸟井春泽、李真荣、李梅溪、李一阳、吴仁显、林罗山与林鹅峰等诸多政治家与学者构建的关系网以及他们的交往皆有可能提供这种路径。

总之，《棠阴比事》的流行促使了日本公案文学的形成。除了《棠阴比事》传入日本这一大要素以外，客观上，江户时代的太平盛世、市民阶层（町人）的壮大以及商业出版的兴起皆为《棠阴比事》的流行以及日本公案小说的流行提供了条件。市民阶层在物质世界得到满足以后，开始追求精神层面的充盈，成为消遣娱乐型阅读的新生力量。同时，城市规模的扩大与商业的繁荣很容易

---

① 莊司格一『中国の名裁判—公案小説』東京：高文堂出版社、1988、120—121 頁。

将市民裹挟进各种纠纷与案件之中，市民因此主动产生了了解判官断案等司法内容的意愿。加之江户时代读书识字等初等教育的进一步普及，以及出版业的发展带来的价格低廉的图书皆为大众阅读奠定了基础。

值得关注的是，日本作家在公案文学作品中并没有完全照搬《棠阴比事》，而是将表现江户时代的日本社会、民众、法制、犯罪与刑罚作为重点，置于"比事"的题目之下。它涉及刑法与民法；涉及杀人、伤人、盗窃、抢劫、放火、诈骗、赌博、冲破关卡、违背合同、走私、私通、僧犯淫戒、男娼、私下卖淫等诸多方面的犯罪；牵扯到"下手人""死罪""狱门""磔""火罪""锯挽"等六种死刑，流放远岛与"追放"等两种放逐刑，"奴隶刑""肉刑""自由刑""闰刑"等四种对身体的刑罚，服劳役与没收财产和交罚金等两种罚则刑。

以《本朝樱阴比事》为代表的日本公案文学作品在叙事上主要分为两种模式。一种叙事方式是先描写纷争与犯罪事件的发生，然后请具有司法权的人物出场进行审理与搜查，最后判明案件真相，惩治犯罪。在这种叙事模式中，作者一开始以罪犯为主轴进行描写，在案件进一步展开以前，读者已经清楚罪犯及其犯罪（纠纷）过程，在此基础上将判官如何审理案件、如何将真凶缉拿归案作为作品的重头戏进行展开，最后描写判官如何定罪量刑。作品中一般都会对犯罪心理进行描写。有关犯罪动机的描写基本位于案件解决部分的招供环节，主要是叙述罪犯如何走上犯罪之路，往往篇幅较短。犯罪一方努力隐藏罪行、侦查一方全力发掘真相的两个不同视角交互式出现，为读者带来想象与推理的空间。另一种叙事方式为倒叙，是西方侦探小说的常见模式。作品以罪犯的视角从案发以后展开故事，给判官抛出难题与线索的同时亦为读者提供解密的机会，带给读者与判官比赛侦破的体验。西方侦探小说将其称为 inverted detective story（逆推理小说）。总体来看，在西方侦探小说传入日本以前，日本的公案小说叙事模式简单且单一，大多采用案件发生、案件受理、案件调查与侦破、罪犯自白、定罪量刑这一模式。此外，江户时代的公案小说对于犯罪的描写采用虚实结合的手法，既有源于现实事件的内容，也有作家根据社会现实的虚构。当时的日本社会、日本民众、日本法制、日本的犯罪和刑罚与小说中的案件交融在一起。可以说，每一个案件都是江户时代的缩影。

江户时代的最大特征是它持续了长久的和平。回望其他武家时代的政治，镰仓幕府持续了一百五十年，室町幕府持续了一百三十多年，历史虽不算短，但多是乱世，纯粹的太平时期很少。德川幕府持续了二百六十余年，占总人口7%的武士阶层统治着占总人口90%的农工商三个阶层，形成了日本封建制度最为成熟的时期，为学问、工艺、文学、艺术等诸方面的发展提供了长久的和平保障，从这个角度来看，我们必须称其为强有力的政府。它的发展既得益于对历史的继承，又有赖于统治者对所统辖国家采取的各项强硬政策，还得益于以武力为后盾的法治主义的推行。德川幕府钻研中国《明律》等多部法典的内容及其精神，从包括《棠阴比事》在内的公案类著作中获取法学知识和审判经验，向镰仓幕府制定的成文法《御成败式目》学习，在一定程度上沿用了战国时期分国法的内容，继承了丰臣秀吉时期已经开始实施的兵农分离政策。幕府还制定了以公武诸法度为首的诸多法制，实施了专门针对中央朝廷的政策，强迫大名接受"参勤交替"等政策，设置了法律机关与社会组织，对臣子与民众进行高压监视，妄图摧毁国民意志，令他们完全臣服于德川幕府，按照幕府的各项政策条框行事。德川幕府时期的日本，被日本法制史学者三浦周行视为"一个极端的警察国家"[1]，被日本思想史学者丸山真男视为"连指甲尖都不惜武装起来，建立了一个一旦有事就能立即调整为战时总动员体制的统治组织，严密布设了相互监视和密探的机构，用来将叛乱、暴动、内乱等铲除在萌芽时期"[2]。

德川幕府，尤其是在幕府建立初期，实行严刑主义。在打击犯罪方面，采用颇为严酷的刑罚，动辄死刑，死刑还因犯罪构成的危害程度不同而采取不同的行刑方式，主要是"下手人""死罪""狱门""磔""火罪""锯挽"六种类型。极为残忍的行刑方式彰显了幕府重视威慑性、警示性以及一般预防效果的法治观念。死刑以下，将罪犯驱逐出原生活共同体的追放刑亦是江户时代经常采用的一种刑罚，与死刑并称为江户时代刑罚的代表。该刑罚表面上并没有对罪犯的身体产生任何损伤，但是将罪犯逐出原生活共同体，限制其活动范围，尤其是禁止进入繁华地区的惩罚方式，令其陷入孤立无助的境地，致使其在精神上饱受折磨，在物质上困顿不堪。此外，敲刑、墨刑、剔刑、剃掉头发、割

---

① 三浦周行『日本史の研究　第二輯上』東京：岩波書店、1981、237 頁。
② 青木美智男『日本文化の原型』東京：小学館、2009、44 頁。

掉顶髻、剃掉一边鬓角、游街示众、当街示众等多种刑罚被实施，以此惩罚罪犯，震慑众多被统治的民众。同时，以罪犯受刑以后的特殊外貌特征警示世人。

古往今来，偷盗、欺诈、杀人等犯罪行为在日本皆有出现，到了江户时代，犯罪因社会形态的变化而变得更加复杂、多样、频发。偷盗、抢劫、杀人、放火、冲破关卡、赌博、收取贿赂、伪造、诱拐、欺诈、恐吓、走私等各种犯罪此起彼伏。值得注意的是，这个时代将男女私通行为认作犯罪。犯罪活动频频发生，说到底这与幕藩体制的全面推行紧密相关。在统治阶层内部，将军颁布政策，要求武士入驻城市，将军与大名不再把土地的支配权作为俸禄交给家臣，而是以发放藏米来替代。这一由知行制到藏米制的改变席卷了下级、中级乃至高级武士，"新式武士"形成，武士形象转变，大批贫困浪人也伴随着出现。加之改易、改封、减封产生的无主、无地耕种的浪人，对幕府抱有仇视态度的人不在少数，他们自然成为江户社会的不稳定因素。

在农村，幕府派人重新丈量和分配土地，实现小农自立，以此保障作物产量和地租收入，从而达到稳定幕府财政的最终目的。江户初期，这在一定程度上鼓励了小农的农耕积极性，但是赋税负担沉重，尤其是在江户中后期使底层农民入不敷出。1603 年，幕府颁布第一部《诸国乡村规定》，保护农民权益；1631 年，幕府取消该规定中的越级上告权；1643 年，幕府颁布法令，禁止土地永久买卖；1649 年，幕府颁布《庆安检地条令》，规定缩短丈量土地的检地竿与增加赋税征收量；1649 年，幕府颁布《庆安御触书》，干涉农民衣食住行的自由，可见幕府针对农民颁布的各项政策和规定最终是为了收取更多的年贡。在农民与土地被管理的过程中，以村为单位征收赋税的行政村逐渐形成。但是，无地农民（水吞百姓）在农村无论怎样辛苦劳作也过不上好日子，无奈之下他们只好奔向城市。幕府因惧怕政权被外来宗教颠覆，最终对外放弃了与葡萄牙、西班牙、英国商人做贸易，于 1639 年起开始彻底实施闭关锁国体制。闭关锁国为日本国内换来了和平发展的环境。对内，幕府残酷打压神道和佛教以外的宗教及其教徒，这一举动进一步加剧了部分民众对幕府的抵抗情绪。最终，对其他宗教的信奉与反权力、反封建统治的意识相结合。面对这一局势，幕府劝导未信仰佛教之人改信佛教，再通过檀那寺实行"寺请制度"，以管控各地人员。从根本上说，农民与浪人对于其他宗教的信奉和维护并不纯粹，他们实际上是为了表达反抗压迫、反对封建幕府权力的想法。罗马教皇拒绝将岛原之乱中被杀害的教徒列入殉教者之列①即为有力的旁证。

在城市中，随着武士的进入，商人和手工业者不断增加，贩夫走卒也日渐增多，僧侣、说书唱曲的艺人等各行各业的人随之在城市里落脚。城市的建设与人口的激增促使朝廷所在地京都、物资集散地大坂、幕府所在地江户这三个城市发展为大型都市，也促使仙台、名古屋、金泽、广岛、福冈、熊本等发展为人口过万的领国中心都市。城市的主要特征与问题之一是消费，支撑各大城市消费生活的并不是农作物生产，而是商业与手工业。得益于此，商人与手工业者的经济力量和实力迅速增强，尽管地位依然位于士农工商四民之中的下部，但是实际上这些富裕町人已经活跃在社会生活的方方面面。他们组织形成城市里各行业的行会，还担负起"町"这一街道组织的自治领导任务。有官职的富裕武士、无官一身轻的富裕浪人、富裕的大商人和手艺人、租住在城市里的困顿浪人以及底层普通居民，共同构成了江户时代幕藩体制下的城市社会。尤其是在城市人口中占比很大的普通町人，他们虽然生活在社会底层，但是他们为城市中其他阶层的日常生活提供了基本的劳动力。如此一来，住宅被划分在城市不同区域的武士、僧侣与形形色色的町人在某种层面上形成了一个生活共同体，人与人之间的各种关系与矛盾也随之产生。西鹤的公案小说《本朝樱阴比事》是以江户时代町人为主的作品，案件中涉及不同身份、不同地位、不同行业、不同职业的町人与城市浪人。他们因物欲、情欲或者嫉妒而犯罪，扰乱了生活共同体的正常秩序。

城市中的落魄武士是城市生活共同体中不容忽视的一个群体，他们失去了主君与土地，不得不与底层町人混居在一起。生活不比往昔，落魄以后只能租住町人的出租屋，以仅有的体力与特长勉强维持生计。在这样的背景下，他们不得不努力与街道内同处社会底层的町人构建友好的邻里关系。但是，由于他们曾经长期接受武士纲目的训练，不可能完全摒弃深入骨髓的武士道精神。因此，他们成了城市里的一个特殊群体，既带有武士气质，又夹杂着町人气质。一部分落魄武士则成为"旗本奴"或"町奴"的一员，与这两大组织的成员

---

① 北岛正元：《江户时代》，米彦军译，北京：新星出版社，2020，第39页。

一同身着夸张的奇装异服，横行于城市中。他们以夜间杀人、抢劫越货等方式而闻名，然而实际上这些犯罪行为并不以个人复仇为目的，也不以占有财物本身为目的。部分浪人加入这两大组织是为了扰乱社会秩序从而反抗幕府，发泄对幕府的不满。面对这群倾奇者扰乱社会正常秩序的局面以及部分浪人对幕府充满敌对情绪的形势，幕府出台政策，严厉打击浪人。出现这一切的根本原因是德川幕府永远将德川家的利益置于第一位。武士在士农工商四民中本属于统治阶层，是德川幕府法治主义与各项政策实施的武力保障，但是，幕府为了增加自己的财政收入，制衡诸多大名，不惜损害封建家臣的利益，彻底贯彻兵农分离制，建立幕藩体制，实施改易、改封、减封措施。

城市中的普通女性是江户时代城市发展壮大过程中的另一道风景线。她们的活动尤其是工作构成了城市发展的一部分。多数普通女性只能从事以体力付出为主的女佣工作；有少数女性从事具有一定技术含量的工作，包括在私塾教书、扎染、织布等；也有一些女性直接帮助丈夫打理自家生意；还有一些女性凭借女性身份从事一些特殊职业，如乳母、妓女、"妾"；此外，还有一种对女性琴棋书画技艺水平有着一定要求的工作——贵族家或门第很高的武士之家或江户城大奥中的侍女工作。江户时代的"妾"并非男性的侧室，而是一种职业。从事这一职业的女性与男性签订合同，男方按合同支付报酬，女方在合同约定的期限内以色相服务于男方。高门大户内的侍女工作则是女性职业中的阳春白雪。从事这一职业的年轻女性出身较为富裕，她们的原生家庭自她们十一二岁起就花重金请老师对她们进行各种技艺的培养，为的是让她们通过考核进入贵族家或武士家工作。从事这一职业虽然也有获取酬金的目的，但是对她们或她们的家庭而言，学习贵族家、武家乃至幕府大奥中的各种礼节、礼仪更为重要。这些会增加她们嫁入高门，或者直接被供职的高门主人留下的概率。

我们不得不认识到，女性在封建社会并没有多少自由的权利，她们的生存依托于婚姻，最终也只能依附于男性。整个人类社会都会自觉或不自觉地对外貌好气质佳的女性投递橄榄枝。在这一人类生理特征操控的前提下，女性为了获取更多的利益而各行其道。依靠天生丽质也罢，提高气质修为也罢，说到底皆是女性的无奈之举。进入婚姻以后，女性又受到夫权的压制。在成为孀妇时，又迫于社会道德压力而留在夫家成为守护夫家的"后家"。在将私通行为视作犯罪的江户时代，法律在男女私通一事上严惩女方的做法只是男尊女卑社会现象的冰山一角。

综上所述，本研究是以江户时代的公案小说为研究入口的历史的、文学的、社会的、法律的综合性研究。江户时代公案小说的题材以及决狱方法中有不少源于《棠阴比事》的元素，同时，这批作品又充满了江户时代日本社会的气息，反映了江户时代的法治情况。一个国家的法律制度来源于政治决策，而政治决策受制于经济问题，最终为特权阶层服务。法制是统治者将自身利益最大化的保障，是社会秩序稳定的保障。江户时代的法律是德川家的法律，是封建特权的法律，是"武家本位"的法律，区别对待武士和普通庶民。不同阶层、同一阶层内不同身份的人，以及不同性别的人，他们所面对的法律标准以及惩罚的轻重等级也不相同。江户时代的公案小说作品将现实世界中的案件、史料与法律制度有效地融入文学创作中，为读者带来了真实感与紧张感，亦为读者认识司法系统、理解法律制度提供了一个窗口。作品中颂扬裁判者决狱的智慧以及量刑的仁慈，显示了"法治"在某种程度上与"德治"相结合的法制思想，有利于民众对裁判者的信服，对法与国家的信任，也有利于民众正义观的形成。法律与文学原本是完全不同的领域，但是，在公案文学作品中，法律与文学得以深入地交融。公案小说作品在叙事中塑造的个体命运以及事件反映了若干群体在特定社会中的生存状态、社会风貌以及特定社会的法治特点，为我们提供了深入认识社会形态的视角。可见，法律与文学之间存在相互依存的关系。两者合力，可以发挥道德教化的作用。

参考文献

（一）中文著作（含译著）与论文

以下参考文献按作者姓氏拼音音序排列。

著作

白慧颖：《法律与文学的融合与冲突》，北京：知识产权出版社，2014。

蔡枢衡：《中国刑法史》，南宁：广西人民出版社，1983。

陈寿著、顾颉刚等编《三国志·魏书》，北京：中华书局，1997。

程树德：《九朝律考》，北京：商务印书馆，2010。

戴季陶：《日本论》，长春：吉林出版集团有限责任公司，2011。

邓显鹤：《南村草堂文钞》，长沙：岳麓书社，2008。

冯象：《北大法律评论》，2卷2辑，法律出版社，2000.

冯象：《木腿正义》，广州：中山大学出版社，1999。

桂万荣：《棠阴比事》宋刻朱本，国家图书馆古籍馆藏本。

韩立红编著：《日本文化概论》，南京：南京大学出版社，2018。

汉语大词典编纂委员会：《汉语大词典》，上海：汉语大词典出版社，2003。

和凝：《疑狱集》，《四库全书》子部　法家类　第二十九册，上海：上海古籍出版社，1987。

黄岩柏：《中国公案小说史》，沈阳：辽宁人民出版社，1991。

黄征：《敦煌俗字典》，上海：上海教育出版社，2015。

金景芳等：《〈尚书·虞夏书〉新解》，沈阳：辽宁古籍出版社，1996。

乐史：《太平寰宇记》，北京：中华书局，2007。

李百药《北齐书·列传第二　高祖十一王》，北京：中华书局，1997。

刘星：《法律与文学：在中国基层司法中展开》，北京：北京大学出版社，2019。

刘星显:《法律与文学研究:基于关系视角》,北京:社会科学文献出版社,
    2014。

娄贵书:《日本武士兴亡史》,北京:中国社会科学出版社,2013。

孟犁野:《中国公案小说艺术发展史》,北京:警官教育出版社,1996。

苗怀明:《中国古代公案小说史论》,南京:南京大学出版社,2005。

彭绍升:《居士传校注》,北京:中华书局,2014。

皮锡瑞:《今文尚书考证》,北京:中华书局,2015。

阮元:《十三经注疏(二)》,北京:中华书局,2009。

司马迁:《史记》,北京:中华书局,1997。

苏力:《法律与文学:以中国传统戏剧为材料》,北京:生活·读书·新知三联书
    店,2006。

孙歌、陈燕谷、李逸津:《国外中国古典戏曲研究》,南京:江苏教育出版社,
    1999。

脱脱著,顾颉刚等编《二十四史·宋史》,北京:中华书局,1997。

王锷:《礼记郑注汇校》,北京:中华书局,2020。

王桂:《日本教育史》,长春:吉林教育出版社,1987。

王晓平:《中日文学经典的传播与翻译》,北京:中华书局,2014。

王勇:《东亚坐标中的图书之路研究》,北京:中国图书出版社,2013。

王勇:《图书之路与文化交流》,上海:上海辞书出版社,2009。

许慧芳:《文学中的法律:与法理学有关的问题、方法、意义》,北京:中国政
    法大学出版社,2014。

张涌泉:《敦煌俗字研究》,上海:上海教育出版社,1996。

张月中:《元曲通融(上)》,太原:山西古籍出版社,1999。

朱光荣:《试论元杂剧繁荣的原因》,载张月中主编:《元曲通融(上)》,太原:
    山西古籍出版社,1999。

译著

保罗·伯格曼、迈克尔·艾斯默:《影像中的正义》,朱靖江译,海口:海南出版
    社,2003。

博尔赫斯:《博尔赫斯文集》,文论自述卷,王永年、陈众议等译,海口:海南
　　国际新闻出版中心,1996。

本尼迪克特:《菊与刀》,黄道琳译,贵阳:贵州人民出版社,2010。

本尼迪克特:《菊与刀》,北塔译,南京:译林出版社,2014。

北岛正元:《江户时代》,米彦军译,北京:新星出版社,2020。

北冈伸一:《日本政治史:外交与权力》,王保田、权晓菁、梁作丽、李健雄译,
　　南京:南京大学出版社,2014。

高桥昌明:《日本武士史》,黄霄龙译,北京:社会科学文献出版社,2020。

理查德·霍金斯、杰弗里·P. 阿尔伯特:《美国监狱制度——刑罚与正义》,孙
　　晓雳、林遐译,北京:中国人民公安大学出版社,1991。

梅棹忠夫:《何谓日本》,杨芳玲译,天津:百花文艺出版社,2001。

日本国立教育研究所编:《日本教育的现代化》,张谓城、徐禾夫译,北京:教
　　育科学出版社,1980。

山本常朝口述、田代阵基笔录:《叶隐闻书》,赵秀娟译,长春:吉林出版集团
　　有限责任公司,2014。

唐娜·哈拉维:《类人猿、赛博格和女人——自然的重塑》,陈静译,开封:河南
　　大学出版社,2016。

西蒙·波伏娃:《第二性》,李强选译,北京:西苑出版社,2004。

小原国芳:《日本教育史》,吴家镇、戴景曦译,郑州:河南人民出版社,2016。

新渡户稻造:《武士道》,张俊彦译,北京:商务印书馆,2020。

伊恩·沃德:《法律与文学:可能性及研究视角》,刘星、许慧芳译,北京:中国
　　政法大学出版社,2017。

论文

何勤华:《中华法系之法律学术考——以古代中国的律学与日本的明法道为中
　　心》,《中外法学》2018(1)。

林桂如:《汉儒、书贾与作家:论〈棠阴比事〉在江户初期之传播》,《政大中文
　　学报》,2015(24)。

施晔:《高罗佩〈棠阴比事〉译注——宋代决狱文学的跨时空传播》,《文学遗

产》，2017（2）。

孙健：《高罗佩与〈棠阴比事〉》，《国际汉学》，2017（3）。

张磊：《〈棠阴比事〉版本考》，《图书馆工作与研究》，2001（3）。

（二）日文著作与论文

以下参考文献顺序大致按姓氏发音五十音图顺序排列。若姓氏发音第一个假名相同，则按出版年代的先后顺序排列。

著作

朝倉治彦『未刊仮名草子集と研究（二)』豊橋市：未刊国文資料刊行会、1960。

麻生磯次『江戸文学と中国文学』東京：三省堂、1962。

青木美智男『日本文化の原型』東京：小学館、2009。

網野善彦、石井進、笠松宏至、勝俣鎮夫『中世の罪と罰』東京：東京大学出版会、1990。

安楽庵策伝著、鈴木棠三校注『醒睡笑』東京：岩波文庫、2009。

石井良助『日本法制史』東京：青林書院、1956。

石井良助『近世法制史料叢書1』東京：創文社、1959。

石尾芳久『日本古代法の研究』京都：法律文化社、1959。

石田一良、金谷治『日本思想大系28　藤原惺窩　林羅山』東京：岩波書店、1975。

井原西鶴著、麻生磯次、冨士昭雄対訳『対訳西鶴全集　新可笑記』東京：明治書院、1989。

井原西鶴著、麻生磯次、冨士昭雄対訳『対訳西鶴全集　本朝桜陰比事』東京：明治書院、1989。

井原西鶴著、麻生磯次、冨士昭雄対訳『対訳西鶴全集　武家義理物語』東京：明治書院、1989。

市古貞次校注・訳『新編日本古典文学全集　平家物語』東京：小学館、1994。

井上敏幸等編『元禄文学を学ぶ人のために』京都：世界思想社、2001。

植木直一郎『御成敗式目研究』東京：岩波書店、1930。

奥野彦六『徳川幕府と中国法』東京：創文社、1979。

大庭修『江戸時代における中国文化受容の研究』京都：同朋舎、1984。

大曾根章介等編『日本古典文学大事典』東京：明治書院、1998。

尾形勇等『歴史学事典9　法と秩序』東京：弘文堂、2002。

大石学『江戸時代のすべてがわかる本』東京：ナツメ社、2009。

大久保治男『江戸の刑罰拷問大全』東京：講談社、2008。

川口謙二、池田孝、池田政弘『江戸時代役職事典』東京：東京美術、1992。

加藤周一『日本文学史序説　上』東京：ちくま学芸文庫、2009。

河合敦『江戸のお裁き―驚きの法律と裁判』東京：角川学芸出版、2010。

京都府立京都学歴彩館蔵『羅山林先生集』版元不明、1662。

京都史蹟会『羅山林先生文集』京都：平安考古学会、1918。

京都史蹟会『羅山林先生詩集』京都：平安考古学会、1920-1921。

京都大学文学部図書室蔵『寛永板　鎌倉比事　六冊』。

京都大学附属図書館蔵『棠陰比事加鈔』（無刊記本）。

黒板勝美校訂『国史大系―徳川実紀　第十巻　巻三十四』東京：経済雑誌社、
　　1902-1905。

熊倉功夫『寛永文化の研究』東京：吉川弘文館、1988。

栗林章『浮世草子研究資料叢書　第五巻研究編1』東京：クレス出版、2008。

近藤磐雄編『加賀松雲公』中巻、東京：羽野知顕、1909。

国書刊行会『近世文藝叢書　第五　小説三「本朝藤陰比事」』東京：第一書房、
　　1976。

国民精神文化研究所『藤原惺窩集巻上』京都：同朋舎、1978。

幸島宗意『日本書目大成　第三巻』東京：汲古書院、1979。

小石房子『江戸の流刑』東京：平凡社、2005。

国学院大学日本文化研究所編『法文化のなかの創造性―江戸時代に探る』東
　　京：創文社、2005。

小島憲之、直木孝次朗、西宮一民校注『新編日本古典文学全集　日本書記』
　　東京：小学館、2007。

斎川眞『日本法の歴史』東京：成文堂、1998。

佐藤信など編『詳説日本史研究』東京：山川出版社、2008。

佐々木孝浩等『書物学 12　江戸初期の学問と出版』東京：勉誠出版、2018。

斯道文庫編『江戸時代書林出版書籍目録集成』、1962—1964。

荘司格一『中国の名裁判―公案小説』東京：高文堂出版社、1988

重松一義『江戸の犯罪白書　百万都市の罪と罰』京都：PHP 研究所、2001。

諏訪春雄、日野龍夫編『江戸文学と中国』東京：毎日新聞社、1977。

鈴木健一『林羅山年譜稿』東京：ぺりかん社、1999。

滝川政次郎『法律史話』東京：巖松堂、1932。

滝田貞治『西鶴襍纂』東京：野田書房、1941。

滝川政次郎『日本行刑史』東京：青蛙房、1964。

高尾一彦『江戸の庶民文化』東京：岩波書店、1968。

竹内理三編『平安遺文』東京：東京堂、1975。

暉峻康隆『現代語訳西鶴全集　第八巻』東京：小学館、1976。

滝川政次郎『日本法律史話』東京：講談社、1986。

高柳真三『江戸時代の罪と刑罰抄説』東京：有斐閣、1988。

谷脇理史、神保五彌校注、暉峻康隆訳『新編日本古典文学全集　井原西鶴③』
　　東京：小学館、1996。

高橋敏『江戸の教育力』東京：筑摩書房、2007。

塚田孝『大坂民衆の近世史―老いと病・生業・下層社会』東京：筑摩書房、
　　2017。

東京大学総合図書館「南葵文庫」蔵『棠陰比事諺解』。

東京大学総合図書館蔵『神社考詳節』、田原仁左衛門板、1645。

栃木孝惟など『新日本古典文学大系　保元物語』東京：岩波書店、1992。

富岡多多恵子『西鶴の感情』東京：講談社、2009。

南紀徳川史刊行会編『南紀徳川史　巻七』和歌山：南紀徳川史刊行会、
　　1933。

長友千代治『江戸時代の書物と読書』東京：東京堂出版、2001。

中野三敏『江戸の出版』東京：ぺりかん社、2005。

中田薫『徳川時代の文学に見えたる私法』東京：岩波書店、2007。

永井義男『江戸の密通―性をめぐる罪と罰』東京: 学研パブリッシング、2010。

中野三敏『江戸文化再考』東京: 笠間書院、2012。

野田寿雄『近世文学の背景』東京: 塙書房、1969。

野間光辰『西鶴新新攷』東京: 岩波書店、1981。

野間光辰『近世作家伝攷』東京: 中央公論社、1985。

原念齋著、塚本哲三編『先哲叢談　巻一「林忠」』筑波市: 有朋堂書店、1920。

林羅山『棠陰比事』国立公文書館内閣文庫写本。

林羅山著、林恕編「羅山林先生集附録」、1662。

長谷川強『浮世草子の研究』東京: 桜楓社、1969。

林羅山『日本随筆大成〈第一期〉1』東京: 吉川弘文館、1975。

原胤昭『江戸時代犯罪・刑罰事例集』東京: 柏書房、1982。

羽生紀子『西鶴と出版メディアの研究』大阪: 和泉書院、2000。

藩主人名事典編纂委員会『三百藩藩主人名事典』東京: 新人物住来社、2003。

橋口侯之介『江戸の古本屋　近世書肆のしごと』東京: 平凡社、2018。

樋口秀雄『江戸の犯科帳』東京: 人物往来社、1962。

樋口秀雄『続・江戸の犯科帳』東京: 人物往来社、1963。

檜谷昭彦『江戸時代の事件帳　仇討ち　殺人　かぶきもの―元禄以前の世相を読む』京都: PHP 研究所、1985。

平松義郎『江戸の罪と罰』東京: 平凡社、1988。

平泉澄『中世精神生活』東京: 小学館、2009。

藤井嘉雄『御定書百箇條と刑罰手続』東京: 高文堂出版社、1987。

平凡社編『アジア歴史事典　七』東京: 平凡社、1959。

笛吹明生『大江戸とんでも法律集』東京: 中央公論新社、2009。

堀啓子『日本ミステリー小説史　黒岩涙香から松本清張へ』東京: 中公新書、2014。

松下忠『紀州の藩学』東京: 鳳出版、1974。

松尾葦江校注『源平盛衰記 2』東京：三弥井書店、1993。

馬淵和夫、国東文麿、稲垣泰一校注『新編日本古典文学全集　今昔物語 3』
　　　東京：小学館、2007。

三浦周行『法制史の研究』東京：岩波書店、1973。

三浦周行『日本史の研究　第二輯上』東京：岩波書店、1981。

水本邦彦『江戸時代｜十七世紀　徳川の国家デザイン』東京：小学館、
　　　2008。

村井敏邦『民衆から見た罪と罰―民間学としての刑事法学の試み』東京：花
　　　伝社、2005。

村上一博、西村安博『史料で読む日本法史』京都：法律文化社、2018。

森銑三『井原西鶴』東京：吉川弘文館、1985。

山鹿高興著、山鹿素行全集刊行会編纂『山鹿語類』東京：日本史籍協会、
　　　1926。

山本博文『江戸の金・女・出世』東京：角川学芸出版、2006。

山口佳紀、神野志隆光校注『新編日本古典文学全集　古事記』東京：小学館、
　　　2007。

横井清『中世民衆の生活文化』東京：東京大学出版会、1975。

由井長太郎編著『西鶴文芸詞章の出典集成』東京：角川書店、1994。

横倉辰次『江戸町奉行』東京：雄山閣、2003。

歴史の謎を探る会『江戸の武士の朝から晩まで』東京：河出書房新社、
　　　2007。

歴史の謎を探る会『江戸のしきたり面白すぎる博学知識』東京：河出書房新
　　　社、2008。

歴史の謎を探る会『江戸の庶民の朝から晩まで』東京：河出書房新社、
　　　2009。

渡辺守邦『仮名草子の基底』東京：勉誠社、1986。

若桜木虔『江戸町奉行所の謎』東京：中経出版、2009。

早稲田大学俳諧研究会編『近世文学論叢』東京：桜楓社、1970。

论文

市古夏生「近世前期文学における『棠陰比事』の受容」『二〇〇二日本研究
　　国際会議論文集』台湾大学日本語文学系、2002。

大久保順子「『棠陰比事』系列裁判話小考―「諺解」「加鈔」「物語」の翻訳
　　と変容」『香椎潟』、福岡女子大学国文学会、1999（44）。

川口師孝「月尋堂『鎌倉比事』翻刻（巻一―巻三）（巻四―巻六）」『文学研
　　究』、2001（89）。

清田善樹「平安後期における没収と追放刑」『名古屋大学文学部研究論集史
　　学』1978（74）。

栗林章「日本桃陰比事考」『浮世草子研究資料叢書』第五巻研究編1、クレス
　　出版、2008。

佐立治人「『棠陰比事原編』『棠陰比事続編』『棠陰比事補編』と呼ばれる裁
　　判逸話集について」『法史学研究会会報』、2008（12）。

杉本好伸、刘穎「〈資料翻刻〉宝永六年刊『日本桃陰比事』」『安田文芸論叢
　　研究と資料』、2001（1）。

鈴木健一「林羅山の文学活動」『国文学：解釈と鑑賞』、2008（73-10）。

田中宏「『醒睡笑』と『本朝桜陰比事』」『文学研究』、1975（42）。

中村武夫「棠陰比事物語について」『書誌学』、1965（12）。

長島弘明「調査報告八：常磐松文庫蔵『棠陰比事』（朝鮮版）三巻一冊」『実
　　践女子大学文芸資料研究所年報』、1983（2）。

眞泉光隆「宋代に於ける空名度牒の濫発について」『鴨臺史報3』大正大学
　　史学会、1935（3）。

松下忠「紀州藩漢文学の全貌」『学芸研究人文科学Ⅰ』和歌山大学学芸学部、
　　1950（10）。

松下忠「大明律研究における紀伊藩と護園学派」『和歌山大学学芸学部紀要
　　人文科学』、1953（3）。

松村美奈「『棠陰比事』をめぐる人々―金子祗景の人的交流を中心に」『愛
　　知大学国文学』、2007（47）。

松村美奈「『棠陰比事』の注釈書についての一考察―林羅山との関連を軸に」

『文学研究』、2007（95）。

宗政五十緒「だいうす町とおらんだ西鶴」『文学』、1968（36-5）。

諸戸立雄「唐代における度僧制について―公度制の確立と売度・私度問題を中心として」『東北大学東洋史論集 1』、東北大学東洋史論集編集委員会、1984。

柳田征司「林羅山の仮名交り注釈書について―抄物との関連から」『国語学論集：築島裕博士還暦記念』築島裕博士還暦記念会編、明治書院、1986。

这本书研究的是日本江户时代的公案小说与法制文化，是 2016 年国家社科基金青年项目"日本江户时期公案作品的研究"（16CWW013）的研究成果。回顾此项研究的历程，相关研究的基础可以追溯到笔者在日本攻读硕士学位和博士学位的 2008 年至 2013 年。我一踏入日本京都府立大学文学研究科国文学中国文学专业，就被这个以文献考证学为特色的专业深深吸引。

至今，我仍然清楚地记得，在藤原老师的小组课上，老师让我先跟着师哥师姐做一些他们感兴趣的研究，并让我在这个过程中发掘自己感兴趣的课题。西尾师姐主要研究《太平广记》，张师兄主要研究井原西鹤的相关作品。在跟着他们一起学习和调查的过程中，我遇到了井原西鹤的作品《本朝樱阴比事》。当我懵懂地感觉到它与中国的古籍《棠阴比事》存在一定联系性以后，那种激动的心情久久不能平静。在与精通日本江户文学的藤原老师和精通中国明清文学的小松老师商量以后，我在硕士阶段便开始了以《本朝樱阴比事》为关键词的学习与探索。没想到，这一探索竟持续到了我攻读博士学位期间。

在调查研究期间，我经常骑着自行车去拜访大谷大学、京都大学、同志社大学、京都府立资料馆（现更名为历彩馆），也时不时地坐车去平安神宫边上的京都府立图书馆与金阁寺附近的立命馆大学。为了收集更多的资料，我会趁着寒暑假，跑去关东的东京大学与日本国立国会图书馆。每进入一所图书馆找到相关资料时，我就开心得无与伦比。还记得在同志社大学请求查阅《板仓政要》时，我被图书管理员请进了珍贵图书阅览室。那泛黄且已被虫蛀的书页，瞬间令我产生了对古籍与古人的崇敬之情。在东京大学南葵文库查阅文献期间，我晚上借住在好友位于田端的寓所。当我俩走在田端车站与住所之间的夜路上时，好友总是三步一回头地看看身后且叮嘱我女子出门在外，要注意安全。就这样，15 分钟的路程，我们不知多少次回头打量周遭情况。留宿的几晚，东京突发了级别较低的地震。我因白天查阅资料的疲惫而丝毫没有觉察，最后被朋友摇晃着叫醒。这一件件小事虽过去多年，却仍历历在目。学术之路是一条荆棘丛生之路。在这条道路上的探险对探险者们在多个层面上提出了要求：勇敢的冒险精神、强健的体魄、不畏困难的态度、持之以恒的耐力、如发般细腻的心思等等。

2013 年，我完成了以《〈棠阴比事〉在日本的传播与影响》为题的博士论文，顺利获得了博士学位。这一研究成果也被日本汲古书院出版。2015 年年初我回国后，到杭州师范大学任教。巧合的是，浙江省正是《棠阴比事》作者桂万荣的家乡，这一缘分再次坚定了我继续进行相关研究的决心。我静下心来反思了自己在日本的研究，从而发现了以往研究的不足与继续拓展的空间所在。对于中国国内《棠阴比事》版本的考证就是需要弥补的一大方面。于是，中国国家图书馆的善本室与古籍馆又成为我的重要阵地。夏天的北京，酷热夹杂着聒噪的蝉鸣。然而，疲惫与喧嚣在我进入古色古香的资料馆后瞬间消失。在以往研究的基础上再来翻阅不同版本，问题意识比较明确，工作效率也随之高了起来。加之图书馆刘老师又给我推荐了一些国内文献学方面的书，这让我的眼界开阔起来。几天查阅下来，我心里有了底，聒噪的蝉鸣也仿佛变成了夏天里的风景诗。

在这项研究开展期间，我有幸参加了由中国日语教学研究会、教育部高等学校外国语言文学类专业教学指导委员会日语专业教学指导分委员会共同主办的"第五届全国中青年骨干教师科研工作研修班"。在研修班上，经王晓平教授指点，我又开启了对《棠阴比事》日本注疏的写本问题的研究。在不能前往日本的情况下，我只能拜托在日本交换留学的学生前往岛原图书馆松平文库进行资料的查询，最终在印证资料以后得出了一些论证结果，我也应邀在天津师范大学文学院主办的"全球化时代的中国文学文献研究——第四届汉文写本研究学术论坛"上进行了汇报。此次大会对我影响很大：国内同行对中国文学文献在海外的流播与影响所进行的不同层面的研究必将凝聚成汉学研究的宝库。

除了这方面的研究以外，我开始了以《本朝樱阴比事》为起点的对日本江户时代公案文学作品与法制文化的探索。江户时代的公案小说描绘了不少案件和社会风貌，牵扯了很多法律行为。可以说，这些文学作品很好地将江户时代的法律制度与具体案例结合起来，并将其融入到文学之中，有利于我们对日本古代社会现实，尤其是对江户时代的法制情况进行把握。也就是说，这一探索主要研究日本江户时代公案小说的特征、社会风貌与法律三个方面，以及关于三者关系的问题。它涉及交叉学科的重要领域——法律与文学。于是，法律与文学又成为我钻研的新领域。这一领域的研究是历史、文学、社会、法律的跨学科研究。欧美学者开启的这一研究早于中国，中国学者近二十年来在欧美研究的基础上，又将对这两者关系的讨论与中国古典文学以及中国政法实践紧密结合起来。同样的研究方法其实也适用于日本文学，尤其是适用于日本公案文学的研究。

研究，正是解决一个问题又发现一个问题的过程。一路走来，从单身女性到为人妻，再到为人母，"科研工作者"光环背后的个中不易与辛酸绝不亚于其他职业女性所遭遇到的。令我骄傲的是，我跟那些勇于追求理想的进步女性一样，一直在为心中那一束神圣光芒而努力。幸运的是，在成长的道路上，我遇到了诸多引领我前进的良师和给予我莫大鼓励的友人。我要感谢他们！我还要感谢我的家人——他们全身心的支持与付出，让我没有了后顾之忧与牵绊。他们说，我生龙活虎的一面都献给了单位与工作，只有病恹恹的时候才有了与他们亲近的时间。这一点要改正，要彻底解决。与那些和我一样的同志共勉。

本书的出版离不开杭州师范大学外国语学院的支持！最后，由衷地感谢浙江大学出版社的黄静芬女士为拙作的出版付出的辛劳！

周 瑛

2023 年春于杭州